LA PLANÈTE DES CHATS

Dès l'âge de 16 ans, Bernard Werber écrit des nouvelles, des scénarios, des pièces de théâtre. Après des études de criminologie et de journalisme, il devient journaliste scientifique. À 30 ans, il rencontre un énorme succès avec son premier roman, *Les Fourmis*. Bernard Werber propose un nouveau genre littéraire qu'il nomme « philosophie fiction », mêlant science-fiction, philosophie et spiritualité. À travers différents regards exotiques, extérieurs, celui des animaux, mais aussi des arbres, des divinités antiques ou de potentiels extraterrestres, il nous invite à nous interroger sur la place de l'homme dans l'univers.

BERNARD WERBER

La Planète des chats

ROMAN

ALBIN MICHEL

ISBN : 978-2-253-10720-0 – 1re publication LGF

À ma maman, Céline.

À tous ceux qui vivent une grande histoire d'amour avec leurs chats, que personne d'autre ne peut comprendre.

« Vous devenez heureux dès que vous avez compris cette vérité simple : tout dans l'univers ne participe qu'à un seul projet : vous satisfaire. »

La chatte Bastet

« Tant que les chats n'auront pas d'historiens, les récits évoquant les félins ne seront qu'à la gloire des humains qui se prétendent leurs maîtres. »

Le chat Pythagore

« Les humains qui vivent avec des chats voient leur espérance de vie augmenter de 10 %.

Les chats qui vivent avec des humains voient leur espérance de garder leur sexe intact réduite de 90 %. »

La chatte Esméralda

ACTE I

Le Nouveau Monde

1. DESTINATION FINALE.

Bon sang, ce n'est pas possible, nous n'avons pas accompli tout ça pour en arriver là !

Ce que je vois me sidère.

Un frisson me parcourt du bout de la queue au sommet du crâne.

Mes pupilles se dilatent.

Mes oreilles se dressent.

Mes poils se hérissent.

Mes mâchoires se serrent au point de faire crisser mes molaires.

Moi, vous me connaissez : je ne suis pas du genre à me laisser impressionner par quoi que ce soit ni qui que ce soit, pourtant, là, je dois admettre que je suis stupéfaite.

La pointe de mes moustaches frétille.

Je ne peux m'empêcher de sortir et rentrer nerveusement mes griffes.

Nous sommes sur le grand voilier *Dernier espoir*, nous avons traversé l'Atlantique en trente-cinq jours éprouvants, et face à nous surgit l'immense cité humaine qu'ils nomment « New York ».

Pourtant, le rêve américain s'effondre comme une montagne de croquettes trop haute dans une gamelle trop étroite.

Nous pensions trouver un sanctuaire dépourvu de rats et l'endroit est finalement encore plus envahi par ces maudits rongeurs que Paris. À vue de museau, il y a bien cent fois plus de rats ici que là d'où nous sommes partis.

Quelle vision !

Des rats, partout des rats, d'affreux rats aux poils marron.

Même à cette distance, on entend leurs sifflements.

Et puis, on les sent.

De tout Manhattan émanent les relents d'urine de ces rongeurs.

Nous sommes tous abasourdis.

« Nous », c'est moi, Bastet, et puis « mes gens », c'est-à-dire ceux qui m'ont accompagnée durant le voyage à travers l'Atlantique, à savoir (je les cite dans l'ordre de l'intérêt que je leur porte) :

– mon partenaire de sexualité, le siamois Pythagore. Il m'a initiée au savoir humain, mais il est d'une lâcheté à toute épreuve qu'il dissimule sous le mot de « pacifiste » ;

– mon fils Angelo, un petit nerveux arrogant et brutal avec une mentalité d'assisté ;

– Esméralda, chatte noire aux yeux jaunes, ma rivale, je la déteste, je la hais, et je suis certaine qu'elle a déjà couché avec Pythagore ;

– du côté des humains : Nathalie, ma servante humaine dévouée mais qui met beaucoup trop de temps à m'obéir, et le professeur Roman Wells, son mâle. C'est lui qui m'a offert l'opération du Troisième Œil sur mon front et m'a ainsi donné accès à son Encyclopédie. Lui, je l'aime bien. Il est plutôt intelligent, tout du moins pour un humain.

À ceux-là s'ajoutent les représentants des peuples inférieurs. Le perroquet Champollion, volatile prétentieux et bavard mais qui comprend et parle plusieurs langues, nous sert d'interprète universel. Il est d'une grande utilité : par son entremise je peux m'adresser aux autres espèces. Viennent ensuite le chien border collie Napoléon, qui, du fait de son passé de chien de berger, est un excellent guide de troupeau – un chien presque aussi raffiné qu'un chat et d'une loyauté absolue ; et le cochon Badinter, qui jadis a été mon avocat et qui s'avère peut-être le plus dégourdi d'entre nous, mais il ne le sait pas encore. Je compte l'aider à se révéler à lui-même. Je suis persuadée que ce porc est un génie et que, grâce à moi, dans le futur, il va se surpasser.

Et puis, il y a les anonymes. Ceux que j'appelle du sobriquet : « les serviteurs de mes serviteurs ».

En tout, nous sommes 274 passagers sur le *Dernier espoir* : 144 chats, 12 humains, 65 porcs et 52 chiens, un perroquet.

Tous me regardent, attendant ma réaction.

— Approchons pour mieux voir.

J'ai énoncé ma proposition d'un ton ferme afin de donner l'impression que, pour ma part, ces rats américains ne me font pas peur et que j'ai déjà en tête une stratégie.

Ma mère disait : « Les chefs ne sont pas ceux qui sont les plus forts mais ceux qui donnent l'impression d'être le moins surpris par les événements nouveaux. »

Je constate en effet que mon assurance et mon flegme naturel semblent rassurer tout le monde.

Moi et les miens nous avançons donc un peu plus près du rivage américain.

Je dois signaler que le *Dernier espoir* est un vieux trois-mâts en bois.

Toutes voiles déployées, poussé par le vent, il se dirige vers la côte et déjà je perçois encore mieux les fragrances venant de la terre.

C'est encore pire que ce que j'avais estimé de prime abord. Des rats, partout des rats.

Pour gagner du temps, je dis quelques mots pour ceux qui m'entourent :

— Forcément, ils sont là, il fallait s'en douter.

J'ajoute, avec le maximum de décontraction dans la voix :

— Mais ne vous inquiétez pas, j'ai un plan.

C'est le genre de phrase qui permet d'apaiser les tensions.

— Nous t'écoutons, dit aussitôt Esméralda sur un ton narquois.

Cette chatte noire m'insupporte décidément de plus en plus. Je la sens rebelle. Quand je la vois, je ne peux me sortir de l'esprit qu'elle a déjà séduit, en tant que mère de substitution, mon fils Angelo et, en tant que vraie garce, mon compagnon Pythagore. Maintenant, elle veut forcément me voler la vedette. Et même, cela ne m'étonnerait pas qu'elle aille jusqu'à remettre en question mon autorité.

— Stoppez le bateau. Je veux mieux voir ce qu'il se passe là-bas.

Les voiles sont affalées, l'ancre est jetée, et le cylindre d'enroulage cliquète bruyamment en libérant la longue chaîne de métal qui la soutient.

Nous nous plaçons à la pointe extrême de la proue du *Dernier espoir*.

D'ici, on distingue encore mieux la côte.

Aucun doute, les rats sont là. Partout. Des centaines, des milliers, des dizaines de milliers de rats qui grouillent, formant un tapis de poils marron parcouru de vagues comme s'il s'agissait d'une mer de fourrure vivante. Leurs petits cris aigus produisent un bruit de fond désagréable, comme les piaillements d'une multitude d'étourneaux.

— New York est envahi, soupire Esméralda.

Encore une phrase qui ne sert à rien : c'est précisément ce que je viens de dire et c'est aussi ce que chacun peut constater *de visu*. Nous nous passons les jumelles.

Je réfléchis à toute vitesse.

Que faire ?

Fuir ?

Combattre ?

Je sens mes compagnons de voyage encore plus inquiets que moi.

Je lance ma proposition :

— Réunion générale dans la cabine du capitaine.

Plus le problème est difficile, plus le ton que j'adopte est déterminé.

Quelques minutes plus tard, tous mes sujets sont installés dans la grande salle en bois ciré.

Chats. Humains. Porcs. Chiens. Cacatoès.

J'attends que le silence se fasse.

— Donc, c'est quoi, ton plan ? lâche Esméralda avec une nuance d'impatience dans la voix.

Je réponds :

— D'abord, je veux entendre vos suggestions. Car vous aussi, vous avez forcément des pensées constructives.

Et je n'ajoute pas que, pour l'instant, n'ayant aucune idée, je compte ainsi gagner du temps.

— Moi, je propose qu'on rentre en France, dit Esméralda. Désolée de vous en faire prendre conscience, mais c'est clair qu'il y a beaucoup plus de rats en Amérique qu'en Europe. Nous avons cru découvrir une ville qui avait trouvé un raticide efficace, mais, de toute évidence, soit les humains américains nous ont menti, soit le raticide ne marche plus. Il ne nous reste plus qu'à traverser l'Atlantique en sens inverse pour retourner chez nous.

Je lui rafraîchis la mémoire :

— En France, il y a l'immense horde de rats dirigée par le terrifiant roi Tamerlan.

— Nous l'avons déjà vaincu, nous pourrons le vaincre encore. C'est un ennemi identifié. Ça me semble une solution plus réaliste que d'affronter cette masse infinie de rats américains qu'on ne connaît même pas, insiste-t-elle avec effronterie.

Elle me nargue ?

Je miaule :

— Tu veux de nouveau défier Tamerlan ?

— C'est le moins mauvais choix, proteste-t-elle.

— Souviens-toi, Esméralda, nous l'avons battu de justesse. Cette fois, je ne suis pas sûre de réussir. Quoi d'autre, comme proposition plus réaliste ?

Angelo lève la patte.

— Attaquons-les. Ce ne sont quand même « que » des rats. On leur fonce dessus et on les tue tous. Comme ça, c'est réglé.

J'observe mon fils d'un air navré et ne me donne même pas la peine de répondre.

Quelle vision limitée et primitive.

Il croit que le pouvoir se gagne par la violence.

Bon, il va falloir que je pense à l'éduquer. Il n'est jamais trop tard.

Je soupire et je demande :

— Une autre idée ?

— Je propose qu'on reste dans le bateau et qu'on considère que c'est une sorte d'île sanctuaire, avance Pythagore.

— Et on se nourrira comment ?

— Par la pêche. Comme nous l'avons fait ces derniers jours.

— J'en ai assez de manger du poisson, dis-je.

D'autres approuvent.

Je conclus :

— Et on ne peut pas rester indéfiniment dans ce bateau.

Nathalie lève sa si jolie main à cinq doigts et prend la parole. Quand elle s'exprime, je peux la comprendre grâce à la nouvelle interface de communication implantée dans mon front.

C'est un gadget complexe mis au point par le professeur Roman Wells qui me permet, par le biais d'une simple petite boule noire semblable à une grosse verrue installée sur mon Troisième Œil, d'avoir une connexion radio Bluetooth avec l'oreillette-micro de ma servante. Un petit logiciel placé dans une simple puce transforme ses mots humains en miaulements compréhensibles pour moi et, en sens inverse, mes miaulements sont traduits en phrases.

— Je suggère qu'on parte pour trouver un autre terrain américain, dit-elle, plus propice à un débarquement sécurisé. Ensuite, on marchera jusqu'à trouver un endroit tranquille. Ça pourrait être dans les montagnes Rocheuses, le désert Mojave ou les bayous du Sud remplis d'alligators. J'y suis allée quand j'étais jeune. Là-bas, aucune horde de rats n'aura voulu, ou pu, s'installer.

Je lui rappelle le risque qui existe :

— Ils pourraient attaquer quand ils découvriront où nous sommes. Et ils finiront par nous repérer.

— Et si nous cherchions une île proche de la côte ? suggère le professeur Roman Wells. Il y aura probablement moins de rats que sur le continent. Ce sera plus facile de les maintenir à distance.

Les autres semblent dubitatifs. Je crois qu'on en a tous assez de manger du poisson.

— Nous pourrions tenter de négocier, intervient le cacatoès Champollion. Peut-être qu'avec un peu diplomatie je pourrais convaincre des autochtones de l'intérêt de nous accueillir.

Il déploie sa crête blanche pour avoir l'air convaincant.

— À ce petit détail près, dis-je, que les rats ont la fâcheuse habitude, probablement un atavisme, de tuer tout ce qui ne ressemble pas à un rat. Je ne veux pas te contredire systématiquement, Champollion, mais depuis ma naissance je n'ai jamais rencontré de rat bienveillant envers des étrangers. Même entre eux, ils sont durs. Ils tuent les vieux, les malades, les faibles, et parfois même leurs propres enfants s'ils les trouvent trop chétifs.

— Tu ne connais pas de rat bienveillant français, mais les rats américains sont peut-être plus « gentils », insiste le perroquet.

Des rats gentils !? Comme ces deux mots sont peu compatibles.

— Ça m'étonnerait.

— N'ayons pas de jugement hâtif, ajoute Champollion. Après tout, les rats américains, contrairement aux français, n'ont rien de précis contre nous. Tamerlan nous poursuivait parce qu'il voulait te voler la clef USB qui contient l'Encyclopédie du Savoir Relatif et Absolu Étendue que tu as autour du cou, mais aussi parce qu'il voulait venger la défaite de l'île aux Cygnes et celle de Rouen. Les rats américains, eux, ne nous connaissent même pas.

Je lâche un nouveau soupir désabusé devant le manque d'idées exploitables de mes compagnons de voyage. Les débats s'installent. Chacun exprime sa vision ou se rallie à une proposition.

La chatte Esméralda se range finalement à la suggestion de Nathalie. Elle précise cependant qu'elle n'aime pas le froid donc préfère le désert aux montagnes.

Pythagore, tout comme Roman, est partisan de fuir dans une île que nous fortifierions comme nous l'avons fait pour l'île de la Cité.

Esméralda rappelle que les îles sont des prisons où l'on peut se retrouver coincés.

Le porc Badinter et le chien Napoléon souhaitent eux aussi qu'on revienne en France. Je pense qu'ils veulent retrouver leurs peuples respectifs.

Et puis chacun commence à contredire l'autre pour le plaisir de contredire.

Une fois de plus, je constate que toutes ces discussions sont stériles.

— Et toi, Bastet, tu en penses quoi ? Tu n'as rien dit depuis le début des débats, lance Esméralda. Tu nous as parlé d'un plan. C'est quoi, ton fameux plan ?

Je prends mon temps, j'attends que tous se taisent.

— Eh bien…

Ils me fixent avec curiosité.

— Écoutez, j'en ai assez, je vous sens sceptiques. J'ai l'impression que vous ne me faites pas confiance. Il est hors de question pour moi de vous aider si je n'ai pas un minimum de soutien. C'est nécessaire pour que je puisse continuer. Puisque c'est comme ça, je ne vous dirai pas ce que j'ai en tête.

Et voilà comment je m'en sors. Par moments, ma mauvaise foi me surprend moi-même.

— Bon, dit Pythagore, d'accord, excuse-nous d'avoir mis en doute tes talents. Nous t'écoutons.

— Trop tard.

— S'il te plaît, Bastet.

— De toute façon, elle n'a pas de plan, tranche Esméralda, ironique.

Je rétorque :

— Si, bien sûr que j'ai un plan.

— Non, tu n'en as pas.

— Si.

Bon sang, si c'est pas malheureux d'être obligée d'avoir ce genre de confrontation enfantine dans des instants aussi décisifs !

Mais je joue le jeu car je sais que cela fait diversion. Et il faut à tout prix qu'ils sortent de la peur pour se mettre dans une autre énergie.

— Non.

— Si.

— Bon, alors on t'écoute, dit Pythagore, voulant faire progresser le dialogue.

Tous m'observent. Je ne peux plus me défiler.

— Mon plan, c'est : communiquer.

— Développe.

— Eh bien, on va longer la côte, on va trouver une zone sans rats, et on accoste. On communique tous azimuts avec les autochtones pour monter une grande armée d'alliance avec les chats, les chiens, les porcs…

— … les cacatoès, complète Champollion.

— Oui, les cacatoès, s'il y en a, tu as raison. Et d'ailleurs, tu vas servir d'interprète pour communiquer avec tous les animaux locaux.

— Continue, Bastet, expose-nous ton « plan miraculeux », miaule la chatte noire aux yeux jaunes.

— Donc, on crée une grande armée, et là, on profite du fait que New York est une île pour les assiéger, comme Tamerlan nous a assiégés sur l'île de la Cité à Paris. Lorsque les rats commenceront à être affamés, ils vont se rendre. On les tuera tous facilement car ils seront épuisés et affaiblis.

Mon ton assuré en impose.

Ce qui est important, c'est qu'on ait l'impression qu'il y a une solution. Même si ce n'est pas la bonne.

Je me lèche pour prouver ma décontraction face à l'adversité.

Si je n'étais pas moi, je serais convaincue, rien qu'en m'écoutant, de notre capacité à nous en sortir.

En tout cas, on a quitté la zone de découragement et désormais je sens notre communauté bien disposée à mon égard.

— Qui es-tu pour prétendre nous diriger, Bastet ?

La question vient d'Esméralda.

— Pardon ? Tu m'as parlé ?

— Oui. Je te trouve mégalo. On peut avoir des prétentions quand on réussit mais pour l'instant, désolée, ma pauvre Bastet, tu miaules beaucoup mais, si on veut être objectif, tu n'as pas proposé grand-chose de constructif. Et si on se souvient bien, c'est précisément à cause de tes choix qui se sont révélés être des erreurs que nous sommes dans cette situation périlleuse.

— Tout d'abord, je ne fais pas d'erreurs, j'ai des réussites « relatives ». Ce n'est pas pareil. Ensuite, pour s'en sortir, il ne faut pas chercher des responsables, mais des solutions.

— Alors tu reconnais que tu prétends être notre chef, mais que, dans les faits, tu n'es qu'une chatte comme les autres ?

Elle m'énerve. Je m'approche d'elle et la fixe dans les yeux. Elle soutient mon regard.

Quelle audace !

Je dresse ma queue et mes oreilles. Elle fait de même pour montrer que je ne l'intimide pas. Je gonfle mon poil pour signifier que si elle continue elle va bientôt se prendre un coup de patte dans la figure. Elle fait de même.

Et puis nous soufflons bruyamment toutes les deux entre nos dents.

Cette fois-ci, je ne vois pas comment je vais pouvoir éviter la bagarre.

C'est pile à l'instant où je m'apprête à bondir pour la frapper de mes griffes que la sirène d'alerte du pont se fait entendre.

Je m'arrête net et tends l'oreille.

Un humain hurle une phrase qui est traduite dans mon émetteur-récepteur.

— LES RATS ATTAQUENT PAR L'ARRIÈRE ! ILS SONT DES DIZAINES À ÊTRE MONTÉS EN GRIMPANT PAR LA CHAÎNE DE L'ANCRE !

Je me rue sur le toit du poste de commandement. De là, je distingue, en effet, un grand nombre de rats qui envahissent le pont arrière, tandis que d'autres, par centaines, nagent pour les rejoindre.

Je déduis donc instantanément que :

1) les rats américains nous ont eux aussi repérés ;

2) ils ne sont pas intimidés par notre présence ;

3) ils savent nager dans l'eau de mer sur de grandes distances ;

4) ils sont même suffisamment musclés pour nager à contre-courant et malgré les petites vagues qui déferlent vers la côte.

Eh bien, le contact avec les autochtones se fait plus rapidement que prévu.

J'essaie toujours de ne pas paraître surprise mais, quand même, avouons-le tout net : j'ai très peur.

2. STUPETE GENTES.

À l'entrée des arènes romaines, cette inscription était gravée : «*Stupete gentes* ». Ce qu'on pourrait traduire par : «Préparez-vous à être surpris». C'était simplement pour rappeler la politesse de base de tout bon divertissement.

Encyclopédie du Savoir Relatif et Absolu.
Volume XIV.
Par le professeur Edmond Wells

3. ÉCHAUFFOURÉES.

Ma mère disait que «la meilleure manière de ne pas perdre un combat est de ne pas y participer».

Donc je ne combats pas.

Je ne laisserai personne dire que je suis lâche. Je pense seulement à l'intérêt général, et l'intérêt général, c'est précisément que, moi, Bastet, je ne prenne aucun risque inutile.

Vous imaginez ce qu'il se passerait si je mourais ou si nous perdions l'ESRAE que je porte autour du cou ? Reconnaissez que ce serait la fin de tout.

Dernier argument : se battre contre des rats sur un bateau n'a rien d'héroïque, me semble-t-il. Quel mérite à remporter un combat gagné d'avance contre des rats épuisés d'avoir traversé un bras de mer ?

Non, je ne m'abaisse pas à ça.

De toute façon, ce n'est pas à nous les dirigeants de perdre notre temps à affronter la piétaille.

Cependant, même si je n'y participe point, je veux voir la bataille. Je grimpe tout en haut du mât central pour suivre les événements qui se déroulent sur le pont.

De ce poste de vigie, je distingue un groupe de gros rats marron mouillés qui envahissent le voilier et nous attaquent.

Nos troupes humano-chat sont sèches et fraîches.

Napoléon dirige les chiens.

Badinter, les porcs.

Esméralda, les chats.

Mon fils est évidemment en première ligne, lui qui considère que tuer est une activité distrayante.

Champollion ne dirige personne car il n'y a pas d'autres volatiles dans le coin en dehors de quelques mouettes rieuses qui n'ont pas l'air de vouloir participer à la bataille, mais qui s'approchent quand même par curiosité. Il croasse :

— Mesdames, messieurs, s'il vous plaît, calmez-vous, je suis sûr que c'est un malentendu et que nous pouvons trouver un compromis.

Les porcs, les chiens, de même que les chats et les humains forment une défense compacte et solide.

C'est la mêlée. Incisives contre canines. Griffes contre griffes. Les humains utilisent des bâtons, des couteaux, puis leurs poings.

L'ennemi est plus coriace que je ne le pensais.

Ces rats américains paraissent n'avoir peur de rien.

Ils payent cher leur témérité. Sur le pont du *Dernier espoir*, les combats font rage.

De là-haut, j'encourage les miens :

— Tenez bon ! Ne lâchez rien !

Cela ne me demande pas beaucoup d'effort et suffit à galvaniser nos troupes. C'est peut-être grâce à cette harangue que nous arrivons à les contenir. Enfin… ceux du premier assaut, car déjà d'autres rats arrivent en renfort.

Je crie :

— Tuez-les tous !

Le nombre joue en leur faveur. Combien sont-ils à nager pour nous rejoindre ? Au début, il me semblait qu'ils n'étaient qu'une centaine mais maintenant des groupes entiers affluent à une cadence régulière.

Comment empêcher que cela continue ?

Ma mère disait : « Il ne faut pas confondre réagir et répondre. Les imbéciles foncent sans réfléchir à la première provocation, ceux qui sont intelligents prennent un peu de temps pour analyser le danger et trouvent une réponse appropriée. »

C'est quoi, le vrai problème ?

À peine me suis-je posé la question que la réponse arrive.

Bon sang, comment n'y ai-je pas pensé plus tôt ?

D'en haut, je miaule l'ordre nécessaire.

— Remontez l'ancre !

Mais personne ne m'écoute et les rats poursuivent leur offensive, même si peu d'entre eux parviennent à nous blesser.

À peine sont-ils tués qu'ils sont remplacés par d'autres rats nageurs tout aussi déterminés, qui semblent ne faire aucun cas de leurs congénères décédés, les piétinant avant de se faire eux-mêmes occire.

Ils vont finir par nous épuiser…

Et c'est ce qu'il se passe. Nos troupes de défense n'ont pas le temps d'en tuer autant qu'il en surgit. Il y a des rats sur tout le pont du *Dernier espoir.*

Je miaule encore :

— MAIS BON SANG, REMONTEZ L'ANCRE !

Pourtant personne ne semble vouloir m'obéir.

Les assaillants sont mouillés et éreintés, mais ils sont si nombreux que nous sommes submergés par leur assaut. Certains rats qui étaient au pied du grand-mât grimpent dans ma direction.

Zut, cette fois-ci, je ne peux plus me défausser, il va falloir que je me salisse.

Debout sur le rebord du poste de vigie, je les attends. Au fur et à mesure qu'ils me rejoignent, je leur balance des coups de patte qui les font choir. L'un d'entre eux réussit à me surprendre par-derrière et me mord.

Aïe !

Je me retourne et referme violemment mes mâchoires sur lui. Le goût du sang me galvanise et je combats du haut de mon promontoire avec d'autant plus d'aisance qu'ils sont à bout de forces lorsqu'ils parviennent au sommet.

Mais trois assaillants surgissent simultanément sur mon flanc droit et je dois reculer sur le parapet du poste de vigie. Surprise, déséquilibrée, je tombe du haut du mât.

Je me déhanche, j'écarte les pattes dans l'espoir de planer un peu mais, non, rien ne ralentit ma descente.

L'océan fonce vers moi à grande vitesse.

Par chance, ma chute est amortie par un gros rat en train de nager et dont l'échine se brise avec un craquement sec.

Heureusement qu'il était là, celui-là !

Me voilà dans l'eau, au milieu d'une centaine de rats qui continuent leur progression vers le navire et la chaîne qui leur permettra de l'envahir.

Elle est froide.

Moi, vous me connaissez, je déteste l'eau, je n'aime pas avoir le poil mouillé et je n'aime pas nager. *A fortiori* au milieu de rats.

L'un d'eux m'agrippe et me tire vers le bas. Je bois un peu de cet affreux liquide dans lequel je suis et m'aperçois que, contrairement à la rivière où j'avais fait mon premier plongeon, l'eau est horriblement salée.

Je me débats, cela fait beaucoup d'éclaboussures. Ma chance est que les rats sont moins aptes à guerroyer efficacement dans l'eau que sur la terre ferme.

Ne voulant pas me laisser vaincre trop facilement, je donne des coups de patte alors que des incisives se plantent déjà dans mon épaule et mon dos.

Autour de moi, l'eau se teinte de rose foncé. Le sang des rats que je tue, mais également le sang qui s'écoule de mes propres blessures.

Franchement, je ne vous souhaite pas d'être dans ma situation, dans l'eau froide, salée, entouré de centaines de rats hostiles qui nagent mieux que vous.

Pour leur faire peur, je miaule, sans obtenir de résultat décisif.

Le miaulement, ce n'est pas à vous que je vais l'apprendre, c'est une question d'intonation : si on miaule sans conviction, cela s'entend aussitôt. Au lieu d'effrayer, un cri un peu mou produit l'effet contraire.

Sans être défaitiste, je ne vois pas bien comment m'en sortir alors, fichue pour fichue, je décide de vendre le plus chèrement possible ma fourrure. Un rat me mord douloureusement la patte. Un deuxième enfonce ses incisives dans ma queue. Un troisième griffe mon dos. J'ai du mal à me protéger, ils sont si nombreux. Un autre me saisit avec ses pattes à quatre doigts articulés et me maintient la tête sous la surface de l'eau.

J'ouvre les yeux dans l'eau salée rougie où s'agitent autour de moi des dizaines de pattes roses griffues.

Mes blessures me piquent.

C'est un instant que je qualifierais de… comment dire… ? Inconfortable ? Inquiétant ? Non. La meilleure description serait : totale solitude.

Je ne sais pas ce que vous feriez à ma place. Moi, je veux hurler, mais comment hurler sous l'eau ? Même ce petit défoulement m'est interdit. Je suffoque, tout en continuant à recevoir des coups de griffes.

Ainsi tout s'arrêterait là, maintenant, comme ça, dans de l'eau de mer, au milieu de rats américains ?

Moi qui pensais être reine, je songe que même mon cadavre n'aura pas droit à la moindre sépulture. Je vais être mangée par les poissons et mes quelques restes pourriront au large d'un pays que je ne connais même pas.

Pire : ces mêmes rats qui m'entourent risquent fort de me dévorer.

J'ouvre grands les yeux pour bien voir ce qu'il se passe pendant ce qui sera probablement les dernières secondes de mon existence.

Et c'est à ce moment qu'il advient quelque chose d'inattendu. Une forme sombre vient de tomber devant moi, soulevant une vague qui disperse les rongeurs qui me cernent.

Cette masse, c'est une chatte noire que je reconnais.

Qu'est-ce qu'elle fait là, celle-là ?

Allons bon, Esméralda a dû chuter elle aussi.

Excellente nageuse, elle n'a guère de difficulté pour éloigner les rats qui reviennent à la charge.

Je peux enfin prendre une bouffée d'air en surface.

Tout autour de nous, il y a encore des rats nageurs, mais ils sont tous impressionnés par l'apparition soudaine de cette chatte.

Elle me fait alors signe de la pointe de l'oreille de la suivre.

Nous nous dirigeons vers le flanc du bateau, où je distingue un seau en plastique qui flotte.

Je lève les yeux et vois une corde, que tient Nathalie, penchée au-dessus du bastingage.

Brave humaine. Comme quoi, on peut parfois compter sur nos serviteurs pour nous sortir du pétrin.

Je saute aussitôt dans ce refuge et j'attends que le seau remonte, mais ma servante humaine ne tire pas tout de suite la corde et déjà des rats s'approchent de moi. Alors je miaule :

— VITE ! REMONTEZ-MOI !

Elle attend. Je ne comprends pas pourquoi.

Serait-il possible que mon émetteur-récepteur-traducteur Troisième Œil ait été abîmé pendant ma chute et mes combats aquatiques ?

— REMONTEZ-MOI ! C'EST UN ORDRE, NATHALIE !

D'en bas, je remarque qu'elle ne fixe même pas son attention dans ma direction. Je suis son regard et comprends :

Elle veut donner la possibilité à Esméralda de grimper elle aussi dans le seau.

Franchement, je trouve dommage que Nathalie prenne autant de risques pour cette chatte, mais bon, les humains sont de grands sentimentaux.

Esméralda arrive enfin à s'accrocher. Elle tient quelque chose dans sa gueule.

Mon collier avec l'ESRAE !!!

Il a dû se détacher de mon cou dans l'eau et je ne m'en suis même pas aperçue. Je n'ose imaginer ce qu'il se serait passé si j'avais perdu ce trésor.

J'aurais fait disparaître tout le savoir que les humains ont mis des milliers d'années à accumuler.

Heureusement, la clef USB est dans un étui étanche et antichoc. L'eau salée n'a pas dû l'altérer.

Merci à toi, Roman, d'avoir tout prévu.

Nous voilà enfin toutes les deux hissées. Il était temps.

Le siamois aux yeux bleus est en haut à la réception.

— Ça va, Bastet ? Tu es blessée ? questionne-t-il, inquiet.

Je crache pour ne plus sentir ce goût.

Je m'ébroue pour me débarrasser de l'humidité et du sang qui souille ma fourrure puis je considère la situation.

Les rats américains ayant continué d'affluer, les combats continuent sur le pont du *Dernier espoir.* Plusieurs centaines de rongeurs grouillent partout.

Pas le temps de discuter, je fonce dans le tas.

Mais les combattre se révèle plus ardu que je ne le pensais.

Ils sont plus forts, plus lourds, plus pugnaces que les rats français.

Autour de moi, mes compagnons sont eux aussi en difficulté.

Tous les chats, humains, porcs et chiens sont bientôt recouverts de rats.

À un moment, je repère Badinter, le porc qui nous avait défendus dans le procès des humains. Il est sous un tas d'assaillants, mais je suis trop loin et trop occupée pour pouvoir le secourir. Je le vois se débattre en grognant puis en couinant. Il est finalement vaincu par le nombre, il s'affaisse, baisse la tête, cesse de s'agiter et succombe.

Adieu, Badinter. Je t'aimais bien, tu étais un porc formidable.

Les uns après les autres, mes compagnons de traversée de l'Atlantique s'affalent.

Peut-être ai-je sous-estimé le danger.

Seul Champollion, qui se maintient au-dessus de la mêlée, reste inaccessible à toute attaque et se contente de pousser des cris de faucon dans l'espoir d'effrayer nos ennemis.

Mais les rats s'en contrefichent.

Avoir voyagé si loin pour arriver à ce résultat…

J'avais l'impression que l'aventure américaine ne faisait que commencer.

Les humains ne sont pas mieux lotis que les chats, les chiens et les porcs. J'en vois plusieurs s'effondrer.

Nathalie et Roman par chance ont saisi des bouts de bois qu'ils ont enflammés et avec lesquels ils parviennent à tenir les rats à distance.

Je miaule encore une fois :

— L'ANCRE ! IL FAUT LEVER L'ANCRE !

Roman et Nathalie m'entendent enfin et foncent vers l'enrouleur.

Ma servante continue de faire des grands moulinets avec sa torche pendant que Roman tente d'actionner le mécanisme. Mais quelque chose bloque.

Il faut les aider. Sans moi, ils n'y arriveront jamais.

Je donne un ordre général :

— TOUS À L'ENROULEUR !

Pythagore, Angelo, Esméralda et moi accourons pour les protéger du mieux que nous pouvons.

Je reste au pied de ma servante qui fait tournoyer son brandon.

Enfin Roman comprend ce qui coince : des rats qui se trouvaient dans la rainure de l'enrouleur ont été broyés, leurs cadavres obstruent le cylindre.

L'humain utilise un couteau pour gratter. Puis, après avoir dégagé plusieurs morceaux rouges, il actionne la manivelle. Le mécanisme commence à céder. La chaîne s'enroule autour de l'axe.

Un rat profite de cet instant d'inattention de ma part pour m'attaquer à l'épaule. Un autre me mord le ventre.

Très vite, j'en ai de nouveau trois sur moi.

C'est à ce moment que surgit Napoléon. Le border collie a dû me repérer de loin. Il arrive à ma rescousse.

Brave chien.

Il arrache les rats qui me harcèlent et les tue. Mais à présent que je suis dégagée, c'est lui qui est en danger.

Un rat saute sur le haut de sa patte et entaille suffisamment profondément sa chair pour le faire japper de douleur. Malheureusement pour lui, ce cri déchirant attire d'autres rongeurs, qui, d'un même mouvement, le submergent comme leurs congénères l'ont fait avec Badinter.

Je veux l'aider mais il est déjà trop tard. Il y a trop de bestioles sur lui, je risquerais d'y rester.

Adieu, Napoléon.

L'ancre est enfin relevée, les rats ne peuvent plus monter.

Le vent s'est levé et les vaguelettes se transforment en vagues de plus en plus hautes. Comme elles vont vers la côte, il devient difficile pour nos assaillants de les surmonter et de nager à contre-courant pour nous rejoindre.

Les rongeurs encore sur le pont se battent avec l'énergie du désespoir.

Je n'ai jamais vu des rats aussi agressifs.

Leur nombre se réduit.

Nous reprenons l'avantage sur les derniers combattants épuisés. Ils sont mis hors d'état de nuire, puis hors d'état de vivre.

Tout se calme et devient silencieux. On n'entend que le ressac.

— NOUS AVONS GAGNÉ ! s'écrie Champollion en langage chat et en langage humain.

Certes, mais à quel prix.

Autour de nous, des centaines de cadavres. Les gros rats américains, mais aussi des humains, des chiens, des porcs.

Tout compte fait, il ne reste d'indemne que moi, Nathalie, Roman, Pythagore, Angelo, Champollion, Esméralda.

Nous étions 274, nous ne sommes désormais plus que… sept.

Perdre tout si tôt, si brusquement, si simplement me prend un peu de court.

Le corps de Napoléon gît, couvert de profondes blessures. Celui de Badinter n'est qu'une plaie d'où sortent des lambeaux de chair rose.

Je ne peux quitter des yeux tous ces chats, ces humains, ces chiens, ces porcs qui nous ont accompagnés durant le voyage, que je commençais à connaître, qui me semblaient être les futurs pionniers du monde au-delà de l'océan et qui sont à présent… des morceaux de viande qui attirent les mouches.

Ma mère disait : « Ne t'attache à rien ni à personne, car les gens autour de toi finiront tous par partir. »

— NOUS AVONS GAGNÉ ! répète Champollion comme pour nous convaincre que cette catastrophe a des aspects positifs.

Pour ma part, je ressens autre chose.

Une émotion au-delà de la peur.

Comment pourrait-on dire ?

Le sentiment que si notre aventure commence si mal, il y a peu de chances que cela s'arrange par la suite.

Ma mère disait également : « Quand tu es au fond du trou, tu ne peux que remonter. » Pourtant, là, même si j'ai l'impression d'être au plus bas, il me semble que je vais m'enfoncer encore plus.

Non, je n'ai pas du tout le sentiment que nous ayons gagné, pour reprendre l'expression de Champollion.

Ou alors, c'est que ne pas mourir est déjà une forme de victoire.

Avec le recul, je dois reconnaître que notre accostage au continent américain est complètement… raté.

Roman et Nathalie essaient de venir en aide aux humains qui pourraient encore être sauvés, mais cela ne donne guère de résultat probant. Il n'y a pas de blessés, seulement des morts ou des agonisants.

Je finis par ordonner :

— Éloignons-nous de la côte.

Nathalie se met à la barre, Roman hisse les voiles.

Je me lèche pour désinfecter mes blessures qui par chance sont toutes superficielles car mon épaisse fourrure m'a servi de protection.

Au bout d'un moment, je remarque que Roman manœuvre avec difficulté.

— Quelque chose ne va pas, déclare-t-il.

Il descend dans la cale.

— Les rats sont parvenus à ronger la courroie de transmission reliant le gouvernail et le safran, nous informe-t-il une fois remonté.

J'ai appris durant le trajet de quoi il parle. C'est le système de contrôle de direction du bateau.

Je lui demande :

— On peut réparer ?

— Ça va prendre au moins une journée.

— Et si les rats reviennent ? s'inquiète Esméralda.

Je réponds vivement :

— Eh bien, nous les repousserons comme nous l'avons déjà fait. Il suffit de ne pas utiliser l'ancre et tant pis si on dérive.

— Et pour les cadavres, on fait quoi ? demande Angelo. On peut manger les rats ? Ça changera du poisson…

Pendant ce temps, les deux humains survivants jettent les autres cadavres de rats par-dessus bord et regroupent ceux de nos compagnons sur le toit de la cabine du capitaine. Une étrange sensation m'envahit, à les voir immobiles.

Adieu, mes amis.

J'ai une émotion spéciale pour le chien Napoléon.

Pythagore perçoit mon trouble.

— Tu es triste ?

Je soupire et livre laconiquement le fond de ma pensée :

— Il est mort parce qu'il a essayé de me sauver la vie. J'ai parfois l'impression que ceux qui m'aiment sont mal récompensés.

— Tu peux quand même remercier Esméralda, rétorque Pythagore. Elle aussi, elle t'a sauvé la vie et elle est encore vivante.

J'observe la chatte noire aux yeux jaunes qui est en train de balancer des cadavres à la mer.

— Alors ça, ça m'étonnerait !

— Dès qu'elle a vu que tu avais chuté de la vigie, elle n'a pas hésité et elle a plongé du bastingage pour venir t'aider.

— Ah ? Je croyais que ce n'était qu'une simple coïncidence, et qu'elle était tombée au même instant, dis-je pour éviter d'avoir à exprimer la moindre gratitude envers cette chatte qui m'agace de plus en plus.

Esméralda vient vers nous.

Zut, malgré la distance, elle a dû entendre notre conversation.

— C'est normal que je te sois venue en aide, Bastet, tu étais en grand danger, miaule-t-elle. Et puis, je suis certaine que tu aurais fait pareil à ma place.

J'en suis moins sûre, mais je n'ai pas envie de discuter ce point.

— Vous croyez vraiment que c'est le moment de se poser ce genre de question ? tranche Pythagore, qui sait que notre dialogue pourrait s'envenimer.

Nathalie et Roman poussent les corps par-dessus bord. Les rats d'abord, puis les chats, les chiens, les porcs, et enfin, les hommes.

En ce qui me concerne, je ne participe pas à cette activité de nettoyage indigne de ma condition, je me contente de manger une tête de rat pour trouver de l'énergie nécessaire à ma réflexion.

Comme disait ma mère : « La meilleure manière de comprendre l'ennemi, c'est de lui manger le cerveau. »

Quand les deux humains ont terminé leur entreprise de nettoyage et qu'on peut de nouveau circuler sur le bateau, Nathalie propose une petite cérémonie mortuaire. Elle a disposé dans une barque les corps de ceux que nous connaissions un peu mieux dans toutes les espèces. Une dizaine d'humains, plus Badinter, Napoléon, et deux ou trois chats dont nous nous sentions plus proches.

Alors qu'on place la barque sur les grues de descente, ma servante prononce une courte oraison funèbre.

— Ils étaient tous formidables. Ils sont morts aujourd'hui pour que nous sept, les survivants, nous puissions vivre.

Je complète dans mon esprit :

Espérons qu'ils ne soient pas morts pour rien et que nous trouverons enfin le bonheur qu'ils recherchaient.

Puis, après avoir énuméré les noms des défunts, Roman Wells met de la musique. Dans les haut-parleurs du *Dernier espoir*, le requiem de Mozart retentit.

Nathalie vide alors un bidon d'essence sur les corps, la barque est descendue jusqu'au niveau de la mer. Nathalie attend que la nef mortuaire soit suffisamment éloignée et elle tire avec un pistolet d'alarme une fusée rouge sur la petite embarcation. Aussitôt celle-ci s'embrase. Je sais que c'est un acte que les humains nomment « crémation ». Je pense que ce sont les seuls animaux qui détruisent les cadavres de leurs congénères plutôt que de les manger ou de laisser les vers les dévorer afin de les remettre dans le cycle de l'écosystème. Il me semble que c'est du gâchis mais je n'ose rien dire.

Peut-être à cause de ma transformation sous l'influence des humains et de la musique triste du requiem de Mozart, je ressens une petite émotion, un mélange de contentement de ne pas être morte et de regret de la perte de ces individus précis qui ne pourront plus me distraire.

Je n'arrive pas à vraiment réaliser que nous ayons eu autant de morts dès le premier jour.

Je calcule mentalement les dégâts : 140 chats, 10 humains, 65 porcs et 52 chiens… Tous morts en une seule bataille de quelques dizaines de minutes…

Ça démarre mal.

L'angoisse m'étreint.

Alors que la nuit tombe doucement, j'observe la barque remplie de corps qui forme une grande boule de flammes jaunes et je me dis qu'ils partent en fumée comme nos rêves d'une terre sanctuaire où nous pourrions enfin être tranquilles.

Après tout, le plus dur est pour les vivants qui restent.

La musique de Mozart, la barque en feu, la nuit étoilée, le souvenir des disparus, tout cela me met dans un état étrange. Me reviennent en mémoire tous les épisodes passés qui m'ont amenée jusqu'à cet instant précis. En même temps, j'ai l'impression que ma tête va exploser.

4. LA TÊTE EST-ELLE NÉCESSAIRE ?

Un animal peut-il survivre sans tête ?

C'est ce que sembla prouver l'extraordinaire aventure du coq Mike.

En 1945, son propriétaire, Lloyd Olsen, un habitant du Colorado, le décapita à la hache en vue de le servir au dîner un jour où il avait invité sa belle-mère.

Mais l'animal sans tête se redressa et se mit à marcher comme si de rien n'était. Encore plus surprenant, il agitait son cou comme s'il voulait picorer ou se lisser le plumage. Surpris, le fermier décida de le laisser vivre. Il le nourrit avec une pipette qu'il remplissait alternativement d'eau et de maïs écrasé. Quand la trachée s'obstruait avec la nourriture, il curetait le tuyau avec une aiguille de seringue. Personne ne voulant croire à l'histoire, et comme tout le monde se moquait de Lloyd Olsen, celui-ci emmena Mike à l'université d'Utah où les scientifiques purent confirmer l'authenticité du phénomène. L'anecdote fit sensation, fut rapportée dans le *Times*, et Mike et son maître entreprirent une tournée dans le pays. Les gens payaient 25 *cents* pour voir le coq sans tête encore vivant.

Au summum de sa popularité, Mike rapportait plus d'argent que tout le reste de la ferme d'Olsen. Cependant, le 13 mars 1947, alors qu'il séjournait dans un motel de la ville de Phoenix, Mike s'étouffa durant son repas, or Olsen avait oublié de prendre sa seringue de curetage.

Le coq mourut. Il avait vécu dix-huit mois sans tête. Olsen tenta de reproduire le miracle, mais malgré le sacrifice de nombreux poulets, force lui fut de constater qu'il n'y avait qu'un seul Mike.

Encyclopédie du Savoir Relatif et Absolu.
Volume XIV.

5. DEUIL.

Les autres sont morts et moi je vis.

Je me tourne vers la vitre de la cabine du capitaine et m'observe dans le reflet. Je me vois, superbe chatte aux yeux verts et aux longs poils noirs et blancs avec un motif en forme de cœur noir sur le museau.

C'est moi.

Sa Majesté Bastet.

Qu'est-ce que je fais là ?

Pourquoi m'arrive-t-il tout cela ?

Avant que je poursuive, si vous avez en mémoire le récit de ce qui m'est arrivé précédemment, vous pouvez sauter ce chapitre.

Pour les autres, voici un rappel de ce qui nous a conduits là, ici et maintenant.

Au début, j'étais donc une tranquille chatte d'appartement qui voyait les jours s'écouler tous similaires avec la même gamelle remplie de croquettes qui ont toujours le même goût et les mêmes siestes qui n'en finissent pas en attendant le retour de ma servante Nathalie.

Le premier objectif que je m'étais fixé à cette époque était de tenter de communiquer avec les autres êtres vivants qui m'entouraient, qu'ils soient humains, poissons rouges, souris, ou pigeons.

À l'époque, je croyais que tous pouvaient communiquer par la seule connexion des esprits, mais mes résultats concrets étaient très limités.

J'ai donc renoncé à ce noble projet et, pour ne pas m'ennuyer, j'observais la rue depuis le balcon.

Qu'apercevais-je en général ?

Des humains qui marchent sur leurs deux pattes arrière. Des voitures qui se garent. Des pigeons qui roucoulent. Des chiens qui laissent leurs étrons sur le trottoir. Des mouches qui me narguent.

Rien de bien passionnant.

Parfois il pleuvait, parfois il neigeait, parfois le vent faisait voler les feuilles.

Le soir, quand le ciel commençait à s'obscurcir, ma servante Nathalie rentrait, elle me caressait, versait des croquettes dans ma gamelle et de l'eau dans mon bol, j'allais manger, boire, me laver puis me reposer pour recommencer le lendemain.

Pour moi, le futur n'était qu'une répétition de ces insipides activités.

Et puis un jour, il s'est passé quelque chose d'inattendu.

J'ai vu un homme barbu habillé en noir qui tirait au fusil sur les enfants d'une maison voisine tout en répétant la même phrase.

Il semblait prendre du plaisir à les tuer.

Cela m'a semblé «incompréhensible». J'ai commencé à me poser des questions sur les humains.

Qui étaient ces animaux?

Puis j'ai repéré un chat siamois qui habitait dans la maison d'à côté. J'ai discuté avec lui. Il se nommait Pythagore. Il m'a montré son Troisième Œil, une prise USB dans son front qui lui permettait de se brancher sur les ordinateurs et de surfer ensuite sur Internet, rien qu'avec sa pensée, et de bénéficier des connaissances des hommes.

Il m'a expliqué que l'homme barbu en noir était un fanatique religieux qui venait tuer des enfants qu'il ne connaissait même pas dans une école parce qu'il pensait que cela ferait plaisir à son dieu imaginaire.

L'ensemble du concept m'a paru bizarre.

Ensuite, tout a très vite dégénéré chez les humains. Il y a eu une guerre civile qui a mis fin au fragile ordre social qui régissait leur vie. Les fanatiques religieux étaient de plus en plus nombreux et violents. Toute l'organisation humaine s'est effondrée. Les ordures n'étaient plus ramassées et s'accumulaient en montagnes grouillant de cafards et de vermine. Les corbeaux sont devenus aussi nombreux que les pigeons.

Des milliers de rats qui vivaient dans les sous-sols, égouts et tunnels du métro ont pu remonter en surface pour se nourrir. Ils n'avaient plus peur des hommes, ni des chats d'ailleurs. Ils ont proliféré et ont fini par transmettre une nouvelle peste. Les hommes, désorganisés, n'ont pas su y faire face car les fanatiques religieux avaient tué trop de scientifiques laïcs, les seules personnes qui auraient pu trouver un vaccin.

La civilisation qu'ils avaient mis tant d'années à bâtir se désagrégeait.

J'ai pris conscience de la fragilité des civilisations.

Moi et Pythagore, nous avons vite compris que si nous ne faisions rien, le pire était à craindre : les rats allaient vraiment prendre la succession des humains pour régner sur le monde.

Et pas forcément dans l'intérêt des chats.

Il fallait réagir.

Pour ma part, je pense que chaque être peut changer l'histoire du monde pour peu qu'il estime en être capable.

Même vous, oui, vous qui me lisez maintenant, vous pourriez peut-être changer l'histoire du monde si vous vous en donniez la peine.

Ne soyez pas fainéant.

Ne soyez pas peureux.

Osez penser par vous-même en dehors de toute influence. Même de la mienne.

Non, je ne plaisante pas, si insignifiant que vous croyiez être, vous avez des qualités qui ne demandent qu'à être révélées, j'en suis sûre.

En tout cas, moi, j'en étais persuadée et je le suis encore : je peux changer l'histoire du monde.

Mais la différence entre vous et moi, c'est que vous, vous n'oserez pas parce que vous manquez de courage, alors que moi, je suis peut-être seulement suffisamment inconsciente pour me lancer dans cette folle aventure.

Après mon premier objectif de communiquer avec d'autres espèces est alors apparu mon deuxième objectif : empêcher les rats d'envahir le monde.

J'ai convaincu Pythagore de l'urgence d'agir.

Nous nous sommes fait des alliés : d'autres chats, d'autres humains, mais aussi des chiens, des porcs, un cacatoès. Ainsi nous avons pu avancer, portés par la volonté commune de sauver le monde.

Mais en face de nous, les rats étaient nombreux.

Nous les avons combattus dans des batailles épiques.

Nous avons perdu beaucoup des nôtres.

Nous avons dû fuir.

Nos péripéties m'ont quand même permis de bénéficier de certains avantages. Roman Wells m'a équipée d'un Troisième Œil, une prise USB au centre de mon front grâce à laquelle, tout comme Pythagore, je peux communiquer avec les humains et les ordinateurs.

J'ai pris la tête de la résistance.

Lors d'une de nos aventures, j'ai récupéré l'ESRAE, l'Encyclopédie du Savoir Relatif et Absolu Étendue sur une clef USB qui contient tout le savoir des humains. Et là, j'ai accédé à une connaissance encore plus large du monde.

Mais le roi des rats, le terrible Tamerlan, qui fut un rat de laboratoire et a un jour lui aussi été appareillé d'un Troisième Œil, a appris que je détenais ce trésor.

Il n'a cessé de nous traquer, si bien que nous avons dû fuir encore et encore. L'océan m'a semblé être notre meilleur refuge et, à bord de ce grand voilier qu'est le *Dernier espoir*, nous avons entrepris de rejoindre l'Amérique où nous avions appris que les humains détenaient un raticide absolu. Et puis, voilà, maintenant, nous en sommes là : force est de constater que c'était une information fausse ou dépassée. Et nous venons de payer cher pour l'apprendre. Cette déconvenue ne change pas mes objectifs, cependant.

Je veux qu'un jour tous les êtres me vénèrent comme leur reine ou peut-être comme mon homonyme du temps jadis : la déesse égyptienne Bastet.

Je me sens capable d'installer la paix parmi toutes les espèces animales, qui communieront dans le culte de moi-même.

Bon, cette ambition peut paraître un peu démesurée, mais comme disait ma mère : « Il vaut mieux se fixer des objectifs très élevés comme ça, même si on n'en accomplit que la moitié, ce sera déjà pas mal. »

6. NOTRE LÉGENDE PERSONNELLE.

Tout esprit est prisonnier de sa propre légende. Chacun se la raconte en permanence à lui-même et finit par être persuadé que c'est la seule et unique réalité alors que, finalement, ce n'est qu'une vision subjective et forcément un peu déformée du réel.

Encyclopédie du Savoir Relatif et Absolu.
Volume XIV.

7. LUEURS DANS LA NUIT.

Des nuages opaques dissimulent progressivement la pleine lune.

Je ne parviens pas à m'arracher à l'observation fascinante du brasier qui dévore les cadavres sur la barque et qui éclaire la nuit.

La brise rabat la fumée vers nous et l'odeur des corps calcinés me trouble.

Je respire un peu de mes amis.

Je vois les visages de mes compagnons à travers une brume floutée qu'éclairent les flammes : mon fils Angelo, manteau orange, yeux verts ; Esméralda, fourrure noire, yeux jaunes ; et puis Pythagore, le siamois au poil argenté et aux yeux si bleus.

Il est beau, mon mâle.

J'entends un bruit derrière le souffle du vent et le crépitement du feu.

Nathalie pleure. Elle est encore sous le choc. Des larmes coulent sur ses joues. Je les lèche car j'adore ce goût, puis je recule et l'observe. Je crois que je vous l'ai déjà décrite, mais certains parmi vous ont peut-être oublié son apparence, alors je vais vous parler de ma servante.

Nathalie est une humaine remarquable que j'ai appris à apprécier depuis nos récentes aventures.

De prime abord, il s'agit d'un modèle assez courant de femelle humaine, brune, crinière noire, peau blanche. Elle porte des baskets, un jean et une chemise blanche en coton. Elle a des petits seins. Ses cheveux sont attachés avec un élastique rouge.

Elle est assez menue et l'odeur de sa peau et de sa sueur est assez caractéristique, elle ressemble parfois à celle d'une souris effrayée (à cet instant précis, c'est plutôt une souris en totale panique).

— Allez, Nathalie, il ne faut pas se laisser abattre. Nous sommes encore vivants, c'est ça le plus important. Tant qu'il y a de la vie pour nous, tout reste possible.

Elle essuie une larme et tente de sourire.

— Nathalie, n'avez-vous pas envie de vous rendre utile ?

Elle ne comprend pas à quoi je fais allusion.

— Auriez-vous l'amabilité de me caresser sous le cou avec votre doigt recourbé de bas en haut ?

Elle m'obéit. Par chance, elle a des ongles suffisamment longs pour bien fourrager dans ma fourrure sans pour autant irriter mes blessures. Je ronronne pour l'encourager. Je repense à ce que je sais de ma servante : sa vie a toujours été médiocre.

Elle s'était mise en couple avec un humain quelconque, Thomas, qui a assassiné mes enfants (au prétexte que lui et Nathalie n'avaient pas réussi à s'en débarrasser en mettant des petites annonces d'offre de chatons chez le boulanger !). Tous sont morts, sauf Angelo. Parce qu'il était roux et qu'ils trouvaient cette couleur de poil assortie au canapé. Puis Nathalie s'est rattrapée. Elle a compris à mon contact l'intérêt de prendre son destin en main, de devenir courageuse, combative, autonome. Grâce à moi, elle a rencontré Roman Wells, ce jeune scientifique passionné par la préservation de toutes les connaissances de la civilisation humaine.

Roman Wells a les cheveux bruns, il porte de grosses lunettes, il sent le bois. Quand il a peur, il sent le champignon.

— Plus haut, suis-je obligée de lui ordonner. Plus à droite. Plus bas. Oui, par là. Encore. Grattez plus fort, s'il vous plaît. Vous pouvez y aller avec les ongles. Oui, plus fort encore.

Je crois que l'objectif de vie de Nathalie n'est pas clair. À l'entendre, elle se contenterait d'une histoire d'amour avec un mâle et cette relation la comblerait. Durant notre traversée, j'ai étudié l'histoire du pouvoir chez les humains mais aussi l'histoire de leurs émotions. C'est étrange, cette notion humaine d'« Amour avec un grand A ».

Le plus étonnant, c'est que Nathalie a fini par me convaincre que l'amour avec des sentiments bizarres, à la manière des humains, valait le coup d'être expérimenté. Résultat : moi aussi je suis devenue un peu jalouse et possessive avec mon mâle de référence, Pythagore. Et cette attitude ne contribue pas du tout à l'harmonie de notre relation, ça, je vous le garantis.

— Encore plus bas, servante.

Nathalie gratte plus fort.

— J'ai peur, dit-elle.

Je mens :

— Pas moi.

— Je ne vois pas comment on va s'en sortir.

Je soupire puis je déclare :

— Tout finit toujours par s'arranger. Je suis… comment dites-vous, déjà, vous les humains ?… « fataliste ».

Plus que jamais, je cherche à faire diversion.

— Nathalie, à votre avis, que puis-je faire de plus pour « maîtriser au mieux les apports humains », après les trois défis que je me suis lancés pour progresser et qui étaient 1) l'amour, 2) l'humour et 3) l'art ?

— Lire, me répond-elle après un temps de réflexion. Tu dois te faire une culture livresque car c'est la seule à être solide. Ensuite, écrire. Tu dois fixer ta pensée avec un livre. Celui qui maîtrise l'objet livre maîtrise le temps et l'espace. Un livre permet à la pensée de se diffuser sans limites. Seul un livre peut rendre la pensée immortelle.

Ma pensée, immortelle ?

C'est vrai qu'après avoir failli mourir je mesure encore plus la nécessité de laisser une trace de moi.

— Je veux que vous fassiez ma biographie, je vous la dicterai. Je veux que mon esprit survive à la destruction de mon enveloppe charnelle.

— Désolée, Bastet, nous en avons déjà parlé. C'est non.

— Et pourquoi, servante ?

— Tu veux être une chatte exceptionnelle ? Tu te prétends reine ? Apprends à écrire, Bastet ! Ce n'est pas pareil, écrire et dicter. Tu dois l'écrire toi-même, seule, pour être sûre d'exprimer exactement ta pensée.

— Que je sache, Jules César a bien dicté *La Guerre des Gaules* à ses scribes.

Elle est impressionnée par cette référence précise, puis se souvient des longues heures que j'ai passées à consulter l'Encyclopédie qui se trouve à mon cou.

— J'ai mieux à te proposer : quelque chose qui établisse ta légitimité. Une « cosmogonie ».

— C'est quoi ?

— Un texte fondateur qui enseigne pourquoi le monde existe et pourquoi il est ainsi. Il deviendra la référence qui expliquera tout à ceux qui se posent des questions sur les origines et les raisons d'être du monde, mais vues par toi.

— Vous pensez que c'est mieux que mon journal intime ?

— Ce serait en quelque sorte la Bible des chats.

Cette perspective me laisse songeuse. Elle poursuit :

— Dedans, tu expliqueras le passé reculé oublié. En tout cas, tu inventeras la légende des chats. Tu prévoiras le futur lointain. Dès lors, tu ne seras plus seulement ce que tu prétends devenir, une reine, tu seras mieux. Tu seras : une prophète. Tu détailleras comment tu es devenue ce que tu es devenue, au même titre qu'Abraham, Moïse, Jésus-Christ…

Prophète, dit-elle ? Cette suggestion me semble intéressante. Parfois mon humaine, même si elle n'est « que » humaine, a des idées tellement subtiles qu'on pourrait les croire issues d'un esprit félin.

— Vous êtes sûre qu'être prophète, c'est mieux qu'être reine ?

— Être reine ne consiste précisément qu'à régner. La reine gère des guerres et donne des ordres. Ça n'est que du court terme. Une prophète continue de diffuser sa pensée après sa mort. Elle influence les rois et les reines qui lui succèdent, par la seule puissance de ses idées.

Elle continue :

— Être prophète, c'est donner un sens au passé puis, de là, déduire l'avenir. Être prophète, c'est avoir une vision personnelle originale du futur. Et ça, je crois que tu en es capable, Bastet.

Jamais on ne m'a fait un compliment qui me touche autant. Je ressens à la suite de cet échange une immense bouffée de tendresse pour ma servante. Peut-être devrais-je l'aimer davantage. Peut-être n'est-elle pas seulement ma servante, mais aussi une sorte de partenaire de vie qui, parce qu'elle me donne de bons conseils, pourrait être traitée d'égale à égale.

Elle ajoute :

— Heureusement qu'Esméralda t'a sauvée. Tu l'as remerciée ?

Encore ? Qu'est-ce qu'ils ont tous à vouloir que je m'aplatisse devant cette femelle ? Et voilà, elle a tout gâché en une seule phrase. Juste au moment où je voulais la prendre en plus grande estime, elle me déçoit.

Je miaule des phrases qui sont traduites dans son oreillette.

— Je crois que vous n'avez pas compris ce qui s'est passé, dis-je. Voilà la vérité : comme personne ne relevait l'ancre et que les rats continuaient d'arriver à bord par ce moyen, j'ai plongé exprès du haut du mât pour créer une panique chez les rats qui montaient. Sachant nager depuis peu, j'ai combattu et donc retenu les rats dans l'eau. Ma manœuvre a parfaitement réussi et je n'avais besoin de personne. Esméralda a chuté par inadvertance.

— Ah ? dit Nathalie. Ce n'est pas du tout ce que je croyais.

— Contente d'avoir rétabli la vérité. Et je ne laisserai personne dire autre chose.

Au moment où je prononce cette phrase, je sens l'esprit de tous les dictateurs menteurs (dont j'ai lu l'histoire dans l'ESRA) se déverser dans mon cerveau. Charles VII contestant le rôle de Jeanne d'Arc dans la victoire contre les Anglais, Robespierre niant celui de Danton dans la Révolution française, Staline celui de Trotski dans la révolution russe.

En même temps, je commence à comprendre que l'on ne peut régner sans être ingrat. Il faut sans cesse construire sa propre version du passé en fonction des événements présents pour donner l'impression qu'on a tout prévu et tout contrôlé.

Quoi qu'il en soit, je me dis que Nathalie a peut-être raison. Il faut que j'écrive « ma » Bible des chats pour accéder au rang de prophète.

D'un signe je lui indique que je n'ai plus besoin d'elle et je m'avance vers Pythagore. Je lui murmure à l'oreille :

— Tous ces compagnons morts me donnent envie de vivre plus fort.

Je dandine un peu de l'arrière, ondule de la queue, bats des paupières, puis je reviens vers lui et appuie ma truffe contre sa truffe, un peu à la manière dont j'ai vu les humains opérer.

— Embrasse-moi ! dis-je, péremptoire.

Je crois que c'est cela, le vrai féminisme : manifester son désir au lieu d'attendre que le mâle fasse le premier pas.

Ils ont un mot stupide pour légitimer cette retenue : « pudeur ».

La pudeur est un piège probablement inventé par les hommes pour empêcher les femmes d'exprimer ce qu'elles ressentent, alors qu'eux ne se gênent pas pour le faire.

Mimant les humains, je lui embrasse la bouche (je trouve ce procédé dégoûtant mais, vu que les humains le font, il doit être moderne et plaire à Pythagore) et nous nous léchons la langue. Ensuite, je me plaque contre son flanc comme si je voulais le pousser et, là, je noue ma queue avec sa queue pour former un cœur, puis une tresse.

Bon, avant de me préoccuper de ma Bible des chats, je vais poursuivre mon exploration du « sentiment amoureux à la manière des humains ». Cette agréable diversion me permettra d'oublier toute la violence de la journée. J'en ai bien besoin.

Soudain, alors que je m'apprête à recevoir le corps de mon partenaire, quelque chose de bizarre attire mon attention.

Cela vient du haut d'un building qu'on aperçoit sur la côte. Des séries de trois flashs lumineux qui se répètent.

Ces signaux m'empêchent de me concentrer. Je me dégage :

— REGARDE PAR LÀ !

Je désigne le sommet de l'immeuble d'où partent les flashs.

Nous nous levons tous pour rejoindre la proue du *Dernier espoir*, qui dérive, porté par les courants et les vagues, depuis qu'il n'a plus ni ancre ni gouvernail.

Il y a non seulement des flashs mais plusieurs fenêtres sont allumées. La fascination du feu nous a empêchés d'être attentifs à ce qu'il se passait à Manhattan.

— Il y a des humains dans cet immeuble ! confirme Roman Wells qui a saisi des jumelles et qui observe. D'ici, je vois même des ombres qui bougent derrière les fenêtres.

— Comment des humains auraient-ils pu survivre avec autant de rats ? demande Esméralda.

— Justement en montant dans les étages ! dis-je, prise d'une intuition. Ces tours les protègent par leur hauteur !

— Il faut débarquer pour les rejoindre, clame Angelo, qui ignore ce que réfléchir veut dire.

— Il faut d'abord leur parler, dit Esméralda, plus réaliste.

— Je peux y aller, propose le perroquet Champollion. Je vous rappelle que je sais aussi parler le langage humain anglais.

— Les fenêtres de ce genre d'immeuble sont en double vitrage et ne peuvent pas s'ouvrir, explique Roman. Et elles sont insonorisées. Désolé, Champollion, même si tu arrives là-haut, tu ne pourras que taper du bec contre les vitres et tes chances de pouvoir entrer en contact avec les occupants sont maigres.

— J'y vais quand même, il doit y avoir au sommet des personnes qui sont sorties pour produire ces flashs ! Elles sont probablement sur une terrasse. Je reviens tout de suite, annonce le volatile.

Déjà il déploie ses longues ailes blanches pour prendre son envol.

— Champollion a raison, il faut foncer. Allons-y à la nage ! insiste Angelo.

Ça, c'est mon fils tout craché : toujours la mauvaise idée au mauvais moment...

— Non, dit Roman Wells, on va déjà répondre à leurs signaux lumineux.

Nathalie tire avec son pistolet d'alarme une nouvelle fusée éclairante rouge de détresse qui illumine les façades des immeubles de New York.

Roman Wells récupère sa torche électrique et émet des séries de trois flashs réguliers en réponse aux leurs. Puis il change et produit trois flashs courts, trois flashs longs, trois flashs courts. Et il s'arrête.

De nouveau, le scientifique français reproduit sa série de trois flashs courts, trois flashs longs et trois flashs courts et, en haut de l'immeuble, on lui répond par des séquences de flashs longs et courts.

— C'est du morse, explique Nathalie, une technique ancienne pour communiquer à distance avec des lumières ou avec des sons. Cette séquence correspond à trois lettres : S, O, S, qui elles-mêmes sont les initiales de « *Save our ship* » (« Sauvez notre bateau »).

Je suis une fois de plus impressionnée par les idées qu'ont trouvées les humains pour résoudre leurs problèmes de communication à distance. Donc ce serait ça, le « morse ».

Il va falloir que j'aille voir sur mon ESRAE son histoire et comment ce système fonctionne.

Les humains du haut de l'immeuble produisent en retour une séquence différente.

— Et là, qu'est-ce qu'ils disent dans votre langage morse ?

— Quatre lettres : C, O, M, E, ce qui signifie : « Venez » en anglais.

Roman s'active à faire des séries de flashs.

— Ah ? Et que leur répond-il ?

— Qu'il veut savoir par quel moyen il est possible de se rendre là-haut.

Le dialogue lumineux se poursuit entre le building et le *Dernier espoir.* Jusqu'à ce que tout s'interrompe. Je m'inquiète :

— Ils ne veulent plus communiquer ?

— Ils disent qu'ils vont nous montrer comment les rejoindre.

Nous attendons.

La brise se transforme en vent qui chasse les nuages, révélant la pleine lune.

Tout s'illumine.

Apparaît alors un trèfle à quatre feuilles en plastique jaune fluo qui se maintient en suspension dans les airs. Il vibre dans un bourdonnement.

— C'est un drone ! Ils ont des drones ! s'émerveille Nathalie.

Et, accrochées à ce drone, il y a deux cordes.

De nouveau, les signaux en morse nous informent de la marche à suivre et Roman déclare :

— Il faut fixer ces cordes à un point solide du bateau et ils vont nous tracter jusqu'au sommet de l'immeuble.

Je demande, me souvenant de l'expérience que nous avions eue à Rouen :

— C'est comme la tyrolienne ?

— Oui, mais cette fois-ci la corde va servir non pas à glisser en descente, mais à être tractés en montée, précise Nathalie, qui attache l'extrémité au bastingage.

Pendant ce temps, Roman libère l'enrouleur et descend l'ancre pour que le bateau reste plus stable durant l'opération.

Enfin arrive une sorte de siège en plastique accroché à la corde par une poulie.

— Je ne suis pas très enthousiaste à l'idée d'y aller de cette façon, signale Pythagore. Tu le sais bien, j'ai le vertige.

Un tremblement irrépressible l'agite. Je le raisonne :

— Mais on l'a déjà fait.

— C'était moins haut.

— Tu as aussi voyagé dans une montgolfière qui est montée encore plus haut que cet immeuble.

— Certes, mais je pouvais éviter de regarder en bas en me calfeutrant au fond. Là, il n'y a nul endroit où se cacher.

Il a réponse à tout.

— Tu as déjà grimpé en haut de ce mât et tu n'as pas eu le vertige.

— Mais le mât est solide et il est arrimé au pont. On pouvait redescendre. Là, on va être suspendus dans le vide sans possibilité de se cacher ou de revenir en arrière.

Bon sang, quel trouillard.

— Les rats arrivent ! annonce Esméralda.

Des rats qui ont dû repérer nos échanges lumineux commencent en effet à nager dans notre direction. Malheureusement, pour permettre de stabiliser la tyrolienne, l'ancre est toujours dans l'eau. Ils ont donc la possibilité de monter.

— Désolée, dis-je à Pythagore, nous n'avons plus le choix.

Déjà ma servante est installée sur le siège et je saute pour me blottir sur ses genoux. Angelo me rejoint. Esméralda veut venir aussi.

Je miaule :

— Non, pas toi !

— Et pourquoi donc ?

— Cette place est pour Pythagore. Tu monteras avec Roman.

Puis je me tourne précisément vers mon mâle qui tremble de peur.

— Bon, allez, viens vite, toi.

— Bastet, je ne le sens pas, j'ai un mauvais pressentiment.

— Qu'est-ce qui te semble mieux : les rats réels ou le vertige imaginaire ?

Enfin le siamois aux grands yeux bleus consent à venir nous rejoindre sur les genoux de ma servante.

— Il suffit de ne pas regarder en bas.

Et avant que ce dialogue n'aille plus loin, la corde de traction se tend pour nous hisser vers le sommet.

Nous quittons le bateau, puis nous nous retrouvons au-dessus de la mer. D'ici, je vois bien la colonne de rats nageurs qui part à l'assaut du *Dernier espoir.*

Par chance, les vagues jouent contre eux, les ramenant vers la côte, mais ils ne renoncent pas.

Nous montons toujours.

Je sens Pythagore, le grand, le sage Pythagore, qui frémit de toute sa fourrure. Il ferme les yeux et met les pattes sur ses paupières.

Les buildings se rapprochent en même temps que grince la poulie.

À moi New York ! À moi l'Amérique !

Au fur et à mesure que nous progressons, je m'aperçois que nous sommes vraiment haut. Je n'ai pas vu de bâtiments aussi élevés à Paris.

Si je tombe de cette hauteur, même en atterrissant souplement sur les pattes, je ne pense pas que j'en réchappe.

Personnellement je n'ai pas le vertige, mais Pythagore, lui, tremble de plus en plus.

La lune éclaire New York.

Je trouve cette ville encore plus étrange vue d'ici. Les immeubles sont vraiment gigantesques et luisent de toutes leurs parois de verre.

Mais le vent se renforce et fait de plus en plus gîter le siège. Tout à coup, la corde qui nous tracte cesse de nous hisser et nous nous retrouvons immobilisés au-dessus du vide, retenus uniquement par le câble.

Nous sommes secoués par les rafales. Pythagore est épouvanté.

C'est étonnant comme un être si cultivé et si intelligent peut être en même temps si peureux.

— Eh, oh ! clame Nathalie qui, elle aussi, commence à s'inquiéter de notre suspension au-dessus du vide.

Angelo s'agrippe à moi et moi je m'agrippe à Nathalie qui s'agrippe au siège plastique. Pythagore s'agrippe lui aussi à moi, plantant profondément ses griffes dans ma fourrure jusqu'à percer mon épiderme.

— Tiens bon, Angelo, cela ne devrait pas durer longtemps.

Nous sommes toujours à l'arrêt et Nathalie continue de crier vers le ciel :

— Eh, oh ! Vous m'entendez là-haut ?

La tour reste muette, et, en nous retournant, nous ne voyons plus le *Dernier espoir* qui doit déjà subir l'abordage des rats.

Soudain, une bourrasque nous secoue avec plus de force. Nathalie, déstabilisée, glisse du siège. Elle a heureusement le réflexe de le saisir de sa main droite et, à cet instant, le siège est accroché au câble, Nathalie se cramponne au siège, moi je m'arrime par les pattes avant au vêtement de Nathalie, Angelo se retient à ma patte postérieure droite, Pythagore à ma patte postérieure gauche.

Nous voilà suspendus de façon on ne peut plus précaire.

— Je vais lâcher, décrète Pythagore en regardant en bas.

— Tiens-toi à ma queue.

Nous les réunissons pour faire une tresse.

Angelo se démène et arrive à tenir une position un peu plus confortable malgré ses tremblements.

Une seconde rafale fait osciller encore plus notre balançoire.

Un immense nuage opaque et humide nous enveloppe complètement, et, peut-être est-ce un bien, nous ne voyons plus ce qui nous entoure.

Je sens les griffes d'Angelo plantées dans ma peau.

Les deux mâles sont lourds au bout de mes pattes et, si la situation n'évolue pas rapidement, je vais lâcher et on va tous les trois être précipités dans le vide.

Imperceptiblement, j'assure un peu plus la prise de ma patte droite, celle à laquelle se tient Angelo, et un peu moins celle de ma patte gauche, où se trouve Pythagore.

Pythagore lâche d'un coup.

Dans un miaulement effrayé, il tombe.

PYTHAGORE !

Il vient de tomber !

Mon cerveau a du mal à intégrer cette idée.

Non, ce n'est pas possible.

Je mets un temps à prendre conscience de ce qui vient de se passer.

Pythagore… Mort…

PYTHAGORE, « MON » PYTHAGORE EST TOMBÉ !

J'ai choisi mon fils plutôt que mon mâle.

C'est ma faute… Qu'ai-je fait ?

Il y a moins de pression dans mes membres postérieurs, mais Angelo ne prononce pas la bonne phrase.

— Ouf, maman, on va pouvoir s'en tirer.

Ai-je fait le bon choix ?

8. DE LA DIFFICULTÉ DE CHOISIR.

Comment choisir ?
Dans *Le Prince*, Machiavel raconte qu'un roi prit toutes ses décisions en tirant ses choix aux dés. À la même époque, un autre souverain, possédant un État de taille similaire, gouverna en utilisant son intelligence et sa logique. Finalement, selon Machiavel, les deux arrivèrent au même niveau de réussite. De là, l'auteur italien conclut qu'après tout la réflexion ne garantit pas de faire les bons choix, tout comme l'absence de réflexion n'entraîne pas forcément la déroute.

Encyclopédie du Savoir Relatif et Absolu.
Volume XIV.

9. SANS LUI.

PYTHAGORE EST MORT !!!

Angelo parvient à remonter sur moi et moi sur Nathalie, qui en se hissant sur ses coudes a réussi à se replacer sur le siège.

Et nous sommes de nouveau tractés vers le sommet du building.

Nous sortons du nuage et mon regard ne cesse de sonder le vide en dessous.

PYTHAGORE EST MORT.

Je n'arrive pas à me faire à cette idée.

Je suis en train de rêver et je vais me réveiller.

J'inspire profondément.

Il faut que je me reprenne.

Alors je lui envoie une pensée en guise d'adieu.

Pythagore, je n'oublierai jamais que c'est toi qui as transformé la chatte ignare que j'étais en chatte consciente.

Tu m'as ouvert l'esprit, comme plus tard le Troisième Œil m'a ouvert la tête.

Je t'ai dit que je t'ai aimé mais je pense que j'aurais pu t'aimer plus.

Si j'avais su ce qui allait arriver, j'aurais peut-être… peut-être… J'aurais fait quoi, au juste ?

Je cherche les mots mais n'en trouve pas.

Bon sang, Pythagore, tu aurais pu t'accrocher comme moi à Nathalie ! Tu aurais ainsi évité que…

Que… ?

Que je fasse un choix et qu'ensuite je culpabilise.

Tu aurais fait quoi à ma place, toi qui es si malin ?

Tu aurais fait pareil.

Bon, alors, ce n'est pas la peine d'essayer de me donner des regrets.

Je ne peux retenir une larme. Elle pique même légèrement à la commissure de mon œil.

La tyrolienne continue de nous hisser et finit par déboucher au sommet du building.

L'endroit où j'arrive n'est qu'un toit de béton avec un énorme dôme arrondi de couleur verte qui le surplombe.

Nathalie est accueillie par une femme aux cheveux blonds.

Elles se serrent la main, selon cette coutume ridicule des humains qui leur permet de se déposer un peu de sueur sur leurs épidermes (alors qu'il leur suffirait de frotter directement leurs aisselles pour obtenir un résultat beaucoup plus efficient d'échange de phéromones).

Elles se parlent en langage humain.

À peine sommes-nous débarqués que deux humains font repartir la nacelle vers le bas pour récupérer les autres survivants du *Dernier espoir*.

Les rats ont dû monter sur la chaîne de l'ancre. Pourvu qu'il ne soit pas trop tard. Ce serait dommage, après avoir perdu Pythagore, de perdre en plus Roman et Esméralda.

Quoique, pour Esméralda…

Mais les larmes continuent d'affluer de manière irrépressible alors je me précipite dans un coin, je me cache, me recroqueville et me mets à lécher mes propres larmes.

Py… tha… gore…

Il est essentiel que personne d'autre qu'Angelo ne me voie pleurer. Personne ne doit me voir faible.

Py… tha… gore…

Et puis, ce n'était qu'un mâle. Comme on dit chez les humains : « Un de perdu, dix de retrouvés. »

Zut, je n'arrive pas à stopper ce liquide qui sort de mes yeux.

Moi ! Une reine, une prophète, pleurer !!! Quel signe de faiblesse.

Je crois que les humains ont un terme pour définir cet état : le « deuil ».

C'est encore une notion abstraite pour moi, mais elle comble ce nouvel état émotionnel en l'identifiant par un mot.

Alors, recluse dans ma cachette, je m'autorise enfin à laisser libre cours à ma tristesse.

Je me souviens de moments avec lui. La première fois que je l'ai vu de loin, dans la maison voisine ; quand il m'a emmenée devant un miroir en me faisant croire que c'était une autre chatte qui était sa femelle ; quand nous avons combattu les rats côte à côte ; quand nous avons fait l'amour sur la petite statue de la Liberté de l'île aux Cygnes à Paris ; quand nous avons connecté nos deux cerveaux par un câble USB ; quand nous sommes montés sur le siège et qu'il m'a dit qu'il avait un mauvais pressentiment…

Il faut se reprendre.

Je finis par sortir et j'observe le décor du toit de ce building.

En dehors de la grue qui sert à tracter les tyroliennes, je distingue des panneaux solaires posés sur des supports, des éoliennes, et des petits jardins en suspension avec des arbustes et des plantes.

Il y a aussi une citerne et un bâtiment avec une porte qui, à mon avis, doit donner accès aux étages inférieurs.

Donc, c'est ça, l'Amérique.

C'est ce qu'a dû penser mon prédécesseur humain, Christophe Colomb.

Ici, je ne suis plus reine, je suis juste une étrangère.

En fait, l'Amérique, je ne l'imaginais pas ainsi.

Ça aussi, Christophe Colomb a dû le penser.

Dans l'obscurité, je distingue une dizaine d'humains sur le toit, dont les deux qui tournent la manivelle reliée au câble qui nous a permis de monter.

Je regarde autour de moi et, en dehors des humains, je vois un gros chat au pelage beige tigré de rainures noires avec un poitrail blanc.

Un autochtone.

J'ai envie de m'avancer vers lui mais un détail m'arrête net.

Au coin de sa bouche, une plume blanche et une goutte de sang.

Champollion !

Je n'ose poser la question. C'est Angelo qui m'a rejointe qui s'en charge à ma place.

— Vous n'auriez pas vu un perroquet de type cacatoès tout blanc ?

— Un animal un peu bavard ? En effet, je l'ai vu, répond ce gros chat dont j'identifie la race en me souvenant de ce que j'avais lu et vu dans l'ESRAE : un american shorthair.

Je grimace.

— Vous savez où il est ?

— Bien sûr.

— Où ?

— Dans mon ventre.

Il a prononcé ces mots sans aucune ironie.

Je suis atterrée.

Après le lion Hannibal, le chartreux Wolfgang, le sphynx, et aussi l'humaine Patricia, le cochon Badinter, le border collie Napoléon, et puis Pythagore, c'est maintenant le perroquet Champollion qui disparaît, tué non pas par nos ennemis mais par ceux qui sont censés être nos alliés.

— Vous le connaissiez personnellement ? questionne-t-il.

— C'était un ami, dit Angelo.

— Ah, désolé. Mais pour une fois que la nourriture arrive directement à moi, je n'allais pas faire des manières. En général, les pigeons ne s'aventurent pas si haut et ils savent que je suis là. Celui-là, il ne semblait pas au courant. En plus, il n'arrêtait pas de parler et je ne comprenais rien à ce qu'il disait. Était-ce important ? Je ne sais pas ce qu'il voulait communiquer mais je lui ai trouvé une plus grande utilité.

Je saute sur cet american shorthair et le roue de coups de patte. Il est si surpris qu'il ne pense même pas à se défendre. Je lui mords les oreilles, je lui plante mes canines dans le dos. Il est gros et ne semble même pas en souffrir. Il se défend mollement. Pire, au lieu de miauler de douleur ou de rage, il lâche juste un rot qui, il me semble, a des relents de mon ami cacatoès défunt.

C'est finalement l'humaine aux longs cheveux blonds qui nous sépare.

Puis Nathalie m'attrape par la peau du cou et cette position m'empêche de frapper et même de me débattre. Je suis pourtant en rage. Je pousse un long soupir d'impuissance.

J'en ai assez de perdre si vite tous ceux qui sont avec moi.

J'entends de loin qu'Esméralda et Roman sont à leur tour parvenus au sommet de ce building.

Je me secoue, j'essaie de retrouver un peu de dignité, je tourne le dos à l'assassin de Champollion et vais les rejoindre.

Ils sont couverts de traces de morsures. Je les interroge :

— Ça s'est bien passé ?

— Comme le siège a mis du temps à revenir, nous avons dû batailler un peu, reconnaît Esméralda qui saigne du museau. Mais ça va. Nous sommes vivants.

Roman a lui aussi des marques nettes d'incisives. Ses vêtements sont en lambeaux.

— Contente d'être enfin en sécurité, ajoute la chatte noire aux yeux jaunes. Il s'en est fallu de peu que nous n'arrivions même pas.

Elle jette des regards inquiets alentour.

— Et où est Pythagore ?

S'il y avait une phrase à ne pas prononcer, c'était bien celle-là.

Quel être stupide, cette Esméralda.

Alors, plutôt que de répondre, je m'enfuis vers le bord opposé du toit. De là, je vois les tours de New York toujours éclairées par la pleine lune et je me penche pour essayer d'imaginer ce qu'il a ressenti en tombant.

Et si je sautais pour que tout s'arrête ?

Mais je relève la tête.

Il faut penser à autre chose.

Je regarde au loin. Il n'y a que l'océan immense d'un côté et d'impressionnants gratte-ciel de l'autre.

Je crois que je déteste l'Amérique.

10. CE QUE L'AMÉRIQUE A APPORTÉ À L'EUROPE ET VICE VERSA.

Voici ce que l'Amérique a apporté à l'Europe après les voyages de Christophe Colomb.

La pomme de terre : elle était cultivée en Bolivie, au Pérou, au Chili sous le nom de *patatas* et a permis de mettre un terme aux famines en Europe. Le maïs : il pouvait avoir d'autres couleurs que celle à laquelle on est habitués aujourd'hui : bleu, rouge, blanc, noir ; c'était la nourriture de base des Amérindiens, qui l'utilisaient sous forme de farine. La tomate : elle était considérée en Europe comme un aliment toxique réservé à un usage médical, et ne sera vraiment consommée comme aliment qu'à partir de 1780. La vanille : c'est le fruit d'une orchidée tropicale mésoaméricaine qui se développe comme une liane sur un support. L'ananas : il a été découvert en Guadeloupe. Le cacao : les Mayas et les Aztèques en tiraient une boisson amère *(xocoatl)* aphrodisiaque ou stimulante pour les guerriers, et les fèves servaient de monnaie. L'arachide : on en a retrouvé des pousses et des graines dans des tombes précolombiennes. La courge, la courgette, le potiron, la citrouille : ces cucurbitacées viennent pour la plupart du Mexique. La dinde : nommée à l'origine « poule d'Inde », elle a été domestiquée par les Mayas dès le premier millénaire avant notre ère. Le haricot : il est originaire d'Équateur, de Bolivie et du Pérou. Le piment, le poivron : ils viennent de Cuba et du Mexique. Et on pourrait également citer : le tournesol, la papaye, le topinambour, le quinquina, la figue de Barbarie, l'avocat, sans oublier, bien sûr, le tabac.

Il y a eu aussi des apports négatifs : la syphilis, maladie sexuellement transmissible, qui a fait des ravages dans les populations européennes et a frappé

(et souvent tué) des millions d'habitants. Parmi ses victimes : Mozart, Beethoven, Maupassant, Baudelaire, Rimbaud, Flaubert, Feydeau, Gauguin, Toulouse-Lautrec, Schubert, Paganini, Schumann, Al Capone, Lénine, Mussolini, Staline.

Voici ce que l'Europe a apporté à l'Amérique à partir de 1492 : les armes à feu ; les chevaux, utilisés comme monture ; la religion monothéiste chrétienne ; la rougeole, la diphtérie, la grippe, le typhus, la coqueluche, la variole (cette dernière maladie a été particulièrement mortelle). On estime que les épidémies générées par ces fléaux issus d'Europe ont décimé les trois quarts des populations amérindiennes.

Encyclopédie du Savoir Relatif et Absolu.
Volume XIV.

11. EN HAUT DE LA TOUR.

Le jour se lève et je vois à travers la vitre le soleil qui commence à éclairer les immeubles.

Oh non, ce n'était pas un cauchemar. Je suis en Amérique, Pythagore est mort…

Je m'ébroue pour essayer de me débarrasser de toutes ces images.

Je regarde autour de moi et m'aperçois que je dors blottie contre ma servante humaine, qui elle-même est blottie contre son mâle, Roman. Mon fils Angelo s'est collé contre mon ventre comme s'il voulait encore me téter.

Je me dégage et procède à mon rituel d'étirement du réveil puis à ma toilette matinale.

Ne plus y penser.

La vie doit reprendre son cours. Je ne peux pas continuer à mettre toute mon énergie dans ce deuil. Il faut s'occuper des vivants.

— Bonjour, toi !

Je me retourne, interloquée. Qui m'adresse ainsi la parole, en me tutoyant qui plus est ?

Bon sang, c'est l'ignoble american shorthair qui a mangé Champollion.

Je ne me donne même pas la peine de lui répondre. Je me passe la patte gauche derrière la tête et poursuis ma toilette tout en exhibant dans cette position mon anus pour lui signifier que je n'ai pas envie de sympathiser.

— Sans rancune pour hier. Je comprends que tu aies été nerveuse après ce voyage en tyrolienne. J'aurais dû être plus distant.

Tu aurais surtout dû éviter de manger mon ami.

Je sors de la pièce mais il me suit.

— Esméralda m'a dit que tu m'en voulais d'avoir mangé le perroquet.

En plus, il s'est fait copain avec cette garce.

Je me dirige vers les escaliers que j'aperçois non loin.

L'american shorthair est toujours derrière moi.

— Pour me faire pardonner, j'ai peut-être un cadeau à te faire. En fait, tu ne m'as pas laissé le temps de te le dire, mais si tu l'aimes tant que ça, le perroquet, eh bien, il en reste encore des morceaux que j'ai cachés…

Je crois que je vais le tuer.

— Je te les offre volontiers. Ici, nous avons un grand sens de l'hospitalité.

Un mot de plus et je l'égorge.

Je dois me contenir. On ne peut pas arriver sur un nouveau continent et tuer un de ses représentants dans la foulée.

— Je t'ai froissée ? Je sens que je t'ai froissée. Mes amis me disent que par moments je suis maladroit.

Il faut que je me retienne. Il y a eu assez de cadavres comme ça.

— Bon, je sens que tu n'as pas envie de manger du perroquet. Ça, les goûts et les couleurs, ça se discute pas. Si tu cherches où tu vas pouvoir manger « autre chose », je peux te montrer où c'est. C'est juste à l'étage au-dessus mais je te préviens : pour nous les chats, tout comme pour eux les humains, il n'y a qu'une seule source de protéines, le rat. Eux, ils les mangent cuits ! Sinon, ils ont des légumes mais, moi, les légumes, c'est pas mon truc. Il paraît que depuis peu il y a des chats végétariens. Je n'arrive pas à y croire. Tu n'es pas végétarienne, au moins ?

Ne pas le tuer.

— Cela dit, ton ami perroquet avait bon goût.

En arrivant à l'étage supérieur je découvre une sorte de cantine où les humains qui se sont levés tôt mangent des rats rôtis à la broche, alors que d'autres chats, tous très gros, engloutissent des rats crus.

L'american shorthair va me chercher un rat frais et me le dépose en guise d'offrande.

S'il croit m'acheter avec ses cadeaux.

— Je ne sais pas si je te l'ai dit mais je nomme Bukowski. Et toi ?

Bukowski ? J'ai déjà vu ce nom quelque part.

Oui, je m'en souviens, maintenant (je l'ai lu dans l'Encyclopédie du Savoir Relatif et Absolu). C'est le nom d'un célèbre poète américain alcoolique.

Je fais semblant de ne pas trouver son rat suffisamment savoureux mais, comme toutes ces émotions m'ont un peu chamboulée et que j'ai très faim, je ne peux m'empêcher de croquer à pleines dents la cuisse.

Je pense que vous aussi, vous avez dû connaître cette sensation de la première bouchée de rat alors que vous aviez faim. C'est à la fois salé et un peu aigre. Cela glisse ensuite dans la gorge. Je sais qu'il y en a qui se régalent des petites oreilles rondes caoutchouteuses avant d'attaquer les cuissots filandreux. Moi, c'est plutôt la truffe que je me réserve pour le final. C'est mou, salé et juteux. Et puis, quand j'ai encore faim, je prends la queue, un peu de la même manière que les humains quand ils aspirent des spaghettis.

Après la première bouchée, je me rends compte que le rat américain n'a pas du tout le même goût que le rat français. Il est plus… sucré. C'est probablement parce que les restes de nourriture que les humains américains jettent à la poubelle sont plus sucrés. Cela s'en ressent dans le goût de leurs rongeurs.

Bukowski m'observe.

— J'ai l'impression que tu m'en veux encore. Je suis sincèrement désolé d'avoir mangé ton ami. Je ne savais pas. Si je pouvais le vomir pour qu'il retrouve la vie, je le ferais sans hésiter, assure ce poète.

Je mange bruyamment, faisant craquer des petits os entre mes molaires.

— Tu as un mâle de référence ou tu es libre ?

Ne plus penser à Pythagore. M'éloigner de cet énergumène.

De loin, je remarque que Nathalie et Roman discutent avec la femme blonde qui les a accueillis. Subrepticement, je vais les rejoindre et m'installe sur les genoux de ma servante pour mieux écouter.

— … Votre histoire est incroyable. Dire que vous avez traversé l'Atlantique en voilier avec des chats, des porcs et des chiens ! Je n'en reviens pas ! Je regrette tellement de ne pas avoir pu vous avertir. Mon nom est Edith Goldstein. Vous pouvez naturellement rester avec nous autant de temps que vous le souhaitez.

— Mais, dites-moi, Edith, nous vous avons raconté la situation en France mais, ici, que s'est-il passé, au juste ?

— Eh bien, un peu la même chose que chez vous. La crise sociale en Europe a fini par contaminer les États-Unis. Ici, la guerre civile n'était pas due à l'opposition des laïcs et des religieux, ou des pauvres contre les riches, c'était plutôt une série de conflits parallèles entre différentes communautés ethniques qui forment la mosaïque de notre nation. On l'a appelée « guerre des tribus ». Les gens se sont regroupés selon leurs origines spécifiques (Noirs, Chinois, Latinos, Irlandais, Italiens, Allemands, Amérindiens, Japonais, Coréens), par religions (protestants, catholiques, juifs, musulmans, indous, rationalistes), mais aussi par modes culturels (républicains, démocrates, communistes, anarchistes, hippies, punks, rockers, gothiques, technos). La guerre des tribus a été une période de chaos généralisé sur l'ensemble du territoire. Tout comme chez vous, en Europe, les systèmes administratifs et de gestion ont progressivement cessé de fonctionner correctement puis de fonctionner tout court. Il y a eu une accumulation de montagnes d'ordures dans les grandes villes. Les rats sont sortis de leur habitat souterrain, métros et égouts, pour grouiller dans ces amoncellements de détritus. Les rats noirs, les gris et les marron ont combattu et ce sont les marron qui ont gagné. Comme ces rats étaient vecteurs de maladies, et notamment de la même peste mutante que celle qui a frappé l'Europe, les humains ont commencé à tomber malades et à mourir. Et tout comme chez vous, les scientifiques n'avaient plus la possibilité de travailler tranquillement, si bien qu'ils n'ont pas pu mettre au point de vaccin efficace. La peste a donc progressivement décimé la population humaine américaine. Cependant, un petit groupe de chercheurs de l'université de New York, dont je faisais partie, a cherché à mettre au point non pas un vaccin contre la peste mais un poison contre les rats.

Edith Goldstein poursuit :

— Nous avons commencé par améliorer les raticides chimiques à base d'arsenic, de cyanure, de phénol, de phosgène. Puis nous avons testé les poisons plus complexes, les poisons biologiques : curare, toxine botulique, ricine, muscarine. Toujours le même échec. Alors nous avons cherché à mettre au point un raticide de nouvelle génération capable de contourner les protocoles de mise en quarantaine des rats. Nous nous sommes inspirés des poisons mortels utilisés par les services secrets russes pour assassiner leurs transfuges. C'étaient des poisons utilisant des substances radioactives issues des centrales nucléaires. Ces substances nécessitaient évidemment l'accès à des centrales nucléaires mais c'était possible de s'en procurer. Nous avons donc fabriqué des poisons radioactifs. Ça a marché, mais là encore les rats se sont adaptés.

— Dommage, soupire Roman Wells.

— Néanmoins, en tant que biologiste et généticienne, j'ai proposé qu'on tente quelque chose d'encore plus avant-gardiste : une technologie qu'on appelle CRISPR.

— Une sorte de découpage et de réécriture d'ADN comme s'il s'agissait d'un traitement de texte, n'est-ce pas ? demande Roman.

— C'était ma spécialité. J'ai donc lancé un projet. Je l'ai appelé « Prometeus » en référence à la légende grecque de Prométhée.

— Ce Titan condamné à avoir le foie sans cesse dévoré par un vautour… Et comme le foie repousse, son supplice était sans fin, rappelle le Français.

— Nous voulions que le foie des rats, l'une des zones les plus fragiles de l'organisme, soit détruit plus vite qu'il ne repousse. J'ai « réécrit » l'ADN d'un cobaye jusqu'à obtenir une mutation qui faisait que les cellules du foie ne se reconstituaient plus. J'ai ensuite récupéré l'ADN mutant et je l'ai collé à un simple virus de grippe. Puis nous avons inoculé cette grippe à quelques rats et les avons remis en liberté. En éternuant, ils transmettaient le virus qui faisait muter l'ADN des receveurs.

— Vous avez inventé une épidémie de grippe pour détruire leur foie, c'est bien ça ? résume Nathalie.

— Ils mouraient sans pouvoir identifier la substance qui les avait tués puisque c'était leur propre ADN.

— Et ça a marché ?

— Les rats avaient beau mettre en quarantaine les individus qui commençaient à présenter des troubles, la parade était trop tardive. Les survivants ont préféré quitter Manhattan.

— C'est à ce moment-là que l'université de New York, qui était en contact avec l'université d'Orsay en France, a annoncé avoir trouvé une solution efficace, se souvient Roman.

— Oui, acquiesce Edith, mais le virus informatique DIEU EST PLUS FORT QUE LA SCIENCE, lancé par les fanatiques religieux, a frappé Internet et la communication entre les États-Unis et la France a été coupée. Nous n'avons pas pu expliquer notre protocole permettant de fabriquer le raticide universel…

— Ça explique pourquoi nous avons cru que vous aviez réussi…, dit Nathalie.

— Quelques semaines plus tard, une horde de rats est apparue pour envahir de nouveau Manhattan. Et eux, ils étaient immunisés contre Prometeus.

— Ils avaient fini par trouver une échappatoire ?

— Oui, et New York est retombé sous le contrôle de ces rongeurs encore plus déterminés. Nous nous sommes réfugiés dans les tours et nous avons bouché toutes les issues de rez-de-chaussée. Nous avons ainsi créé une société humaine ne vivant qu'en hauteur, et banni tout contact avec le sol.

Bukowski se tourne vers moi et me susurre :

— On peut parler, tous les deux ?

— Tu vois bien que je suis occupée.

Ses oreilles retombent d'un coup pour marquer sa déception, et comme je lui adresse un grognement en montrant mes dents, il consent à sortir de mon espace visuel et olfactif.

Je me rebranche sur la conversation d'Edith et Nathalie.

— Nous avons inventé un monde en suspension. Nous avons mis en place des tyroliennes pour relier les communautés des tours les unes aux autres. Les humains circulent ainsi de building en building sur des sièges avec des poulies. Ils doivent surtout éviter la chute car alors les rats ne les laissent pas vivre longtemps.

Le sort qu'a dû connaître Pythagore…

— En plus des tyroliennes, nous avons mis au point un système de drones. Ils sont autonomes et équipés d'une surface à cellules photovoltaïques pour fonctionner à l'énergie solaire. Le jour, ça se recharge tout seul, surtout s'il fait beau. La nuit, ils ont une autonomie d'une heure.

— Des drones ? Ça doit être précieux dans un monde où l'on n'a pas le droit de toucher le sol.

— Par chance, avant que les rats n'envahissent tout, nous avons pu récupérer des centaines de drones d'une plate-forme de grande distribution qui les utilisait pour livrer des colis. Ces drones sont radioguidés et ils sont conçus pour des poids jusqu'à trois kilos.

— C'est ainsi que vous avez pu nous envoyer les cordes des tyroliennes…

— C'est notre meilleur moyen pour transporter des petits objets mais aussi pour agir à distance sans prendre de risque. Nous avons aussi découvert dans l'Empire State Building des drones qui servaient aux reportages télévisés. Ils sont équipés de caméras. Grâce à ces appareils, nous surveillons l'activité des rats. Nous avons fini par repérer certains rats que nous avons nommés les « barons ». Ce sont des chefs de meute locaux. Ils sont plus gros, plus grands, plus forts. Ils donnent des ordres. Les autres mâles ont peur d'eux et leur obéissent.

— Les barons ? En fait, leur société ressemble un peu à une société médiévale, remarque Nathalie.

— Un jour, nos équipes vidéo ont détecté un regroupement composé uniquement de ces fameux barons. Au centre se tenait un très gros rat qui faisait le double de la taille et du volume des autres. Nous avons pu le filmer.

Edith montre sur son téléphone portable une vidéo. Je me perche sur l'épaule de ma servante pour regarder moi aussi le petit écran.

Après un plan large d'une communauté de rats, un zoom se concentre sur un rat obèse.

— C'est lui, le roi des rats de Manhattan. Comme vous le voyez, les barons sont tous en position de soumission devant lui. Nous l'avons baptisé Alcapone, en référence au roi de Chicago des années 1930.

— Petite question pratique : dans quelle tour sommes-nous et à quelle hauteur ? questionne Roman.

Edith se lève alors et propose de monter au dernier étage de l'immeuble. Je les suis.

Là-haut, ils s'approchent du muret qui borde le sommet de la tour. Je me juche sur ce muret tout en les écoutant.

— Nous sommes ici dans le Financial District de Manhattan, situé sur West Street. Il se compose de quatre immeubles. L'immeuble que vous voyez en face est la tour numéro 1, reconnaissable à son toit carré. Elle mesure 176 mètres. C'est là que se trouvait entre autres la banque Lehman Brothers avant sa faillite. Notre tour est la numéro 2, la Financial Tower. Elle a 44 étages et fait 197 mètres de haut. Elles abritait les sièges sociaux de la Commerzbank et du groupe japonais Nomura. De l'autre côté, la tour numéro 3, 225 mètres de haut, siège d'American Express, se distingue par son toit en forme de pyramide. Et enfin la tour numéro 4, 152 mètres, et son toit formé de plusieurs étages carrés, où était implantée la banque Merrill Lynch. Vous avez devant vous tout l'ancien cœur financier de New York.

Bon sang, donc si j'ai bien suivi, nous sommes à 197 mètres de haut.

J'observe les alentours. Des filins relient notre tour aux autres immeubles et, alors que le soleil monte à l'horizon, des humains s'élancent sur ces câbles pour aller de l'une à l'autre.

Quand le point de départ est plus élevé que le point d'arrivée, ils se laissent glisser. Lorsque c'est le contraire, ils sont tractés par des enrouleurs similaires à celui qui nous a permis d'arriver ici.

En me penchant, je distingue le sol qui grouille de rats.

Le vent d'altitude ébouriffe ma fourrure.

Je regarde plus loin. La mégapole américaine qui se révèle devant moi est étonnante avec ses buildings, sortes d'arbres rectangulaires qui forment une forêt grise. Cette ville a l'air si froide, si sombre, si géométrique.

Comment peut-on supporter d'être si loin de la nature ?

Assurément, aucun chat ne peut sauter par une de ces fenêtres et retomber indemne sur ses pattes.

Comment peut-on vivre sans pouvoir toucher le sol ?

Edith apporte encore quelques explications :

— Il y a un groupe de scientifiques qui tente de créer un antivirus informatique pour rétablir les communications entre les communautés humaines survivantes.

Elle précise :

— Nous voulons à tout prix nous libérer des rats et reconnecter tout le monde. Ce n'est qu'une question de temps et de motivation.

— Combien y a-t-il d'humains à Manhattan ? demande Nathalie.

— Avant l'Effondrement, il y avait sur cette île deux millions d'habitants. Maintenant, selon notre dernier recensement, il ne reste que quarante mille humains.

— Pour combien d'immeubles ?

— New York en compte un peu plus de deux cents de 150 mètres de hauteur. Les habitants ont quitté ceux qui étaient de taille plus réduite, de peur que les rats ne réussissent un jour à escalader les façades.

— Donc en moyenne deux cents habitants par tour ?

— C'est très variable. Ici nous en avons trois cents, mais il y a d'autres tours moins occupées, et puis, il y a la plus haute tour, le One World Trade Center, qui, à elle seule, compte dix mille habitants.

Je demande :

— Et combien de chats ?

Nathalie traduit ma question.

— Aujourd'hui, huit mille chats et cinq mille chiens. Rien qu'ici, il y a huit cents chats.

Je n'arriverai jamais à me rappeler tous ces chiffres. Je ne retiens que celui de huit mille chats. Et puis je me dis la chose suivante : alors qu'en France je vivais dans un monde horizontal, ici nous sommes dans un monde vertical où, si l'on chute, on ne retombera pas sur nos pattes et notre corps sera déchiqueté par des incisives tranchantes comme des lames.

— Tous, nous nous nourrissons de rats mais aussi de champignons que nous faisons pousser dans les étages inférieurs, plus quelques cultures de légumes et de fruits sur les toits, mais ceux-ci poussent moins vite que les champignons. Comme source d'énergie, nous utilisons ces panneaux solaires et ces éoliennes ; quant à nos besoins en eau, nous avons les citernes qui recueillent la pluie.

— Vous n'avez pas peur que les rats montent ? se renseigne Nathalie.

— Ils n'arrivent pas à grimper sur les façades de verre où leurs griffes n'ont pas de prises, et puis nous avons bouché avec du ciment toutes les tuyauteries, qu'elles servent pour la climatisation, l'aération, l'eau courante, les toilettes ou l'évacuation des ordures. Tout se fait désormais en hauteur.

— Et quand il y a trop de détritus ? demande Roman.

— Nous avons un système d'autorégulation grâce auquel nos excréments, nos déchets organiques et les eaux usées servent de compost pour les plantes.

J'observe ce monde de tours, de tyroliennes et de drones. Un monde fait pour éviter les rats, certes, mais dans lequel je ne me sens pas du tout à l'aise car je ne peux pas sauter d'un toit à l'autre.

Ici, je ne pourrais pas fuir dans l'urgence.

Je rejoins les autres, qui sont redescendus à l'étage inférieur, où se trouve la chambre où l'on nous a installés. Là, arrivée devant la porte, j'entends quelque chose de surprenant : Nathalie et Roman se parlent fort. J'approche. J'ai accès à la traduction de ce qu'ils se disent par le truchement de l'oreillette que Nathalie a posée non loin d'elle et qui est encore allumée.

— Si tu crois que je n'ai pas vu comment tu regardes cette Edith !

— Mais enfin, Nathalie, nous venons à peine d'arriver !

— Ça fait plus d'un mois que nous sommes tous les deux tous les jours face à face et je comprends que tu aies envie d'autre chose, mais enfin, de là à la regarder avec autant d'insistance !...

Ma servante est en colère.

— Tu me fais une crise de jalousie ? Tu crois que c'est le moment ? s'étonne le mâle humain.

— Écoute, ce que je crois, c'est que notre couple est fini, alors tu peux aller coucher avec « ton » Edith et moi je mènerai ma vie. Va-t'en !

Et là-dessus, il sort.

Je gratte à la porte et ma servante consent enfin à ouvrir.

Elle est en pleurs.

Elle me prend dans les bras.

— Finalement, les hommes sont tous décevants et il n'y a que toi que j'aime, Bastet.

Cette déclaration me touche. Une fois de plus, j'ai l'impression que sa vie n'a aucun sens sans moi. Je glisse de ses bras pour récupérer l'oreillette et la lui apporte pour qu'elle comprenne ce que je vais lui dire.

— Vous êtes jalouse, Nathalie ?

— Il reluquait l'Américaine. Une biologiste, en plus !... Je sais qu'il est impressionné par toutes les femmes scientifiques alors que moi, je ne suis qu'architecte.

— Mais qu'est-ce qu'il a fait, précisément ?

— Rien. Enfin, si : il l'a regardée avec des yeux qui veulent tout dire et qui signifient qu'il la désire. Nous les femmes humaines, on perçoit ça tout de suite.

— Donc, il n'a rien fait.

— Tu ne peux pas comprendre.

Elle va encore me dire que je ne suis qu'une chatte.

— Tu n'es qu'une chatte. Et puis, chez vous, les rapports amoureux sont différents. Disons qu'ils sont « plus simples et plus directs ».

Elle pense que je ne mets pas de sentiments dans mes rapports.

— Toi, Bastet, tu ne connais pas les sentiments humains.

Je lèche ses larmes.

En fait, elle pense que je suis peut-être une prophète, mais aussi que je n'ai pas de cœur.

Je décide de ne pas me vexer.

— Que je sache, lui dis-je, Roman n'a encore eu aucun rapport sexuel avec Edith. Ne croyez-vous pas que vous devriez d'abord attendre qu'il séduise cette femelle américaine avant de lui faire des reproches ?

— Il va le faire, c'est certain !

Je prends une grande bouffée d'air.

Comment la raisonner ?

— Donc, vous préférez l'engueuler et le quitter « par avance » ?

— J'ai ma fierté.

— Et s'il ne se passe rien entre eux ?

— Mais si, il va se passer quelque chose ! Edith est plus belle, plus jeune, plus américaine, plus scientifique, plus... nouvelle. Et j'ai vu comme il la regardait, c'est évident. Ça va arriver.

— Et si elle n'a pas envie de lui ?

— Elle va forcément en avoir envie, je l'ai vu aussi dans son regard.

À cet instant, je comprends le problème des humains : leur imagination est plus souvent utilisée à faire leur malheur que leur bonheur.

Ils imaginent Dieu, alors ils tuent ceux qui n'y croient pas.

Ils imaginent que l'être qu'ils aiment les trompe, alors ils le quittent.

Je regarde ma maîtresse et j'en viens presque à me demander comment une espèce qui n'est même pas capable de s'entendre en couple a pu se perpétuer jusqu'à nos jours.

Dire que c'est cette personne qui m'a transformée en ce que je suis.

Là, on dirait une petite fille qui a peur qu'on lui vole son jouet.

— Écoutez, Nathalie, je suis persuadée que votre couple est moins fragile que vous ne le croyez. Et puis, nous avons d'autres enjeux beaucoup plus importants à gérer. Nous sommes quand même en plein effondrement de votre civilisation et nous devons essayer de créer une résistance face aux rats qui nous ont envahis. Les problèmes de survie qui sont les nôtres surpassent forcément les états d'âme sentimentaux, ne croyez-vous pas ?

— J'ai déjà connu cette situation avant, avec un autre homme. C'est pour ça que je sais. Il ressemblait à Roman, d'ailleurs. On a vécu ensemble six mois et puis, un jour, exactement de la même manière, il a croisé une blonde de ce genre et il m'a quittée pour aller avec elle.

Elle a de nouveau un sanglot.

Elle n'écoute pas. Elle ne fait que s'autoconvaincre de ce qu'elle croit déjà. Bon, j'aurais au moins essayé.

— Va-t'en, laisse-moi.

Elle m'attrape par la peau du cou, puis me dépose derrière sa porte, qu'elle ferme à double tour, comme si je risquais de tourner la poignée.

Ma servante me déçoit un peu mais, plus que tout, je regrette de ne pas avoir trouvé les mots pour la rassurer ou la raisonner.

Oh, et puis zut, je ne suis pas psychologue de couple !

Je remonte au sommet de la Financial Tower et j'observe encore New York.

Angelo et Esméralda viennent me rejoindre sur le bord du parapet et regardent eux aussi cette ville si différente de Paris.

Les câbles qui relient les buildings forment comme une toile d'araignée géante. Les humains sur leurs sièges suspendus se saluent parfois de loin.

Tout en bas, les grandes avenues désertes sont jonchées de voitures qui rouillent et de squelettes humains dont les os sont recouverts de lambeaux de muscles.

Je sais maintenant que c'est cela, l'Amérique...

Brusquement, alors que je fixe au nord-est la tour qu'Edith avait désignée sous le nom d'Empire State Building, il me semble qu'elle frémit.

Je me dis que c'est une illusion d'optique due à ma fatigue et aux émotions des derniers jours, mais la tour se met maintenant à vibrer, puis, comme au ralenti, elle bascule sur le côté et s'effondre dans un énorme grondement qui fait trembler le sol. Simultanément, une énorme colonne de poussière s'élève comme pour remplacer la tour par un nuage beige.

J'espère que ce n'est pas ce que je pense.

12. HISTOIRE DE NEW YORK

En 1523, le navigateur florentin Giovanni Da Verrazzano parvint à convaincre le roi de France François Ier de financer une flotte pour trouver un passage à travers l'Amérique afin de rejoindre le Pacifique. Parti de Dieppe sur une caravelle, *La Dauphine*, il longea la côte est américaine en

remontant vers le nord et fit halte, le 17 avril 1524, dans la baie qui allait bien plus tard être connue comme celle de New York.

Il fut le premier explorateur européen à découvrir le site, qu'il baptisa d'un nom français : Nouvelle-Angoulême, précisément en l'honneur de son commanditaire François Ier, comte d'Angoulême. Mais il rentra en France et ne réussit pas à monter une seconde expédition. Ce fut l'Anglais Henry Hudson qui, pour le compte cette fois de la Compagnie néerlandaise des Indes orientales, y revint en 1609. Il explora l'embouchure du fleuve qui allait un jour porter son nom et par ses récits donna envie aux Hollandais de s'y installer. En 1614, Adriaen Block créa une colonie sur le futur site de New York, qu'il nomma Nouvelle-Amsterdam. Il trouva une tribu d'Amérindiens déjà installée sur l'île principale, les Munsee (le nom de Manhattan signifie dans leur langue « petite île »).

La colonisation hollandaise commença en 1623 avec l'arrivée d'une trentaine de familles protestantes. Officiellement, la ville de Nouvelle-Amsterdam n'exista qu'avec l'achat en 1626 par Pierre Minuit du territoire pour 60 florins, ce qui correspond à 25 euros d'aujourd'hui. Minuit eut l'idée de réunir les chefs (les *Sachem)* des tribus Delaware et Susquehannock pour les inclure dans le développement de la nouvelle communauté. Cette dernière passa de quatre cents à mille cinq cents habitants entre 1640 et 1660.

En 1664, un conflit opposa les Anglais aux Néerlandais pour la maîtrise des routes commerciales.

Des frégates anglaises se présentèrent devant la Nouvelle-Amsterdam, qui se rendit sans combattre. Pour honorer le roi d'Angleterre Charles II, la ville prit alors le nom de son frère, le duc d'York. New York était née.

Encyclopédie du Savoir Relatif et Absolu.
Volume XIV.

13. TOUJOURS PLUS HAUT.

Une odeur de poussière de pierre envahit l'air.

Les humains qui sont autour de moi, d'Angelo et d'Esméralda accourent pour regarder dans la direction de ce qui vient de se passer.

Je perçois une intense émotion.

Quelques autres chats viennent nous rejoindre pour observer eux aussi. Parmi eux se trouve Bukowski.

Je n'ai pas envie de perdre mon temps à dialoguer avec cet animal qui m'est fortement antipathique, alors je rejoins ma maîtresse qui observe avec des jumelles la zone touchée.

Des drones décollent pour s'approcher et probablement filmer.

Je l'interroge :

— Alors ? Il se passe quoi ?

Personne ne me répond mais moi, par contre, je peux les comprendre lorsqu'ils parlent et que j'entends, même de loin, leurs voix à travers le micro de l'oreillette de Nathalie.

— L'EMPIRE STATE BUILDING ! balbutie un vieil homme.

Ils ont l'air de ne pas en croire leurs yeux.

— ILS ONT EU L'EMPIRE STATE BUILDING ! répète Edith Goldstein, qui semble sous le choc de cette vision.

Je questionne encore :

— « Ils » ? Qui ça, « ils » ? Les rats ? Je ne vois pas comment des rats pourraient détruire un immeuble.

Mais personne ne m'écoute. Progressivement la poussière se disperse et les drones en s'approchant nous montrent, par le truchement d'écrans numériques, la scène de plus près. On voit des corps inertes, probablement ceux des humains qui vivaient dans la tour. Ils gisent désarticulés au milieu des blocs de ciment. Les rats grouillent dans les décombres.

Enfin Nathalie consent à baisser ses jumelles et murmure :

— Ils sont parvenus à grignoter avec leurs incisives les fondations de l'Empire State Building jusqu'à ce que la tour s'effondre…

— Ainsi King Kong ne l'aura pas détruite, mais les rats l'auront eue, ajoute Roman. Ce n'est pas des grosses bêtes qu'il fallait avoir peur mais des petites…

— J'ai étudié ce bâtiment pendant mes études d'architecture, répond Nathalie. L'Empire State Building a été construit en 1930. Ses fondations sont constituées de blocs de calcaire. Les murs sont, ou plutôt « étaient », en brique et en ciment… Ces matériaux sont friables et n'ont peut-être pas résisté aux incisives des rongeurs. Mais rassurez-vous, la tour dans laquelle nous nous trouvons a été construite en 1987 en béton. Elle est beaucoup plus solide.

— En tout cas, leurs incisives sont sacrement dures, dis-je.

Au dernier étage, sur les écrans des ordinateurs portables des humains, les images vidéo des drones présentent sous différents angles l'ampleur de la catastrophe. Je demande à Nathalie de me laisser regarder dans les jumelles et je constate alors qu'au sommet des trois autres tours du Financial District des humains affolés ont les yeux braqués dans la direction du nuage de poussière à l'emplacement de l'Empire State Building.

Et puis on entend un second vacarme.

Une autre tour s'effondre.

C'est une tour éloignée, plus au nord, probablement une tour ancienne, elle aussi.

Je baisse les jumelles vers le sol. Des groupes de rats coulent dans les avenues comme un sang marron. Je suis ce courant du regard : les rats s'accumulent aussi au pied de la tour numéro 1. Ils font de même à la numéro 3 et à la numéro 4. Et même… sous la nôtre !

Non, ce n'est pas possible. Nathalie a dit que l'Empire State Building était tombé parce que c'était un très vieux bâtiment dont les fondations étaient en calcaire et les murs en brique et en ciment mais qu'ici, c'était du béton…

Déjà, des drones reviennent pour filmer les rats qui grignotent notre tour.

Sur les écrans, on les voit bien qui, par milliers, arrivent à planter leurs incisives dans les murs et creusent des brèches.

Leurs dents sont plus dures que nos fondations. En se relayant ils sont encore plus performants. Rien ne les arrête. Ils sont comme des vagues qui attaquent une falaise. À force de répéter le même geste sans fin, ils vont finir par nous avoir.

Je sursaute.

Une sirène en provenance de quatre gros cônes de métal vient de retentir sur le toit. C'est l'affolement chez les humains et, à un moindre niveau, un grand désarroi aussi chez les autres animaux, qui n'ont pas encore compris ce qui se passe.

Edith annonce dans un mégaphone :

— ÉVACUATION IMMÉDIATE !!!

La panique est indescriptible. Le groupe humain transmet son angoisse aux chats et aux chiens.

Le reste des habitants de notre tour nous a rejoints sur la terrasse du sommet et tout le monde se regroupe sur le bord le plus à l'est. De là part un câble qui remonte vers un autre immeuble bien plus haut.

Tout va ensuite très vite.

On accroche des nacelles aux poulies des grues. Dans la précipitation, les humains ont tenté de rassembler leurs biens les plus précieux dans des sacs à dos.

Angelo me regarde et miaule :

— Maman, je ne veux pas fuir ! Je veux me battre, je suis sûr qu'on peut en venir à bout, de ces rats, comme on l'a fait avec ceux qui voulaient monter sur le voilier.

Qui m'a donné un fils aussi stupide ?

Je ne me rappelle plus bien qui était le père car c'était une soirée où j'avais été honorée par tout un groupe de matous qui vivaient sur les toits de Montmartre.

J'essaie pourtant d'être pédagogue.

— Hum… C'est bien d'être courageux, Angelo, mais il ne faut engager que les combats qu'on peut gagner.

Malgré l'urgence de l'évacuation, nous attendons longtemps… Car, bien entendu, nous les derniers arrivés sommes considérés comme des étrangers, nous passerons en dernier.

L'attente m'agace.

Je monte sur l'épaule de ma servante.

— On va où ?

— Dans le seul endroit où nous serons en sécurité. Le One World Trade Center.

— Le plus grand gratte-ciel ?

— Oui. 541 mètres. Cent quatre étages. C'est aussi le plus récent, il a été construit après l'attentat du 11 septembre 2001, et il bénéficie de techniques beaucoup plus avancées que les autres, me signale ma servante.

— Vous voulez dire que cette tour pourrait résister aux incisives des rats ?

— C'est certain.

— Même s'ils sont très nombreux ?

— C'est selon moi la seule tour qui pourra résister.

— Expliquez-moi, s'il vous plaît, maîtresse. Je n'ai pas le temps de consulter l'Encyclopédie mais je veux savoir, qu'est-ce qui vous rend si sûre de la solidité de cette tour ?

— Chaque tour est fabriquée dans le matériau le plus solide de son époque. Avant, c'était les blocs de pierre, puis la brique et le ciment, et maintenant, c'est le béton. Cependant, il y a plusieurs sortes de béton. Le béton ordinaire, le plus ancien, a une résistance de 16 à 40 MPa. Le mégapascal est l'unité de pression. Ensuite, le BHP, béton à hautes performances : de 50 à 80 MPa. Puis le BTHP, béton à très hautes performances : de 80 à 100 MPa.

J'interviens :

— L'immeuble sur lequel nous sommes est en BTHP ?

— Exact, me répond Nathalie, étonnée qu'une simple chatte comme moi s'intéresse précisément à son domaine de prédilection dans un instant aussi délicat. Mais les rats n'ont pas peur de s'y attaquer. Et ils vont finir par réussir à le faire s'effondrer lui aussi.

— Et là où l'on va, le béton est différent ?

— Le One World Trade Center est construit en BUHP, béton à ultra hautes performances. C'est ce qui se fait de mieux. Il résiste jusqu'à 250 MPa. C'est ce béton qui est par exemple utilisé pour les centrales nucléaires.

C'est censé me rassurer ?

Je garde un œil sur l'écran vidéo où l'on distingue le bas de notre immeuble. La poussière commence à obscurcir la scène et je me doute que les rats s'acharnent sur les fondations.

J'attends notre tour sur la tyrolienne de montée avec plus de philosophie. C'est enfin à nous. Nathalie nous prend, moi et Angelo, dans ses bras. Esméralda ira avec Roman, comme elle en a l'habitude.

Nous nous serrons les uns contre les autres alors que le signal du départ est lancé par un humain.

Notre siège commence à remuer et nous voilà partis.

C'est encore plus haut que je ne le pensais.

Nous passons au-dessus d'habitations basses, sombres et vides.

Nathalie me désigne un parc avec deux trous carrés.

— C'est là que jadis se trouvaient les deux tours du World Trade Center qui se sont effondrées.

— Attaquées par des rats ?

— Non, par des fanatiques religieux.

Je n'ose pas poser plus de questions. On dirait que cela lui provoque une émotion désagréable.

Je remarque que les angles du One World Trade Center sont biseautés. Je me dis aussi que c'est étonnant d'avoir gardé pratiquement le même nom pour la nouvelle tour.

L'élévation commence à me donner le vertige. Je crois que l'accident de Pythagore a changé ma perception de l'espace et de la hauteur. Je ne supporte plus aussi bien qu'avant le vide au-dessous de moi.

Les parois de verre sont comme des miroirs qui reflètent les nuages. J'ai l'impression qu'il n'y a plus de repère solide.

Je vole lentement.

Heureusement, nous arrivons enfin au sommet de cet édifice monumental.

Au dernier étage, je repère un mât qui doit être une antenne de radio ou de télévision. Là encore, il y a des humains qui utilisent pour nous tracter une grue et une manivelle qui servaient autrefois au dispositif de nettoyage des vitres.

Ils nous font signe de descendre en vitesse pour pouvoir lancer de nouveau la nacelle.

Le toit est déjà rempli d'une foule d'humains, de chats et de chiens qui se bousculent. Nous sommes dirigés vers les escaliers pour libérer la zone d'accueil.

Nous descendons et arrivons ainsi dans une salle panoramique qui devait être le restaurant du dernier étage.

Là aussi règne un grand désordre. En fait, tous les humains et tous les chats présents sont affolés, nerveux. Ils ont peur. Une odeur de sueur aigre sature l'atmosphère. On entend un brouhaha angoissé. Une ambiance de fin du monde.

L'effondrement de l'Empire State Building a provoqué l'effroi général. L'attaque simultanée de pratiquement toutes les tours habitées par les humains les a paniqués.

Les humains parlent fort, les chats miaulent dans les aigus. Même les chiens grognent.

J'ai hâte de m'extraire de cette ébullition qui m'empêche de réfléchir.

Dans ces moments de chaos, je sais que moi seule peux sauver le monde. Moi et mon esprit. Moi et ma capacité à établir des liens entre les éléments.

Roman et Esméralda nous rejoignent enfin. Nous restons ensemble.

Des humains nous indiquent où nous placer. Déjà certains groupes sortent de cette grande salle par les escaliers pour aller aux étages inférieurs, qui doivent être moins encombrés.

Petit à petit, la foule devient moins dense. Des quelques bribes de conversations que j'entends, je comprends qu'on propose aux nouveaux arrivants de rejoindre leurs communautés respectives, et qu'il y a une tribu par étage.

Nous descendons, nous aussi.

— Nous aurions mieux fait de ne jamais quitter la France, dit Esméralda qui a toujours le chic pour prononcer la phrase qui ne sert à rien au plus mauvais moment.

La théorie d'Edith sur les communautés se confirme. Au 96e étage se trouvent rassemblés les habitants du quartier chinois ; et plus bas ceux des quartiers latino, juif et italien, les étudiants de Greenwich Village, les punks, les évangélistes, les suprématistes blancs, les Noirs, les gangs latinos, etc.

Nous remarquons qu'à chaque niveau la décoration est différente. Les occupants sont aussi habillés de manière spécifique.

Je constate que la mosaïque de communautés qui compose la société américaine, avec son système de cultures parallèles, perdure dans ce moment si particulier, dans cette tour qui offre à présent une version en modèle réduit de leur monde. Il me semble même qu'à chaque étage ils parlent des langues différentes.

— Il y a un étage pour les Français ? demande Nathalie à un autochtone.

— Bien sûr. Le 69e.

Nous y arrivons.

Ici, les habitants ont récréé l'ambiance de Montmartre dans les années 1900. Tout se passe comme si chaque tribu voulait ressembler à l'image caricaturale que se font d'elle les Américains.

Il y a un drapeau bleu blanc rouge, des photos de la tour Eiffel, de l'Arc de Triomphe, de la basilique du Sacré-Cœur, de la cathédrale Notre-Dame de Paris, une reproduction de la Joconde du Louvre, des photos du général de Gaulle, de Brigitte Bardot, des danseuses du Moulin Rouge, un portrait de Jules Verne.

Les Français d'ici acceptent en tout cas cette vision simplifiée de leur propre pays et semblent même en jouer. Peut-être par nostalgie, certains habitants du 69e étage portent un béret, arborent des moustaches taillées en pointe, ou encore des pantalons à bretelles.

L'Effondrement leur a manifestement donné envie d'assumer leurs origines et d'exhiber leurs spécificités.

À une grande table recouverte d'une nappe à carreaux rouges, des gens mangent des hot-dogs. Si ce n'est qu'à la place de la saucisse rose habituelle, il y a un rat cuit marron.

Ils font du pain !

Je hume avec délice l'odeur que j'avais sentie jadis à l'époque où la civilisation humaine produisait encore ce genre d'œuvre d'art olfactive.

— Je ne sais pas vous, mais moi, j'ai encore faim, s'exclame Esméralda, pragmatique.

Nathalie et Roman vont chercher des sandwichs au rat cuit et s'assoient à une table.

Pour nous, il fallait s'en douter, il y a du rat cru.

Cette source de protéines est inépuisable, au moins.

Je réclame cependant à Nathalie un peu de pain.

Je sens cette nourriture qui descend dans mon œsophage et tombe dans mon estomac.

Mon fils Angelo a l'air surpris de me voir manger du pain. À son tour il goûte un morceau… qu'il recrache aussitôt.

Un chat qui mange du pain, ce n'est pas normal. Nous sommes censés être des carnivores.

J'observe autour de nous. Le 69e étage devait être l'open space de la rédaction d'un magazine.

Les bureaux ont été transformés en lits ou en tables de salle à manger. Ils sont séparés par des paravents.

Edith, qui est restée avec nous, négocie avec des responsables de l'étage pour avoir trois « lits ».

Nous pouvons nous installer.

Un écran diffuse une chaîne d'actualités interne à la tour.

On y voit des rats qui s'agglutinent au rez-de-chaussée. Mais ils ne parviennent pas à attaquer le verre, le béton à ultra hautes performances et l'acier. Ils repartent donc bredouilles, avant d'être vite remplacés par d'autres, aussi peu efficaces.

— Cette fois-ci, ils ne réussiront pas ! déclare Nathalie, qui ne quitte pas l'écran des yeux.

Pour ma part, je procède à l'activité qui me détend le plus : me lécher.

Je me passe une patte derrière l'oreille et me mets au travail.

Ne pas penser à Pythagore, ne pas penser à Champollion, ne pas penser à tous mes compagnons de voyage du Dernier espoir. *Ne pas penser aux rats.*

Je procède avec détermination, plongeant ma langue râpeuse dans mes poils pour en extraire des touffes collées.

C'est comme si je me débarrassais de tout ce malheur qui nous tombe dessus.

Pour la première fois depuis ces derniers jours, j'ai l'impression d'être en sécurité.

Ma mère disait : « Le malheur finit toujours par se fatiguer de s'acharner sur les mêmes personnes. »

Je regarde mon fils.

Pauvre Angelo, tu n'es pas né dans le meilleur des mondes. Tout ce que j'ai à t'offrir, c'est la survie dans le présent. Pour le futur je n'ai plus de vision.

Ici je ne suis plus reine.

Je ne suis pas encore prophète.

Je suis juste une chatte étrangère tolérée par les autochtones.

Une chatte qui a peur et qui n'a plus assez d'imagination pour visualiser la façon dont les choses pourraient s'arranger.

La triste réalité est que nous subissons l'invasion d'une espèce qui se reproduit à toute vitesse et qui, par son seul nombre, arrive à évoluer suffisamment vite pour relever tous les défis.

Je me mets en position de sieste pour que personne ne vienne me déranger et je me branche avec mon Troisième Œil sur l'Encyclopédie que j'ai au cou pour voir si je peux trouver des situations similaires qui ont bien fini pour nous les chats.

14. HISTOIRE DU CHAT OSCAR.

En mai 1941, après avoir défié la Royal Navy britannique, le cuirassé allemand *Bismarck*, surnommé « l'Ogre nazi », fut enfin coulé. Sur 2 200 membres d'équipage, il n'y eut que 114 survivants plus un chat noir à la gorge blanche. Ce félin fut récupéré par l'équipage du destroyer anglais HMS *Cossack*, qui le baptisa Oscar. Cependant, un mois plus tard, le *Cossack* fut attaqué par un sous-marin allemand. L'explosion arracha tout l'avant du navire et causa la mort de 159 membres d'équipage.

Une fois de plus, Oscar fit partie des rares survivants et il fut, cette fois-ci, transbordé sur le porte-avions anglais *Ark Royal*. Cependant, Oscar ne devait pas porter chance : quelques semaines plus tard, l'*Ark Royal* fut à son tour envoyé par le fond par une torpille allemande. On retrouva le chat debout sur une planche flottante. Les naufragés affamés n'osèrent pas le manger. Oscar fut alors embarqué à bord du destroyer HMS *Lightning*.

Son histoire finit par arriver aux oreilles des dirigeants de l'Amirauté qui, ne voulant pas prendre le risque de le voir porter de nouveau malchance à un bâtiment, décidèrent de le transférer tout d'abord dans les bureaux du gouverneur de Gibraltar puis dans la Maison des marins de Belfast, en Irlande du Nord, où il mourut tranquillement quatorze ans plus tard. Il fut immortalisé grâce à un tableau peint par l'artiste Georgina Shaw Baker, où l'on voit un chat noir et blanc sur une pièce de bois flottante.

Ce tableau se trouve au musée de la Marine de Londres.

Encyclopédie du Savoir Relatif et Absolu. Volume XIV.

15. PALABRES.

Un coq chante. J'ouvre les yeux. En fait, ce n'est pas un coq mais une sonnerie coq. Je prends conscience de là où je me trouve et je comprends que je me suis endormie en consultant l'Encyclopédie.

Une sieste due à l'épuisement nerveux.

On est encore l'après-midi.

Nathalie se ronge les ongles. Angelo est blotti contre moi. Sur un autre lit, il y a Roman et Esméralda. Je me souviens que je suis dans l'immeuble le plus haut de Manhattan, en Amérique, si loin de Paris, si loin de ma petite maison de Montmartre. Si loin de la tranquillité. Au milieu des rats.

La sonnerie coq continue de retentir, réveillant tout le monde.

Encore une catastrophe ?

Je monte sur l'épaule de Nathalie qui est en train d'échanger avec d'autres humains. Elle m'informe : il y a une réunion d'urgence du gouvernement au 104ᵉ étage pour faire le point sur la situation.

— Je peux venir avec vous ?

L'ancien restaurant panoramique a été réaménagé. Une estrade a été installée au fond, avec un pupitre, un écran derrière. Devant, une centaine de chaises.

Sur le côté, les grandes baies vitrées permettent de voir New York de très haut.

Des humains s'assoient sur les sièges. D'autres restent debout autour.

Edith Goldstein nous aperçoit de loin et vient nous rejoindre.

— Ce sont les cent un représentants des tribus, explique-t-elle avant que nous lui posions la question.

— Comme un pow-wow des tribus indiennes ? demande Roman Wells.

— Non, ce serait plutôt une sorte d'assemblée des Nations Unies, si ce n'est qu'il s'agit de l'assemblée des Tribus Unies. Chaque tribu a son représentant pour faire entendre sa voix et les décisions importantes sont votées à la majorité.

J'observe les participants. J'identifie à leurs vêtements caractéristiques un Chinois, un quaker, un punk, un gothique, un Latino, et même un Amérindien qui a revêtu la tenue de sa tribu.

Autour d'eux, un millier de spectateurs venus assister à l'événement.

Je m'impatiente :

— Et pourquoi ça ne démarre pas encore ?

— On attend la présidente, répond Roman.

— Ah… Il y a une présidente ?

— D'après ce que j'ai compris, elle a été élue par l'ensemble des tribus, ce qui lui donne le droit de prendre toutes les décisions essentielles sur des questions quotidiennes.

— Elle détient le pouvoir exécutif ?

— En effet, elle cumule le rôle de chef d'assemblée et de chef de gouvernement.

Une dizaine de minutes passent, puis une vieille dame entre par une porte située derrière l'estrade. Elle a une robe bleu clair, des chaussures noires. Ses cheveux blancs aux reflets roses sont laqués et forment une sorte de casque. Elle marche avec une canne et semble vraiment très âgée.

— Oh ! Je la reconnais, s'exclame Nathalie. C'est Hillary Clinton. Jadis, elle s'est présentée pour devenir présidente des États-Unis pour le parti démocrate. Elle n'a jamais été élue, mais là, on dirait qu'elle a fini par réussir !

— L'Effondrement lui a permis d'accéder enfin à son rêve, ajoute Roman.

Hillary Clinton, s'aidant de sa canne, se place face au pupitre, y dépose quelques feuilles de notes, teste les micros, puis s'adresse à l'assemblée. Malgré son âge, elle a l'air particulièrement vive et dynamique.

— Mesdames et messieurs, l'heure est grave.

Je comprends ce qu'elle dit grâce à mon Troisième Œil branché sur le micro récepteur-traducteur de Nathalie. Heureusement, Hillary Clinton articule parfaitement.

— Ce qui nous arrive ressemble au conte pour enfants des *Trois Petits Cochons*, dit-elle. Si vous vous rappelez bien, chacun des trois cochons bâtit une maison pour se protéger du loup. La première en paille, la deuxième en bois et la troisième en brique. Lorsque le loup arrive, il commence par s'attaquer à la maison en paille. Il avertit qu'il va souffler et la faire s'effondrer. Et il le fait. Alors le premier cochon s'enfuit de justesse et va se réfugier chez le deuxième, qui a une maison en bois. Mais le loup les rejoint, il souffle et la maison en bois s'effondre aussi, alors les deux cochons vont se réfugier chez le troisième, qui a une maison en brique, et là le loup souffle mais la maison tient et les trois petits cochons sont en sécurité et le loup n'arrive pas à les manger. Dans la réalité, la maison en brique, à savoir l'Empire State Building, s'est effondrée, et vous êtes venus dans notre tour de verre et d'acier.

Elle inspire et laisse passer un temps.

— Tiendra-t-elle ? Nous l'espérons, car c'est notre dernier sanctuaire. Si ce gratte-ciel ne résiste pas, alors il n'y aura plus aucune échappatoire, nulle part où aller, et ce sera la fin de l'humanité, sur cette île de Manhattan. Et peut-être au-delà…

Un silence suit l'évocation de cette sinistre hypothèse.

— Cependant, on ne peut pas rester là à attendre les bras croisés. Même si nous avons des réserves de nourriture et que les murs sont solides, la menace est réelle car notre adversaire est différent du loup de la fable, il ne cesse d'évoluer pour devenir de plus en plus menaçant.

On entend des murmures dans la salle.

— Pour commencer, je propose que notre One World Trade Center reprenne son nom d'origine qui est « Freedom Tower ». Ainsi, cette tour sera symboliquement le point de départ de la libération du monde.

Cette proposition semble ravir tout le monde, et sans surprise la motion est acceptée par un vote à main levée.

— Bien, dit Hillary. Ce premier point étant posé, je voudrais vous rappeler un certain nombre d'éléments. Avec les nouveaux arrivants venus des différentes tours habitées de Manhattan, la Freedom Tower comprend approximativement quarante mille habitants humains, huit mille chats et cinq mille chiens. Nous évaluons nos pertes, entre les habitants de l'Empire State Building et les chutes accidentelles de tyrolienne durant l'évacuation, à trois cents personnes, quatre-vingts chats et cinquante chiens. Ce qui, compte tenu des circonstances, est finalement un ratio acceptable. Je voudrais d'ailleurs féliciter nos équipes de pompiers qui se sont activées aux tyroliennes et qui ont assuré l'évacuation dans les meilleures conditions. Je propose donc un vote pour leur accorder une prime en eau douce et en nourriture.

De nouveau le vote est unanime, suivi d'applaudissements pour tous ceux qui ont permis le succès de la mission d'évacuation des autres tours.

— Cela étant établi, je souhaite qu'on coupe tous les filins nous reliant aux autres tours, afin d'éviter de voir des rats parvenir à grimper sur ces cordages, risque qui, à voir leurs progrès dans tous les domaines, n'est pas nul. Votons pour cette proposition.

Nouveau vote unanime.

Je comprends sa stratégie. Elle propose des thèmes de vote anodins pour commencer à donner l'habitude de la soutenir. C'est la technique du 3 + 1. J'ai lu quelque chose là-dessus dans l'Encyclopédie : on pose à quelqu'un trois questions qui entraînent automatiquement une réponse positive, en conséquence de quoi il a envie de répondre de manière positive à la quatrième question. Or c'est souvent celle-là qui est la plus litigieuse.

— Bien. Pour ce qui est de l'arrivée des nouveaux dans nos murs, je sais que tout s'est bien passé. Là encore, je voudrais attirer l'attention sur le superbe travail effectué par les équipes d'accueil de la Freedom Tower. Ils ont su éviter toute bousculade. Néanmoins, je dois rappeler que cette tour n'abritait jusqu'à hier que dix mille individus et que l'arrivée de trente mille personnes en quelques heures pose incontestablement un défi logistique. Donc, jusqu'à ce que ces « étrangers des autres tours » soient parfaitement intégrés et aient trouvé une manière d'être utiles à la communauté, je propose qu'ils n'aient pas le statut de « citoyen » mais celui de « résident ».

Un représentant chinois lève la main et pose la question que nous nous posons tous :

— Quelle est la différence ?

— Le citoyen aura un accès privilégié aux réserves d'eau, de nourriture, de légumes, d'électricité et aux objets électroniques. Et ce n'est que lorsque les besoins de tous les citoyens auront été satisfaits que, s'il en reste, les résidents pourront être servis. Évidemment, les résidents qui auront su montrer qu'ils possèdent un talent particulier utile ou indispensable à la communauté pourront accéder plus rapidement au statut de citoyen.

Tout cela me semble un peu confus mais j'en déduis que moi et mes humains, nous avons un statut inférieur, avec moins de nourriture et moins de droits.

— Incroyable ! Dans des circonstances aussi dures, ces Américains arrivent encore à créer une discrimination, s'agace Roman Wells.

Cette disposition est proposée au vote. Mais comme les représentants des tribus sont tous des citoyens et qu'ils tiennent à leurs privilèges, ils votent là encore à l'unanimité la proposition d'Hillary Clinton.

Cette femme est un génie de la politique.

C'est ainsi qu'il faudra que je gouverne quand je serai moi-même reine. Je leur fais voter des propositions insignifiantes et je les manipule sur les points controversés.

Hillary Clinton consulte ses notes puis poursuit :

— Je demande au chef Cheval Fougueux, représentant de la communauté amérindienne sioux, de nous rejoindre pour instruire les nouveaux venus de nos us et coutumes.

Un homme s'avance et monte sur l'estrade. Il porte une coiffe avec des plumes et une veste en peau avec des motifs d'animaux.

— Ici, nous chassons à l'arc depuis le premier étage. Ce sont des arcs que nous avons fabriqués nous-mêmes avec des tiges de plastique que nous avons trouvées dans les bureaux. Les pointes de flèche sont faites avec des lames de cutter. Chaque flèche est reliée à une corde et une fois qu'elle est plantée dans le rat, il suffit de tirer sur la corde pour le récupérer. Quant à l'eau, si vous voulez vous laver, il va falloir construire deux ou trois nouvelles citernes, je vous montrerai comment procéder.

— Merci, Cheval Fougueux. Et merci à l'équipe de ravitaillement qui jusque-là a vraiment bien assuré.

Nous n'avons jamais manqué de viande de rat, ni d'eau douce. Bien, passons à l'équipe des drones. Sylvain, peux-tu venir ?

Un jeune homme de grande taille, barbu, aux cheveux bruns ébouriffés, la rejoint près du pupitre.

Il dégaine une télécommande et allume le grand écran qui les surplombe.

— Nous avons repéré où se trouve leur roi, Alcapone.

Cette fois-ci, le murmure qui parcourt l'assistance exprime la satisfaction.

— Sur les images filmées ce matin, on voit qu'au moment de l'effondrement de l'Empire State Building, Alcapone et ses barons étaient présents.

En effet, sur les images diffusées, on aperçoit au milieu de la masse des rats de taille ordinaire un groupe de rats plus gros et, parmi eux, le rat énorme que j'avais déjà vu sur le smartphone d'Edith Goldstein.

Sylvain poursuit :

— J'ai donc utilisé un système d'intelligence artificielle pour enregistrer la forme précise d'Alcapone. Dès lors, nous avons pu le suivre au milieu de ses congénères grâce à la reconnaissance automatique de sa forme.

Il fait avancer la vidéo.

— Nos drones ont suivi Alcapone en le filmant de haut et de loin et ils ont fini par découvrir où il se cache.

Sur l'écran, on distingue le gros rat porté par ses barons qui nagent pour rejoindre une zone herbeuse avec quelques arbres puis un bâtiment.

— Maintenant, on sait où vit le cerveau de nos ennemis. Sur Liberty Island, l'île où se trouve la statue de la Liberté, et plus précisément dans son socle.

Hillary ne semble pas partager son enthousiasme.

— C'est une petite avancée mais tant qu'on ne sait pas comment le combattre, savoir où il est ne suffit pas, tempère-t-elle. Y a-t-il d'autres nouvelles que nous ignorons, en provenance peut-être des récents arrivés ?

— Oui, moi j'ai quelque chose à dire, signale Edith Goldstein.

Elle est invitée à monter sur l'estrade.

— Bonjour, je viens du Financial District, de la tour numéro 2. C'est moi qui ai mis au point le raticide Prometeus qui a permis dans un premier temps d'éradiquer tous les rats de New York.

— C'était quoi, votre Prometeus ? demande Hillary Clinton.

— Je vous explique. J'ai utilisé la technique dite CRISPR. Ce sont des « ciseaux chimiques » qui permettent de couper et de coller des morceaux dans les rubans d'ADN comme s'il s'agissait de vrais rubans de tissu. Je ne vais pas vous ennuyer avec les détails techniques mais cela permet de faire du rafistolage dans les gènes. J'ai pu ainsi faire muter des rats. Ensuite j'ai diffusé cet ADN mutant en utilisant le virus assez banal mais très contagieux de la grippe. J'ai choisi précisément le nom Prometeus car la mutation frappe les gènes qui gèrent leur foie. Les rats attrapaient une grippe qui leur transmettait sans qu'ils s'en aperçoivent une hépatite.

— Mais ils ont trouvé la parade, ironise une représentante de la tribu des punks. Et on voit le résultat.

— C'est bien pourquoi j'étudie actuellement une nouvelle forme d'épidémie. J'étais sur le point d'aboutir, dans le laboratoire de notre tour, quand notre migration vers la Freedom Tower s'est avérée nécessaire. Je travaillais sur une technique similaire mais qui agirait non plus sur le foie mais sur le cœur.

— Une épidémie qui leur donnerait des crises cardiaques ? questionne Hillary, intriguée.

— L'idée est que leur mort semble « normale » pour eux-mêmes afin qu'ils ne pensent pas à mettre en quarantaine les individus touchés. Ça a presque marché la première fois. Ce que je demande, c'est qu'on me réserve une salle que je transformerai en laboratoire de biologie. Peuvent bien sûr se joindre à moi ceux qui le souhaitent.

— Parfait. Il n'y a pas besoin de vote pour ça. Vous pourrez aller au 5e étage, où se trouvait une clinique vétérinaire. Vous pourrez ainsi utiliser tous les microscopes et appareils nécessaires à vos recherches. Y a-t-il d'autres immigrés dont les recherches seraient avancées et pourraient nous être utiles ?

Une femme à la peau noire et aux cheveux crépus formant une grande masse sphérique sur sa tête lève la main. Elle est invitée à venir sur l'estrade. Elle a un T-shirt jaune avec un motif représentant un ordinateur.

— Jessica Nelson. Je viens de la tour Bank of America. Je suis une ancienne étudiante du MIT de Boston, spécialisée dans les virus informatiques. J'avais déménagé à New York un an avant l'Effondrement et je travaillais précisément pour la Bank of America sur les systèmes de protection numérique. Quand le virus DIEU EST PLUS FORT QUE LA SCIENCE a frappé le monde, j'ai commencé seule à élaborer un antivirus spécialement adapté à la situation en profitant d'un matériel informatique de dernière génération. Je n'avais plus accès aux anciens fichiers qui étaient sur le Cloud, alors, par sécurité, j'ai écrit mes propres programmes afin d'être certaine qu'ils ne soient pas infectés.

— Et donc, c'est quoi, votre proposition ? s'impatiente Hillary Clinton.

La jeune femme sourit.

— Ce n'est pas une proposition. C'est plutôt une information : j'ai réussi à mettre au point l'antivirus la semaine dernière et j'étais en train de le tester lors de l'alerte. Toujours est-il que la bonne nouvelle est que je crois qu'il est au point.

— Vous croyez ?

— En fait, j'en suis sûre. Il suffit de l'installer pour voir le résultat. On peut le faire tout de suite.

— Et votre antivirus va faire quoi, au juste ? Excusez-moi mais je ne suis pas informaticienne…

— Je l'ai baptisé LA SCIENCE EST PLUS FORTE QUE DIEU car il va mettre hors d'état de nuire le virus qui a détruit Internet.

— Vous voulez dire que vous avez les moyens de refaire marcher tout Internet sur toute la planète ?

Cette fois, la présidente est impressionnée et s'adresse à Jessica Nelson sur un ton plus respectueux. La jeune femme affiche un air modeste.

— Je l'espère.

Elle sort une clef USB assez similaire à celle que j'ai autour du cou.

— Je vous propose de lancer le programme devant vous et devant les représentants des cent une tribus afin que vous constatiez par vous-mêmes son efficacité. Pourrait-on brancher un ordinateur sur l'écran derrière nous ?

Sylvain acquiesce en brandissant son propre ordinateur.

— Ici, nous avons un réseau propre, local, de type Intranet, indique-t-il. Il fonctionne uniquement en circuit fermé et il n'a jamais été en contact avec l'Internet extérieur précisément pour éviter d'infecter nos appareils.

— Je vais donc d'abord déposer ce « vaccin » dans votre ordinateur puis, quand il sera protégé, il pourra être branché sur le réseau international, annonce la jeune informaticienne. Il ne sera alors pas endommagé par le virus mais il diffusera, lui, le virus LA SCIENCE EST PLUS FORTE QUE DIEU qui annihilera tous les effets néfastes de DIEU EST PLUS FORT QUE LA SCIENCE lancé par les fanatiques religieux.

— C'est-à-dire que, si l'opération ne marche pas, nous prenons le risque de contaminer nos machines ? s'enquiert Sylvain.

— Pas de grand gain sans grand risque, répond Jessica. Il faut me faire confiance.

Sylvain la regarde avec inquiétude.

— Le risque est énorme, alors c'est moi qui demande à ce qu'on vote, dit-il. Je veux être sûr qu'en cas d'échec on ne me fasse aucun reproche. Je rappelle, au cas où il y aurait un doute, que notre réseau informatique gère toute l'électricité, l'électronique, l'informatique, les smartphones utilisés dans la Freedom Tower. Ce qui signifie que si votre antivirus ne fonctionne pas et que nous nous branchons sur Internet, tous nos appareils seront hors service.

— Faites-moi confiance.

Hillary Clinton prend à son tour la parole :

— Nous allons procéder à un vote. C'est toute notre informatique que nous jouons sur ce coup de poker, n'est-ce pas ?

— Affirmatif, répond Sylvain, et je suis désolé, mademoiselle, mais nous ne vous connaissons pas.

Le vote a lieu à main levée et sur les cent un participants, il y a cinquante voix pour et cinquante et une voix contre.

— Eh bien, j'ai une voix double, annonce Hillary après s'être éclairci la gorge. C'est donc moi qui vais prendre la décision finale.

La vieille dame s'approche de Jessica Nelson et lui prend les mains. Elle plonge ses yeux bleus dans les yeux noirs de la jeune femme et reste longtemps dans cette position comme si elle se branchait sur son cerveau.

— Vous nous garantissez qu'il n'y a pas de risque d'être nous-mêmes infectés en voulant lutter contre le virus ?

— Il y a un risque, mais il est minime. Mais si nous réussissons, nous aurons accès à beaucoup de nouvelles possibilités. Je crois que cela vaut le coup d'essayer.

Hillary garde encore quelques instants ses mains dans les siennes. Elle ferme les yeux puis décrète enfin :

— Ok, on le tente. Mettez votre antivirus sur cet ordinateur et nous le brancherons ensuite sur l'Internet mondial.

Surmontant ses réticences, Sylvain hausse les épaules et enfonce la clef USB censée contenir le programme miracle dans le port de son ordinateur.

Puis il branche l'ordinateur sur la prise le reliant à l'écran derrière lui.

Apparaissent le contenu de l'ordinateur et l'antivirus dont les initiales sont LSPFQD.

Il laisse ensuite Jessica procéder.

La jeune femme ouvre son programme, le lance, et elle déclare :

— Maintenant, cet ordinateur et tout le réseau interne de la Freedom Tower sont vaccinés.

Je ne comprends pas bien de quoi il s'agit. Nathalie m'explique :

— L'ordinateur a survécu à l'antivirus, c'est comme un enfant qui n'est pas tué par le vaccin.

Puis Jessica se connecte à Internet. Elle ouvre un programme permettant de circuler sur le réseau et elle dissémine son antivirus.

Des lignes de programme indiquent :

« Nouvel appareil détecté. Virus détecté. Attaque du système. Attaque bloquée. Envoi de l'antivirus. Antivirus installé. Virus détruit. Diffusion à partir de ce nouvel appareil. »

Cette série de phrases encodées s'affiche plusieurs fois, de plus en plus fréquemment.

Jessica utilise alors un programme de visualisation qui fait apparaître un planisphère. Elle explique :

— Je me branche maintenant sur le satellite militaire d'observation Onyx à partir duquel nous allons pouvoir observer la diffusion planétaire de l'antivirus.

— C'est quoi, ces points rouges qui deviennent bleus ? demande la présidente.

— Ce sont les gros ordinateurs qui servent de relais. Ils sont progressivement nettoyés.

C'est Sylvain qui semble le plus surpris.

— ÇA MARCHE ! Elle a réussi à vacciner Internet contre le virus DIEU EST PLUS FORT QUE LA SCIENCE.

Je sens que Nathalie, qui est à côté de moi, change complètement d'émotion.

Après un court instant de surprise, l'assistance pousse une clameur de soulagement et applaudit.

La salle se lève en une *standing ovation*.

J'ai lu dans l'ESRAE que l'applaudissement correspond au fait de vouloir prendre quelqu'un dans ses bras, mais comme l'humain auquel le geste est destiné est trop loin, les mains face au vide finissent par se taper elles-mêmes. Donc applaudir, c'est vouloir dire à l'autre : « J'ai envie de te prendre dans mes bras », avec la proposition sous-entendue d'un acte sexuel.

Même si ce n'est pas ce que je souhaite sous-entendre, je me mets à mon tour à applaudir en tamponnant mes pattes avant sur leurs coussinets et je m'interroge sur les conséquences du retour d'Internet.

Vont-ils accéder à toutes les informations ?

Je me suis à peine posé la question que la réponse arrive. C'est Sylvain qui fait le constat.

— Internet fonctionne et nous permet de communiquer avec les autres ordinateurs mais l'antivirus a automatiquement détruit tous les fichiers vérolés.

— Donc on a perdu quoi ? demande Hillary.

— Les fichiers.

— Quels fichiers ?

— Eh bien, les textes, les photos, les vidéos, les musiques, enfin ceux qui ont été en contact avec Internet.

— Ils le sont pratiquement tous…

— Forcément…

La présidente essaie de comprendre.

— VOUS VOULEZ DIRE QU'ON PEUT COMMUNIQUER MAIS QUE NOUS AVONS PERDU NOTRE MÉMOIRE ?! s'écrie-t-elle.

— Désolée, répond Jessica, mais c'était le prix à payer pour faire fonctionner de nouveau Internet.

Parfait. Je suis donc toujours l'unique détentrice de l'ESRAE et de son zettaoctet d'informations, sous forme de textes, de vidéos et de musique. J'ai à mon cou toute la mémoire des hommes…

— Ne vous inquiétez pas, nous avons heureusement une sauvegarde, dit simplement Roman en me jetant un coup d'œil. Nous pourrons encore écouter Mozart, voir les tableaux de Léonard de Vinci et tous les films de Sergio Leone, des Monty Python et de Stanley Kubrick.

Je passe ma patte sur mon collier.

— Peu importe : nous avons réussi à relancer Internet ! insiste Hillary Clinton, qui, comme moi, veut toujours donner l'impression qu'elle est à l'origine de toutes les victoires. Qu'attendez-vous pour contacter… le reste du monde ?

Jessica fait une grimace.

— Je ne sais pas s'il y a encore des gens qui ont des ordinateurs qui marchent et qui sont alimentés et branchés sur le réseau.

Des représentants de tribu demandent la parole. Ils sont très nombreux à vouloir faire des propositions sur la manière d'utiliser Internet.

Des hippies et des membres du Ku Klux Klan s'insultent. Les Africains et les Asiatiques se disputent eux aussi, et plusieurs autres tribus ne sont pas d'accord entre elles.

Je demande à ma servante :

— Ça sert à quoi, ces débats ?

— C'est le principe du régime d'assemblée.

— C'est nul, je préfère la dictature. Au moins si le chef se trompe, on le tue et on le remplace. C'est ce que font les rats et, *a priori*, ça a l'air de leur réussir. Pourquoi les humains perdent-ils autant d'énergie dans ces vaines discussions ?

— C'est une évolution politique. Même les Indiens qui vivaient en premier sur ce continent se pliaient à ce genre de réunion. Eux appelaient ça un pow-wow. On s'assoit et on parle. Ensuite on vote et on considère que la majorité exprime la pensée collective.

Les représentants des tribus finissent par se calmer mais les débats s'éternisent et la tension est palpable. Ils ne s'arrêtent que lorsque Jessica Nelson reprend la parole :

— Notre antivirus LA SCIENCE EST PLUS FORTE QUE DIEU étant opérationnel, je peux si vous le souhaitez tenter de créer un contact direct avec un ordinateur actif vacciné.

Cette annonce a le mérite de calmer tout le monde.

— Faites cela ! ordonne Hillary Clinton.

La jeune femme reprend les commandes de l'ordinateur. Nous pouvons suivre ce qu'elle fait sur l'écran qui surplombe l'estrade. Elle cible un point bleu qui se met à clignoter.

— Vous faites quoi, là, au juste ? demande Hillary.

— C'est comme si je faisais sonner leur téléphone. Mais ça ne répond pas. Donc il n'y a personne devant l'ordinateur réparé. Je vais essayer avec un autre.

Elle tente une nouvelle manipulation, sans plus de résultat. Le point bleu clignote, mais personne ne semble réagir de l'autre côté.

— Il y a un problème ? l'interroge la présidente.

— Soit ils sont morts, soit ils dorment, soit ils n'osent pas répondre parce qu'ils pensent que c'est toujours infecté.

Elle teste d'autres points bleus un par un, jusqu'à ce que l'un d'entre eux change soudain de couleur et devienne blanc. On entend un grésillement dans le haut-parleur.

Jessica règle différents éléments de son programme et progressivement la voix devient intelligible.

— C'est bien, vous pouvez leur parler, dit simplement l'informaticienne du MIT. Parlez dans le micro, ils vous entendront.

— Allô ? Il y a quelqu'un ? Où êtes-vous précisément ? dit la présidente.

— Nous sommes dans une école de l'île de Barrow, à cinquante kilomètres à l'ouest des côtes australiennes.

— Comment ça se passe chez vous ?

— Les grandes villes d'Australie sont envahies par les rats et la peste a frappé la plus grande part de la population. Nous avons essayé de nous défendre par le feu, ça a marché un moment puis les rongeurs sont arrivés à contourner les zones incendiées. Nous sommes un petit groupe qui a pu fuir sur cette île miraculeusement préservée. Il y a quelques hordes de rats qui commencent à essayer de venir en nageant mais nous arrivons à les repousser car ils sont épuisés par la traversée. Cependant, je ne sais pas combien de temps nous pourrons tenir car leur nombre ne cesse d'augmenter.

Jessica continue de contacter, grâce au satellite Onyx qui balaye la surface terrestre d'est en ouest, d'autres ordinateurs. Un nouveau point bleu devient blanc.

— Nous sommes sur l'île Jokhov, au nord-est de la Sibérie, nous sommes une équipe de physiciens russes qui se sont regroupés pour échapper aux rats. Nous sommes protégés par la mer et par le froid. Mais certains rats arrivent à s'adapter et chaque matin ils sont plus nombreux à arriver exténués sur la plage.

Autre contact encore plus à l'ouest :

— Ici, dans l'ancienne forteresse de Massada, c'est le désert qui nous protège des rats, signale un groupe de scientifiques israéliens. Nous sommes des biologistes. La chaleur et la sécheresse les affaiblissent mais ils ne renoncent pas à tenter de nous attaquer.

Notre forteresse bénéficie d'une source interne d'eau fraîche inaccessible de l'extérieur mais les rats sont persévérants. Ils creusent des tunnels. Nous ne savons pas combien de temps nous pourrons tenir. Heureux d'avoir enfin un contact extérieur !

Quatrième touche :

— Dans le temple bouddhiste où nous sommes, au Bhoutan dans les hauteurs de l'Himalaya, l'altitude et le froid tiennent les rats à distance.

Les communications mondiales se poursuivent.

Il s'agit en général d'universités, de centres météorologiques ou astronomiques, d'écoles techniques implantées dans des îles ou encore au sommet des montagnes.

À chaque nouveau contact, la salle pousse une clameur de soulagement. C'est comme si la communauté humaine se réveillait en direct devant nous.

Quand le satellite passe au-dessus de la France, Roman Wells devient plus nerveux. Il demande à Jessica de contacter l'université d'Orsay. Ça sonne, la lueur bleue clignote mais ne se transforme pas en lueur blanche.

— Il n'y a plus personne là-bas, murmure Nathalie.

Alors que le satellite Onyx commence à balayer le continent américain, nous captons un signal en provenance de la région de La Havane.

— Allô, Cuba ?

— Non, ce n'est pas Cuba. Vous êtes en relation avec une plateforme militaire américaine. Qui êtes-vous ?

— Nous sommes à New York. Pourrais-je parler à un responsable de votre communauté ?

— Je vous le passe.

Un temps, puis enfin une voix grave résonne dans les haut-parleurs.

— Général Grant à l'appareil. À qui ai-je l'honneur ?

La petite dame aux cheveux blancs bouscule Jessica pour parler.

— Hillary Clinton, présidente des États-Unis.

— « La » Hillary Clinton ? La femme de l'ancien… Enfin, je veux dire celle qui…

— Qui est élue, en effet. Contente que vous me connaissiez, général Grant. Pour ma part je n'ai pas la chance de vous connaître mais je suis sacrément contente de vous parler. Et votre nom m'évoque bien des victoires passées. Faites-moi un point. Quelle est la situation chez vous ? Et d'abord, où êtes-vous exactement ?

— Nous sommes un centre militaire camouflé sous l'apparence d'une plate-forme pétrolière au large de Cuba. Nous avions perdu tout contact avec le continent. Vous êtes les premiers à être entrés en communication avec nous depuis bien longtemps.

— Quelle était la dernière information que vous ayez eue ?

— New York, après une période de guerre civile et de chaos, a été envahie par les rats, nous nous apprêtions à venir mais nous avons appris que des scientifiques avaient trouvé un raticide universel. La ville avait ainsi été nettoyée et s'apprêtait à exporter son raticide pour que le sol américain soit débarrassé des rats. C'est ce qui s'est passé, non ?

— Notre raticide ne fonctionne plus. En revanche, nous venons de réparer le réseau Internet et nous essayons de coordonner nos efforts pour reconquérir Manhattan. En tant que chef de l'État, je vous pose donc la question : quels sont vos moyens d'action ?

— Nous sommes le 5e bataillon de cavalerie blindée, surnommé « les cavaliers de l'Apocalypse ». Notre régiment comprend cinq cents tanks. Et nous avons des barges amphibies spécialement conçues pour le transport. En fait, nous nous tenions disponibles dans l'éventualité d'une attaque de l'île de Cuba.

— Des tanks ? Quel genre de tanks ?

— Ce sont des engins de dernière génération, très bien équipés. Il y a quatre hommes par tank, notre bataillon comprend donc deux mille soldats.

— Et tout ça n'a pas rouillé depuis le temps ?

— Nous avons un protocole d'entretien et de graissage des armes et de tests qui nous assure d'être parfaitement opérationnels.

Jessica fait des réglages et bientôt apparaît dans un coin de l'écran un petit cadre où l'on voit un militaire en uniforme. Derrière lui, une salle remplie d'écrans et d'autres hommes en uniforme.

Hillary se place face à la caméra de l'ordinateur.

— Bonjour, général, content de vous voir, vous pouvez me voir aussi ?

— Oui. Mes respects, madame la présidente.

— Bien, donc vous reconnaissez l'autorité du gouvernement américain de transition que j'incarne.

Elle prend l'ordinateur portable et le brandit en l'air pour que la caméra intégrée filme la salle où les cent un représentants font un signe de la main.

— Votre nom, madame la présidente, suffit à me rassurer sur la légitimité de votre « gouvernement de transition », comme vous dites.

— Parfait, général. Désormais, vous êtes sous mes ordres, n'est-ce pas ?

— Heu... oui, madame la présidente.

— En tant que chef de l'exécutif et, par conséquent, chef des armées, je vous donne l'ordre d'organiser un débarquement de vos tanks et de vos soldats en vue de libérer New York de ses envahisseurs. Si vous vous mettez en route rapidement, quand pensez-vous arriver ?

Eh bien, voilà enfin les humains qui entrent en action ! Qu'est-ce qu'on peut perdre comme temps avant qu'ils agissent enfin !

Comme ce serait simple s'ils s'accordaient tous pour jouer la même musique.

16. DES ORGUES À CHATS.

En 1549, durant la procession d'une fête religieuse à Bruxelles apparut un chariot avec un orgue surprenant. Il s'agissait d'une vingtaine de boîtes où étaient enfermés séparément des chats. Les queues des félins sortaient au-dessus de ces boîtes et étaient reliées aux touches d'un genre de clavier de piano. Les chats étaient alignés selon la tessiture qu'ils produisaient en miaulant. Et un musicien jouait une mélodie en appuyant sur les touches (et donc en tirant sur les queues...).

Un siècle plus tard, en 1650, en Allemagne, un modèle similaire fut décrit par Athanasius Kircher. Il s'agissait d'une sorte de clavecin avec un plus grand de nombre de boîtes à chat. Il y avait là encore un clavier qui reliait chaque touche à une aiguille qui venait piquer le chat, le forçant à miauler sa note. Ensuite, au XVIIIe siècle, le médecin allemand Johann Christian Reil utilisa un instrument similaire pour soigner ses patients atteints de catatonie. Il considérait que le fait d'entendre un instrument aussi surprenant créait un bouleversement émotionnel susceptible de guérir.

Encyclopédie du Savoir Relatif et Absolu.
Volume XIV.

17. LA CHARGE DE LA CAVALERIE BLINDÉE.

Postés au sommet de la Freedom Tower, nous guettons.

Nous sommes tous tellement impatients de voir arriver les tanks !

Les drones sont régulièrement envoyés au large mais, même s'ils sont alimentés par des panneaux solaires, ils n'ont pas suffisamment d'autonomie pour s'éloigner de la côte.

Ils tournoient et se relaient comme des mouches bourdonnantes.

Enfin sur les écrans une forme sombre surgit de la brume.

Le navire de guerre est dix fois plus grand que notre voilier le *Dernier espoir*.

C'est l'avantage et l'inconvénient des Américains : ils font tout en plus grand, même leurs immeubles, même leurs bateaux, même leurs… rats.

Je réclame les jumelles et, dès que Nathalie me les a remises, je monte tout en haut de l'antenne pour scruter l'horizon.

Angelo me rejoint.

— Une fois qu'ils auront réussi, on fera quoi ? demande-t-il, comme s'il croyait sincèrement que j'ai réponse à tout.

— Je ferai un discours devant l'assemblée des représentants des tribus humaines et animales et je crois qu'il nous faudra établir une Constitution mondiale.

— Ah ? dit-il, intéressé. Ça signifie quoi ?

— Poser les nouvelles règles du jeu telles que nous, les chats, nous pensons qu'elles fonctionneront au mieux pour le futur de tous.

— Tu penses à tout, maman.

— C'est mon destin. Il est nécessaire d'établir une assemblée plus large qui comprenne vraiment plus d'animaux, représentés de manière plus équitable qu'actuellement.

— Et comment communiqueront-ils ? Champollion n'est plus là pour traduire…

— Par le Troisième Œil. Tous les représentants en seront équipés. Comme ça, nous serons sûrs de nous comprendre parfaitement.

Le navire approche. Au sol, les rats ne semblent pas avoir perçu la menace.

À présent, je le distingue plus nettement. C'est une sorte de cargo, de couleur gris clair avec une cheminée qui libère un panache de fumée noire.

Les responsables de la Freedom Tower envoient une dizaine de drones pour filmer le débarquement.

Je préfère redescendre dans la salle d'assemblée pour voir les images qu'ils vont retransmettre sur le grand écran.

Celui-ci est segmenté en petits écrans nous permettant de regarder la scène sous plusieurs angles et avec plusieurs valeurs de zoom.

Le navire militaire jette l'ancre face au quai puis lâche des dizaines de barges contenant chacune deux tanks.

Enfin les barges accostent. Les engins blindés touchent l'île et commencent à rouler.

Naturellement, la zone est remplie de rats curieux de ce nouveau phénomène.

Les tanks se dirigent lentement vers eux. Ne connaissant pas ces gros animaux verts, les rongeurs se mettent en position de combat, comme s'ils devaient affronter des éléphants. Ils ont le dos courbé, les oreilles et la queue dressées, les incisives apparentes, et ils se mettent à siffler, ce qui correspond chez eux à un cri de guerre. Une fois de plus, leur nombre leur donne un sentiment d'invincibilité.

Les tanks poursuivent leur avancée, mais les lignes de combat des rats non seulement ne reculent pas mais se resserrent pour se mesurer à ces adversaires venus de la mer.

Et puis c'est le choc. En fait de confrontation, les tanks écrasent comme des figues mûres les rats qui sont sur leur passage. Et comme les fruits, ceux-ci éclatent en jus pourpre.

Les drones filment la bataille.

D'après ce que l'on distingue, les tanks équipés de mitrailleuses tirent, ceux qui sont pourvus de lance-flammes brûlent ce qui se trouve alentour et certains ont même des lance-grenades qui leur permettent de frapper des regroupements de rats.

Mais les tanks sont plus efficaces que les armes à feu, et les rats sont transformés en bouillie par les épaisses chenilles des blindés.

L'heure de la revanche a sonné.

Les tanks sont entrés en action et s'enfoncent dans la ville.

Nous sommes partagés entre la joie de la victoire et le regret que cette opération militaire n'ait pas eu lieu plus tôt.

Les images vidéo des drones nous ravissent.

Les engins blindés lourds circulent dans les grandes avenues de New York en écrasant les envahisseurs.

Nous sommes sauvés.

Nathalie à côté de moi est elle aussi parcourue de fortes émotions.

Le plaisir ancien de la victime qui obtient vengeance et se transforme en bourreau.

— Ça ressemble à des tondeuses à gazon, dit-elle.

Je remarque une chose :

— *A priori*, les humains vont reprendre le contrôle de la surface mais les rats auront toujours la possibilité de se cacher dans le métro et dans les égouts.

— Si nous récupérons le sol, ils ne seront plus en position de force. Ils vivront comme avant, cachés dans des tunnels. Nous pourrons peut-être même circuler tranquillement dans les rues.

Dans un cadre de l'écran apparaît le visage du général Grant. Il prend la parole.

— Mission en cours d'exécution, où êtes-vous déjà ?

— La Freedom Tower, anciennement nommée One World Trade Center, répond Hillary Clinton. Vous savez où ça se trouve ?

— Parfaitement, je vous y rejoins.

Alors les drones filment une barge qui débarque un tank blanc plus gros que les autres avec un drapeau américain accroché à son antenne. Sans hésiter, il se dirige directement vers nous.

— Il faut aller à sa rencontre ! déclare la présidente Clinton.

Je suis l'escouade d'accueil. Angelo, toujours curieux de nouveauté, est sur mes talons. Les cent quatre étages sont longs à descendre par les escaliers, mais il me tarde de voir la bataille de près.

En bas, une ignoble odeur de sang et de cadavre m'assaille. Ce sont les corps des rats.

Où que se porte mon regard, je ne vois que des ennemis écrabouillés. Normalement cette vision morbide devrait me réjouir mais je ne peux oublier tous mes amis disparus dans la guerre contre les rats.

C'est l'odeur de la fin de la peur.

Enfin apparaît le grand tank blanc. Il s'arrête devant l'entrée de notre gratte-ciel, la trappe de la tourelle s'ouvre.

L'homme qui en sort porte une casquette à visière d'où dépassent de longs cheveux blancs. Il est bronzé.

Sa bouche est garnie d'une pipe, son nez est chaussé de lunettes de soleil. Hors de son engin, il fait un salut militaire, le doigt sur la tempe. Deux autres militaires le suivent.

Le contact a lieu avec les habitants de notre tour. Ils rient, se congratulent, se font des accolades, se disent des choses en langage humain que je n'arrive pas à entendre clairement puis remontent par l'escalier.

Moi, j'ai trop envie de voir comment c'est à l'intérieur du tank, alors, négligeant toute prudence, je m'introduis par la tourelle.

C'est aussi cela, selon moi, se préparer à la fonction de reine : être curieuse de tout et vouloir tout comprendre.

Angelo me suit toujours.

À l'intérieur est posté un soldat en uniforme bleu marine. Autour, je remarque des manettes, des boutons lumineux, des écrans. Il y a aussi ce que je soupçonne être des réserves d'obus et des caisses de munitions.

Je m'adresse au soldat et lui miaule l'ordre de mettre son tank en marche pour que je puisse suivre de l'intérieur l'attaque des rats. Mais, n'ayant pas de récepteur-traducteur proche, je ne parviens pas à me faire comprendre.

Je fais signe à Angelo d'arrêter de déranger ce soldat et nous ressortons du tank. Nous marchons sur cet étrange sol lisse rouge mêlé de touffes de poils marron aplaties. Cela sent si fort le sang de rat que la truffe me pique et qu'une sorte de vertige me prend.

Les chenilles des tanks qui sont déjà passés ont vraiment écrasé beaucoup de rongeurs.

Un peu partout luisent des éclats blancs : les incisives en morceaux. Angelo renifle le sol.

— Tu vois, Angelo, il y a des solutions à tous les problèmes. Ce n'est qu'une question de patience et d'imagination.

Mon fils est très excité par le spectacle de la bouillie de nos adversaires.

— Viens, remontons dans la tour. Nous verrons mieux ce qu'il se passe grâce aux caméras des drones.

Nous gravissons les marches et arrivons épuisés dans la salle d'assemblée du 104e étage.

Là, nous regardons la suite du débarquement comme un film.

Le général Grant est à côté d'Hillary Clinton. Les deux ne cachent pas leur joie de suivre la situation sur grand écran.

Nous sommes tous surpris, après toutes les tensions que nous avons accumulées, que la solution soit aussi rapide et simple.

Un peu d'armement lourd moderne face à des bestioles qui courent partout sans la moindre possibilité de planter leurs maudites incisives dans le métal.

Nous ne bougeons plus, fascinés par les écrans.

C'est comme une guerre où il n'y aurait qu'un seul camp qui tue et où l'autre ne ferait que subir l'assaut.

Le débarquement a commencé à huit heures du matin et, à vingt heures, le général Grant monte sur l'estrade et parle dans le micro pour faire une déclaration à l'assemblée des cent une tribus.

— Nous avons gagné. L'île de Manhattan est complètement libérée de toute présence de rats. J'ai reçu les derniers rapports qui confirment qu'il n'y a plus aucun rat visible sur tout le territoire de l'île. Vous pouvez donc sortir et reprendre votre vie normale, comme avant l'Effondrement.

Hillary prend à son tour la parole.

— Je propose tout d'abord que les militaires aient désormais leur place parmi nous et forment une 102e tribu. Cette tribu sera évidemment représentée par vous, général Grant ! Et pour l'occasion, permettez-moi de vous offrir comme trophée un smartphone à batterie solaire qui vous permettra de rester en permanence en contact avec moi, et même avec nous tous ici présents.

Le smartphone lui est remis comme un sceptre et la salle applaudit.

— Je suggère que nous fassions une grande fête pour célébrer cette victoire, dit la présidente. Dorénavant, ce sera à partir de la si bien nommée Freedom Tower de Manhattan que pourra démarrer la libération de l'occupant rat. Peut-être ville par ville, puis village par village, jusqu'à ce que le monde entier soit débarrassé de ces maudits rongeurs ! Et alors ce sera la renaissance.

Le général Grant fait un signe à son aide de camp. Celui-ci apporte une bouteille vert et doré qu'il débouche en la faisant gicler.

Je reconnais l'odeur à distance.

Du champagne.

— J'avais quelques bonnes bouteilles en réserve. Nous allons pouvoir tous vous servir.

Murmure d'approbation.

— Je lève mon verre à la victoire sur les rats.

Les militaires ouvrent les bouteilles de champagne et tout le monde trinque, y compris moi qui réclame à Nathalie un bol de champagne à laper.

Hillary proclame :

— Que la fête commence !

Les militaires distribuent de la nourriture en conserve et nous tous, humains et chats, mangeons enfin autre chose que du rat. Puis un groupe de soldats s'installe dans un coin pour jouer de la musique. Les humains s'enlacent alors deux par deux et commencent à se trémousser.

J'interroge Nathalie :

— C'est quoi ?

— De la « danse ». C'est un des sept arts majeurs. Il y a l'architecture, la sculpture, la peinture, la musique, la littérature, la danse et le septième : le cinéma.

— Instruis-moi. Je crois que la danse est le seul art humain sur lequel je suis complètement ignorante.

— Logique, parce que même si tu le vois en vidéo, tu ne peux vraiment le comprendre qu'en le pratiquant.

— Apprends-moi.

— Pour commencer, dans le cas de la danse en couple, les deux partenaires, comme tu le vois, se prennent par la main et font des pas.

— Pour aller où ?

— Nulle part. Pour rester sur place. Ils tournent en rond ou vont d'avant en arrière.

Je vois en effet que le général Grant et la présidente Clinton avancent et reculent.

C'est nul.

J'observe un long moment et je commence à saisir.

La musique fournit le rythme possible pour les déhanchements.

Ainsi, en s'agitant verticalement ils peuvent déduire ce qui pourrait se passer… horizontalement.

— C'est un préliminaire à l'amour ? Comme les parades nuptiales chez les oiseaux ?

Elle sourit.

— Oui, en quelque sorte. Mais je ne crois pas que ces deux-là concluent ce soir.

Je n'avais jamais assisté à une fête humaine. Du champagne, de la musique et de la danse forment une bonne combinaison pour se détendre après la tension de la bataille.

À tous les étages et même sur la terrasse du toit, on joue de la musique et les gens dansent.

Même les chats et les chiens se frottent les uns contre les autres par couple ou en groupe.

L'énergie de vie reprend ses droits.

Je vois Angelo qui renifle les fesses d'une jeune chatte américaine poilue.

Des soldats du 5e bataillon, épuisés, viennent nous rejoindre pendant que d'autres prennent le relais pour terminer de « sécuriser » Manhattan.

Voilà, tout est fini. Nous avons gagné. Cela n'est pas grâce à moi, c'est grâce à ce général Grant et à ses soldats. Désormais, tout va pouvoir redevenir comme avant. Les humains vont reconstruire leur civilisation et nous les chats, nous allons rester dans leurs appartements, nourris, logés et protégés des rats grâce à leurs tanks, leurs mitrailleuses, leurs lance-flammes, qui se sont finalement révélés la meilleure défense contre les hordes de rongeurs.

La musique change. C'est une mélodie plus lente, que je trouve très harmonieuse.

Je questionne Nathalie, qui est restée assise près de moi.

— C'est quoi ?

— « Hotel California » des Eagles. C'est un slow.

Et voici Roman qui s'avance prudemment et l'invite, mais elle refuse.

Roman et Nathalie se sont déconnectés.

Tout ça pour des histoires de jalousie ! Ma servante est-elle à ce point stupide ?

Elle se lève, se dirige vers l'Indien Cheval Fougueux et lui propose de danser.

Alors que j'observe Nathalie qui se dandine en tenant les mains du chef indien, je sens la pointe d'une truffe humide contre mon arrière-train. Je me retourne.

C'est Bukowski.

— Je peux te proposer un petit peu d'affection ? me demande l'american shorthair.

Il se prend pour qui, celui-là ? Un égal ? De toute façon, je pense encore à Pythagore. Ce doit être cela, le deuil psychologique.

— Alors ça te dit ? insiste le maladroit.

Je ne prends même pas la peine de lui répondre.

Lui avec moi ?

Quand bien même je serais en manque de « tendresse », ce ne serait certainement pas avec cet énergumène que je me détendrais.

J'ai des principes.

Je ne fais pas l'amour avec les individus qui ont mangé mes amis.

Dépité, Bukowski se tourne vers Esméralda, qui ne le repousse pas et accepte en tout cas dans un premier temps de discuter.

S'ils se reproduisent, ces deux-là, ce serait un comble.

Ça y est, il a tout gâché, maintenant je repense à Pythagore.

J'aurais tellement aimé qu'il soit à côté de moi pour savourer cette victoire.

Alors que la fête bat son plein, je décide de revenir vers mon bol de champagne et je bois.

Une question me taraude. Maintenant que tout va rentrer dans l'ordre, il va falloir que je poursuive ma quête. Je repense à ma vocation de prophète. Pourrai-je, après Abraham, Moïse, Zarathoustra, Bouddha, Jésus, être une prophète vraiment digne de ce nom ?

18. LES TROIS CHRISTS D'YPSILANTI.

Le docteur Milton Rokeach était un psychologue passionné par le principe d'identité. Le 1er juillet 1959, il eut l'idée d'une expérience originale : réunir dans la clinique psychiatrique d'Ypsilanti, dans le Michigan, trois patients schizophrènes qui étaient persuadés d'être Jésus-Christ. À savoir :

— Joseph Cassel, cinquante-huit ans, paysan, qui déclarait : « Je suis Dieu » ;

— Clyde Benson, soixante-dix ans, employé de bureau, qui annonçait : « J'ai créé Dieu » ;

— Léon Gabor, trente-huit ans, électricien, qui se faisait appeler Rex en référence au mot latin signifiant « roi », une des appellations de Jésus.

Milton Rokeach espérait que le seul fait que chacun rencontre d'autres gens censés avoir la même identité qu'eux-mêmes allait remettre en question leurs certitudes.

Certes, les trois patients furent troublés par la présence des deux autres, mais chacun resta persuadé que les autres étaient des imposteurs et que lui seul était le vrai Jésus-Christ. Selon Cassel, les deux autres étaient des fous. Pour Benson, ils étaient des robots. Et pour Gabor, des menteurs. Rokeach les encouragea à débattre entre eux pour que chacun puisse exposer ses arguments. « Vous avez intérêt à me vénérer », dit Cassel. « Vous n'êtes que des hommes », expliqua Benson. « Je suis le Seigneur », affirma Gabor.

En fait de débats, ils finirent surtout par se battre physiquement.

Deux ans après l'expérience, les trois Jésus-Christ étaient toujours persuadés d'être l'unique et vrai Jésus-Christ alors que les deux autres étaient des imposteurs. Quant à Milton Rokeach, il regretta l'expérience et déclara qu'aucun chercheur n'avait le droit de se comporter comme un dieu avec ses patients, même pour faire avancer la science.

Encyclopédie du Savoir Relatif et Absolu.
Volume XIV.

19. GUEULE DE BOIS.

Le lendemain de la fête, au petit matin, tout est silencieux. Le jour se lève sur des humains endormis à même le sol. Des chats et des chiens eux aussi gisent n'importe où dans la salle d'assemblée transformée en salle de danse. J'essaie de me lever, mais j'ai un mal de crâne atroce qui me force à m'y reprendre à plusieurs fois avant de me tenir droit sur mes pattes.

C'est probablement dû à la quantité de champagne que j'ai bue hier soir.

Je titube jusqu'à une fenêtre ouverte où je peux respirer un peu d'air frais.

Puis je reviens et regarde la scène.

Et voilà, on a gagné.

Mais quelque chose me préoccupe.

On a gagné, mais ce n'est pas grâce à moi.

On ne va pas reconnaître mon indispensabilité. Je ne serai pas reine. Je vais redevenir une chatte normale qui se fait caresser pendant que sa servante regarde la télévision… En plus, je suis moins qu'une chatte normale, je suis une chatte étrangère, et je n'appartiens même pas à une citoyenne, mais à une résidente.

Je frissonne et m'ébroue.

Je marche au milieu des corps étendus. Il y a Angelo et sa nouvelle femelle américaine, Esméralda côte à côte avec Bukowski, mais je ne vois pas Nathalie.

Tout le monde se réveille progressivement.

Nous nous lavons, nous mangeons. Sur les écrans, les images de la victoire d'hier défilent, ponctuées par les nouvelles vidéos en direct.

Les tanks ont réussi à rejoindre une raffinerie, ce qui leur a permis de faire le plein d'essence. Ils peuvent ainsi continuer à agir.

Les grandes avenues étant « nettoyées » en premier, les tanks s'attaquent maintenant aux rues plus étroites.

À mon grand étonnement, il y a encore des poches de résistance de rats rassemblés en une ligne de front qui font face aux chenilles des tanks. Ils ne résistent pas longtemps, mais je dois reconnaître que leur opiniâtreté est impressionnante.

Ils ne veulent pas renoncer.

Les tanks les écrasent.

Faut-il qu'ils aient confiance en eux pour espérer après la journée d'hier avoir encore une chance !

Le général Grant s'est installé devant une table et ne cesse de manger tout en surveillant l'écran et en donnant par moments des ordres par téléphone.

Soudain, un message lui fait froncer les sourcils. Il saisit la télécommande et agrandit un des écrans montrant les images tournées en direct par un drone. On y distingue un tank isolé, immobilisé, qui libère par l'arrière un panache de fumée noire.

Il est entouré de rats.

La trappe supérieure s'ouvre, les quatre humains en sortent, se mettent à courir au milieu des rats mais les rongeurs s'accrochent à leurs jambes et finissent par les faire tomber. Nous assistons alors au spectacle horrible de leur mise à mort sous la caméra des drones.

Je songe d'abord à un ennui mécanique mais un autre écran révèle une scène similaire. Un tank qui fume et dont les occupants essaient de s'extraire et s'enfuient au milieu des rats avant de se faire rattraper.

J'ai un mauvais pressentiment.

La suite confirme qu'il y a un problème. Les rats ont fini par trouver une parade aux tanks.

Les drones viennent filmer et tournent autour des tanks dirigés par des humains qui tentent de comprendre comment des rongeurs ont pu venir à bout de ces engins blindés ultramodernes.

Le général Grant a cessé de manger. Il semble ne pas en croire ses yeux.

Après avoir vu deux autres tanks en perdition, il prend son téléphone et donne des ordres d'un ton sec.

Aussitôt les drones nous montrent les tanks qui refluent. Plusieurs s'arrêtent à mi-chemin, en panne. Sur les cinq cents tanks sortis, la moitié seulement arrivent intacts jusqu'au bas de notre QG, où leurs mille servants peuvent être récupérés grâce à des cordes lancées depuis les fenêtres du premier étage.

Les soldats survivants sont immédiatement pris en charge et leurs armes sont rassemblées.

Épuisés et parfois blessés, ils montent jusqu'à notre salle d'assemblée. Ils discutent avec le général Grant, qui, très préoccupé, se tourne vers Hillary Clinton pour lui expliquer la situation. La présidente fronce les sourcils, puis déclenche la sirène pour convoquer une réunion d'urgence des représentants des cent deux tribus au 104e étage.

C'est le général Grant en personne qui fait l'annonce, j'en reçois la traduction dans mon Troisième Œil :

— L'opération « New York libéré » doit s'arrêter car nos tanks ne sont plus opérationnels. Nous avons essayé d'analyser la méthode utilisée par nos ennemis pour nous vaincre et nous avons fini par comprendre. À force de tenter de monter sur les tanks pour mordre le métal, les rats ont réussi à trouver la faille. Le pot d'échappement. Ils ont donc envoyé des rats kamikazes obstruer ces tuyaux avec leur corps. L'évacuation des gaz des moteurs diesel a été bloquée.

Il toussote, l'air mal à l'aise, puis déclare :

— J'ai pensé dans un premier temps proposer aux tankistes et à vous-mêmes de rejoindre les barges de débarquement pour remonter sur notre navire, mais je viens de prendre des informations et, hum… il s'avère que… des rats nageurs… hum, particulièrement performants, ont réussi à escalader les chaînes des ancres et à mettre hors service ce bâtiment.

Zut, on aurait dû les avertir. Pris dans l'enthousiasme de la victoire qui semblait certaine, je n'ai pas pensé à évoquer ce sujet. Les autres non plus, d'ailleurs.

J'explique la situation à Angelo.

— Boucher les pots d'échappement des tanks avec des kamikazes, ils sont quand même très forts, reconnaît mon chaton. Franchement, jamais je n'aurais cru qu'ils trouveraient une solution.

Le général Grant veut cependant dire quelque chose de positif pour faire croire qu'il n'est pas dépassé par la situation.

— Au moins, ici, nous sommes en sécurité.

Quel imbécile.

Aussitôt les cent deux représentants et les personnes extérieures venues assister à la réunion d'urgence sont traversés par une émotion douloureuse.

De nouveau, les humains haussent le ton. On cherche des coupables. Certains reprochent à Hillary Clinton d'avoir fait confiance à ce général de pacotille. D'autres critiquent l'incompétence du militaire. Les suprématistes blancs rappellent qu'il y a beaucoup de soldats noirs. Les Noirs les insultent en retour et, une fois de plus, les humains ne trouvent qu'un seul moyen pour évacuer leur stress : s'engueuler entre eux.

Le général Grant réclame la parole. Comme il n'arrive pas à obtenir le silence, il dégaine son pistolet et tire un coup au plafond, faisant un trou d'où s'échappe un peu de béton. La détonation a pour effet de stopper net toutes les disputes.

La salle enfin se calme et écoute.

— Je ne vois désormais qu'une solution, dit-il. Durant la Seconde Guerre mondiale, pour vaincre les Allemands, nous avions opté pour le débarquement sur les côtes françaises, mais cette opération s'était avérée très difficile et nous avions eu beaucoup de pertes. Aussi, contre les Japonais, le choix fut beaucoup plus radical. La bombe atomique. Je crois que contre un ennemi aussi nombreux, puissant, adaptatif, il faut au moins ça.

Hillary Clinton, qui se tient debout à côté de lui, ne semble pas rejeter l'idée.

— Comment voyez-vous l'utilisation d'une telle arme, général Grant ?

— Pour l'instant, ce n'est qu'une idée, mais je pense qu'il faudrait attirer tous les rats dans un endroit isolé et, là, on fait tout exploser. Une déflagration nucléaire fera des ravages suffisants pour anéantir des millions de rats.

— Mais comment contraindre ou inciter les rats à aller à un endroit précis ? demande Hillary Clinton.

— Je le répète, pour l'instant, ce n'est qu'une idée et il faut vérifier sa faisabilité. Je pense que vos biologistes, vos éthologistes, vos chimistes trouveront la solution. Peut-être devriez-vous diffuser un cri de rate en chaleur, ou une odeur qu'ils aiment particulièrement, à moins que nous ne les narguions et ne les entraînions quelque part.

Ses propositions ne convainquent ni ne rassurent personne et, alors que sur les écrans nous observons les rats qui reviennent en nombre envahir les rues de New York, les disputes reprennent entre les représentants des tribus.

Ça parle de plus en plus fort, ça se lance des invectives.

J'ai l'impression qu'après cet échec et avec cette proposition difficile à mettre en œuvre, les humains sont de moins en moins unis.

Franchement, les militaires américains me déçoivent. Je pensais qu'avec leur matériel ils tiendraient plus longtemps.

Je ne sais pas comment vous faites, vous, mais moi, quand j'ai un petit coup de baisse de moral, la première chose que j'ai envie de faire, comme je l'ai déjà dit, c'est de me lécher.

Il me semble que je me lave de ce qui est mauvais et qui aurait pu entrer dans mon corps.

Bukowski me rejoint alors que je suis en pleine action.

— On se détend un peu en faisant l'amour ? propose-t-il.

Une idée fixe. Je ne réponds pas mais il poursuit :

— Je t'ai vue boire du champagne, mais peut-être as-tu envie de goûter à une boisson locale qui te détendra plus vite. Tu connais le whisky ?

Je reste impassible et le gros matou pousse un soupir.

— Maintenant on le sait, il n'y a plus d'espoir, on va tous y passer, insiste-t-il. Alors nous n'avons rien à perdre à nous faire du bien, tu ne crois pas ?

Il ne m'aura pas comme ça.

Je cherche Roman et finis par le trouver au 5e étage, qui est maintenant envahi d'ordinateurs reliés à Internet. Ils servent à créer des connexions avec les autres communautés humaines survivantes de la planète.

Nathalie est là, elle aussi.

Il me montre la carte sur laquelle un point blanc s'éclaire, signalant un ordinateur actif.

— J'ai trouvé quelque chose, nous chuchote-t-il.

— Quoi ?

— Boston.

À ses côtés, Jessica Nelson entre en conversation avec des gens de Boston.

— Je suis une ancienne du MIT. Et vous, vous êtes le MIT ?

— Nous sommes l'usine Boston Dynamics.

— Les fabricants de robots ?

— Oui, et vous ?

— Nous sommes à New York, dans la Freedom Tower. C'est nous qui avons relancé Internet. Nous pensions avoir vaincu les rats avec des tanks mais les rongeurs ont trouvé la parade. Et vous, comment avez-vous survécu ?

— Précisément grâce aux robots militaires. Mais nous arrivons seulement à défendre notre usine et à survivre.

Jessica veut poursuivre mais soudain le contact est coupé. Elle a beau faire des réglages, elle ne parvient pas à retrouver la connexion.

Roman Wells demande à reprendre les commandes du satellite Onyx.

Il change quelques paramètres et revient sur la France, plus précisément sur Orsay, qui affiche une lueur bleue.

— Que fais-tu ? demande Nathalie.

— Je veux en avoir le cœur net, explique-t-il.

— Tu as déjà essayé plusieurs fois. Pourquoi t'obstines-tu ?

Mais le jeune homme ne l'écoute pas. Il affine ses réglages, puis il envoie le signal. Cette fois, un grésillement répond.

— Allô ? Il y a quelqu'un qui m'entend ? demande Roman.

Mais le son est inaudible.

Roman propose alors autre chose.

— Communiquons par messages, ok ?

Sur l'écran noir apparaissent des lettres.

— Ok.

— Ici le professeur Roman Wells. Depuis le temps que j'attendais ce contact ! Nous avons traversé l'Atlantique en bateau. Trente-cinq jours, mais nous sommes bien arrivés en Amérique. Maintenant nous sommes à New York dans une tour. Nous pensions qu'il y existait un raticide efficace, mais c'est un échec. Nous affrontons des millions de rats dirigés par un roi, Alcapone, qui a trouvé le moyen de les faire muter pour les rendre résistants au raticide. Nous avons aussi essayé une attaque avec des tanks mais ils sont arrivés à les mettre hors service. Ils sont beaucoup plus nombreux qu'en France. Et il semble que leur roi soit très fort. Et chez vous ?

— Ici aussi, les rats sont partout.

— Mais vous avez remis en place le système de défense avec la barrière électrique, j'espère ?

— Non.

Un temps. J'ai une drôle d'intuition.

Je miaule :

— Demandez-lui qui il est.

Roman tape le message.

— À qui suis-je en train de parler, au fait ? Vous êtes quelqu'un d'Orsay que je connais déjà ?

— Nous nous sommes en effet déjà rencontrés.

— Comment est-ce possible ? Vous êtes un scientifique ?

— Non.

Et tout à coup la réponse m'arrive, évidente :

TAMERLAN !!!

Nathalie et Roman comprennent eux aussi. Trop tard.

Il s'est fait passer pour un humain en communiquant sur l'ordinateur d'Orsay grâce à son propre Troisième Œil qui lui permet de se brancher sur les appareils. Et de fait, le message conclut :

— Content de vous avoir enfin retrouvés. Laissez-moi juste quelques jours pour organiser le voyage et je vous rejoins. Il me tarde de récupérer l'ESRAE et de rencontrer ce grand roi des rats américains que vous avez nommé Alcapone.

20. AL CAPONE.

Alphonse Capone naquit en 1899. Il commença sa scolarité dans un établissement catholique strict. Il en fut exclu à quatorze ans pour avoir frappé un professeur. Il entama alors sa carrière de gangster dans une bande de jeunes voyous qui se faisaient appeler les « Éventreurs de Brooklyn ». Ils pratiquaient le vol, le racket, les paris clandestins. À dix-huit ans, il devint videur et barman dans un bar appartenant à un chef de la pègre, Frankie Yale.

Parce qu'il avait insulté la sœur d'un autre chef de la pègre, Franck Gallaccio, Capone eut la joue gauche entaillée au rasoir, d'où son surnom : le Balafré. Il s'excusa pour l'insulte et devint le garde du corps de Gallaccio.

Puis il déménagea à Chicago et fut engagé comme comptable par un autre chef de la pègre, Johnny Torrio, qui possédait plusieurs bordels, tripots et

loteries dans le quartier italien. Le gang de Torrio comptait déjà huit cents hommes. Capone devint rabatteur, puis garde du corps, puis bras droit de Torrio. En 1920, la loi prohibant l'alcool fut votée. Torrio confia à Capone un bar clandestin, le « Quatre-Deux ». Cependant, Torrio, après une blessure infligée par d'autres gangsters, irlandais cette fois, décida de prendre sa retraite en Italie et abandonna sa bande à Capone. C'est ainsi qu'en 1925 débuta le règne d'Al Capone. Celui-ci soutint à la mairie le républicain Joseph Klenha en envoyant deux cents de ses hommes effrayer les électeurs et vider les urnes pour les remplir de bulletins de vote « Klenha ». Petit à petit, il mit sous sa coupe les politiciens, les juges et les policiers locaux.

À vingt-six ans, Al Capone était le chef de la mafia italienne de Chicago. Il possédait alors 161 bars, 150 tripots et 22 bordels. En outre, il avait acheté la police locale. À trente ans, son seul rival était le chef de la mafia irlandaise, Bugs Moran. Le jour de la Saint-Valentin, de faux policiers débarquèrent chez Moran. Et, après avoir aligné les lieutenants du gang contre un mur, ils les abattirent d'une balle dans la nuque. Moran en réchappa, mais Al Capone fédéra toutes les mafias et devint le roi de la pègre et l'ennemi public numéro 1.

La crise de 1929 avait généré des milliers de chômeurs, et Al Capone redora son image auprès de la population en organisant des distributions de soupe gratuite pour les pauvres.

Il fut finalement arrêté en 1931 pour fraude fiscale et commit l'erreur de se séparer de son avocat, un brillant fiscaliste qu'il trouvait trop cher, pour le remplacer par deux juristes choisis parmi ses amis, mais moins doués.

Il fut condamné par un jury à dix-sept ans de prison. Au bout de huit ans, il fut poignardé dans la prison d'Alcatraz par un autre détenu. Blessé, il put être libéré et rejoindre sa famille. Il avait contracté la syphilis dans sa jeunesse, et son état de santé physique et mental ne cessa de se détériorer. Il mourut en 1947 à Miami. Ses cendres furent déposées au cimetière du mont Carmel à côté de celles de nombreux autres gangsters célèbres.

Encyclopédie du Savoir Relatif et Absolu.
Volume XIV.

ACTE II

La somme de toutes les peurs

21. PROTÉGEZ-MOI DE MES AMIS, JE ME CHARGE DE MES ENNEMIS.

Ma mère disait : « Quoi qu'il vous arrive, il peut encore arriver bien pire. »

Depuis l'échec de l'attaque des tanks et le message de Tamerlan, l'ambiance à l'intérieur de la Freedom Tower n'a cessé de se dégrader.

Autant la relance d'Internet et l'arrivée du général Grant nous avaient ressoudés dans l'espoir, autant la défaite et l'arrivée annoncée de Tamerlan ont créé des dissensions.

Ce que j'appelle « dissensions », ce sont des divisions entre les tribus. Nous sommes loin des premières assemblées qui étaient assimilées aux pow-wow des pacifiques tribus indiennes.

Les jours passent et chaque réunion voit des groupes s'opposer : les Noirs contre les Blancs, les Indiens contre les cow-boys, les protestants contre les catholiques, les Arabes contre les Juifs, les militaires contre les civils, les riches contre les pauvres, les jeunes contre les vieux. Même chez les animaux, plus rien ne va. Les chats et les chiens se bagarrent parfois.

Chacun s'est replié sur sa tribu et, même si Roman et Jessica communiquent avec les autres scientifiques du monde entier, leurs recherches n'aboutissent à aucune solution concrète. Partout les autres communautés humaines vivent elles aussi dans la peur.

D'ailleurs, il y a également des brouilles parmi les êtres qui me sont les plus proches. Roman et Nathalie ne se sont toujours pas réconciliés.

De même, il semble s'être créé un couple ou, tout du moins, une amitié fusionnelle et inattendue entre Edith, la biologiste généticienne, et Jessica Nelson, l'informaticienne.

Seules histoires d'amour qui ont l'air de durer, mon fils Angelo avec cette chatte américaine qui se nomme Kimberley et Esméralda avec l'ignoble Bukowski.

Les jours passent et les informations du reste du monde nous arrivent au compte-gouttes. Depuis que nous avons Internet, nous savons que, un peu partout, les résistances tombent les unes après les autres sous les assauts des rats de plus en plus nombreux et de plus en plus ingénieux.

Même des grandes villes américaines comme Los Angeles, San Francisco, Chicago ou Denver sont entièrement sous contrôle des rats. En dehors du continent nord-américain, Pékin, Moscou, Rio de Janeiro, Mexico, Bombay, Lagos sont envahis par les rongeurs.

Je n'ose imaginer un futur où tous les rats pourraient communiquer sur toute la surface de la planète comme nous-mêmes le faisons.

Si ce cauchemar prenait forme, c'en serait fini des humains mais aussi des chats, des chiens, des porcs, des chevaux, des vaches et de tous les animaux susceptibles de leur résister.

À quoi ressemblerait un monde entièrement sous le contrôle des rats ?

Dans cette société-là régneraient ceux qu'ils nomment les « caïds », des chefs autoritaires, cruels, ne respectant que la force et la dureté. Même entre eux, il y a une hiérarchie : ceux qui sont en haut écrasent ceux qui sont en bas. L'arrivée de Tamerlan sur le continent américain, à mon avis, ne va faire qu'empirer les choses.

Et puis, je me doute qu'il en a particulièrement contre moi et qu'il veut me voler mon bien le plus précieux, l'Encyclopédie du Savoir Relatif et Absolu.

Reste un mystère. Tamerlan a dit : « Je vous rejoins », mais je ne vois pas bien comment il pourrait à son tour traverser l'Atlantique.

A priori*, les rats ne savent pas naviguer.*

La réponse à ma question nous arrive trente-cinq jours plus tard, à l'horizon. Nous ayant vus partir sur le voilier le *Dernier espoir*, le roi des rats français ne s'est pas compliqué la vie, il a fait de même. Sauf qu'il n'est pas sur un vieux voilier, mais sur un énorme tanker moderne. Je frémis en pensant au nombre de rats qui sont à l'intérieur.

Les rats américains accueilleront-ils aussi simplement leurs cousins français que les humains et les chats américains l'ont fait avec nous ?

Nous suivons la suite des opérations grâce aux drones dont les images vidéo sont retransmises dans la salle d'assemblée.

Le tanker approche. Le pont est recouvert de fourrures grises et j'imagine que les cuves doivent elles aussi contenir beaucoup de ceux que j'ai combattus jadis.

Lorsque le navire est suffisamment proche, les rats français s'élancent dans l'eau pour rejoindre « notre » côte. C'est comme une rivière grise qui coule sans discontinuer du tanker vers le rivage.

Nous voyons sur les écrans la zone où se déroule le premier contact entre les rats des deux continents.

Les rats américains et les rats français s'observent.

J'ai un moment l'espoir que les rongeurs américains rejettent les français, mais quelques individus s'approchent et se reniflent. Ils semblent plus curieux que méfiants.

Dommage.

Je distingue alors une petite silhouette de rat blanche qui dépasse de la foule de fourrures grises.

C'est lui.

J'ordonne à Roman de zoomer.

Au fur et à mesure que l'image devient distincte, je le reconnais.

Non seulement il est venu en personne, mais en plus c'est lui qui dirige sa horde, perché sur le dos de deux autres rats.

Il n'a pas grossi, il n'a pas vieilli, il a toujours l'œil rouge luisant, le poil blanc impeccable, l'oreille ronde frétillante et une longue queue, rose et souple.

Nathalie me désigne un autre écran. Un drone filme l'arrivée d'un énorme rat marron porté par six rats de taille plus réduite.

Alcapone.

Il a l'air encore plus gros et grand que la dernière fois où je l'avais vu filmé par un drone. Il est vraiment obèse.

Alors ce serait lui, le rat américain qui a inspiré la mutation contre le raticide et probablement trouvé la parade contre les tanks ?

Je scrute les images avec attention.

Les deux rois des deux continents sont progressivement rapprochés par leurs porteurs respectifs.

Arrive l'instant où les deux sont face à face, ils se reniflent, se dressent sur leurs pattes arrière. Jusqu'à ce que les micros des drones captent leurs couinements aigus qui se répondent.

Les deux rats ont une grande conversation et leur excitation se manifeste par des mouvements de queues et des exhibitions d'incisives.

— Comment un rat a-t-il pu réussir à embarquer autant de ses congénères dans un bateau et le diriger vers New York ? demande la présidente américaine.

Roman Wells répond :

— Ce n'est pas n'importe quel rat. Tamerlan a un Troisième Œil, comme Bastet. Et ainsi il peut se brancher sur tous les systèmes électroniques. Or ces gros navires de dernière génération sont désormais automatisés. Ils peuvent naviguer comme les voitures autoguidées, en s'adaptant à la mer et aux courants pour garder le cap fixé. Tamerlan, qui sait accéder à Internet pour s'informer et se connecter à un ordinateur pour le programmer, n'a donc eu qu'à lui indiquer une direction.

Pour ma part, j'observe avec attention la rencontre.

Au début, tout semble bien se passer, mais l'ambiance se dégrade assez vite. Le rat américain s'est redressé sur ses pattes de toute sa masse et siffle plus fort. Il érige sa queue comme s'il voulait frapper son vis-à-vis.

Tout son pelage est gonflé et lui donne une allure encore plus impressionnante. En face, le roi des rats français adopte une attitude différente, il baisse la tête en signe d'humilité.

Ce geste de soumission calme le rat américain.

Le dialogue reprend sur un ton moins agressif.

Roman actionne le micro directionnel pour capter les sons.

Dommage que Champollion ne soit plus parmi nous, il aurait pu nous traduire cette conversation.

Quoi qu'il en soit, même sans comprendre, on perçoit les intonations autoritaires d'Alcapone, alors que Tamerlan a un ton soumis.

Le rat américain a l'air de plus en plus énervé et le français de plus en plus humble.

Le premier ponctue ses cris de sifflements et tend la patte dans notre direction.

Il doit parler de moi.

Tamerlan semble intéressé et regarde lui aussi vers notre tour.

Alcapone s'approche et se met à renifler son collègue français. Pour montrer qu'il n'a rien à cacher, celui-ci lui présente son postérieur dans une position qui signifie aussi qu'il peut abuser de son corps s'il le souhaite. L'autre approche son museau, mais paraît satisfait de ce signe de soumission sans avoir besoin d'aller jusqu'au bout. Alors le rat américain se met à côté de Tamerlan, lève une patte et urine sur la tête du rat blanc, qui reste imperturbable.

Puis les deux chefs se replacent face à face et produisent des couinements qui semblent plus affables.

Tamerlan se tourne alors vers le drone le plus proche et fait un geste de salut tout en fixant l'objectif.

Ça, c'est pour moi. IL ME NARGUE !

Les rats gris se mêlent ensuite aux rats marron. Ils marchent ensemble vers le bord de la mer et tous nagent vers Liberty Island.

Une fois parvenus là-bas, les deux rois s'enfoncent dans le socle de la statue monumentale et nous ne pouvons plus voir ce qu'il se passe.

Tous les humains et les chats qui ont assisté à la scène sont sous le choc de ces images qui annoncent incontestablement l'alliance entre nos pires ennemis.

Je m'adresse à Nathalie :

— Je veux parler aux représentants des cent deux tribus.

— Mais tu es un chat…

— Expliquez-leur qui je suis. Débrouillez-vous.

Ma servante hésite, puis consent à monter sur l'estrade pour chuchoter quelque chose à l'oreille d'Hillary Clinton.

Celle-ci se tourne vers moi et me regarde, étonnée. Puis elle s'avance vers le micro.

— On me signale que quelqu'un connaît bien ces rats français et voudrait s'exprimer devant vous.

Nathalie vient vers moi, je grimpe sur son épaule droite et elle me porte jusqu'à l'estrade.

— Il y a juste un petit détail à préciser, ajoute Hillary Clinton. Ce « quelqu'un » n'est pas humain.

Personne n'est parfait.

Dans un saut gracieux, je me place sur le pupitre pour bien voir l'assemblée.

Nathalie installe son oreillette face au micro. Ainsi la traduction de mes paroles, qu'elle entendait jusque-là en exclusivité, est retransmise à tous.

Bon, il va falloir trouver les mots.

— Humaines, humains, chattes, chats, bonjour.

Jusque-là tout va bien…

— Merci à vous, madame la présidente Clinton, de m'accorder la parole et merci à vous, représentants des tribus, de m'écouter. Je me présente, je me nomme Bastet. Je ne suis qu'une chatte et peut-être certains parmi vous considèrent-ils que nous les chats sommes une espèce inférieure. Cependant…

Quelques humains font des signes de dénégation, mais ils ne sont pas nombreux.

— Cependant, en tant que chatte, il se trouve que je connais, et même très bien, le roi des rats français que vous avez vu sur les écrans. Il se nomme Tamerlan.

Un bourdonnement que j'attribue à l'admiration qu'ils me portent s'élève des cent deux représentants des tribus.

Il me faut rester maîtresse de moi-même, je parle au dernier gouvernement organisé des hommes dans le pays jadis le plus puissant.

— De l'autre côté de l'océan, ce petit rat blanc aux yeux rouges a été mon pire ennemi, mais il se trouve que j'ai eu l'occasion de lui parler en tête à tête. Si cette rencontre a été possible, c'est parce que, comme vous le voyez, j'ai une prise USB greffée dans mon front, et c'est aussi par ce moyen que je suis en mesure de m'adresser à vous actuellement. Or Tamerlan est doté du même gadget. Nous avons ainsi communiqué de cerveau à cerveau grâce à un simple câble électronique qui nous a permis d'être reliés.

Je marque une courte pause, pour vérifier que tous m'écoutent bien.

— Vous devez donc savoir que, premièrement, ce n'est pas un rat normal. Il est issu d'un laboratoire scientifique et il a survécu à des expériences traumatisantes. Deuxièmement, il est particulièrement déterminé et intelligent. Il ne faut surtout pas le sous-estimer. Troisièmement, il a déjà utilisé son Troisième Œil pour se brancher sur les ordinateurs à l'époque où ils n'étaient pas encore infectés par un virus. Il a donc eu accès, comme moi-même, à toutes les connaissances des humains. Quatrièmement, il possède une culture générale très importante, surtout en histoire, en géographie, mais aussi en technologie. Il a la capacité d'adapter ce qu'il apprend aux circonstances auxquelles il est confronté. Cinquièmement, il sait utiliser le feu. C'est ainsi qu'il a réussi à franchir nos palissades de bois à Paris. Sixièmement, il est extrêmement motivé car il veut se venger de tout le mal que lui ont fait les hommes quand il était rat de laboratoire. À cela s'ajoute qu'il veut me retrouver, moi personnellement, car il sait que je possède, contenue dans une clef USB d'un zettaoctet (mille milliards de milliards d'octets), pratiquement toute la mémoire des hommes. C'est pour ça qu'il s'est donné autant de mal pour franchir l'océan avec sa horde brune.

Je laisse de nouveau passer un temps. Un brouhaha commence à s'installer.

— Attendez, je n'ai pas dit ça juste pour vous faire peur. Je veux seulement vous avertir de la menace que représente cet individu précis, qui n'est pas un rat comme les autres. À voir la manière dont ils ont communiqué tout à l'heure, je déduis que Tamerlan va probablement instruire les rats américains sur le feu. Il faut donc peut-être déjà penser à ce qu'il se passerait s'ils tentaient d'incendier cette tour. Voilà, c'est tout ce que je voulais vous dire.

Mon allocution est suivie d'un silence atterré puis le général Grant se lève.

Il parle et la traduction me parvient en direct dans mon Troisième Œil grâce au micro-oreillette de Nathalie :

— Je ne vois pas pourquoi on écoute un chat. Surtout quand les propos de ce chat semblent n'avoir pour objectif que d'accroître notre frayeur. C'est à se demander s'il ne fait pas le jeu des rats.

Approbation générale de la salle.

Hillary Clinton en profite pour reprendre le micro. Elle se tourne vers moi.

— Vous vous appelez comment déjà ?

— Bastet. Comme la déesse égyptienne.

— Eh bien, Bastet, je vous ai entendue et je vous crois. Les différentes informations que vous nous avez transmises me paraissent fiables, cependant vous ne nous apportez pas de solution. Vous ne faites que nous affaiblir.

— Je souhaitais déjà vous alerter sur le fait qu'il faut prévoir une attaque par le feu et qu'il faut donc déjà réfléchir à des parades.

Quelques personnes protestent, avec des bruits hostiles à mon intention.

Hillary reprend le micro.

— Tout d'abord, chère Bastet, je tiens à vous rassurer : notre Freedom Tower étant en verre, en acier et en béton à ultra hautes performances, elle résistera mieux qu'une palissade de bois…

Quelques rires dans l'assistance.

Ils se moquent de moi parce que je ne suis qu'une chatte.

Nathalie me regarde d'un air peiné.

Après tout, ils n'ont peut-être que ce qu'ils méritent. Puisqu'ils se croient tous si supérieurs, qu'ils soient anéantis par l'orgueil propre à leur espèce.

Quelqu'un lève la main pour prendre la parole. C'est Cheval Fougueux, le représentant de la communauté amérindienne.

Hillary demande à tous de faire silence pour l'écouter.

— Je voudrais poser une question à cette chatte. Vous nous dites qu'il y a une menace du fait que le roi français connaisse le feu, mais est-ce que vous avez une solution plus globale à nous proposer en dehors des précautions anti-incendie ?

— Oui.

Je ménage mes effets pour être sûre d'avoir l'attention générale puis je m'exprime et mes propos sont là encore automatiquement traduits grâce à l'interface que m'a fabriquée Roman. J'essaie de bien articuler.

— Il faut assassiner les deux rois avant qu'ils ne mettent sur pied leurs sinistres projets. Et il faut le faire le plus vite possible.

Cette fois-ci, certains éclatent de rire. D'autres sifflent et se moquent de moi.

Cela dure un petit moment.

Ma mère disait : « Avoir raison trop tôt est pire qu'avoir tort. Au début, on vous en veut parce que vous dérangez les habitudes. Ensuite, on vous en veut car vous n'avez pas trouvé les moyens de convaincre. »

Je remarque que seul Cheval Fougueux me regarde avec curiosité, comme s'il ne savait pas quoi penser de moi.

J'ai peut-être un allié parmi les représentants des tribus.

Puis la séance se termine et nous nous dispersons.

Je vais à la cantine et déjeune en tête à tête avec ma servante, tout simplement parce qu'elle et Roman sont toujours fâchés.

Je crois que je ne comprends pas très bien leurs rapports de couple. Tout a l'air tellement difficile. Ils appellent cela des « sentiments », je dis que ce sont des « complications inutiles ».

Donc, comme un enfant avec des parents divorcés (j'ai lu dans l'ESRAE des textes sur ce sujet), je passe alternativement du temps avec ma servante Nathalie et avec mon serviteur Roman.

Beaucoup plus avec la première qu'avec le second.

Un peu plus loin, je vois Edith et Jessica, toujours très proches, et derrière elles Esméralda et Bukowski qui sont assis à table face à face à la manière des humains.

Je questionne Nathalie :

— Vous trouvez que je suis mégalo et égocentrique ?

— Pourquoi tu me demandes ça ?

— Une fois, Esméralda m'avait gratifiée de ces deux adjectifs.

— Toi, tu en penses quoi ?

— Il me semble que si je dois un jour devenir reine ou prophète, je dois avoir un minimum de confiance en moi.

Nathalie m'écoute de façon distraite. Elle est surtout en train de surveiller à distance Roman qui prend son repas avec Sylvain.

— Franchement, comment voulez-vous sauver le monde si vous ne vous considérez pas comme quelqu'un d'important ? Maintenant que je connais bien l'histoire des humains, je pose les questions suivantes : Alexandre le Grand était-il humble ? Attila était-il altruiste ? Gengis Khan était-il modeste ? Il ne faut pas se faire d'illusions. Si on veut faire évoluer ses congénères, l'assurance et le charisme sont indispensables. Je ne sais pas, vous, comment vous feriez à ma place mais moi, ma technique, c'est : ne pas tergiverser ni faire de compromis pour arranger tout le monde dans un consensus mou. C'est : foncer, être simple et directe, dire ce que je pense. C'est pour ça que j'ai trouvé le courage de parler, tout à l'heure.

— Tu as bien fait, dit Nathalie en se resservant un peu de rat cuit.

— En plus, ces cent deux représentants se querellent sans cesse pour des broutilles.

Au lieu de me répondre, elle mastique son rat chaud, alors je poursuis mon soliloque :

— Diriger, ce n'est pas attendre ou espérer que les choses s'arrangent toutes seules. Ce n'est pas laisser les autres décider à votre place. Et si je me trompe, j'assume.

Ou je fais porter la responsabilité sur quelqu'un d'autre, ceux que je nomme les « fusibles ».

— Vous m'avez vue durant les batailles, je ne suis pas « gentille », je suis efficace. Et après, la postérité jugera. Bien entendu, ceux qui ne font rien et ne prennent aucun risque passent pour plus sympathiques que ceux qui ont des projets ambitieux nécessitant parfois un peu de fermeté. Esméralda m'a reproché de n'avoir aucune grande victoire décisive à mon actif, mais qu'a-t-elle accompli, elle, pour me juger ?

— Rien, répond ma servante la bouche pleine.

Je suis satisfaite qu'elle ne me reparle pas du prétendu sauvetage lorsque je suis tombée dans l'eau dans le port de New York.

Nathalie se lève et va demander un peu plus de légumes, qui sont considérés comme une denrée rare. Elle revient.

Moi, je reste sur mon rat cru. Cependant je veux poursuivre ma démonstration.

— Personnellement, je n'ai rien contre la tyrannie, du moment que cela permet de faire avancer les choses dans la bonne direction le plus vite possible. J'ai lu votre histoire. Les humains clament tout le temps qu'ils détestent les tyrans mais regardez ceux dont on parle dans les livres : Jules César, Louis XIV, Napoléon, Staline, Mao Tsé-Toung. C'est-à-dire les pires tueurs sanguinaires, autoritaires et liberticides. Ce sont eux qui sont les plus cités dans les sondages de popularité même s'ils se sont révélés, avec le temps c'est prouvé, être de piètres dirigeants qui ont ruiné leur pays. On a oublié leur propagande mensongère et leurs palais éblouissants construits avec des impôts abusifs. Ils ont censuré la presse et muselé l'opposition, ils ont pu asseoir leur pouvoir sans qu'il existe de témoignages critiques. Comme seuls les historiens soumis ont survécu, les erreurs des tyrans ont été passées sous silence et leurs plus infimes victoires magnifiées.

J'espère impressionner mon interlocutrice par ma connaissance de l'histoire mais ma servante mange sa carotte sans cesser de regarder Roman. Elle consent cependant à me répondre :

— Ce n'est pas si simple.

— Si vous n'êtes pas encore convaincue, laissez-moi vous rappeler que tous les bons dirigeants, bons gestionnaires, libéraux, eux, par contre, ont mal fini : Louis XVI, qui a modernisé la France et lui a permis d'avoir des colonies dans le monde entier, a terminé décapité en place publique sous les insultes et les crachats, je le sais, je l'ai lu dans l'ESRAE ; Napoléon III, qui a fait passer le pays dans l'ère industrielle, a été évincé ; Gorbatchev, qui a sorti la Russie du communisme, a cristallisé autour de sa personne toute la haine de son peuple ; Zhao Ziyang, qui voulait éviter que les manifestations de la place Tian'anmen ne se terminent par un bain de sang, a été limogé par ses propres ministres et remplacé par le boucher Li Peng. Autant en tirer des leçons. Mieux vaut être un tyran abusif, corrompu et menteur, qu'un chef compétent, sincère, généreux et autorisant l'opposition et la critique. D'ailleurs, les pires dictateurs sont en majorité morts de vieillesse dans leur lit, entourés de leur famille aimante et de leurs serviteurs dévoués, alors que, comme je viens de vous l'expliquer, les réformateurs ont en général été écartés ou exécutés. Moi, ce que j'en déduis, c'est qu'il faut que je m'impose, même si c'est aux dépens des autres. Et face à un ennemi dur, il faut être encore plus dure.

Mais Nathalie ne m'écoute pas. J'en viens même à me demander si ce que je lui raconte l'intéresse.

Elle se fiche complètement de mes raisonnements politiques. Elle aussi pense que l'avis d'un chat sur les chefs humains est forcément inintéressant.

Nathalie se met à pleurer.

— C'est le fait que je vous dise que je préfère les tyrans aux assemblées démocratiques qui vous met dans cet état ?

Elle secoue la tête en signe de dénégation.

— Alors, qu'est-ce qui vous fait pleurer ? Les rats ? L'arrivée de Tamerlan ? Que personne n'écoute mes conseils ?

— Non, dit-elle, et elle plonge son visage dans son coude.

— Enfin !… Nathalie, dites-moi. Vous savez que je ne suis pas que votre maîtresse, je suis aussi votre, comment vous dites déjà ? Ah oui… votre « amie ». Qu'y a-t-il ?

L'humaine relève la tête, les cheveux ébouriffés, essuie ses larmes puis lâche d'un coup :

— Je suis enceinte.

22. CHATON.

Le chaton naît sourd et aveugle. Il garde les yeux fermés pendant une semaine. Durant cette période, il ne se repère qu'à l'odorat et au toucher. Au dixième jour, il peut enfin entendre. À un mois, il avale sa première nourriture solide et il entend déjà trois fois mieux qu'un humain. À un an, il atteint sa taille définitive.

Encyclopédie du Savoir Relatif et Absolu.
Volume XIV.

23. PETITS SOUCIS QUI S'AJOUTENT AUX GROS.

Je ne sais pas ce que vous, vous pensez des humains, mais à force de vivre à côté d'eux, moi, j'ai fini par les trouver touchants.

Ils ont des comportements tellement irrationnels.

Je n'ai évidemment pas dit à Nathalie que cette grossesse me semblait une bonne raison de se réconcilier avec Roman, mais je l'ai pensé si fort qu'elle me répond :

— Je suis sûre qu'il a couché avec Edith.

J'observe de loin Edith, qui a pris la main de Jessica. J'observe Roman, qui a l'air de parler de sujets scientifiques avec Sylvain, et je me dis que ça ne sert à rien de tenter de la raisonner, de toute façon elle s'est autopersuadée de cette idée et donc n'importe quel argument qui la contredirait ne pourrait que me faire passer pour une complice.

Chacun vit avec ses vérités et est convaincu que ce sont les seules.

Je fais comme si elle n'avait rien dit et je miaule :

— Félicitations !

— Je ne veux pas garder cet enfant.

Voilà autre chose.

— Je n'aime plus Roman.

Et elle se met de nouveau à pleurer.

Je ne perçois pas le lien entre les deux événements.

Les mâles fournissent les spermatozoïdes. L'affection se passe entre la mère et l'enfant, je ne vois pas en quoi les pères sont nécessaires. Personnellement, j'ai toujours considéré que les mâles ne servaient qu'à nous faire plaisir sexuellement, puis à nous aider quand nous en avions besoin. Le rapport avec Pythagore n'était différent que parce que nous avions tous les deux un Troisième Œil dans le front. Ces appendices nous ont permis de connecter directement nos esprits, de créer un niveau de complicité difficile à retrouver avec un autre mâle.

Ce n'est d'ailleurs que la nostalgie de cette qualité de communication qui m'a fait repousser les avances de Bukowski et de tous les autres mâles qui ont essayé de me séduire depuis.

Je sais par avance que je serais tellement frustrée s'il n'y avait que la connexion physique que je préfère ne même pas essayer.

— Moi, à votre place, je garderais l'enfant, dis-je.

— Donne-moi une raison de le garder !

— Eh bien… J'ai déjà vu des petits humains, c'est tout rose, c'est mignon. Pas autant que des chatons, mais bon, pour ceux qui aiment ce genre d'animaux, en avoir un doit être sympathique. Enfin, si l'on fait abstraction des couches à changer et des pleurs incessants.

Elle reste prostrée. Je crois que je n'ai pas su trouver les mots.

Je tente autre chose.

— Si vous ne voulez vraiment pas de cet enfant, moi je veux bien m'en occuper. Vous avez vu que j'étais une bonne mère avec Angelo, il me semble ?

Bon, ça y est, la voilà qui pleure encore.

Qu'ai-je dit qui la fâche à ce point ?

— J'ai l'impression que vous considérez que je ne suis pas une mère fiable, je suis un peu vexée.

Elle renifle et me sourit, puis elle caresse affectueusement les longs poils de ma joue.

— C'est toi que j'aime, lance-t-elle.

Je l'ai déjà entendue dire cette phrase à Roman. Si elle m'aime de la même manière, cela signifie pour moi qu'elle est suffisamment jalouse pour ne pas supporter que je reste libre.

— Ça nous fait déjà un point commun. Moi aussi, je m'aime.

J'ai essayé cette note d'humour pour la détendre, mais au lieu de rire, elle me serre très fort dans ses bras, si fort que c'est presque douloureux. Je me débats un peu.

— Oh, ma Bastet ! Comment serait ma vie sans toi !

Pour ma part, je l'imagine très bien. Je serais avec Roman, qui a l'avantage d'être plus stable dans ses émotions, même s'il est moins démonstratif.

— Si vous voulez me faire plaisir, gardez cet enfant.

— Mais il va naître dans un monde envahi par les rats !

— J'ai lu votre histoire. À chaque époque, il y a eu au moins un grand péril. Et pourtant sont apparus parmi vos ancêtres des individus qui ont trouvé des solutions, sinon il n'y aurait pas d'humains ni de chats aujourd'hui.

Elle prend une grande inspiration.

— Chez nous les humains, on peut avorter, c'est-à-dire qu'on peut décider volontairement de mettre fin à la grossesse avant qu'elle n'aille jusqu'à son terme. On peut ainsi éviter de donner naissance à des enfants qui vont être malheureux.

— Mais qui vous dit que votre humaniot va être malheureux ?

— Comment peut-on être heureux ici ?

— Les choses peuvent s'arranger.

— Avec pour père un homme aussi peu fiable que Roman ?

— Qu'est-ce qui vous fait dire ça ?

— Je sens qu'il est prêt à coucher avec d'autres femmes.

Je tente de plaisanter :

— Ou d'autres hommes…

Là encore, elle ne relève pas.

— Il faut avoir confiance dans l'avenir, Nathalie. Vous vous rendez malheureuse avec une jalousie qui n'a pas lieu d'être. Je suis sûre que tout va s'arranger. Préparez-vous à de bonnes surprises au lieu de toujours voir le pire.

Et je lui passe à mon tour ma patte sur la joue en signe d'affection.

C'est à ce moment que la sirène d'alerte résonne.

Tout le monde se lève dans la cantine et puis l'information arrive par les haut-parleurs.

— AU FEU !

Et voilà, j'avais raison.

Je sens même d'infimes relents de fumée.

Eh bien, Tamerlan n'a pas traîné. Il est là depuis ce matin et il a déjà convaincu les rats américains d'utiliser le feu contre nous. Cela promet.

Comme d'habitude en cas de danger, une panique disproportionnée prend possession des humains mais aussi des chats et des chiens. Tout le monde court dans des directions différentes en poussant des cris. Les gens s'excitent et se terrifient mutuellement. Des directives contradictoires sont données alors que les haut-parleurs continuent de répéter la même alerte :

— AU FEU !

Moi, vous me connaissez, je n'aime pas me laisser submerger par les émotions, que ce soit la peur ou l'amour, tout simplement parce que cela m'empêche de réfléchir sereinement.

Alors je vais dans la salle d'informatique du 5ᵉ étage, où l'on voit la situation grâce aux caméras de surveillance. Une colonne de rats afflue vers nous en portant du papier et du bois. Arrivés à proximité de la tour, ils plongent dans une bouche d'aération située dans le sol.

Roman Wells m'explique :

— Il y a cinq niveaux de parkings sous la Freedom Tower. Et ces parkings sont impossibles à protéger parce qu'ils sont en sous-sol et qu'on peut y accéder par les systèmes d'aération et par les égouts. Cela représente trop de tunnels à boucher ou à défendre. Du coup, les rats ont déposé toutes les substances inflammables qu'ils ont pu trouver pour incendier les parkings et créer une sorte de brasier sous notre tour. Ils espèrent ainsi la voir s'effondrer.

— Et c'est possible ?

— Je n'en sais rien. En fait, ça dépend de la quantité de matières inflammables qu'ils arrivent à rassembler. S'ils entretiennent un feu suffisamment conséquent assez longtemps, je pense que l'incendie devrait de toute façon fragiliser les fondations, voire les détruire…

Exactement ce que je craignais.

Sylvain intervient :

— Sur cet écran, on constate que les systèmes anti-incendie se sont déclenchés, mais comme il n'y a plus d'eau courante, ils n'envoient pas assez d'eau. Et là, on voit qu'il y a de la fumée qui commence à envahir les sous-sols. Or le système d'évacuation des fumées ne fonctionne plus non plus.

— Alors il va se passer quoi ?

On entend une détonation. Et l'un des écrans montre qu'il y a eu une explosion dans les parkings.

— Ce sont les réservoirs des voitures encore stationnées qui explosent.

Sur d'autres écrans, les rats continuent d'apporter du papier et du bois pour entretenir le brasier. La fumée dans les systèmes d'aération commence à être perceptible.

Après le supplice de l'eau, le supplice du feu. Décidément, cette vie ne sera pas de tout repos.

Les humains de la section pompière tentent d'agir mais ils n'ont pas assez d'eau dans les citernes. Les soldats du général Grant pour leur part ont ouvert les fenêtres du premier étage et tirent à la mitrailleuse sur la colonne de rats qui amène le bois, mais il y a beaucoup plus de rongeurs que de munitions et, pour un qui tombe, il y en a trois qui prennent le relais pour transporter le combustible.

Angelo se place à côté de moi.

— Comment on va arrêter ça ? demande-t-il.

À cet instant, le système d'aération envoie un nuage opaque de fumée à l'intérieur même du bâtiment.

Je lui réponds :

— Le feu peut tout détruire, ce n'est qu'une question de temps.

Nathalie frémit et signale :

— Je me souviens d'avoir vu les vidéos de l'effondrement des tours du World Trade Center et les commentaires disaient que c'était dû aux tringles métalliques qui avaient fondu, mais la chaleur produite par le kérosène des avions était supérieure à celle de cet incendie plus classique.

Pour l'instant, vu que la fumée a envahi tous les niveaux, les occupants de la Freedom Tower n'ont d'autre choix que de monter sur la terrasse au-dessus du 104e étage.

Là, malgré les fumées qui montent le long de la façade, on peut respirer de l'air frais.

Les pompiers s'activent à déployer des tuyaux et des lances à incendie mais il n'y a plus la moindre goutte d'eau dans les citernes et, en bas, les colonnes de rats qui entretiennent le feu des parkings continuent d'affluer.

Je me penche pour observer : la base de notre immeuble commence à être entourée de flammes jaunes. Les détonations des réservoirs des voitures qui explosent se font plus nombreuses. Je pense qu'au premier étage la température doit déjà être très élevée.

Bon, qu'aurait fait Pythagore à ma place ?

Plus que jamais, la sagesse de mon ancien compagnon me manque.

Je repense alors à mon autre source de bons conseils : ma mère. Elle disait : « Dans la vie, face à un péril, il n'y a que trois attitudes possibles : 1) combattre, 2) ne rien faire et 3) fuir. »

Combattre le feu ou les rats me semble difficile. Ne rien faire reviendra à nous rendre malades de peur. Fuir voudrait dire aller dans un premier temps vers une autre tour, qui risque d'être elle aussi brûlée dans les mêmes conditions.

Je ne crois pas qu'il soit possible de sortir de la Freedom Tower pour courir dans les avenues de Manhattan.

Alors, comme aucune de ces trois possibilités ne convient, j'en invente une quatrième : me connecter à la planète.

Je m'assois en tailleur. Je ferme les yeux, j'inspire profondément. Je perçois mon propre esprit. C'est une sphère argentée flottant au centre de mon crâne. Je lui fais franchir la barrière osseuse de ma boîte crânienne pour qu'elle vole dans le ciel. De là-haut, je peux visualiser la scène où je me vois assise en tailleur tout en bas au milieu des humains apeurés.

Je suis plus puissante qu'eux. Je maîtrise mon esprit.

La sphère argentée de mon esprit monte dans le ciel. Je vois en bas la Freedom Tower, je vois les rats qui affluent en colonnes, je monte encore, je vois Manhattan de haut, je monte encore, je vois l'Amérique depuis le ciel, je monte encore, je vois la Terre comme je l'ai vue jadis sur une photo satellite.

Une fois que j'ai la planète dans mon esprit, je lui envoie un message clair :

Planète Terre, sauve-nous.

C'est la première fois que je fais une sorte de prière, mais c'est aussi la première fois que je tente de communiquer directement avec ma planète.

Gaïa, s'il te plaît. Fais pleuvoir tes nuages.

Je répète plusieurs fois ce message puis rouvre les yeux.

Mais au lieu de la pluie, le vent se renforce, attisant les flammes qui sortent du rez-de-chaussée. La fumée augmente elle aussi.

J'ai peut-être prié de manière trop restreinte.

Il faut que j'invoque non pas Gaïa, mais l'univers dans son ensemble.

Ma mère disait : « L'univers n'a que trois réponses à tes prières : 1) oui, 2) attends un peu et 3) j'ai mieux pour toi. »

Donc j'attends.

C'est long.

Le problème avec l'univers, c'est que l'option numéro 2 est quand même la plus fréquente. Or, malheureusement, je ne suis pas patiente.

Le vent balaye ma fourrure et cela m'énerve.

Me détendre, je dois me détendre.

J'attends durant un temps qui me semble d'autant plus long que le promontoire en haut duquel je me trouve est quand même en train de brûler à sa base. Soudain, le vent diminue, puis cesse complètement.

Je lève la tête vers le nuage gris qui nous surplombe et je me mets à miauler très fort :

— UNIVERS, SI TU VEUX ME VOIR RÉGNER UN JOUR SUR CETTE PLANÈTE, IL FAUT ME SAUVER MAINTENANT !

Après tout, si je suis ne serait-ce que dans une toute petite proportion une déesse, je dois pouvoir influer sur le cours des choses, non ?

Et c'est alors que le ciel s'assombrit, et puis on entend le craquement d'un éclair de foudre qui illumine tout. Une goutte d'eau tombe sur ma joue.

Jamais un contact avec l'eau ne m'avait procuré autant de satisfaction.

Bon sang, je peux ordonner aux éléments de m'obéir ! Dire que je me prenais pour une chatte « normale » qui, au mieux, pouvait accéder au statut de reine. Je peux faire beaucoup plus !

Les humains, les chats et les chiens autour de nous s'arrêtent net de pleurer et de se lamenter. La surprise laisse la place à l'allégresse. Tous les chats se mettent à miauler et les chiens à aboyer, pensant que c'est mon cri qui a déchiré le nuage sombre qui stagnait au-dessus de nous.

La pluie tombe de plus en plus dru. Du coup, les pompiers s'organisent.

Les citernes commencent à se remplir. Des tuyaux sont branchés dessus pour permettre d'arroser les flammes.

Tout en bas, voyant leur papier et leur bois mouillés, les rats comprennent que cela ne sert plus à rien de poursuivre leur action.

Il pleut maintenant à verse.

Tout le monde crie, miaule, aboie joyeusement sous la pluie.

Mais c'est moi qui miaule le plus fort car je sais que c'est moi et moi seule qui ai su déclencher cet orage salvateur.

Un nouvel éclair illumine la foule des gens massés sur le toit de la Freedom Tower.

Je suis comme ça, moi : quand on me cherche, je déclenche la foudre du ciel.

Et alors me traverse l'idée de la manière dont je pourrais dicter ma Genèse de la Bible des chats…

24. GENÈSE DE LA BIBLE DES CHATS.

« Au commencement il n'y avait rien.

Ce n'était pas suffisant.

Dans un éclair, l'Univers fit pleuvoir et cela créa le ciel, la terre et la mer.

Et il trouva que c'était bien.

Cependant ce n'était pas suffisant, cela manquait de mouvement.

Alors l'Univers, dans un nouvel éclair de foudre, illumina le monde et créa les chats.
Et il trouva que c'était mieux.
Mais les chats avaient faim.
Alors l'Univers, pour les nourrir, fit apparaître des oiseaux dans le ciel, des souris sur la terre et des poissons dans la mer.
Cela avait bon goût, mais ce n'était toujours pas suffisant car les chats se fatiguaient à aller chercher ces proies et à trouver des abris pour se protéger de la pluie.
Alors l'Univers fit apparaître des humains. Ils étaient équipés de cinq doigts articulés capables de fournir rapidement des abris et de la nourriture à tous les chats.
Ainsi naquit la civilisation des humains, dont l'unique rôle était de préparer l'avènement du règne des chats. »

Encyclopédie du Savoir Relatif et Absolu. Volume XIV.

25. MA PROPOSITION.

C'est parfait.

Je connais le début de la Bible des chats, je me sens bien. Ainsi enfin tout s'explique et rentre dans l'ordre. Nathalie avait raison : il faut inventer notre propre Genèse.

Alors, lorsque la peur est passée et que l'odeur de la fumée s'est dissipée, c'est d'un bond décidé que je saute sur l'épaule de ma servante et que je lui ordonne de monter sur l'estrade pour que je puisse m'exprimer.

Cette fois-ci, l'assemblée des représentants des cent deux tribus m'écoute.

Qu'est-ce qu'on peut perdre comme temps en formalités.

Je suis face aux humains et mes paroles sont comme la dernière fois traduites en direct pour que tous les comprennent.

— Donc, comme je le disais, il y avait cette menace du feu et, comme je le disais, j'ai un plan pour nous tirer d'affaire. Ce plan consiste à frapper l'ennemi à la tête en assassinant simultanément ses deux chefs. Mais avant que je vous explique le détail de ce plan, je voudrais d'abord vous faire part d'un souhait. Il manque dans cette assistance une tribu. La mienne. Celle des chats. Aussi je ne divulguerai mon plan d'attaque que lorsque vous aurez enfin accepté, ici, dans cette noble assemblée, que ceux de mon espèce aient une représentation officielle.

— Vous plaisantez ? s'étrangle Hillary Clinton. Vous n'êtes « que » des... animaux !

— Et alors ? Vous vous n'êtes « que » des humains.

— Peut-être mais c'est une assemblée d'humains, faites votre assemblée d'animaux en parallèle.

Je ne vais pas pouvoir la supporter longtemps, celle-là.

Ça y est, tous les représentants commencent à discuter, ce qui produit un brouhaha dans lequel je perçois surtout des phrases comme : « Mais pour qui elle se prend, cette chatte ! » ou : « Il ne manquerait plus que ça, qu'un chat soit considéré comme un égal, ou pire, devienne représentant de tribu », ou : « Elle veut quoi ? Un droit de vote égal au nôtre ! »

J'attends que le calme revienne puis je reprends :

— Croyez-vous que l'heure soit à ce genre de dispute ? Dois-je vous rappeler qu'il y a quelques dizaines de minutes à peine nous étions tous paniqués en train d'attendre la mort par le feu ?

— Oui, eh bien, ce n'est pas vous qui nous avez sauvés ! dit le représentant des mormons. C'est notre prière.

— En êtes-vous sûrs ? N'avez-vous pas remarqué que c'est après mon miaulement que la foudre s'est déclenchée ?

Cette fois-ci, ma phrase est accueillie par des rires et des moqueries.

Bon, je sens que ce n'est pas le moment de leur expliquer que je vais devenir leur reine. Ils sont encore dans des schémas de pensée anciens.

C'est à cet instant que Roman Wells se lève, me rejoint sur l'estrade et prend le micro.

— Et pourquoi Bastet n'aurait-elle pas droit à être la représentante de sa tribu ? dit-il. Après tout, elle s'est montrée héroïque à plusieurs reprises en France. Elle a donné beaucoup d'idées grâce auxquelles nous avons résolu des problèmes. Bastet n'est pas qu'une simple chatte, elle a un Troisième Œil qui lui permet de communiquer avec nous et ce même Troisième Œil lui a fait découvrir beaucoup de choses de notre monde. Elle est bien renseignée sur notre histoire, notre technologie, et, comme elle nous l'a signalé, elle est la seule qui connaisse personnellement celui qui est à mon avis notre pire ennemi : le roi des rats Tamerlan.

De nouveau, des sifflets et des huées ponctuent sa déclaration.

Ils ne me connaissent même pas et ils me détestent.

— Jamais un chat ne participera à nos débats et à nos votes ! dit le représentant des Blancs suprématistes. Déjà, je pense qu'on a laissé trop de gens, et pas les meilleurs, rester ici, ce n'est pas pour en ajouter.

— C'est de nous que vous parlez ? demande le représentant de la communauté noire.

— Ou de nous ? demande celui des Latinos.

Le ton monte et tous m'oublient et en reviennent à leurs disputes ethniques ou religieuses.

Ah, les humains ! Par moments, je me demande pourquoi je perds mon temps à vouloir les sauver alors qu'ils font tout pour leur propre perte.

Roman Wells ne se laisse pas déconcentrer. Il augmente le volume du micro, jusqu'à obtenir un effet Larsen. Le sifflement vrille les tympans, l'effet est immédiat : tous se taisent et écoutent enfin.

— L'intérêt d'accéder à la demande de cette chatte est aussi que c'est la seule qui a l'air d'avoir une solution pour résoudre la situation actuelle.

— Elle a proposé de tuer les deux rois des rats, mais c'est impossible, déclare le général Grant. Je reviens à mon projet de bombe atomique, qui est beaucoup plus réaliste.

Je lui réponds :

— Si, mon plan peut marcher. Et je peux vous expliquer comment, mais d'abord je veux une place officielle parmi vous. Je ne vois pas pourquoi je vous sauverais alors que vous ne me considérez même pas comme une des vôtres…

Il faut tout négocier avec eux. Mais ils n'auront rien pour rien. Ils n'ont vraiment aucune générosité, aucune perspective, ils vivent dans la peur de perdre ce qu'ils ont. Alors ils se crispent.

Craignant que tout le monde ne se remette à s'engueuler, Hillary Clinton décide de reprendre le micro.

— Qu'avons-nous à perdre à lancer ce vote ? dit-elle. Après tout, ce sera la majorité démocratique qui décidera.

— Attendez, dit Roman Wells. Avant que le vote ait lieu, je voudrais juste rappeler le contexte. Nous avons résisté à l'attaque par le feu uniquement grâce à l'arrivée miraculeuse de la pluie, mais… la pluie va cesser. Et alors, qu'est-ce qui empêchera les rats de recommencer ? Bastet a un plan pour assassiner les deux rois et, de ce que je sais de Tamerlan, s'il meurt, il ne pourra pas être remplacé, car c'est l'unique rat au monde à avoir ce Troisième Œil qui lui permet, tout comme Bastet, de se brancher sur Internet.

Et c'est reparti, chacun y va de son commentaire.

Hillary fait tinter son stylo sur le verre qui se trouve sur le pupitre.

— On va voter, de toute façon. Au point où nous en sommes, nous n'avons plus grand-chose à perdre.

Elle s'arrête puis se tourne vers moi.

— Hum, juste pour savoir, excusez ma question, je ne veux pas vous vexer… mais vous êtes une chatte de race avec un pedigree peut-être ?

— Non, je suis une chatte de gouttière et fière de l'être. Comme dit l'un de vos auteurs humains : « Aux âmes bien nées, la valeur ne se mesure pas à la longueur du pedigree. » Ou quelque chose comme ça.

— Donc vous êtes une…

Je sais quel mot ignoble elle cherche.

— « Bâtarde » ? Oui, c'est ce que je suis. Et j'assume. Ça vous pose un problème ?

— Non, c'est seulement pour savoir. J'avais chez moi une chatte birmane pure race que j'avais achetée assez cher et je me disais que cela aurait pu influencer favorablement certaines personnes ici présentes de savoir que vous étiez issue d'une lignée prestigieuse.

Non mais je rêve. Qu'est-ce qu'elle me prend la tête, celle-là, à un moment aussi crucial ! Si les humains se jugent à leur race, pas étonnant qu'ils soient aussi divisés. A fortiori *s'ils perdent autant de temps au moment le plus stratégique sur ce genre de broutilles. Je suis une bâtarde et je n'en ai pas honte du tout. Quant aux birmans, j'ai toujours considéré qu'à force de vouloir garder la race pure les humains en avaient fait des consanguins dégénérés.*

Je me retiens de formuler à voix haute cette dernière pensée.

— Mon seul argument est mon plan pour résoudre cette crise. Je ne vous le livrerai que si vous m'acceptez comme une égale. Je ne vois pas pourquoi je sauverais des gens qui me traitent en inférieure.

Et toc.

Un silence suit, alors je rajoute :

— Bien sûr, si quelqu'un d'autre a une solution, je serais très intéressée de l'entendre.

Et re-toc. J'adore ces petits instants où, au culot, je renverse les situations qui ont l'air les plus difficiles.

Hillary Clinton reprend la parole.

— Donc, qui vote pour autoriser Mme « Basse-Tête » à représenter sa tribu, qui serait donc la tribu des chats, c'est bien ça ? Ce qui nous porterait à être non plus cent deux, mais cent trois tribus et lui donnerait un droit de vote à toutes nos prochaines séances.

La première main qui se lève est celle de Cheval Fougueux, puis trois autres suivent.

Uniquement quatre sur cent deux ?

Il y a un flottement. Ils s'échangent des regards entre eux.

Il me semble entendre leurs pensées : « Non, je ne vais quand même pas voter pour un chat ! », « Ce n'est qu'un animal », « POUR QUI ELLE SE PREND ! ».

Je ne suis peut-être qu'un animal, mais leur problème c'est précisément un problème d'animaux.

D'autres mains se lèvent. Enfin le nombre de mains levées se stabilise et Hillary, voyant que plus rien ne bouge, décide de compter.

Sur cent deux voix, il y en a huit pour moi.

J'ai perdu.

Je crois que leur rituel d'assemblée est un système qui ralentit toute décision non conventionnelle.

Tout le monde me regarde. Je reprends le micro et déclare :

— Puisque quelqu'un doit céder, ce sera moi. Les enjeux sont trop graves pour qu'on les soumette aux humeurs politiques d'une centaine de personnes, si représentatives soient-elles. Je vais donc vous exposer mon plan. Comme je vous l'ai dit, nos ennemis ont actuellement deux chefs surdoués : Alcapone, qui a trouvé un moyen de s'adapter au virus d'Edith Goldstein, et Tamerlan, qui bénéficie de la connaissance de plusieurs de nos technologies dont le feu. Vous avez pu vous-mêmes constater en quoi ce dernier élément change la donne.

Ils m'écoutent.

— Donc, comme je vous l'ai dit, ce que je vous propose, c'est d'aller les éliminer. Je suis prête à agir moi-même à mes risques et périls. Mais si je reviens vivante, eh bien, je vous demande de vous engager à automatiquement m'accepter dans votre assemblée en tant que représentante de la 103e tribu, celle des chats.

Cette fois-ci, j'ai leur attention pleine et entière.

— Vous iriez tenter vous-même de tuer les deux rois ? s'étonne le général Grant.

— Je ne vois pas d'autre solution.

Des murmures agitent l'assistance. Je sens qu'il faut que j'occupe le terrain.

— Et comment vous y prendrez-vous, de manière pratique ? continue le général.

— J'y viens. On sait désormais où les deux rois se trouvent : dans le socle de la statue de la Liberté. C'est là où je compte frapper.

Je ménage mes effets.

— J'ai déjà effectué une mission commando dans le passé, accompagnée par Roman Wells. C'était contre des humains fanatiques religieux. Nous avons attaqué de nuit et nous avons atteint tous nos objectifs.

— Je confirme, dit Roman.

— Dans la situation présente, comme le palais est rempli d'une foule de rats, il faudra faire quelque chose de plus discret, donc sans humains. Rien qu'à l'odeur, les rats repèrent les humains de loin, désolée de vous le dire mais vous sentez fort, surtout quand vous avez peur.

— Comment irez-vous là-bas ? demande Hillary.

— En drone. J'ai vu que dans la Freedom Tower vous aviez des drones de grande taille pouvant soulever des charges un peu plus importantes que les drones de la Financial Tower. Alors je pose la question : est-ce que vos superdrones pourraient soulever un chat ?

Sylvain, spécialiste de ces appareils, répond :

— Les drones de la Financial Tower servaient normalement à livrer les colis des centrales d'achat sur Internet. Essentiellement des livres. Les nôtres sont des drones qui transportent principalement des caméras pour la chaîne de télévision qui se trouvait au 42e étage. Ils peuvent soulever jusqu'à 4,5 kilos. Combien pèse un chat ?

Edith va chercher un pèse-personne. Je me dispose sur l'appareil et c'est elle qui annonce :

— 3,8 kilos.

— Parfait, alors voilà mon idée. Je vais demander à Roman d'installer une commande par Bluetooth sur un de ces appareils volants afin que je puisse le piloter directement en m'installant dessus. Je pense qu'il saurait faire ça.

Roman acquiesce.

— Ainsi ce sera un peu comme un avion que je dirigerai. Je me mettrai accroupie sur le drone dans la zone la plus plate, retenue par exemple par une sangle que je passerai autour de mes hanches et qui m'évitera de tomber. Nathalie, vous pourrez m'attacher ?

— Bien sûr.

Ils sont impressionnés parce qu'ils ne s'attendaient pas à ce que je puisse donner des détails techniques aussi précis. Ils s'aperçoivent que j'ai déjà pensé à tout.

— Donc j'arrive de nuit et, pendant que tous les rats dorment, je rentre dans le socle, je trouve le repaire des rois et là… je les tue.

Cette fois-ci, tous me regardent différemment.

Ils viennent de comprendre qui je suis.

— Je ne suis pas du tout convaincue qu'une telle mission puisse réussir, déclare Hillary Clinton.

Qu'est-ce qui lui prend encore, à celle-là ?

— J'ai beau considérer votre proposition sous tous ses angles, les chances qu'une chatte parvienne à s'infiltrer dans le socle de la statue de la Liberté, lui-même rempli de milliers de rats, à atteindre les deux rois, à les assassiner et à en ressortir indemne me semblent extrêmement faibles, voire nulles.

Le général Grant marque son approbation et ajoute :

— Si ce projet doit être mis en œuvre, ce sera par des militaires. Avec des fumigènes, des grenades, des mitrailleuses, par exemple. Maintenant, je reconnais que nous n'avons pas encore trouvé le moyen d'approcher mais laissez-nous quelques jours et je pense que je vais pouvoir organiser une mission commando qui sera, elle, vraiment efficace.

— Nous n'avons pas « quelques jours », dis-je. Il faut agir vite avant que la pluie cesse et que les rats tentent une nouvelle fois d'incendier notre tour. Pour moi, l'idéal serait de frapper cette nuit.

Nathalie prend tout à coup la parole.

— Non ! proteste-t-elle.

Qu'est-ce qui lui prend ?

— Non, tu ne peux pas y aller seule.

On est toujours saboté par ceux qu'on pensait être nos alliés.

Je lui rétorque :

— Si, je peux.

— Non. C'est trop dangereux et tu n'as aucune chance de réussir. Souviens-toi, Bastet, même la mission en France, tu l'avais accomplie avec Roman.

Mais qu'est-ce qu'ils ont tous à me contredire ?

— Si tu ne veux pas y aller avec un humain cette fois, eh bien, je pense qu'il faudrait que tu te fasses accompagner par un autre chat.

Je miaule en direction du groupe de chats présents :

— Qui serait prêt à partir pour cette mission périlleuse ?

— Moi, répond quelqu'un dans mon dos.

Je me retourne.

Angelo.

Je suis fier du courage de mon fils. Mais je ne peux pas le laisser venir. Pas question de voir disparaître d'un coup toute la famille. Il faut que si l'un échoue l'autre survive.

— Qui d'autre ?

Un long silence suit, puis soudain quelqu'un se manifeste :

— Moi.

Je regarde dans la direction de ce miaulement.

— Je viens avec toi, dit Esméralda. Je suis encore plus légère que toi.

Et sans même attendre que je l'y autorise, elle grimpe sur le pèse-personne. Nathalie annonce :

— 3,6 kilos. Elle peut en effet être soulevée par un drone.

— Très bien, alors dans ce cas, nous irons toutes les deux.

— Tous les trois, miaule encore quelqu'un.

Je me retourne.

Bukowski. Manquait plus que celui-là.

— Je ne peux pas laisser Esméralda y aller seule, annonce le meurtrier de Champollion sur un ton qui se veut chevaleresque.

La femelle à la fourrure noire et aux yeux jaunes le gratifie d'une léchouille à laquelle il répond par un grand coup de langue.

Je devrais peut-être lui rappeler le crime de son compagnon. Quoique… Au point où nous en sommes, cela ne changerait pas grand-chose. Et puis, je ne suis pas comme les humains, je considère que l'intérêt général passe avant les querelles particulières.

Déjà l'affreux american shorthair monte sur la balance.

— 4,3 kilos, annonce Edith.

Zut, il passe de justesse.

— Très bien, vous nous avez convaincus, dit Hillary Clinton.

Elle se tourne vers le micro pour être sûre d'être entendue.

— Cette nuit, profitant de l'obscurité et de la pluie, vous partirez tous les trois sur des drones. Si vous réussissez la mission, vous aurez droit à une représentation en tant que 103e tribu parmi notre assemblée. Je crois que cela mérite des encouragements ! conclut Hillary en applaudissant pour lancer l'effet collectif.

C'est peut-être à cet instant que je réalise qu'en fait, aller au milieu de milliers de rats pour tuer leurs deux chefs (probablement surprotégés) est peut-être une mauvaise idée.

Mais je suis trop fière pour renoncer.

Alors, en attendant que mon véhicule volant soit prêt, je me mets face à la baie vitrée, contemplant New York sous la pluie. Puis je ferme les yeux.

Grâce à mon Troisième Œil, je me branche sur mon ESRAE pour voir les plus belles images de l'activité humaine afin de me motiver dans cette mission suicide.

Je me repasse en boucle les tableaux du Louvre : *La Joconde*, *Le Radeau de la Méduse*, *La Liberté guidant le peuple*, *La Vierge aux rochers*, *Les Noces de Cana*, *Le Serment des Horaces*, *La Dentellière*, *Le Tricheur à l'as de carreau*, *La Barque de Dante*. Et j'accompagne ses visions de pure beauté avec la musique non moins sublime de la Callas chantant « Casta Diva ».

Les paroles sont traduites automatiquement dans l'ESRAE :

> « Chaste déesse qui illumines
> Ces antiques feuillages sacrés,
> Tourne vers nous ton beau visage,
> Sans nuage et sans voile.
> Répands sur la terre cette paix
> Que tu fais régner au ciel. »

Je ne comprends pas trop ce que ce texte veut dire et pourtant je le trouve magnifique.

Ce doit être de la poésie.

Je me laisse porter par la musique, la voix, les peintures.

Tout le génie humain s'exprime dans cet art qui pourtant semble inutile.

Il me faut au moins cette perspective pour me motiver. Me motiver à quoi ? À risquer ma vie pour sauver les quelques humains imbéciles et bornés qui n'ont même pas eu la politesse de voter pour que je sois considérée comme leur égale.

D'accord, de toute évidence, j'ai fait le mauvais choix, mais c'est trop tard pour reculer. J'ai commencé, je dois maintenant aller jusqu'au bout. Quand on prend soudain conscience qu'on a fait une énorme erreur, on se dit en général qu'il faut ralentir, stopper ou faire demi-tour. Ce serait pourtant la pire chose à faire. Il faut aller au bout de son erreur pour être certain qu'il s'agit bien d'une erreur.

26. DE L'ART DE PERSÉVÉRER DANS SES ERREURS.

Le proverbe latin énonce : «*Errare humanum est, perseverare diabolicum.*» L'erreur est humaine, persévérer (dans l'erreur) est diabolique. Pourtant, dans l'art de se tromper avec mauvaise foi et d'insister, peu sont aussi doués que Jean Danry.

Né en 1725 d'une mère serveuse et d'un père inconnu dans le sud-ouest de la France, le jeune

homme veut à tout prix être riche et célèbre, très vite, sans étudier ni travailler. Pour parvenir à cet objectif, à vingt-quatre ans, il a un plan : inventer un faux complot contre la marquise de Pompadour. Dans un premier temps, il fabrique un colis piégé contenant une bombe inoffensive avec des pétards de théâtre. Dans un deuxième temps, il va à Versailles pour avertir la police qu'il a entendu aux Tuileries des gens malveillants qui préparaient un colis piégé contre la marquise, probablement pour un attentat terroriste. Il espère ainsi recevoir une récompense et être considéré comme un sauveur.

Cependant la police prend l'affaire au sérieux. En 1749, la Pompadour vient d'obtenir la destitution du marquis de Maurepas, ministre de la Marine. En partant, il lui a adressé des menaces. Une enquête est ouverte, la police interroge Danry, qui pour se faire valoir en rajoute sur la gravité du complot. On lui demande une déposition écrite. L'enquêteur compare son écriture avec celle du colis et constate que c'est la même. Danry finit par avouer que c'est une mise en scène pour entrer dans les bonnes grâces de la marquise. Ses aveux sont transmis au roi Louis XV. Celui-ci estime que ce Danry est plus dangereux qu'il n'y paraît et le fait enfermer à la Bastille.

De là, Danry envoie tous les jours des lettres à la Pompadour pour se plaindre de la nourriture, de la saleté et de la « mauvaise ambiance » de la prison. Elle finit par lui accorder d'être transféré à la prison de Vincennes. Là-bas, considérant que les conditions de détention ne sont pas encore assez confortables, il s'évade. Il trouve refuge chez une amie lingère, d'où il s'empresse d'écrire à la Pompadour pour lui demander de réparer l'injustice qu'il subit. Dans sa lettre, il mentionne son adresse. Et la police vient l'arrêter.

Danry se retrouve une nouvelle fois à la Bastille. Mais il ne renonce pas et continue d'écrire des lettres à la marquise de Pompadour pour dénoncer son traitement injuste et lui demander d'intervenir d'urgence. On finit par lui confisquer l'encre et le papier, il écrit donc sur sa chemise avec son sang. Finalement, ulcéré de ne pas avoir de réponse ni d'excuses de la marquise, il s'évade de nouveau. Il fuit à Amsterdam, mais de là envoie une lettre d'insultes à la Pompadour en signalant sa nouvelle adresse. Il est alors arrêté par la police hollandaise qui le remet à la police française.

Cette fois, il est incarcéré dans le pire cachot de la Bastille, où il est enchaîné. Il arrive à apprivoiser un rat pour se protéger des autres rats. Il aplatit de la mie de pain pour en faire du papier et, avec une arête de poisson trempée dans son sang, il rédige un mémoire sur la nécessaire réforme des prisons. L'aumônier, touché par sa ténacité, lui fournit du papier, une plume et de l'encre, avec lesquels il va rédiger un autre mémoire, sur la réforme globale de l'impôt.

En 1759, après dix ans de cachot, il est autorisé à retourner dans une cellule normale. Il y apprivoise un couple de tourterelles qu'il fait offrir à Mme de Pompadour pour sa volière. Apprenant

que celle-ci est morte, il décide de réclamer sa libération immédiate plus une indemnité de 100 000 livres pour lui avoir volé les plus belles années de sa vie. Comme on ne le prend pas au sérieux, il profite du brouillard pour s'évader et revient chez son amie la lingère.
Il écrit alors une lettre au ministre de l'Intérieur pour exiger son indemnité. Celui-ci lui propose de venir s'expliquer dans un poste de police. Il s'y rend et, là, il est arrêté, bien sûr.
Il est renvoyé à Vincennes, enchaîné dans un cachot. Il est quand même libéré en 1777 par le ministre Malesherbes, qui est impressionné par la persévérance du bonhomme. À peine sorti, il se rend à Versailles pour interpeller les aristocrates sur l'injustice qu'il a subie et réclamer son indemnité. Le voilà encore arrêté et remis en prison.
Il écrit une lettre qui finit par parvenir à la reine Marie-Antoinette. Elle s'émeut de sa situation et demande qu'il soit libéré. Louis XVI lui accorde alors une pension en guise de dédommagement pour sa détention abusive.
En 1789, au moment de la Révolution, il se dit première victime des abus de la monarchie, il réclame une pension, qu'il obtient auprès de l'Assemblée législative. Il intente alors un procès aux héritiers de la marquise de Pompadour et gagne ce procès, les forçant à lui payer une somme exorbitante. Puis il publie l'histoire de sa vie (sous le pseudonyme de Latude) : *Le Despotisme dévoilé*, qui devient un best-seller sous la Révolution.

Il meurt riche et célèbre sans avoir jamais fait d'études ni travaillé.

Encyclopédie du Savoir Relatif et Absolu. Volume XIV.

27. MISSION IMPOSSIBLE.

Nous volons dans la nuit sous la pluie.

Je suis bien campée sur mon drone en forme de trèfle à quatre feuilles où chaque feuille est un support où tourne une hélice.

Derrière moi, accroché par une chaînette : le drone d'Esméralda. Et relié à ce dernier : celui de Bukowski.

Je ne les aime pas, mais il est certain qu'à trois on a plus de chances de réussir que si j'étais seule. Il faudra juste qu'en cas de problème j'aie le réflexe de les utiliser comme bouclier ou comme moyen de ralentir mes poursuivants.

Je me rappelle une phrase de ma mère : « Si tu es poursuivie, l'important n'est pas de courir plus vite que ton poursuivant. L'important est de courir plus vite qu'une autre personne qui pourrait intéresser davantage le poursuivant que toi. »

Je me demande ce que penserait ma mère si elle me voyait à cette seconde.

Je pense qu'elle serait fière de moi. Alors je me redresse, bombe le torse et prends une grande goulée d'air humide.

Je peux réussir.

Si je triomphe, alors non seulement j'aurai supprimé la menace des rats, mais j'aurai mérité sans contestation possible ma place de représentante de la 103e tribu.

Alors ce sera le début de mon ascension pour devenir présidente, puis reine.

Puis impératrice.

Puis prophète.

Puis déesse.

Et après quelques années de domination sans la moindre opposition, je me reposerai sur une couette très douce, au chaud, près de ma servante Nathalie, à regarder la pluie à l'extérieur ou un match de football à la télévision. Il n'y aura plus de rats. Je régnerai. Et ce sera le bonheur.

Franchement, je ne sais pas vous, mais moi, quand il pleut, je préfère être au chaud près d'un radiateur en train de boire un bon bol de lait tiède en regardant l'orage par la fenêtre.

Avant l'Effondrement, j'aimais bien aussi regarder la télévision, quand on voyait des humains jouer au football ou se faire la guerre.

La différence, c'est la taille des balles.

Le drone file sous la pluie.

J'ai la nostalgie de la couette. J'adorais l'odeur de celle de ma servante. Un parfum de lavande mélangé à celui de sa peau. Certes la plupart des humaines puent mais je m'étais habituée à l'odeur doucereuse de mon humaine et c'était devenu une sorte de repère olfactif réconfortant.

J'aimais aussi observer par la fenêtre les autres qui se faisaient mouiller: chats sauvages sans serviteurs, pigeons abrutis à force de manger des bouts de plastique, chiens errants, humains sans domicile.

Mais là, c'est moi qui me prends les rafales de gouttes d'eau.

Je déteste avoir le poil mouillé.

Le drone file sous la pluie vers le danger. Je suis parcourue d'une secousse pénible et je m'ébroue pour m'alléger un peu de l'eau qui commence à peser sur ma fourrure.

Ne pas dépasser 4,5 kilos.

En revanche, Bukowski doit être bien alourdi car à l'arrière son drone nous tire vers le bas. J'augmente la puissance des moteurs électriques et m'agrippe à mon engin volant.

Un éclair zèbre le ciel. La foudre s'abat si près que cela fait vibrer l'air.

Enfin je distingue à travers le mur de pluie la statue de la Liberté qui semble tendre son flambeau comme un paratonnerre. Pour la première fois elle me fait peur.

Je prends un virage.

Roman a fait des miracles, je pilote ce drone comme si j'avais mes pattes sur un volant.

Il m'a signalé avant de décoller qu'il avait installé un système de mise en route simple : il suffit de penser au code chiffré « 103 683 » pour que les moteurs soient lancés. Et en effet dès que j'ai eu cette pensée, transformée en signaux électriques transmis par Bluetooth au récepteur du drone, les hélices ont tourné et l'appareil s'est soulevé.

Nathalie a installé un excellent harnais avec deux lanières de cuir. Grâce à ce harnachement je peux virer sec sans risque de décrocher ou de chuter.

Je dois rester concentrée sur l'objectif à atteindre. Tuer les deux rois.

Nous volons dans l'orage.

Cette fois-ci j'évite l'erreur que j'ai déjà commise.

J'ai confié avant de partir à Roman Wells mon collier avec l'ESRAE.

Si ma mission échoue, il faut que notre précieux trésor de connaissances ne puisse pas tomber entre de mauvaises pattes.

Nous arrivons enfin sur Liberty Island, l'île est en forme d'amande.

Personne en vue. La pluie, le froid, la foudre ont démotivé les rats sentinelles les plus déterminés.

Nous posons nos trois engins dans la zone des arbres.

Nous nous détachons de nos harnais de cuir avant de nous avancer silencieusement vers l'immense mur en étoile qui sert de support à la statue.

À partir de maintenant, les caméras des drones ne peuvent plus suivre nos aventures, nous sommes livrés à nous-mêmes.

Moi, Esméralda et Bukowski arrivons devant le piédestal.

Nous pénétrons dans le monument par la porte d'entrée surmontée de grandes pierres beiges.

Partout sont étendus des rats qui dorment profondément. Le vacarme du tonnerre et de la pluie couvre heureusement le bruit de nos pas. L'eau sur notre fourrure dissimule notre odeur.

Nous parvenons dans une grande pièce au centre de laquelle se trouve une copie du flambeau. Il y a des rats endormis tout autour.

Nous avançons à pas de loup. L'odeur du rat mouillé se fait de plus en plus oppressante dans ce lieu clos. Nous gravissons les escaliers pour arriver à un niveau supérieur. Cette fois-ci, au centre ne se trouve plus un flambeau mais une reproduction à taille réduite de la statue de la Liberté.

J'observe les rats de ce premier étage et m'aperçois qu'ils sont différents. Plus gros, plus grands, plus musclés.

La cour des barons ?

Ils sont une centaine.

Il y a quelques gros rats gris, j'en conclus donc que les barons français ont été admis parmi les barons américains.

Nous montons encore un étage et nous retrouvons dans une pièce plus étroite qui sent très fort les hormones féminines.

Le harem des rates…

Elles sont plusieurs centaines, dont quelques rates grises qui doivent être les rates françaises.

Encore un étage et nous aboutissons dans une pièce de taille réduite avec des femelles plus jeunes et dont l'odeur est un peu plus piquante. Comme du poivre.

Le précédent devait être le harem des barons et, dans ce cas, celui-ci serait le harem royal.

Elles sont moins nombreuses. Seulement une vingtaine. Et il y a autant de grises que de marron.

Je subodore que les deux rois, dans le cadre de leur alliance, ont dû s'échanger leurs meilleures femelles.

Nous progressons et, au bout de la pièce, il y a une pièce plus étroite. Je hume un infime relent connu.

Tamerlan.

Les deux rois sont endormis sur des coussins de soie.

Le roi des rats américains, Alcapone, est encore plus gros que je ne me le figurais en l'observant à partir des caméras. On dirait une marmotte.

À côté, le roi des rats français, Tamerlan, semble tout petit. Le fait qu'il soit blanc aux yeux rouges contribue à lui conférer quelque chose de totalement exotique par rapport à son collègue américain.

Je fais signe par des mouvements d'oreille à Esméralda et à Bukowski.

Bukowski doit se mettre un peu plus bas que l'entrée pour faire le guet pendant que nous les chattes allons procéder à l'exécution dans la salle royale.

Nous nous approchons lentement. Les deux rois sont profondément endormis.

Je dresse l'oreille droite pour faire comprendre à Esméralda que je suis prête.

Nous dégainons ensemble notre griffe la plus longue et la plus acérée qui va nous servir de tranchoir.

Esméralda reste pourtant en suspens. Elle me fixe et semble attendre que je frappe en premier.

Qu'est-ce qui lui prend ?

C'est à ce moment qu'un éclair de foudre plus proche et plus brillant illumine d'un coup la pièce.

Le roi des rats américains ouvre alors un œil. Il saute sur Esméralda. Ses dents sont très pointues et il profite de sa masse pour écraser la chatte. Il lui mord le cou. S'il continue, il va lui ouvrir la peau et c'est elle qui sera égorgée.

Tamerlan, lui, dort toujours.

J'ai le choix : tuer Tamerlan tout de suite ou sauver Esméralda (qui est quand même la chatte que je déteste le plus). Tout va très vite dans ma tête.

Je me souviens de tout le mal qu'a fait Tamerlan en tuant ceux de l'île de la Cité (ma communauté) et en crucifiant Hannibal (le lion qui nous protégeait). Je me remémore notre duel sur la barque au milieu de la Seine à Rouen. Sa hargne, son intelligence, sa horde brune qui nous avait poursuivis avec ses milliers de rats fanatisés.

En même temps, je me rappelle tout ce que m'a fait Esméralda en se prenant pour la mère de mon fils, en draguant mon mâle Pythagore, en se moquant de moi, en prétendant m'avoir sauvée des rats.

Nouvel éclair de foudre. L'orage est très proche, et le tonnerre encore plus bruyant.

Tamerlan ouvre à son tour les yeux.

Nous nous voyons.

Il m'a reconnue.

À ma grande surprise, il ne me saute pas dessus.

Le reste de la scène se passe avec un effet dont j'ai lu dans l'Encyclopédie qu'il se nomme « stroboscopique », c'est-à-dire qu'il y a tellement d'éclairs blancs éblouissants dans l'obscurité que tous les mouvements semblent saccadés, chaque éclat de lumière révélant une scène différente de l'éclat précédent.

Le tout dans le vacarme de l'orage.

Ma planète semble en colère.

Esméralda se débat mais n'arrive pas à se débarrasser de son encombrant assaillant, celui-ci a le dessus et enfonce ses dents longues comme des sabres un peu plus profondément dans la gorge de ma compagne d'aventures. J'entends son miaulement déchirant.

Si je ne fais pas quelque chose tout de suite, elle va mourir.

Alors j'abandonne Tamerlan, je bondis et frappe aux yeux Alcapone. La griffe lui fend l'œil droit comme s'il s'agissait d'un grain de raisin. Un jus transparent gicle.

Surpris, le roi américain ouvre la bouche pour pousser un cri de douleur, ce qui permet à Esméralda de se dégager.

Tamerlan n'a pas bronché. Il m'observe fixement, semblant intrigué par la scène qui se déroule dans cette ambiance de fin du monde, comme si cela ne le concernait pas.

Je miaule :

— Fuyons !

Esméralda et moi déguerpissons. Bukowski nous voit et en déduit qu'il faut courir avec nous.

Alcapone malgré son obésité et sa blessure à l'œil galope vite, motivé par la rage. C'est une masse furieuse qui nous poursuit.

Il siffle et crie.

Nous franchissons la zone des femelles royales, puis celle des femelles des barons, puis celle des barons eux-mêmes, puis celle des rats normaux. Le temps que tous se réveillent et comprennent ce qui se passe, nous arrivons à passer *in extremis*.

Nous n'avons pas une seconde à perdre. La communauté rat est comme un gigantesque organisme collectif endormi qui se secoue et se met instantanément en état d'alerte.

Ne pas penser que je suis dans un lieu fermé, entourée par des milliers de présences hostiles.

Ne pas penser tout court.

Nous bondissons tous les trois en avant.

Je sens ma colonne vertébrale qui ondule. Ma queue maintient l'assiette. Le vent rabat mon poil mouillé.

Tout mon corps est aérodynamique. J'ai l'impression que je viens de trouver le guépard enfoui au fond de mes gènes.

Je cours si vite qu'il me semble que je suis en lévitation au-dessus du sol.

Toute mon énergie est tellement concentrée sur la recherche de puissance de ma course que mon cerveau fonctionne au ralenti alors que mon cœur bat fort.

Le tonnerre gronde.

Je suis en tête et je sais que mes deux comparses sont derrière moi.

Les éclairs illuminent tout.

Enfin, je vois la porte d'entrée du socle de la statue. Je bouscule les quelques rats qui, à peine réveillés, tentent de me barrer le chemin.

Sortir vite.

Enfin la pluie et l'air frais de l'extérieur.

Tous mes muscles sont bouillants.

Je halète en tirant la langue comme une chienne.

Sans me retourner pour voir ce que font mes deux compagnons de mission, je me dirige vers mon drone, et en trois mouvements prestes, je passe le harnais. Avec ma pensée j'envoie un message.

Code 103 683. Contact. Décollage immédiat.

Mais il ne se passe rien.

BON SANG, S'IL Y A BIEN QUELQUE CHOSE QUE JE DÉTESTE, C'EST QUAND LES MACHINES QUI ONT MARCHÉ NE MARCHENT PLUS.

Je me retourne et je vois Esméralda qui est montée sur son drone alors que Bukowski, plus gros donc plus lent, est à la traîne, poursuivi par des rats qui le talonnent.

103 683. CONTACT !!!

Il ne se passe toujours rien et nos poursuivants approchent. Mon esprit enfin aiguisé cherche le moyen de nous sortir de cette situation.

Ce n'est pas possible, il ne peut pas y avoir de « psychologie de drone ».

Dans le doute, j'essaie quand même de me calmer, je ferme les yeux et j'envoie une pensée.

S'il te plaît, monsieur le drone, lance le moteur.

Je prends une grande inspiration et me concentre sur une intention claire :

103 683. Contact.

J'attends, résignée.

Les hélices du drone en forme de trèfle à quatre feuilles commencent à vibrer, évacuant toute l'eau de pluie qui s'est déposée dessus.

J'ouvre les yeux lentement, je me retourne : Esméralda est bien harnachée à son drone, dont les hélices tournent elles aussi.

Derrière, je distingue le drone de Bukowski qui s'active mais, par contre, n'a pas d'occupant.

L'american shorthair est à quelques mètres à peine mais il ne parvient pas à grimper sur son véhicule volant. Il se bat contre des rats. Il est submergé par leur nombre. En quelques instants, il est recouvert par dix rats furieux qui le mettent en charpie. D'autres rats courent déjà vers nous.

Je suggère à l'intelligence artificielle de mon drone :

Décollage immédiat ?

Il se soulève.

Mais au moment où je vais m'élever au-dessus de cet enfer, un gros rat baron, plus rapide et plus déterminé que les autres, saute en l'air en se propulsant avec ses pattes arrière. Il ne va pas assez haut pour monter sur mon drone mais il parvient à planter ses dents dans ma queue et il serre assez fort pour réussir à s'envoler avec moi.

Bon sang, j'ai un rat accroché à ma queue.

Déjà d'autres rats font des bonds pour s'agripper à lui, espérant ainsi peser suffisamment sur nos appareils pour les empêcher de décoller.

Malgré la pluie qui alourdit ma fourrure et les probables 500 grammes de rat qui s'ajoutent à mes 3,8 kilos, le drone se maintient en suspension. Cependant, il ne s'élève plus.

Un deuxième rat s'est suspendu au premier, puis un troisième s'accroche aux deux autres. Cette fois-ci, les moteurs des quatre hélices peinent à supporter leur poids.

Par la pensée, j'augmente la puissance du moteur pour que mon drone se soulève plus haut.

En vain.

D'autres renforts accourent.

J'essaie d'aller en avant, mais même cette manœuvre-là est très ralentie.

Il y a maintenant six rats accrochés à celui qui mord ma queue et nous faisons toujours du surplace.

Ils ne vont pas nous avoir comme ça !

Esméralda se démène et, en s'étirant au maximum, d'un coup de la pointe de sa griffe, elle parvient à trancher la queue du premier rongeur, faisant chuter les cinq autres.

Mais ce dernier ne lâche pas pour autant prise.

Déjà une foule en colère apparaît. Pas le temps de tenter de me débarrasser de cet importun. Je profite de ce qu'il n'y a plus qu'un seul rat accroché à ma queue pour prendre un peu d'altitude. Par chance, le moteur est suffisamment puissant pour fournir cet effort.

La foudre illumine le ciel alors que la pluie continue de tomber dru. Au sol, les rats en colère poussent des cris. Même le vacarme de la foudre n'arrive pas à couvrir leurs piaulements enragés.

Il y en a même qui se jettent à l'eau pour nager et nous poursuivre au cas où l'on chuterait. Nous nous élevons.

La chaîne qui me relie au drone d'Esméralda lui permet de me suivre à courte distance. Et derrière, il y a le drone vide de Bukowski.

— Prends des virages, ça fera lâcher ton rat ! me crie la chatte noire aux yeux jaunes.

Je n'avais pas besoin de son conseil mais j'enchaîne en effet des virages secs. Le rongeur serre sa mâchoire si fort que j'ai l'impression qu'il est soudé à mon corps par une pince.

Je ne sais pas si vous avez déjà eu un rat accroché à votre queue alors que vous êtes en train de voler sur un drone, mais je peux vous garantir que c'est une sensation extrêmement inconfortable. D'autant plus si c'est la nuit, sous une pluie battante, que votre fourrure est mouillée et qu'en plus, vous avez le sentiment d'avoir raté votre mission.

J'agite la queue pour essayer de me débarrasser de cet importun mais il a crispé ses mâchoires et déjà je ne sens plus rien dans l'extrémité de mes vertèbres caudales.

La foudre continue de faire vibrer l'air.

Il faut rejoindre la mer.

Je vole en rase-mottes, condamnant le rat à être frappé par la surface des flots.

J'espérais qu'il lâche mais, non, il a toujours sa mâchoire serrée et il tient bon.

Il faut rejoindre la Freedom Tower.

Nous volons.

— Tant pis pour toi, baron, je te ramène chez moi et je ne suis pas sûre que cela te plaise.

Alors, dominant la douleur provoquée par les dents du rongeur, et surmontant aussi le déséquilibre que le rat impose à mon drone, je me penche en avant et augmente la vitesse.

Je repense à Tamerlan.

Dire que si je n'avais pas tergiversé, j'aurais pu lui planter ma griffe dans le cou.

Qu'est-ce qui m'a pris d'attendre ?

Ma mère me l'avait dit : « Pour ce qui est des rats, d'abord on tue, après on réfléchit. »

Ça tire et ça pince. Heureusement, ma fourrure amoindrit un peu la morsure.

Je parviens ainsi à le ramener vers le premier étage de la tour, où nous attend notre équipe de réception. Roman et Sylvain sont penchés à la fenêtre pour nous récupérer au vol. Leurs mains attrapent nos drones et nous mettent à l'abri à l'intérieur.

Les fenêtres sont refermées derrière nous.

Ouf, nous nous en sommes tirées.

Mais le rat est toujours accroché à ma queue.

— Dégagez-moi de « ça » ! Mais ne le tuez pas !

Nathalie me prend dans ses bras alors que Roman commence à essayer de dégager le rongeur en le tirant par une patte. Ma servante, pragmatique, brandit son briquet et l'avance pour brûler le moignon de queue du rongeur.

Il lâche en poussant un couinement enragé.

Enfin je suis débarrassée de cet énergumène.

Je répète :

— NE LE TUEZ PAS !!!

Le baron est rapidement saisi par Sylvain qui le bloque sous sa veste. Puis quelqu'un apporte un aquarium vide et on le jette à l'intérieur, avant de refermer la partie supérieure avec une plaque de bois.

Ça y est, tout est fini.

J'ai réussi à sauver ma peau.

Je me tourne vers Esméralda et l'interroge :

— Pourquoi tu voulais que je tue Tamerlan en premier ?

— Je voulais juste te faire ce cadeau, dit-elle. Je pensais que ça te ferait plaisir de prendre l'initiative vu que c'était « ta » mission. Bon, en tout cas, moi je n'ai pas peur de te remercier. Tu m'as sauvé la vie.

Zut. Elle est classe. Même là elle m'énerve. Elle me donne une leçon d'élégance morale.

Puis me vient une autre idée.

J'aurais quand même mieux fait de la laisser mourir et de tuer Tamerlan.

Je déclare alors, sur un ton légèrement pincé :

— D'accord, je reconnais que nous sommes quittes. Tu m'as réellement sauvée quand je suis tombée du bateau.

Cela dit, je ne sais pas pourquoi, mais maintenant que je lui ai sauvé la vie, je la trouve beaucoup plus sympathique.

Peut-être qu'on aime plus les gens qu'on sauve que les gens qui nous ont sauvés.

Et voilà, je deviens faible.

Par moments, je me trouve quand même un peu… comment dire ?… sentimentale.

C'est la mauvaise influence des humains.

Après ça, qu'est-ce que je risque de ressentir ?

L'empathie ?

La compassion ?

La pitié ?

Alors je ne pourrais plus partir dans les actions commandos, je serais devenue… une vieille chatte remplie de contradictions.

— Qu'est-ce qu'on fait avec le prisonnier ? demande Angelo. Je peux le tuer ? Oh, maman ! s'il te plaît, laisse-moi le tuer !

Je ne me donne même pas la peine de lui répondre.

— Pauvre Bukowski, dit Esméralda. C'est en se sacrifiant qu'il a pu les ralentir et nous permettre de fuir.

J'ai une infime pensée pour l'american shorthair, mais je ne l'exprime pas.

Bien fait pour lui, il n'aurait pas dû manger Champollion.

Hillary Clinton entre dans la pièce. Elle voit que ma fourrure a encore quelques traces de sang. Elle m'interroge et sa question arrive dans mon récepteur :

— Alors vous avez tué les deux rois ?

Ni « Félicitations », ni « Contente de vous retrouver indemnes » : rien.

Je secoue la tête en signe de dénégation.

— Donc vous avez échoué, assène Hillary Clinton, déçue.

Elle m'énerve vraiment, celle-là.

Je fais signe à Nathalie de lui transmettre l'oreillette réceptrice pour qu'elle me comprenne.

Je réponds sans me départir de mon assurance :

— Nous avons réussi à ramener un prisonnier.

— Mais…

— Et je suis heureuse de constater votre joie de nous voir rentrer saines et sauves, car nous avons quand même perdu l'un d'entre nous. Je présume que vous avez dû avoir très peur d'avoir à déplorer notre disparition à tous trois.

— Pourquoi ça a raté ?

Ma mère disait : « Quand les choses ne tournent pas en ta faveur, débrouille-toi pour faire croire que tu l'as fait exprès et que c'est un élément d'un plan secret. »

Je cherche une phrase qui puisse correspondre à cette notion mais n'en trouve pas.

— Nous avons pu suivre la situation grâce à la caméra vidéo des drones et nous espérions que vous aviez pu réaliser votre mission, reconnaît Roman Wells.

— Nous y étions presque. Mais nous avons eu un petit contretemps qui nous a empêchés d'aller jusqu'au bout.

— Donc vous avez échoué ! répète la présidente.

Il y a des gens qui parfois gagneraient à se taire car les mots qui sortent de leur bouche ne servent à rien.

Elle avait qu'à y aller, si elle se croit plus efficace.

Heureusement, Nathalie me prend contre elle et me serre très fort. Je la laisse me fournir un peu de son affection car je me doute qu'elle a eu très peur de me perdre.

Puis je me dégage et m'approche du baron prisonnier dans son bocal à poissons. Il fulmine de colère. Dès qu'il me voit, il bondit dans ma direction et fait claquer sèchement ses incisives contre la paroi de verre comme s'il espérait arriver à la percer.

— Oh, maman, dit alors Angelo, s'il te plaît, fais-moi plaisir, laisse-moi tuer ce gros rat !

Je lâche un soupir désabusé. Je me sens très fatiguée tout à coup.

Je n'ai qu'une envie : m'ébrouer, me passer une patte au-dessus de l'oreille et me lécher pour m'enlever tout le stress que je viens de ressentir.

Que l'univers se débrouille sans moi, j'ai eu assez d'émotions pour la journée. J'ai seulement envie d'être loin.

28. LA VACHE QUI S'ÉVADA.

En novembre 1995, une vache laitière de cinq ans dont le destin était d'être transformée en viande pour hamburgers avançait vers la porte d'un abattoir dans la ville de Hopkinton dans le Massachusetts. L'endroit lui parut inquiétant et elle eut soudain une fulgurance. Elle sortit de la file formée par les autres vaches, ignorantes ou résignées. Elle galopa pour s'échapper, avisa une clôture d'un mètre cinquante de haut et, prenant son élan, parvint à soulever son corps de 700 kilos dans un saut du dernier espoir au-dessus de l'obstacle.
Elle s'enfuit ensuite à travers les bois, échappant aux gens qui la poursuivaient.
Pendant quarante jours, la vache, dès lors baptisée Emily, se cacha. Les habitants du village d'Hopkinton, touchés par cet incident, égaraient volontairement les poursuivants.
Lewis et Megan Randa, fondateurs d'un refuge pour animaux nommé Peace Abbey, entendirent parler de l'événement et proposèrent de racheter Emily à son propriétaire. Celui-ci accepta de la vendre pour 1 dollar.
L'anecdote eut beaucoup de succès dans les médias locaux, si bien que la productrice Ellen Little acquit les droits de l'histoire d'Emily pour en faire un film et fit un don de 10 000 dollars à Peace Abbey, qui permit de construire une étable spécialement pour elle. Emily vécut là paisiblement et mourut à l'âge de dix ans d'un cancer.

Encyclopédie du Savoir Relatif et Absolu.
Volume XIV.

29. UN PRISONNIER SENSIBLE.

Comment ça, vous me refusez ma place de représentante de la 103e tribu ?

Je crois rêver. Après tout ce que j'ai vécu, après tout ce que j'ai fait, après tout ce que j'ai risqué… HILLARY OSE REVENIR SUR SA PROMESSE !

Mes griffes rentrent et sortent nerveusement.

J'essaie de garder mon calme. Nous sommes dans la pièce qui sert de bureau à la présidente. Elle m'a convoquée avec Nathalie pour une explication plus précise du déroulé de notre mission « élimination des deux rois des rats ».

J'observe la pièce.

Un peu partout s'étalent des photos de l'époque où elle s'était présentée à la primaire contre Barack Obama puis à l'élection présidentielle contre Donald Trump.

Je me demande quel âge elle a.

Probablement plus de quatre-vingts ans.

Je m'installe sur son bureau pour que mon visage soit à la hauteur du sien. Mes paroles sont directement traduites par le petit haut-parleur du smartphone que tient Nathalie.

— J'ai réussi à pénétrer au plus profond de leur tanière, j'étais à quelques centimètres de son cœur, ce n'est qu'un malheureux concours de circonstances qui nous a empêchés d'aller jusqu'au bout. Comment vous dites, déjà ? Un « impondérable ».

Je sais qu'il faut que j'utilise un maximum de mots rares pour l'impressionner par ma culture.

— La mission était censée selon vos propres termes nous éviter le risque d'un nouvel incendie dans les sous-sols, déclare Hillary. Or, cette menace est toujours d'actualité.

— Tant qu'il pleut, nous n'avons rien à craindre.

— Donc nous dépendons de la météo. Vous avez échoué et c'était notre seul plan, vous avez été…

Elle cherche un mot compliqué mais se contente d'un mot moyen :

— … décevante, Bastet.

DÉCEVANTE ?

Pour avoir seulement osé prononcer ces mots, elle devra payer un jour.

Ce n'est pas parce qu'elle est présidente des humains et que moi je suis une simple chatte qu'elle doit à ce point minimiser mes actions. J'ai quand même failli mourir en œuvrant pour l'intérêt collectif, elle a l'air de l'avoir complètement oublié.

— Vous n'avez qu'à y aller vous-même, si vous vous croyez plus forte !

— Ce n'est pas moi qui ai proposé d'aller assassiner les deux rois dans la nuit.

— Justement, vous ne proposez rien, alors évidemment, vous ne vous trompez jamais. Vous attendez que vos représentants fassent des propositions puis vous déclenchez les votes que vous dites démocratiques. À quel moment apportez-vous quelque chose de réellement utile et de personnel ?

— Vous avez échoué, vous avez échoué, répète-t-elle, bornée. Et là, nous n'avons plus aucun autre plan.

Je prends une grande inspiration, puis je miaule :

— J'ai un autre plan.

Elle me regarde avec un peu plus d'intérêt, à présent.

L'avenir appartiendra toujours à ceux qui ont des idées originales et pas à ceux qui ne font que gérer le pouvoir.

— Et alors, c'est quoi votre plan ?

— Vous m'avez bernée une fois, pourquoi vous ferais-je confiance ? J'ai compris votre système, vous m'utilisez pour me piquer mes idées et après vous refusez de me récompenser. C'est… « minable ».

La meilleure défense est l'attaque. Elle va vouloir savoir quel est mon deuxième plan alors je la tiens. Autant en profiter pour l'insulter.

— Vous mentez, Bastet.

Elle m'a traitée de menteuse ?

— Vous n'avez pas de plan de secours.

Elle essaie de m'avoir par l'orgueil.

Tu ne m'auras pas comme ça, ma jolie.

— Écoutez, Hillary, c'est vous la présidente, alors vous devez être suffisamment douée pour trouver des solutions, sinon vous n'auriez pas été élue. Quant à moi, comme je ne suis même pas représentante d'une tribu, je ne vois pas pourquoi je continuerais même à m'exprimer. À plus forte raison, je ne vois pas pourquoi je vous confierais ma stratégie. Je n'ai rien à y gagner.

Toujours abonder dans le sens de l'autre, l'accompagner dans son élan pour qu'il ne trouve aucune résistance et que, pris dans sa propre inertie, il s'écroule.

— Vous n'entendrez plus parler de moi, je vais me mettre dans un coin comme le font tous les chats et j'alternerai sieste et repas. De temps en temps, je ronronnerai, ça, nous les chats, nous savons bien le faire et ça ne vous dérangera pas.

— C'est nul.

Quand on ne sait pas comprendre, on juge, pour donner l'illusion de dominer.

— En effet, je dois être nulle. Désolée de vous avoir donné de faux espoirs avec ma tentative ratée de double assassinat. Je ne recommencerai plus.

Je descends de la table et lui tourne le dos en montrant ostensiblement mon arrière-train. Là, je lâche un pet, ce qui, chez nous les chats, correspond à un doigt d'honneur chez les humains.

Je trotte vers la porte. Nathalie s'est levée elle aussi et elle me suit.

Vous êtes peut-être présidente mais moi je suis reine, même si vous ne vous en êtes pas encore aperçue. Je suis Sa Majesté des chats et vous n'êtes qu'une pauvre humaine qui n'a pas la moindre idée pour sauver sa propre espèce.

— Revenez, Bastet.

Je m'arrête net et dresse les oreilles.

— Vous ne m'avez pas dit votre idée.

— Les idées des chats ne sont que des idées de chats et je suis consciente de vous avoir déçue avec mon idée précédente.

— Je consens à vous écouter de nouveau, Bastet. Quel est votre nouveau plan ?

— Plus j'y réfléchis, plus je m'aperçois qu'il ne vous plaira pas.

Je continue mon chemin vers la porte. Là, j'attends que Nathalie actionne la poignée.

— Très bien ! lance la présidente. Vous avez gagné. Si votre deuxième plan s'avère efficace, vous aurez votre place parmi nous dans l'assemblée des tribus.

— Je serai la 103e ?

— Si ça marche, oui.

— Mais pour le vote « démocratique » ?…

— Je me débrouillerai…

— Vous avez ce pouvoir ?

— Si je prends quelques représentants à part, je peux les influencer pour m'assurer de leur vote.

— Vous pouvez me le garantir ?

— Vous avez ma parole.

Une parole de politicienne humaine ne vaut pas grand-chose pour moi.

— Vous m'avez déjà fait des promesses que vous n'avez pas tenues, Hillary.

— Je vous ai promis la place si vous tuiez les deux rois. Vous ne l'avez pas fait, Bastet.

Elle m'énerve. Pourquoi certains humains ont cette propension extraordinaire à m'exaspérer dès qu'ils prononcent une parole ?

Il faut que je garde mon calme. J'ai un objectif à atteindre, j'ai une intention claire.

Elle ne fait que réclamer ma soumission parce qu'elle est un être exclusivement tourné vers le pouvoir. Mais elle n'a pas de vision sur le long terme. Elle gère le présent mais pas le futur. Elle a besoin de moi et non le contraire.

Je saute sur l'épaule de Nathalie et lui fais signe que je souhaite poursuivre la négociation ainsi. Ma servante s'assoit face à la présidente, ce qui me place plus haut qu'elle.

— Soyons claires. Je veux que ma tribu, la 103e, dite « tribu des chats », ait exactement les mêmes droits que les tribus humaines.

— C'est envisageable.

Tout est stratégie, tout est négociation, il faut jouer serré.

— Je veux que ma voix durant les élections compte autant que celles des humains. Je veux un statut spécial, être une personne importante, je crois que vous nommez ce genre de gens « VIP ». Avec des privilèges similaires à ceux des autres représentants de tribu. Et si je meurs, je veux que mon fils Angelo hérite de mon statut.

— C'est possible, mais il faut que vous réussissiez.

— Je veux que notre accord soit mis par écrit. Je n'ai plus confiance dans votre parole d'humaine.

Alors Hillary Clinton consent à taper le texte de notre accord sur un ordinateur et elle en tire trois exemplaires sur l'imprimante.

Elle les signe.

Nathalie lit l'accord et me confirme d'un hochement de tête que tout ce que j'ai demandé s'y trouve.

Alors j'appuie ma patte sur une surface imbibée d'encre qui sert pour les tampons. Et je dépose ensuite mes coussinets pour faire une signature : un triangle surmonté de quatre ovales.

En l'observant sur le papier, je trouve ma signature tellement esthétique que je me dis que ce signe pourrait devenir notre symbole, voire notre drapeau.

Après tout, chez les humains chaque mode de pensée particulier est accompagné d'un logo, que ce soit les Juifs avec l'étoile à six branches, les chrétiens avec la croix, les musulmans avec la lune, les royalistes avec la fleur de lys, les communistes avec la faucille et le marteau, les nazis avec la croix gammée, les anarchistes avec le A dans un cercle.

Et notre devise pourrait être : *Miaou.*

Ce qui pour nous signifie beaucoup.

Je reproduis la même signature sur les trois exemplaires. Un conservé par la présidente, et deux gardés par Nathalie (un pour moi, un pour elle).

— Alors, dites-moi, maintenant, c'est quoi votre plan, Bastet ?

J'ai l'impression qu'elle me parle enfin avec respect.

— Ce sera la surprise. Vous m'avez dit que seul le résultat compte, alors vous jugerez au résultat.

Et je quitte la pièce juchée sur l'épaule de ma servante.

Puis je rejoins Roman et Sylvain qui ont installé l'aquarium avec le rat à l'intérieur dans la salle des ordinateurs. Le baron continue de baver et de faire claquer ses incisives contre la paroi de verre.

— On ne va pas pouvoir le garder longtemps là-dedans, il va devenir fou ! Tu veux en faire quoi ? dit Roman.

— C'est un baron. Ce n'est pas n'importe qui. Il a dû être proche du roi Alcapone. Dans un premier temps, je veux obtenir de sa part des informations sur le camp ennemi.

Dès qu'il me voit, le rongeur bondit de nouveau et s'acharne contre la vitre.

Ses yeux étincellent de colère.

Il me reconnaît.

— Il n'a pas l'air d'avoir envie de coopérer. Et puis, je ne vois pas comment nous pourrions discuter, nous n'avons même plus Champollion pour traduire, dit Roman.

Il m'en veut personnellement.

— On n'a qu'à le torturer, propose mon fils, toujours partisan de la manière brutale. On lui arrache les dents, ça devrait le rendre plus coopératif.

Nathalie reste plus pragmatique.

— C'est lui, ton deuxième plan qui devrait te permettre d'accéder au statut de représentante de tribu ?

Je hoche la tête à la manière des humains.

— Précisément. Je pense qu'on pourrait l'utiliser à notre avantage.

Roman a l'air dépité.

— Explique-nous ton projet, soupire-t-il.

— Je vais avoir besoin de vous, Roman, et de vous tous d'ailleurs, car mon idée est la suivante : plutôt que le faire souffrir, le faire… jouir.

Tous me regardent, hébétés.

— On va lui offrir la compréhension du monde, et alors, de lui-même il aura envie de nous aider.

— MAMAN ! TU N'Y PENSES PAS, ON NE VA PAS OFFRIR À CET ENNEMI ENRAGÉ CE QUE NOUS AVONS DE PLUS PRÉCIEUX !

Quel esprit limité. Évidemment que si.

L'idée m'est venue en me souvenant du prisonnier que nous avions jadis fait parler en lui donnant de la drogue, mais là, j'ai déjà une autre idée, plus ambitieuse : le « retourner » à notre profit.

— NON, MAMAN, TU NE PEUX PAS FAIRE ÇA.

Alors je prends un temps pour expliquer mon plan à mon crétin de fils.

— Je n'ai rien au fond contre les rats. Ce sont des animaux comme les autres. Il n'y a pas d'animaux gentils ni d'animaux méchants. La seule chose qui me gêne avec les rats, c'est qu'ils veulent nous soumettre ou nous tuer.

— C'est suffisant pour vouloir tous les éliminer, non ?

— Non, car si on prend chaque individu à part, il n'est ni pire ni meilleur qu'un autre individu chat, humain, porc ou chien. Chacun a l'esprit formaté avec les valeurs que ses parents lui ont inculquées. Mais il suffit de lui faire comprendre que ces valeurs sont fausses. On pourra ainsi l'amener à penser que notre intérêt à tous sur le long terme est plutôt de nous entraider mutuellement : être avec nous plutôt que nous affronter.

La petite assistance qui m'entoure reste dubitative.

— Je propose qu'on opère ce prisonnier pour lui implanter un Troisième Œil, le même que le mien.

— Mais non, maman, c'est l'ennemi !

— Justement, il y a un moment où la meilleure stratégie est d'utiliser nos ennemis.

Nathalie et Roman sont les premiers à adhérer à ma proposition.

— Si nous réussissons à le convaincre, nous aurons mieux qu'un informateur, nous aurons un espion, dis-je.

Sylvain, Edith et Jessica finissent à leur tour par se rallier à mon idée.

Sans attendre, Roman réclame du matériel chirurgical (par chance, il y a tout ce qu'il faut dans cette ancienne clinique vétérinaire) et prépare le billard pour procéder à l'opération du rat.

Edith lui sert de première assistante.

J'assiste avec curiosité à l'opération en me disant que c'est ainsi qu'on m'a implanté la prise dans le front.

Dans un premier temps, Roman ouvre le couvercle de l'aquarium-prison et propulse un gaz soporifique dedans. Le baron enragé se transforme en baron endormi.

Edith le saisit délicatement, le place sur une plaque de liège et lui fixe les pattes avec des agrafes pour qu'il ne puisse pas se relever au cas où l'anesthésiant cesserait de faire effet.

Roman prend une perceuse pour perforer le crâne du rongeur entre les deux yeux. Le bruit est affreux et une odeur ignoble d'os de rat brûlé se dégage.

Le scientifique utilise un appareil à rayons X qui lui permet de voir le cerveau du rat. Avec des pinces, il ajuste une dizaine d'électrodes à différents points précis du cerveau et relie ensuite les infimes fils électriques à la clef USB.

Edith dépose un produit cicatrisant pour aider l'organisme de l'animal à accepter la prothèse cérébrale.

Alors que le rat est encore sous anesthésie, Roman me demande :

— Tu veux en faire un espion « retourné », c'est bien ça ?

— Oui, on pourrait l'appeler Mata Hari, propose Nathalie.

— Non, j'ai mieux, dit le jeune scientifique à grosses lunettes. Je propose qu'on l'appelle Paul.

— C'est qui, Paul ? Un autre espion célèbre ?

— C'est l'homme qui par la suite est devenu saint Paul. Il vivait il y a deux mille ans. Il a d'abord combattu Jésus, puis il a eu une révélation sur le chemin de Damas et a fini par passer dans le camp adverse.

30. SAUL DE TARSE, DIT SAINT PAUL.

Saul de Tarse, dit saint Paul, était un persécuteur des Juifs disciples de Jésus-Christ qui participa notamment à l'arrestation et à la lapidation d'Étienne. Cependant, en l'an 36 (donc trois ans après la mort de Jésus-Christ, en 33), alors qu'il voyageait pour se rendre à Damas, Paul eut une révélation : il s'était trompé de camp. Il rejoignit les disciples survivants et proposa de les diriger pour créer une nouvelle religion.

Au début, les disciples se montrèrent prudents envers l'homme qui les avait jusque-là persécutés.

Autre raison de se méfier de Paul : il n'avait jamais rencontré personnellement leur maître à penser. En outre, Jésus-Christ avait toujours dit qu'il ne voulait pas créer de nouvelle religion, mais souhaitait juste un retour aux valeurs originelles du judaïsme, dévoyées par l'occupant romain.
Cependant, Paul était un excellent orateur, si bien qu'il devint le chef incontesté du groupe. Premier objectif : convertir un maximum de Juifs au christianisme. Deuxième objectif : convertir aussi les non-Juifs (incirconcis). Troisième objectif : bâtir des églises pratiquant le culte chrétien. Entre l'an 45 et l'an 58, Paul voyagea avec Barnabé dans tout le bassin méditerranéen pour convertir et créer des communautés chrétiennes, notamment à Chypre, à Antioche, à Millet, à Éphèse (sur le territoire de l'actuelle Turquie), à Thessalonique, à Corinthe, à Athènes (en Grèce). Néanmoins, à une époque de grandes tensions entre Juifs et Romains (il y avait de fréquentes révoltes contre l'occupant), le comportement de Paul finit par inquiéter les autorités. Il fut arrêté à Jérusalem et comparut devant le procurateur Antonius Felix. Paul, ayant le statut de citoyen romain, demanda à être jugé à Rome. Ce qui lui fut accordé. Il arriva dans la capitale romaine en l'an 60, et on lui alloua une maison privée.
À la suite de l'incendie de Rome, le 18 juillet 64, l'empereur Néron, craignant une révolte du peuple contre lui, accusa les Juifs et tout particulièrement les chrétiens d'en être les auteurs.

Condamné, Paul eut cependant le privilège de ne pas être brûlé mais décapité. Avant de mourir, il fit une prière puis tendit son cou pour recevoir le coup de hache. Il resta dans la postérité sous le nom de saint Paul.

Encyclopédie du Savoir Relatif et Absolu.
Volume XIV.

31. OUVERTURE D'UN CRÂNE.

Ma mère disait: « Tu ne peux t'apercevoir que tu possèdes quelque chose qu'au moment où tu peux l'offrir à autrui. »

J'ajouterai: si tu peux l'offrir à ton pire ennemi, alors c'est que tu le possèdes vraiment.

Dès le lendemain de l'opération, alors qu'il pleut toujours sans discontinuer, ce qui nous offre un précieux répit, je m'installe avec mon prisonnier dans une pièce tranquille du 24e étage.

Et puis, sans attendre qu'il se remette du choc postopératoire, j'entreprends d'éduquer cet ancien adversaire pour le transformer en allié.

Après tout, c'est un rat, il n'a pas besoin de ménagement.

Je branche son Troisième Œil, pas encore cicatrisé, sur un ordinateur et le mets tout de suite en contact avec une vue de notre planète depuis l'espace, la fameuse photo « Bille bleue » prise en 1972 par l'équipage de la fusée Apollo 17.

J'accompagne cette vision du *Concerto numéro 1 en ré mineur pour clavier et orchestre* de Bach, premier mouvement, *allegro* (un de mes morceaux préférés).

Je crois qu'aucun être, si malveillant, si violent qu'il soit, ne peut résister à la contemplation visuelle et auditive d'une si pure beauté.

C'est le pouvoir magique de l'art et tout particulièrement de la musique de Bach. Il fait mûrir l'esprit.

Il faudra un jour que je suggère à mon fils Angelo de se soumettre à la même opération, pour que lui aussi comprenne que la violence n'est pas une solution sur le long terme.

Au début, manifestement, le rongeur est surpris, et quand les images apparaissent dans son esprit, il semble réfractaire, puis hostile.

Il se cabre et montre les dents.

Il doit croire qu'il rêve et ne veut pas renoncer à son ancien système de pensée.

Mais la planète parle.

On sent qu'on en fait tous partie.

Pour succéder à la photo de notre planète accompagnée par la musique de Bach, je trouve dans mon ESRAE un film qui présente toute la diversité animale. La musique qui souligne les images est le deuxième mouvement du *Printemps* de Vivaldi.

Puis il a droit à des champs de blés mûrs, à des forêts scandinaves d'où l'on assiste à une migration d'élans, suivis de gnous traversant un fleuve en Afrique, de papillons monarques au Mexique, de danses nuptiales d'oiseaux d'Amazonie.

Je diffuse dans son esprit des éléphants, des girafes, des tortues de pays exotiques qu'il ne connaissait même pas. Il peut même voir des dauphins, des baleines, des méduses, des pieuvres, des fleurs, des marmottes, des loups, des chiens, des chats.

Jamais en tant que rat il n'aurait pu accéder à de telles images.

M'inspirant du film *Orange mécanique* de Stanley Kubrick, j'alterne avec des scènes de violence où l'on voit des rats qui se battent au ralenti sur « Thunderstruck », un morceau de musique du groupe de hard rock AC/DC.

À mon avis, rien n'est plus fort émotionnellement que l'addition d'images bien précises et de certaines musiques.

J'alterne ces effets de chaud et de froid jusqu'à ce que le doute s'insinue en lui. Après le doute vient la remise en question. Après la remise en question vient la possibilité d'envisager que l'on s'est trompé. Et après l'éventualité de s'être trompé, toutes les certitudes passées s'effondrent et on peut considérer autrement ce qu'on combattait pour de mauvaises raisons.

Les résistances sont fortes, mais le pouvoir de l'émerveillement face au miracle de la vie est supérieur à celui de la colère ou au besoin de pouvoir. Peu à peu l'ignorance laisse la place à la curiosité.

Lorsque je pense que Paul s'est enfin débarrassé de toute son éducation et de ses préjugés d'espèce, je me branche sur lui.

— Bonjour, rat.

Il ne répond pas tout de suite, alors je répète plus fort :

— BONJOUR, RAT.

Un temps.

— … Bonjour, chat.

Ça marche !

— Je vous ai offert le Troisième Œil pour que vous aussi vous compreniez vraiment comment est le monde et quels sont les immenses enjeux en cours. Seriez-vous prêt à nous aider à préserver la vie ?

Il ne répond pas immédiatement mais demande :

— Qui êtes-vous ?

— Je suis Bastet, la chatte qui vous a offert la connaissance.

Il frétille de la pointe du museau pour me sentir.

— Qu'attendez-vous de moi ?

— Deux choses : d'abord que vous nous racontiez ce qui se passe dans le monde des rats. Et ensuite que vous retourniez dans votre camp et que vous espionniez pour nous.

J'ai l'impression qu'il n'y a plus la moindre résistance dans son esprit.

— Et puis, vu que vous avez eu une révélation qui vous a fait passer du camp des méchants à celui des gentils, je vais vous associer à un humain qui a connu la même histoire que vous : c'est Paul. Ça vous gêne si je vous baptise Paul ?

— C'était qui ?

— Un chef cruel. Il persécutait la bande de Jésus-Christ et, soudain, il s'est aperçu qu'il s'était trompé de lutte et il a rejoint le camp adverse dans lequel il a été très utile et très efficace.

C'est ma vision rapide du Nouveau Testament tel que je l'ai découvert dans l'ESRAE.

Paul change de position, il écarte les pattes, cesse de montrer ses incisives, se détend. Enfin il m'ouvre son esprit et c'est ainsi que je me connecte à sa mémoire.

Je découvre son passé. Le voici :

Au début, Paul était un simple rat d'égout de New York, il vivait dans l'obscurité et l'humidité des couloirs du réseau souterrain qui servait aux humains à évacuer leurs ordures. Il a passé son enfance à patauger au milieu des immondices dans de l'eau puante. Son père lui a appris que la force physique était la seule mesure de la valeur des êtres. Il lui a inculqué qu'il fallait se soumettre aux plus forts et se faire obéir des plus faibles ou les tuer. Il lui a enseigné comment être plus efficace dans ses coups. Il lui a dit : « Il faut détruire tous ceux qui ne sont pas comme nous. » La jeunesse de Paul s'est déroulée ainsi, dans la règle de l'écrasement de tout ce qui est plus fragile ou simplement différent.

Et puis à un moment, les égouts ont cessé de charrier les ordures. Les membres de sa famille sont allés dans les tunnels du métro mais, même là, il n'y avait plus d'activité. Des rats d'autres familles lui ont signalé qu'en surface les humains s'étaient tous entretués.

Alors, pour la première fois de sa vie, le jeune Paul, guidé par son père, est sorti de son monde souterrain. Il a débouché sur une grande avenue déserte. Il a vu la lumière du jour. Cela faisait mal aux yeux et il a mis longtemps à s'y habituer.

Les premiers humains qu'il a vus étaient des cadavres gisant sur les trottoirs. Il les a goûtés et les a trouvés insipides. Passé le premier goût fade, ils avaient même un arrière-goût amer.

Son opinion était faite : les humains, il ne les aimait pas.

Il a exploré avec curiosité leur cité abandonnée dont il ne connaissait que les sous-sols.

D'autres rats sont sortis de toutes les bouches d'égout et de métro. Ils se sont vus entre eux. Ils ont pu mesurer leur nombre. Ils étaient une multitude.

Les quelques humains, chiens et chats qui traînaient encore ne pouvaient les affronter et s'enfuyaient dès qu'ils apparaissaient.

C'est à ce moment que Paul a pensé qu'il était temps de passer à l'étape suivante. Il a procédé avec méthode. Il a dit à son père : « Finalement, je crois que tu es faible et trop différent de moi », et il l'a tué. Ensuite, il a mangé son cerveau pour récupérer son intelligence.

Enfin il pouvait s'imposer au reste de la famille. Il avait vingt-trois frères et sœurs. Paul a soumis ses frères ou s'est débarrassé d'eux, il a séduit ses sœurs. Avec les survivants qui avaient compris qui il était, il s'est imposé jusqu'à obtenir un groupe compact et obéissant. Dès lors, il a attaqué les autres familles, il a tué les mâles dominants et capturé les femelles et les petits jusqu'à avoir sa propre horde, grâce à laquelle il s'est mis à combattre les hordes rivales pour les dominer et les rallier à son autorité.

Pour se nourrir, Paul chassait toutes les autres formes de vie aux goûts variés qui avaient eu la malchance de le croiser : souris, pigeons, cafards, et même chiens ou chats.

Paul ne communiquait pas avec les autres animaux, il les anéantissait.

Sa cruauté construisait sa renommée. Comme il était craint, il accéda au statut de baron.

Il était en première ligne de toutes les batailles territoriales de sa horde. Plus il tuait, plus sa horde était redoutée et s'agrandissait.

Paul était particulièrement féroce et hargneux, mais il savait aussi devenir stratège face à des adversaires de force égale ou supérieure. Dans ses souvenirs, une bataille dans un supermarché désaffecté avait vu s'opposer sa horde de cinq mille rats contre une horde de huit mille rats et il n'avait dû la victoire qu'à sa capacité de bouger vite et de surprendre.

Il y eut d'autres batailles gagnées et Paul parvint à faire de son groupe une horde majeure du New York d'après l'Effondrement. À cette époque, il y avait treize grandes hordes d'une dizaine de milliers d'individus. Chacune tenait son propre territoire sur l'île de Manhattan. Et c'est à ce moment qu'est arrivé le poison invisible. Les rats mouraient sans qu'aucun d'eux parvienne à comprendre ce qui les tuait.

C'était la première fois qu'ils faisaient face à une telle énigme. Le fait qu'il n'y ait pas d'adversaire identifiable les rendait encore plus fébriles. Certains groupes se battaient entre eux seulement pour se défouler face à cette menace mystérieuse. Ce fut une période très pénible pour Paul. Plus des trois quarts de sa horde ont péri.

Il avait affaire à un adversaire plus fort que lui.

Les rats des treize hordes en étaient arrivés à la même conclusion : il fallait fuir. Ils ont donc décidé de quitter Manhattan plutôt que de continuer à mourir sans comprendre ce qui se passait.

Il s'exila vers la banlieue ouest de New York, où le poison invisible ne semblait pas actif. Mais là non plus, il n'y avait plus de nourriture. Au beau milieu des ruines des pavillons, les rats devaient affronter la pluie, le vent, les corbeaux et les faucons sans pouvoir se protéger dans les sous-sols de la cité.

Les quelques troupeaux de vaches, de porcs, de moutons fuyaient dès qu'ils se montraient sans qu'ils parviennent même à les mordre.

À l'époque, Paul pensait que plus jamais ils ne pourraient revenir dans Manhattan. Cependant ils étaient si nombreux qu'il y avait forcément une probabilité qu'apparaissent des surdoués. Et c'est ce qui arriva : un chef de horde plus intelligent que les autres se distingua.

Il proposa une méthode pour sortir de cette désastreuse situation.

1) Analyse des viscères des rats décédés à Manhattan pour les donner à manger aux autres en quantité minime. Ainsi se créa une accoutumance au poison et l'apparition d'une génération de rats mutants immunisés contre la menace.

2) Création de centres de fécondation et de reproduction afin de multiplier ces rats mutants immunisés susceptibles de pouvoir revenir à Manhattan sans être affectés par le poison.

3) Sélection des plus efficaces. Il profita des centres où les femelles étaient forcées de faire des petits à la chaîne pour privilégier des caractéristiques qui lui semblaient nécessaires à la nouvelle génération de

super-rats : plus grands, plus musclés, pourvus d'incisives plus tranchantes. Pour élargir cette élite, il encouragea les rats mâles et femelles dotés de ces particularités à faire plus de petits et il élimina tous ceux qui ne correspondaient pas à ces critères. Ces centres étaient des sortes de fermes d'élevage dans lesquels les mères mouraient d'épuisement à force de pondre des guerriers. Seuls les mâles les plus agressifs, ceux aux dents longues, étaient autorisés à se reproduire. Les chétifs, les pacifiques et ceux qui avaient les dents courtes étaient privés de sexe.

Ainsi ce chef obtint une armée de rats mutants immunisés et particulièrement combatifs. Ce furent ceux-là qui menèrent l'offensive de reconquête de Manhattan.

Lorsque la ville fut reprise, les rats non immunisés purent revenir. Et parmi cette deuxième vague, il était là, lui, Paul. Naturellement, le chef surdoué fut élu roi. Et les anciens chefs des treize hordes devinrent ses vassaux.

À peine élu, le roi développa un plan visant à augmenter l'efficacité de son peuple. Il encouragea les copulations afin d'accélérer l'emprise démographique mise en œuvre dans les centres de reproduction. Et puis, une fois à Manhattan, vivant en surface sans aucun prédateur, les rats profitèrent des immenses réserves de nourriture des humains pour grandir et grossir plus vite. Le roi des rats s'installa ensuite dans le socle de la statue de la Liberté. Les barons le vénéraient. Ainsi une hiérarchie complexe s'établit. La nouvelle devise lancée par le nouveau roi était simple : *Obéir ou Mourir.*

L'ensemble fonctionnait avec des récompenses et des punitions qui augmentaient la cohésion du groupe. La discipline était sans faille. La moindre faute, les plus petits signes de rébellion étaient sanctionnés sur-le-champ. Chacun avait le devoir de surveiller les autres et de dénoncer les plus insignifiants manquements à l'autorité.

« Celui qui ne dénonce pas les fautifs est encore plus fautif » était une phrase répandue dans la grande horde.

Les fautes étaient automatiquement punies de mort avec des supplices spectaculaires dont le roi s'était fait une spécialité. Et il ne manquait pas d'imagination car il aimait voir souffrir ceux qui lui avaient désobéi ou qui avaient pensé le faire. « Une faute doit être dénoncée avant qu'elle ne se produise » était une autre de ses phrases.

Dès lors, lui, Paul, était devenu un zélé rouage du pouvoir. C'est lui qui était parvenu à faire s'effondrer l'Empire State Building. Pour arriver à ses fins, il avait sélectionné des milliers de rats armés des dents les plus dures. Il leur avait ordonné de grignoter les murs à pleines incisives. Il avait établi un système de roulement qui faisait qu'à peine les individus fatigués, ou leurs dents émoussées, ils étaient remplacés. Paul avait inventé l'organisation nécessaire pour détruire les tours.

Il était devenu encore plus proche du roi et avait eu le droit de dormir juste à côté de son maître dans le socle de la statue de la Liberté. C'est pourquoi, quand la tentative d'assassinat de son roi a eu lieu, il a couru plus vite que les autres et s'est accroché à ce qu'il a pu pour essayer de contrer ceux qui avaient osé une telle offense.

Ma queue.

Je reprends le dialogue grâce à la connexion de nos Troisièmes Yeux par lesquels nos esprits sont reliés l'un à l'autre, mon langage chat étant traduit instantanément en langage rat et vice versa.

— Et lorsque les rats gris français sont arrivés, les deux rois ont pactisé, n'est-ce pas ?

— Au début, notre roi pensait qu'il fallait nous débarrasser de ces étrangers plus petits et moins bien armés que nous. Mais le roi français a expliqué qu'il détenait le secret du feu. Notre roi a alors décidé de profiter de cette connaissance qui nous manquait.

— C'est pourquoi vous avez accumulé du papier pour mettre le feu à notre tour.

— En effet, mais nous ne nous arrêterons pas là. Nous avons déjà lancé une nouvelle opération incendie. Cette fois-ci, nous rejoignons les sous-sols par des égouts plus éloignés, pour ne pas être repérables, et nous ne prenons plus de papier ou de paille comme combustible, mais plutôt de l'essence que le roi français nous a conseillé d'utiliser car la pluie ne parvient pas à l'éteindre. En suivant les traces laissées par les chenilles des tanks qui allaient se ravitailler, nous avons trouvé une raffinerie de pétrole. Actuellement, les rats se relaient pour amener les bidons jusqu'à vous.

Je m'arrête.

Ils sont de nouveau en train de préparer un incendie de la Freedom Tower, mais cette fois-ci avec de l'essence !

Je cours donner cette information à Nathalie, qui elle-même avertit Hillary Clinton.

Aussitôt c'est l'alerte. Sylvain envoie un drone équipé d'une caméra infrarouge qui nous révèle en effet que les rats sont parvenus à percer un des murs du parking. Ils acheminent maintenant des bidons qu'ils entassent : une bonne centaine déjà. Les porteurs se relaient.

La puissance du nombre.

Le général Grant décide immédiatement d'une attaque des parkings afin de stopper cette menace. Comme ils ne peuvent pas utiliser des armes à feu au risque d'enflammer les bidons, il ne reste aux soldats que les arcs, les lances et les arbalètes. Heureusement, les Amérindiens ont stocké suffisamment de ces armes blanches pour permettre une action d'envergure. Et comme ce sont eux les plus habiles, ils partent en première ligne, accompagnant le groupe militaire qui s'est lui-même équipé d'arcs. Ils empruntent les escaliers pour rejoindre le rez-de-chaussée.

J'y vais ou j'y vais pas ?

Me revient à l'esprit l'attaque sur le *Dernier espoir*, notre voilier. Je ne voulais pas participer à la bagarre mais, en me réfugiant en haut du mât, je suis tombée en pleine mer sur des tapis de rats.

Je frémis rien que d'y repenser.

Je repère Angelo et Esméralda qui accompagnent les soldats vers les étages inférieurs.

Alors je descends moi aussi.

Chaque étage franchi nous rapproche de l'ennemi. Nous arrivons au rez-de-chaussée. Une énorme plaque d'acier a été installée pour boucher l'accès à l'ascenseur.

La plaque est déplacée et aussitôt un mélange malodorant d'essence et de rat empuantit l'atmosphère.

Pourvu qu'ils ne mettent pas le feu au moment où nous descendons.

Cheval Fougueux et ses meilleurs archers ouvrent la marche. Et nous, derrière, nous suivons. Nous arrivons enfin dans le parking.

Au moment où le général Grant pose son doigt sur un interrupteur, je redoute que ce geste produise une étincelle. Mais tout l'étage s'éclaire et nous distinguons les rats porteurs de bidons d'essence qui forment une colonne. Ils se mettent à quatre pour porter un de ces récipients.

Paul nous a dit la vérité.

Les rats surpris par la lumière ont un sursaut et lâchent leurs fardeaux. Ce qui laisse le temps aux Indiens de tirer leurs flèches et de les transpercer facilement.

Certains rats veulent se battre.

Je miaule :

— Il faut boucher les trous du parking par lesquels ils pénètrent !

Nathalie traduit.

Les humains étaient tellement affolés qu'ils n'ont même pas pensé à cette solution. Comme sur le bateau, où personne n'avait songé à remonter l'ancre.

Heureusement que je suis là.

Le général Grant fait signe à plusieurs de ses soldats. Ils soulèvent des voitures pour colmater les trous dans les murs du parking. Plus aucun rat n'arrive en renfort. Les Indiens et les soldats n'ont guère de difficulté à abattre un par un les rongeurs restants.

Il n'y a même pas de bataille.

Lorsque tous les rats sont morts, le général Grant ordonne aux soldats de récupérer les bidons d'essence et de les remonter pour les stocker au sommet de la tour.

Je demande à Nathalie :

— Pourquoi font-ils ça ?

— Le général Grant pense que cette réserve peut s'avérer utile pour créer des murs de feu.

— Nathalie, vous me permettez d'aller voir Hillary dans son bureau ? J'aimerais aussi que vous lui prêtiez votre oreillette.

Par chance, la présidente est descendue nous rejoindre.

— Madame la présidente, je crois que nous avons évité le pire grâce précisément à notre prisonnier, que nous avons retourné et que nous avons baptisé Paul. Si nous parvenons à obtenir les informations cruciales avant que les catastrophes ne se produisent, nous disposerons d'un sérieux avantage. Nous pourrons aussi déterminer quand organiser une attaque commando contre les deux rois en ayant des chances de victoire supérieures à celles que nous avions lors de la première tentative.

Je ne précise pas que nos chances de réussite étaient énormes mais que nous avons failli à cause de problèmes de « psychologie » entre Esméralda et moi.

— Comment fonctionne cet espion rat ?

— Nous l'avons équipé comme moi, il a un Troisième Œil ainsi qu'un émetteur-récepteur

Bluetooth augmenté d'un traducteur instantané. Bref, la même petite boule que celle que j'ai sur le front.

— Et vous voudriez qu'il espionne pour nous ?

— Il l'a déjà fait en nous signalant la menace des bidons d'essence. Et cela nous a sauvés, je vous le rappelle.

Hillary réfléchit avant d'annoncer :

— Très bien, j'approuve ce plan. En quoi puis-je vous aider pour le mener à bien ?

— En fait, la portée de l'émetteur Bluetooth avec lequel on l'a équipé n'est que de cent mètres. Il faudrait donc prévoir avec Sylvain un système de relais par drone afin qu'il puisse communiquer avec nous.

— Ce sera fait.

Elle ne va pas s'en tirer comme ça.

— Puis-je vous rappeler votre promesse « écrite » ?

— Dans ce cas, puis-je vous en rappeler les termes exacts ? Vous deviez stopper la menace rat, pas seulement arrêter une attaque. Mais je reconnais que vous avez un nouveau plan intéressant avec ce Paul. Maintenant, il faut qu'il réussisse. La récompense viendra après le résultat, n'est-ce pas ?

Là-dessus, la présidente enlève l'oreillette et la tend à ma servante pour bien signifier qu'elle souhaite mettre fin à cette conversation.

Je ne dois pas surtout pas me vexer.

Hillary Clinton n'est qu'une petite force d'obstruction dans mon ascension.

Je ne dois pas perdre de temps à la combattre.

Je dois juste la contourner et trouver des moyens de réduire sa capacité de nuisance.

Je rejoins le 24e étage pour retrouver Paul et lui transmettre son ordre de mission.

Mais, à l'endroit où j'avais laissé le rat, il n'y a plus personne.

J'allume de la patte l'ordinateur, sélectionne le programme de géolocalisation et je constate qu'il est déjà hors de la portée réceptive des cent mètres.

On ne peut donc plus communiquer avec lui ni savoir où il est.

Angelo et Esméralda me rejoignent et comprennent la situation.

— Je te l'avais dit, maman, on ne peut pas faire confiance à un rat, dit mon fils.

— À l'heure qu'il est, il doit déjà avoir rejoint les siens, ajoute la chatte noire d'un ton neutre.

Je m'ébroue.

Moi, ce qui m'inquiète encore plus, c'est qu'avec le Troisième Œil, il a désormais accès à Internet. Ils ont donc désormais deux rats instruits.

— Ce n'est pas parce qu'il est parti qu'il nous a forcément abandonnés, peut-être est-il entré tout seul en mission, suppose Esméralda.

C'est gentil de dire cela mais je dois reconnaître que la probabilité que cette hypothèse soit validée reste réduite.

Les humains arrivent dans la salle des ordinateurs.

Sylvain envoie un drone près de la statue de la Liberté et parvient à capter un signal.

Paul est avec son roi.

Roman analyse la situation :

— Soit les autres rats vont le tuer, soit ils vont l'utiliser.

— Maman, tu as essayé, mais tu as échoué. Pourquoi tu ne m'as pas écouté ? demande Angelo.

Et voilà, lui aussi s'y met !

J'ai envie de lui répondre qu'évidemment ce sont ceux qui ne font rien qui ne se trompent jamais mais en même temps ma mère me disait : « Ne discute pas avec les imbéciles, la plupart ne savent ni écouter ni apprendre. »

Alors, pour rassurer les humains et les chats présents, y compris moi-même, je déclare :

— Paul a eu accès à la connaissance du monde, désormais ce n'est pas un rat comme les autres. Je l'ai vu émerveillé par la découverte de tous ces savoirs. Je suis persuadée que cette expérience l'a changé. Il nous a déjà aidés à arrêter la seconde attaque incendiaire, il va encore nous aider.

Bon, plus j'y pense, moins cela me semble probable. Dans mon souvenir, les êtres ne changent pas de mentalité. Angelo a raison, quoi qu'on lui ait transmis comme éducation, ce n'est qu'un rat, avec un cerveau de rat, œuvrant pour la cause des rats. Il va donc utiliser ce savoir contre nous.

Comment ai-je pu être assez naïve pour croire qu'il pouvait être différent ?

Comment ai-je pu croire qu'il pouvait exister un bon fond chez un rat ? Ils sont tous pareils.

Seule Nathalie reste positive :

— Il y a quelque chose de bon en chacun d'entre nous. Tu l'as peut-être réveillé. En tout cas, tu as donné la possibilité à sa lumière de briller, maintenant c'est lui qui choisit.

J'essaie de me remémorer tout ce qu'il m'a appris sur la société installée par leur nouveau roi. Une société dure, basée sur la violence et le rejet de toute différence. Est-il possible qu'il renverse ce processus ?

32. LA MÉDUSE QUI INVERSE LE TEMPS.

Turritopsis nutricula **est une petite méduse de cinq millimètres vivant dans la mer des Caraïbes. Ce qui la rend extraordinaire est qu'elle est à ce jour la seule créature connue capable de se transformer pour rajeunir.**
Grâce à un phénomène nommé « transdifférenciation cellulaire », après avoir atteint l'âge adulte et la maturité sexuelle, période où elle est solitaire, elle peut inverser le processus de vieillissement et retrouver sa forme juvénile de polype.
Ce phénomène se déclenche lorsque cette méduse connaît un stress, notamment dû au manque de nourriture ou à la présence d'un trop grand nombre de prédateurs. Ensuite elle peut recommencer à vieillir.
Le chercheur japonais Shin Kubota a observé en 2011 certains spécimens qui avaient connu jusqu'à dix rajeunissements suivis de vieillissements.
En théorie, ***Turritopsis nutricula*** **est donc maîtresse de son niveau de maturité. Si ce n'est qu'elle reste sensible aux maladies et qu'elle est la proie de nombreux prédateurs.**
Le réchauffement climatique et la surpêche affectant gravement ses prédateurs, on assiste à la

prolifération de cette petite méduse quasi immortelle.

Encyclopédie du Savoir Relatif et Absolu. Volume XIV.

33. PAUL.

Donc j'ai joué et j'ai perdu.

Je ne sais pas vous, mais même moi par moments je doute de moi-même.

En fait, peu de choses me déstabilisent.

— Faire confiance à un rat, maman, comment as-tu pu être aussi stupide ? répète mon fils.

Heureusement, le son de sa voix finit par s'estomper, je ne l'écoute plus.

Je lui tourne le dos, m'approche de la fenêtre et observe mon reflet.

Je distingue une chatte, qui n'est plus toute jeune, aux longs poils noirs et blancs et aux grands yeux verts. Une chatte fatiguée. Une chatte qui s'est trompée mais qui ne veut pas se l'avouer à elle-même.

Et si Angelo avait raison ?

Je crois avoir des idées géniales, mais en fait ce sont des idées qui ne sont pas réalistes…

Et si j'étais quelqu'un qui croit être important et qui en fait n'est qu'une personne normale parmi d'autres personnes normales ?

Ou pire : et si j'étais moins bien que la moyenne ?

Après tout, je ne vous cache pas qu'il m'est arrivé de me tromper dans mes choix, il m'est même arrivé de mentir, de « me » mentir. Je crois des choses fausses et en plus j'essaye d'en convaincre les autres.

Si, si, je vous assure.

Comment décrire ce sentiment ?

On pourrait le nommer le « complexe de l'imposteur ».

Je pense que je suis une reine, je veux que les autres m'appellent « Majesté », mais peut-être suis-je seulement une personne bête, comme dit mon fils. Être reine implique d'avoir des capacités de stratégie, de gestion, de psychologie. Il faut être un peu visionnaire, il faut avoir toujours un coup d'avance sur les autres, et moi, là, je suis en retard. Je fais illusion avec des effets d'autorité, des déclarations ou des attitudes un peu hautaines, mais je ne m'illusionne pas moi-même…

Et la remarque de mon propre fils, ajoutée à son regard navré, me trouble.

S'il avait compris qui j'étais vraiment ?

J'ai bientôt quatre ans. Je devrais peut-être prendre ma retraite.

Je suis parcourue par cette pensée fugace, mais déstabilisante, et puis je me tourne et fixe de loin Angelo.

Objectivement, il est moins intelligent que moi.

Ensuite je regarde Esméralda.

Elle n'a fait que me suivre, sans proposer de plan ni prendre d'initiative déterminante.

Je tressaille et transforme ce mouvement en secousse de toute ma fourrure.

Je ne suis pas parfaite mais eux sont pires.

Voilà, je vais mieux. J'ai pris conscience que, si bête que je sois, les autres sont bel et bien encore plus bêtes que moi.

Le doute est passé. Je me souviens de qui je suis.

Je suis « Sa Majesté Bastet », capable de créer une alliance entre plusieurs espèces, une communauté, de monter une armée qui a résisté par trois fois à des rats cent fois plus nombreux.

J'ai une puissance de pensée qui me permet de communiquer intuitivement avec d'autres espèces.

J'ai une puissance d'esprit qui me permet de me connecter à l'univers pour déclencher la pluie quand notre tour est en feu.

Je n'ai pas volé mon titre, j'ai prouvé que j'en étais digne.

Et donc, une fois de plus, j'ai raison et mes contradicteurs ont tort.

Ça y est, ça va mieux. Cependant, reste le problème de Paul. Il était censé être ma solution et il risque d'être ma pire menace.

Désormais, les rats ont deux êtres avec un Troisième Œil et nous, depuis la mort de Pythagore, nous n'en avons qu'un.

Nathalie vient vers moi et me dit :

— Tu devrais te détendre un peu. Tu as fait beaucoup pour tenter de nous sauver, mais tu n'es pas tenue de réussir à chaque fois.

Je réfléchis en l'observant puis déclare :

— Durant le récit du rat Paul, je me suis aperçue que je ne vous connaissais pas tant que ça, Nathalie. Je peux vous poser une question ? C'est quoi, votre histoire personnelle ?

Elle est surprise.

— Pourquoi me demandes-tu ça ?

— Vous êtes « mon humaine », je vis avec vous depuis ma plus tendre jeunesse et, en fait, je vous connais peu.

— Tu es une chatte, c'est normal.

— Mais là, vous êtes enceinte, vous avez un choix déterminant à faire, vous êtes fâchée avec le géniteur, je veux comprendre votre situation et essayer de vous aider.

Elle éclate de rire.

— Tu te prends pour ma psy ?

J'insiste, imperturbable, sans préciser que c'est pour ne plus penser à la catastrophe de Paul :

— Je veux saisir le mystère de votre couple.

Elle passe les mains dans ses cheveux pour les rabattre derrière ses oreilles.

— Tu sais, il y a des humains qui vivent en couple, qui se voient tous les jours, qui ont des enfants ensemble et qui ne se connaissent pas. J'ai même posé une fois une question à une amie qui vivait depuis dix ans avec le même homme : pouvait-elle me dire la couleur des yeux de son mari ? Elle s'est aperçue qu'elle ne pouvait pas répondre. Elle ne le regardait plus et avait oublié ! Il arrive qu'ils s'appellent « mon chéri » ou « mon amour » parce qu'ils ont oublié leurs prénoms.

Elle exagère, ce sont seulement quelques cas particuliers.

Comment peut-on s'aimer sans même se regarder ou s'intéresser à l'autre ?

— Tu sais, chez les humains, être en couple, ça ne veut rien dire. En général, il y a trois ans d'amour passionnel, puis trois ans d'installation et de gestion du quotidien, puis arrivent les enfants et, là, au mieux on devient deux amis qui vivent ensemble, au pire des ennemis, mais le plus souvent, le résultat, c'est deux colocataires qui se croisent pour gérer les enfants, les courses, l'évacuation des ordures.

— Et la sexualité ?

— Après les trois ans de passion, le nombre de rapports ne fait souvent que décroître. Juste parce que l'aspect répétitif rend l'acte moins excitant.

Je comprends d'autant mieux que, sur le bateau, après trente-cinq jours de sexe avec Pythagore, je commençais à me lasser (alors que nous avions un branchement direct de cerveau à cerveau).

— Revenez à votre histoire, Nathalie.

Elle cherche dans son sac, sort une cigarette et un briquet et l'allume. Je déteste quand elle fait ça, l'odeur de la fumée goudronnée colle ensuite à mes poils, mais je sens qu'elle a besoin de ce geste pour réunir ses pensées.

— Je suis née dans une famille d'architectes. Mon père était architecte, ma mère était architecte et même mon grand-père paternel était architecte. Petite fille, on m'a rapidement offert des jeux de construction et on m'a encouragée à bâtir des maisons et ensuite des cabanes dans lesquelles je jouais avec mes deux sœurs. Elles étaient moins intéressées par cette idée de construire des maisons, elles étaient plutôt passionnées par la médecine pour ma sœur aînée et par la littérature pour ma cadette. Nous avions une vie banale, mais un jour est arrivé quelque chose de surprenant. Lors d'une fête de famille, mon oncle Ghislain avait trop bu et il a dit : « Vous savez, votre père, quand il dit qu'il doit rester travailler sur ses chantiers le vendredi soir, c'est pas vrai ! En fait, il va dans un club qui se nomme *Le Trou Duck*, et c'est un club un peu spécial. » Et là, Ghislain a lancé des clins d'œil appuyés. J'avais seize ans. Pour moi, mon père était juste le meilleur architecte du monde, celui qui avait construit des ponts aussi beaux que solides, des écoles, des stades, des jardins, des immeubles design en s'inspirant des formes des coquillages. Je sentais qu'il y avait une chose que j'ignorais sur lui. Je suis donc allée un vendredi soir au *Trou Duck*. L'enseigne montrait un canard face à un trou[1]. J'ai attendu longtemps à la sortie. Je savais qu'il revenait à la maison vers une heure du matin. Et puis j'ai vu cette chose incroyable : mon père, mon propre père, avec des vêtements extravagants en cuir noir, une casquette de cuir noir et des passementeries en chaînette. Il sortait en tenant par la main un homme un peu plus jeune et moustachu. Ils se sont dit au revoir en s'embrassant goulûment sur la bouche.

Nathalie grimace, tire fort sur sa cigarette et garde longtemps la fumée dans ses poumons.

— Je suis restée hébétée. Je n'ai pas osé en parler à mes sœurs, mais je n'arrivais plus à regarder mon père dans les yeux. Depuis combien de temps allait-il au *Trou Duck* ? La question m'obsédait. Je suis devenue distante, mais tous pensaient que c'était à cause

---

1. *Duck* en anglais signifie « canard » ; trou se prononce comme *true*, qui signifie « vrai ».

de mon adolescence. Finalement, un jour, mon père nous a annoncé qu'il était malade. J'ai entendu une conversation au téléphone avec son médecin et il parlait du syndrome de Kaposi. À ce moment-là, j'ai compris que mon père avait le sida.

De nouveau, elle aspire fort la fumée et la souffle lentement.

— C'est une maladie terrible qui se transmet par les rapports sexuels. À l'époque, ça ne se soignait pas. Il s'est mis à beaucoup maigrir et sa peau s'est couverte de boutons noirs. Il est mort quelques mois plus tard et je lui en ai énormément voulu de nous avoir caché sa vraie nature. C'est à ce moment de ma vie que j'ai commencé à faire des crises de déprime, puis une vraie dépression. Je n'avais plus goût à rien. Je ne voulais pas me lever le matin. J'ai fait deux tentatives de suicide. Alors ma mère m'a forcée à consulter un psy. Derrière ses grosses lunettes, il m'observait de ses petits yeux que je distinguais à peine. Il m'a posé la question suivante : « Votre père était-il un bon père ? » J'ai répondu que ce n'était pas ça, le problème, que c'était le fait qu'il soit homosexuel, qu'il nous l'ait caché, qu'il nous ait menti et qu'il en soit mort qui me choquait. Le psy m'a demandé : « Quand vous étiez petite, est-ce qu'il vous a donné de l'affection ? » J'ai répondu oui, et toujours : « Mais ce n'est pas ça, le problème. » Il a continué avec d'autres questions : « Vous racontait-il des histoires avant de vous coucher ? Vous a-t-il serrée affectueusement dans ses bras ? Vous a-t-il appris à marcher, à parler, à lire ? » Et moi, j'ai répondu invariablement : « Oui, mais ce n'est pas la question, ce qui est gênant, c'est qu'il vivait dans le mensonge ! » Le psy a poursuivi, imperturbable : « Vous offrait-il des cadeaux à Noël ? Partait-il en vacances avec vous ? Vous aidait-il à faire vos devoirs ? Vous a-t-il donné des raisons d'être fière de lui ? » Et puis, le psy m'a dit : « A-t-il fait son travail de père, oui ou non ? » J'ai répondu oui. Alors il a conclu avant que je puisse ajouter le moindre « mais » : « Dans ce cas, de quel droit le jugez-vous ? Quelle raison aurait dû l'empêcher d'avoir du plaisir ? Souvenez-vous de lui pour tout ce qu'il a fait de bon pour vous et arrêtez de le juger. » Je suis restée muette. En une seule séance, j'ai compris que j'avais eu le meilleur des pères et que j'avais été une imbécile de vouloir le condamner. Ensuite je m'en suis voulu de l'avoir détesté, puis j'ai ressenti une énorme bouffée d'amour et je n'ai eu qu'une envie : avoir la même vie que lui. Je suis devenue architecte et homosexuelle.

Elle reprend une bouffée de cigarette.

— Mes sœurs m'ont surprise un jour avec d'autres filles dans un club, *La Cachottière*. Elles se sont moquées de moi et j'ai eu l'impression que la boucle était bouclée. Mais comme je n'avais plus rien à me prouver, je me suis investie à fond dans mon métier d'architecte. Les femmes ont fini par me lasser, je me suis tournée vers les hommes et j'ai trouvé que c'était « complémentaire », puis de plus en plus intéressant. Quand tu m'as vue avec Thomas, c'était la troisième expérience de couple hétérosexuel de ma vie.

— Et maintenant vous êtes avec Roman.

— « J'étais » avec Roman.

— Mais que lui reprochez-vous au juste ?

Elle aspire profondément la fumée de sa cigarette puis dit :

— Je te l'ai déjà dit : je sens qu'il va me quitter pour aller avec une autre femme et qu'alors je me retrouverai seule et, s'il fait ça, et je suis sûre qu'il va le faire, je préfère ne pas avoir son enfant.

Ah oui, je l'avais oublié.

— Nous les femmes humaines, nous avons un sixième sens pour ça. Même si Roman n'est pas encore passé à l'acte, je vois bien toutes les jeunes et jolies Américaines qui lui tournent autour. Il ne pourra pas résister longtemps, alors que moi je serai enceinte de son enfant !

— Mais pourquoi dites-vous « son » enfant ? C'est « votre » enfant. Et votre comportement ne doit pas dépendre du comportement des autres. Faites vos choix seule, sans être influencée.

Elle me regarde, interloquée.

— Que me conseilles-tu, Bastet ?

Il faut que je mesure chacun de mes mots pour être efficace, je lui dois bien ça.

— Nous allons probablement tous mourir bientôt. Dans la vie, il n'y a que deux choix : « l'amour » ou « la peur ». Choisissez la première option. Arrêtez avec votre jalousie, remettez-vous en couple avec Roman, gardez cet enfant. Aimez-vous.

— Ça va être difficile. Nous ne dialoguons plus du tout.

— Bon, eh bien, si vous m'y autorisez, moi, je vais lui parler.

Elle me fixe comme jamais je ne l'ai vue me regarder. Je crois que pour la première fois depuis que nous vivons ensemble, elle vient de comprendre qui je suis. Car, après tout, nous aussi, nous sommes un couple et nous aussi, nous ne nous intéressions pas assez l'une à l'autre. Je crois qu'elle vient de découvrir que je pouvais lui être utile grâce à mes conseils.

— Tu ferais ça pour moi ?

Je réponds :

— Actuellement mon agenda est assez souple. Mais est-ce que vous le souhaitez ?

Je vois qu'elle est troublée. J'ai réussi à faire naître le doute, maintenant il va pouvoir pousser comme un champignon.

Alors, comme je ne veux surtout plus penser à l'échec de l'opération « Paul », ni à la politique, ni à mon fils, ni me laisser de nouveau envahir par mes incertitudes, je cherche Roman.

Et je le trouve au 5e étage, celui de la tribu des informaticiens. Il joue avec Sylvain à un jeu vidéo. C'est probablement pour se défouler après la tension qu'il a ressentie.

Je ramasse l'oreillette et la lui tends pour lui faire comprendre que je souhaite lui parler.

J'ai l'impression que je le dérange.

— Puis-je parler avec vous, Roman ?

— De Paul ?

— De Nathalie.

— Elle me fait la tête et je ne sais pas pourquoi. En tout cas, c'est fini entre nous.

— Moi je sais pourquoi, mais avant de continuer, j'aimerais faire un peu plus connaissance avec vous, apprendre à vous connaître réellement. C'était quoi, votre vie, avant ?

C'était un bon conseil de Pythagore : demandez aux gens qu'ils racontent leur propre légende.

Il a l'air surpris.

— En quoi le récit d'une vie humaine pourrait-il intéresser un chat ?

— Un : je ne suis pas n'importe quel chat, je suis Bastet, et, deux : vous n'êtes pas n'importe quel être humain, vous êtes Roman Wells.

Il sourit.

— Ma vie n'a rien d'extraordinaire, dit-il. Je fais partie de la famille Wells. Quand j'étais petit, mes parents me parlaient toujours d'Edmond Wells comme d'une sorte de sage absolu, l'homme qui avait tout compris à tout, juste en observant les fourmis. Il y avait des portraits de lui dans notre maison. Il avait une tête triangulaire qui ressemblait un peu à celle de Kafka. Il semblait se moquer de tout. Et puis j'ai lu son « œuvre », l'Encyclopédie. Je devais avoir treize ans, je l'avais installée dans les WC et je l'ouvrais à une page au hasard chaque fois que je m'asseyais dans ce lieu où personne ne vient vous déranger. Je pouvais rester des heures assis sur la cuvette rabattue à lire et à tenter de comprendre les perspectives qu'offrait chacune de ces vignettes. C'est comme ça que je suis devenu assoiffé de connaissances. J'ai lu, j'ai voyagé, j'ai expérimenté. J'étais dans une dynamique d'accumulation du savoir d'autant plus frénétique que ma mère a commencé à avoir des trous de mémoire. Le diagnostic est tombé : Alzheimer. Alois Alzheimer était un sale type, et sa maladie est une sale maladie.

Plus ma mère avait de difficulté à se rappeler, plus j'étais motivé pour garnir ma propre Encyclopédie du Savoir Relatif Absolu. Après, j'ai naturellement suivi un cursus scientifique, j'ai fait des études simultanées de physique, de biologie, de chimie, de sociologie et même d'histoire. J'avais une vie sentimentale assez peu développée. Je ne sortais pas en boîte de nuit, je ne faisais pas beaucoup la fête, j'étais ce qu'on appelle un «*no life*» si ce n'est que ce n'était pas les jeux vidéo, mais l'accumulation de connaissances qui était ma drogue. Et puis je suis entré à l'université d'Orsay. Là, j'ai eu enfin, à vingt et un ans, ma première histoire d'amour. Elle a mal fini. Puis la deuxième, qui a mal fini aussi. Je suis devenu professeur dans la matière que j'avais inventée, l'encyclopédisme. Je pensais vivre uniquement de ma passion pour le savoir et renoncer à toute vie de couple jusqu'à la fin de mes jours…

— Et puis est arrivée Nathalie.

Il se sert un verre d'eau et le boit lentement.

— Si ce n'est qu'elle se comporte comme les autres : elle devient soudain distante sans raison et me fixe de loin avec un regard plein de reproches. Et je ne sais même pas pourquoi.

J'annonce à Roman :

— Elle est enceinte.

Il avale de travers la gorgée qu'il vient de boire et se met à tousser.

— QUOI !

— Elle attend un enfant dont vous êtes le père.

— Mais… mais… mais, dans ce cas, pourquoi me fuit-elle ?

— Elle pense que vous allez la quitter pour une autre femme.

— Mais c'est absurde !

— Il ne tient qu'à vous de la rassurer.

— La rassurer ? Mais elle délire !

— Pourtant, il faut bien qu'il y en ait un qui fasse un geste vers l'autre.

Il réfléchit et je sens qu'une multitude de pensées contraires se bousculent dans sa tête.

— Non, je n'ai rien à me reprocher, c'est à elle de faire le premier pas.

Quel imbécile.

— Ce n'est peut-être pas le moment de mettre votre fierté en jeu.

— Dis-lui de venir pour que nous parlions.

Je rejoins Nathalie à son étage et je lui raconte la discussion que j'ai eue avec Roman.

— Quoi ? Il ne veut même pas venir ! C'est bien ce que je pensais. Il ne m'aime pas vraiment. Je ne vois pas pourquoi je retournerais avec quelqu'un qui n'est même pas capable de faire un effort dans de telles circonstances.

Quelle imbécile.

Ils commencent à m'ennuyer avec leur fierté mal placée, ces deux-là.

Si c'est cela, l'amour chez le couple humain, je préfère la décontraction du couple chat.

Je me passe une patte derrière l'oreille, puis me lèche tout le corps.

D'une façon générale, les humains commencent à me fatiguer.

Quand je pense que Nathalie et Roman sont censés être parmi les plus intelligents de leur espèce, alors je n'ose imaginer comment cela se passe chez des gens moins évolués.

Tout ceci me fait aussi comprendre pourquoi l'assemblée des cent deux tribus n'arrive jamais à se mettre d'accord. Ils se contredisent tous, par pur orgueil. Ils se définissent eux-mêmes par leurs différences et ne s'intéressent pas à leurs points communs. Quand il y a deux humains qui discutent, il y a… trois opinions.

Je me regarde dans le miroir.

Ok, je suis peut-être mégalomane, mais moi, au moins, je ne suis pas comme tous ces individus « limités ».

Je suis par moments capable de sortir de mon égocentrisme pour élargir mon point de vue.

34. L'ANATMAN DANS LE BOUDDHISME.

L'anatman est le « non-soi ».

Ce concept a été forgé par le bouddhisme pour s'opposer à la notion d'atman qui est la version hindoue de l'ego.

Bouddha a voulu ainsi exprimer le fait que le soi individuel n'est qu'une simple convention. Il n'est ni certain ni unifié mais un simple concours de circonstances transitoires. Or on finit par s'identifier à cet atman-ego au point de croire que c'est l'unique « soi ».

Ensuite, au lieu de le remettre en question, nous le vénérons et tentons de le satisfaire. Cela nous rend esclave d'un maître insatiable. L'ego, ou l'atman,

est à la source du désir de posséder, de la jalousie, de la violence.
La notion d'anatman, par contre, implique qu'il n'y a pas de soi individuel fini. Il n'y a donc rien à servir, rien à sauver, rien à craindre car il existe cette possibilité que notre esprit n'ait ni début ni fin et même qu'il soit illimité dans l'espace.

Encyclopédie du Savoir Relatif et Absolu.
Volume XIV.

35. VOYAGE IMMOBILE.

Ma mère disait : « Quand il ne se passe rien, c'est qu'il se prépare quelque chose de terrible. »

Il continue de pleuvoir.

Que peuvent bien fomenter ces deux rois maléfiques servis par la multitude de leurs soldats ?

À l'intérieur de la Freedom Tower, l'ambiance n'est pas à l'optimisme.

C'est au 68e étage, l'étage de la tribu des hippies, que se trouve le plus grand nombre d'humains.

Ils ont installé une énorme statue d'un homme à gros ventre et à tête d'éléphant. Je sais grâce à mon exploration de l'ESRAE que c'est Ganesh, le dieu hindou de la fête et de la détente.

À cet étage, il y a un drôle de décor fait d'encens, d'images colorées représentant des gens aux cheveux longs qui jouent de la musique ou des couples humains qui s'embrassent.

Beaucoup sont vautrés sur des coussins à même le sol et fument des cigarettes qui sentent la fleur. Ils écoutent des musiques qui ne ressemblent plus du tout à du Jean-Sébastien Bach.

Au milieu d'eux, j'avise avec stupeur mon propre fils, qui fume avec sa fiancée américaine.

Je fonce vers lui.

— Qu'est-ce qui t'arrive, Angelo ? Qu'est-ce que tu fais ? !

— On va tous crever, maman, alors je prends du bon temps. Qu'au moins mes dernières heures soient agréables. Ça, c'est de l'herbe à chat à fumer. C'est Kimberley qui m'a fait découvrir cela. Ça donne envie de se détendre, on se sent léger comme un nuage. Et la musique devient encore plus mélodieuse dans nos oreilles.

— De l'herbe à chat à fumer ! Mais c'est de la drogue !

— Détends-toi, maman, ne juge pas ce que tu ne connais pas. Essaye et tu verras bien.

Mon crétin de fils, qui déjà a montré dans le passé qu'il prenait toujours les mauvaises décisions au pire moment, voudrait carrément que je me drogue ! Il faut que je trouve un argument.

Je tente de le raisonner :

— Je crois que tant qu'il y a de la vie, il y a de l'espoir, et que du moment qu'on réfléchit, on peut tenir. Or précisément, j'ai l'impression que ton herbe à chat à fumer empêche de réfléchir.

— Plus je fume, plus j'oublie tout ce qui pourrait me contrarier. Donc je suis heureux. Je me laisse porter par la musique et par Kimberley.

Il prend une grande bouffée d'herbe à chat à fumer qu'il fait ressortir par ses narines. Sa fiancée entreprend de le lécher sur toute sa fourrure, et je le vois tressaillir de plaisir.

— Kimberley a une expression pour ça : « lâcher prise ». Tu vois, maman, nous avons combattu du mieux que nous le pouvions. Tu as fait plus que ce que tu devais faire. Tu as pris des risques, tu as failli mourir, et maintenant tout ça ne sert plus à rien. Renonce à cette agitation inutile permanente. Accepte la défaite.

C'est Angelo, qui a toujours été une brute va-t-en-guerre, qui me dit ça ? On aura tout entendu.

— Renonce à te faire du souci, fume et oublie tout…

À son tour, il lèche la fourrure de Kimberley, qui ronronne de satisfaction.

— Angelo, je crois que tu n'as pas compris qui était ta mère…

— Non, maman, c'est toi qui n'as rien compris. Tu veux tout contrôler, alors tu souffres. Tiens, regarde là-bas, même Esméralda fume.

Et en effet, je repère mon ancienne rivale étendue près d'un humain qui lui tend un cône pour qu'elle aspire.

Mais, plus étonnant encore, je vois que Hillary Clinton fume, elle aussi. Elle tousse et rigole bêtement avec le général Grant.

Ils baissent tous les bras et les pattes, mais pas moi.

J'ai lu dans l'ESRAE que le principe de ces drogues est de déclencher une giclée de dopamine, ce qui provoque un effet euphorisant temporaire. Mais une fois que c'est terminé, le manque de dopamine entraîne à l'inverse un état de mal-être qui dure bien plus longtemps que la sensation première.

Tout a un prix. Un plaisir sur le court terme se paye par une déprime sur le long terme.

La drogue altère aussi la mémoire. Après en avoir consommé, on n'arrive plus à se rappeler des détails. En outre, je me connais : je suis déjà naturellement paranoïaque, alors si je mets ce genre de substance dans mon sang, cela devrait aggraver les choses.

Malheureusement, je suis dans une période de doute, donc fragilisée. L'échec de la mission « Paul » m'a ébranlée. Je me remets totalement en question. Même mes certitudes sur la drogue ne sont plus aussi solides.

Et si je me trompais aussi là-dessus ?

Mon fils a peut-être raison, tant que je n'ai pas essayé, je ne peux pas juger.

— D'accord, dis-moi comment il faut faire.

— Roman devrait pouvoir te montrer.

Au même instant arrive Roman Wells en personne.

Même lui aurait renoncé ?

Je me doute que sa brouille avec Nathalie l'affecte, mais j'espérais qu'il aurait envie de se battre pour cet enfant à naître… Eh bien non… Il préfère fuir le réel.

— Roman ! Vous allez fumer ?

— C'est comme durant la guerre du Vietnam. À la fin, quand les soldats ont pris conscience que c'était fichu, ils se sont mis à se droguer parce qu'ils ne pouvaient plus affronter la vérité, reconnaît le scientifique français.

— Mais vous, vous allez être père !

— Non, je ne crois pas…, dit-il sur un ton ironique que je ne lui connaissais pas jusque-là. On va tous crever, bouffés par les rats.

Ainsi tous ont renoncé.

— Allez, maman, vas-y, demande-lui qu'il te roule un cône.

Sans attendre ma réponse, Roman me prépare un tube de papier rempli d'herbe à chat séchée.

— Je te préviens, maman, ça tourne un peu la tête.

— Ça ne m'impressionne pas, j'ai déjà bu du champagne, dis-je crânement.

À ce moment, j'ai l'impression que Kimberley, si elle pouvait éclater de rire, le ferait, mais elle se contente de me regarder avec un air désolé.

— Dans ce cas, tu vas voir, c'est « presque » pareil que le champagne.

Angelo me montre comment il faut faire, en tirant sur le cône, en gardant la fumée dans les poumons le plus longtemps possible et en soufflant lentement par les narines ou la bouche.

— Si tu veux être comme un humain, tu es forcée de tester, dit-il, satisfait de voir sa propre mère se droguer avec lui.

J'aspire, la fumée me pique la gorge, je ne peux m'empêcher de tousser.

— Voilà, dit Kimberley, attends un peu avant d'en reprendre.

À mon grand étonnement, la musique me semble tout à coup encore plus… harmonieuse.

J'aspire une nouvelle bouffée et, cette fois-ci, je tousse moins.

Puis une troisième.

Ce n'est pas spécialement agréable, cette fumée me brûle la gorge et les poumons.

— Pour une première fois, mieux vaut t'arrêter là sinon tu vas vomir, dit Angelo d'un ton expert.

Pour ma part, je me mets en position assise et j'écoute la musique comme je ne l'ai encore jamais fait. J'interroge Roman :

— C'est quoi, cette chanson ?

— Led Zeppelin. Ce morceau se nomme « Stairway to Heaven ». C'est-à-dire « escalier vers le paradis ».

Je ne sais pas si cela vient de l'herbe à chat, mais je crois que finalement je préfère même Led Zeppelin à la Callas ou à Bach. Je ferme les yeux. Dans mon esprit surgissent des fleurs. Des centaines de fleurs qui s'ouvrent chaque fois que la batterie du morceau résonne. Et des fleurs naissent des papillons.

— Ça va ? demande Angelo. Tu commences à te détendre, maman ?

On entend un nouveau morceau de Led Zeppelin.

— Et celui-là, quel est son titre ?

— « Kashmir », et ce son est typiquement indien, c'est du sitar, me répond Roman.

— Ça te plaît ? C'est relaxant, n'est-ce pas ? insiste Angelo.

Ah ! ça, pour me détendre… J'ai l'impression que j'oublie toutes les tensions de la journée et que c'est la première fois que j'arrive à un véritable « lâcher prise », comme dit Kimberley. Portée par cette musique étrange, répétitive et lancinante.

Je me tourne vers Roman.

— Il est indispensable que vous parliez à Nathalie. Il faut que vous gardiez cet enfant. Je suis certaine que le mélange de vos gènes va donner un être merveilleux. Il doit naître.

— Tu ne la connais pas vraiment. Nathalie est une femme trop dure. Et puis j'en ai assez de supporter ses crises de jalousie.

— Elle a peur, il faut juste la rassurer, dis-je.

— Je ne fais que ça, mais elle est comme un tonneau percé. Ça ne sert à rien de mettre de l'eau à l'intérieur, il ne sera jamais rempli. Il lui faut toujours plus d'amour, de compliments, de soutien, j'ai donné mon maximum et ce n'est pas parce qu'il y a un projet d'enfant que je peux la changer. Au contraire, j'ai l'impression que c'est précisément pour ça qu'elle se ferme.

Les effets de la drogue commencent à me faire comprendre que j'ai tort d'essayer de me mêler des histoires sentimentales des humains et, de manière générale, des autres. Si les gens s'entendent ou ne s'entendent pas, c'est pour des raisons irrationnelles et il est vain de vouloir trouver du sens dans les rapports de couple.

D'ailleurs, je me dis que même mes ambitions sont infondées. Chercher à sauver les autres, c'est de la prétention. Qui suis-je pour me mêler des histoires des gens ? Tout à coup, je n'en ai plus rien à faire de rien. Tout m'est égal. J'ai juste envie d'écouter la musique, de me reposer, de ne plus m'informer de rien.

L'élément positif reste la musique. L'herbe à chat change ma perception auditive. Chaque nouveau morceau provoque en moi des émotions qui me submergent, comme jadis les peintures du Louvre.

Je sens bien à quel point mon fils Angelo est heureux avec sa fiancée américaine, tous deux blottis sous la statue de Ganesh.

Esméralda me rejoint.

— Ça va ? miaule-t-elle.

— C'est beaucoup moins fort que je ne le craignais.

Et comme je dis ça, soudain je me mets à vomir. Et puis après, tout me semble différent. Le visage de Kimberley se transforme pour devenir celui d'une rate rousse, je recule brusquement.

— Tu es sûre ? insiste Esméralda.

Et elle approche en me répétant cette phrase. Mais son museau s'allonge, ses oreilles pointues deviennent rondes et ses deux incisives, celles d'un rat.

Je savais qu'il ne fallait pas toucher à la drogue.

— Elle ne va pas bien, miaule quelqu'un derrière moi.

Je me retourne et je vois Angelo avec sa fourrure rousse presque orange. Il a lui aussi une tête de rat.

Les chats alentour ont leurs cuisses qui s'arrondissent et leurs têtes s'étirent, leurs queues poilues s'allongent et deviennent fines et roses.

Ils deviennent tous des rats.

Je veux me réfugier chez Roman. Il est de dos et je ne vois que ses cheveux, mais au moment où il tourne son visage, horreur, son faciès est celui d'un de ces affreux rongeurs.

ILS ONT TOUS DES TÊTES DE RAT.

Et leurs miaulements et leurs voix humaines se transforment en ignobles sifflements moqueurs. Ils me regardent.

JE SUIS LA SEULE À NE PAS ÊTRE UN RAT.

Je suis encerclée par des ennemis qui veulent me nuire.

Je me réfugie dans un coin.

— On dirait qu'on te fait peur, maman, dit Angelo en agitant son museau de rat.

— NON ! NE M'APPROCHEZ PAS !

Ils sont quand même tout près de moi et je tremble de partout.

— N'aie pas peur, c'est nous, dit Esméralda en faisant claquer l'extrémité de sa longue queue rose de rat.

— NON ! VOUS ÊTES DES RATS ! ! !

Je fuis par l'escalier et monte dans les étages. Je traverse sans m'arrêter chaque tribu à chaque niveau jusqu'au sommet, au 104e étage.

Mais là encore, il y a partout des chats et des humains à tête de rat. Alors, puisant dans mon ultime réserve d'énergie, je sors sur la terrasse et, malgré la pluie toujours battante, je grimpe à l'antenne.

Je crois me rappeler que cette antenne sert aussi de paratonnerre, mais dans l'état où je suis, cela m'est égal.

Tant qu'à finir ma vie, autant que ce soit dans un éclair plutôt que sous cent morsures d'incisives.

Arrivée sur la minuscule plate-forme, je regarde en bas. C'est vraiment très haut. Comme je n'ai pas le vertige, contempler New York de ce pont si élevé est agréable.

Ce qui me perturbe, c'est que je ne contrôle plus mon cerveau.

Je n'aurais pas dû prendre de la drogue.

Ici, je suis loin des humains et des chats à tête de rat qui vivent dans la tour, et encore plus loin des rats qui grouillent à la surface et dans les sous-sols de New York.

Malgré la pluie, je m'endors dans ce lieu inhospitalier en espérant que mon cerveau va évacuer cette fumée d'herbe à chat qui empoisonne mon sang et mon esprit.

Je rêve.

Je rêve d'un monde de rats qui auraient enfin tout envahi.

Je vois un zoo.

Dans une cage se trouvent des humains. Ils sont nus et sales. On peut lire sur un petit panneau : « Anciennes espèces disparues. »

Et en dessous : « Ne leur jetez pas de nourriture, ne tapez pas sur les barreaux pour les exciter. »

Plus loin, une autre cage.

« Attention, espèce dangereuse. Les chats peuvent mordre. Tenez les enfants hors de portée de leurs griffes. »

36. LA DROGUE CHEZ LES ANIMAUX.

Les chats sont particulièrement sensibles à l'herbe à chat (aussi nommé cataire ou menthe aux chats). Cette herbe libère une molécule qui agit sur leur système hormonal. Quand ils en consomment, ils ont des hallucinations et se mettent à mimer des chasses, à s'étirer, à courir, à baver.

Le jaguar mâche une liane qui entre notamment dans la préparation de la potion dite ayahuasca, utilisée par les chamans en Amazonie pour avoir

des visions. Cette plante contient de la diméthyltryptamine, un puissant psychotrope.
Les mouflons canadiens broutent naturellement deux petites plantes : l'astragale et l'oxytropis, dont ils raffolent au point de finir par s'intoxiquer avec.
Les rennes consomment des champignons hallucinogènes, comme par exemple des amanites tue-mouches, qui leur procurent une sorte d'ivresse, les faisant courir sans but dans n'importe quelle direction. Il arrive que certains rennes s'égarent au cours de leur migration pour cette raison. Encore plus fort, ils boivent l'urine de ceux qui ont consommé ces champignons pour ressentir des effets indirects.
En Afrique, les éléphants mangent les feuilles de l'iboga, un petit arbuste. Cela leur donne envie de balancer leur trompe de plus en plus fort de gauche à droite.
En Australie, les wallabies, cousins des kangourous, sont friands des fleurs de pavot (utilisé pour fabriquer l'opium). Quand ils en prennent, ils tournent en rond sans s'arrêter. À Madagascar, les lémuriens à front roux mâchouillent un mille-pattes venimeux avant de se frotter l'anus avec le jus recueilli, ce qui leur permet de se soigner des attaques de certains parasites. Mais ce remède est aussi cancérigène.
Des passereaux au Canada se régalent de fruits fermentés jusqu'à l'ivresse.
Les dauphins mâchent des poissons appelés fugus et se les passent de bouche en bouche en les pressant pour en extraire la tétrodotoxine (un puissant

poison mortel pour l'homme). Ils traînent ensuite à la surface de l'eau, fascinés par leur propre reflet.

Encyclopédie du Savoir Relatif et Absolu. Volume XIV.

37. REDESCENTE.

Je suis réveillée par un tiède rayon de soleil.

L'aurore pointe à l'horizon derrière les immeubles.

Je vois aussi des humains qui fument sur le toit.

Ce n'était donc pas un rêve.

J'ai encore mal au crâne du *bad trip* provoqué par l'herbe à chat fumée hier soir.

D'ici, je contemple cette ville qui commence à m'effrayer bien plus que ne l'a jamais fait Paris.

Je sens qu'il faut que je me souvienne de quelque chose d'important, mais, peut-être à cause de l'herbe, j'ai oublié de quoi il s'agit.

Quelque chose en rapport avec cette ville ?

HORREUR ! IL FAIT BEAU ! CELA VEUT DIRE QUE LES RATS VONT POUVOIR REVENIR METTRE LE FEU !

Je redescends et retrouve les autres, qui ont profité de la nuit pour retrouver leur tête de chats et d'humains.

Le premier qui m'adresse la parole est Angelo.

— Maman ! Je te cherchais partout. Je crois que tu as fait une mauvaise descente.

Je ne me donne même pas la peine de répondre à mon fils, je continue mon chemin pour rejoindre le 5e étage, celui des informaticiens.

— Tu as quand même eu un peu de plaisir, maman ? demande Angelo, qui me suit. J'espère que ça ne t'a pas dégoûtée.

Ça, pour ne pas avoir envie d'en reprendre, je n'ai plus besoin de chercher des arguments !

L'idée m'est passée de tester des trucs bizarres qui se fument, et de manière générale d'écouter les conseils de mon fils.

Je me sens encore bizarre.

J'ai des vertiges.

Plus jamais je ne fumerai de cette herbe à chat.

Plus jamais je ne toucherai à un produit psychotrope qui altère mes facultés cognitives.

Plus jamais je ne quitterai le réel.

Je me nettoie pour enlever toutes les molécules de ce poison qui, en plus, me colle au poil.

Je me lèche avec d'autant plus de frénésie que je veux effacer le souvenir de mon délire paranoïaque.

J'ai la langue qui pique. J'ai mal à la tête.

Je passe devant l'étage 71, où le général Grant a installé sa tribu de soldats. C'est l'étage le plus propre et le mieux organisé.

Puis je rejoins l'étage 69, celui des Français. Nathalie est encore couchée.

Je viens me lover contre ma servante.

— Maintenant il n'y a plus qu'à attendre la mort, dis-je pour entamer la conversation.

— Je ne crois pas que Paul nous ait trahis. Je pense qu'il a dû rentrer et, comme ils ont tous vu son Troisième Œil, ils l'ont tué, répond-elle pour me rassurer.

— Merci d'essayer de m'enlever toute culpabilité.

— Nous faisons tous de notre mieux mais nous n'avons aucune garantie de réussir, me fait-elle remarquer.

Je laisse passer quelques secondes, j'observe les Français. Il y en a qui dansent.

— J'ai discuté avec Roman, il vous aime et il veut garder l'enfant.

— TU LUI AS DIT QUE J'ÉTAIS ENCEINTE !?

— Je vous aime bien tous les deux. J'ai constaté que vous aviez un problème de communication, alors j'ai pensé qu'il fallait que je vous aide à dialoguer.

— Mais de quoi je me mêle !

Elle se lève et me repousse. Sa réaction hostile me surprend. Je ne l'ai jamais vue aussi dure envers moi.

Est-ce ainsi qu'on récompense les réconciliateurs ?

— Pour qui tu te prends !? Tu n'es qu'un chat, tu n'as pas à te mêler de nos histoires d'humains !

— Mais...

— Ma pauvre Bastet ! Tu veux vraiment savoir ce que je pense de toi ? Tu es une chatte d'une arrogance inouïe. Ta prétention n'a d'égale que ton incapacité à réussir. Tu es une mauvaise mère, une mauvaise compagne, une mauvaise chatte ! Mais qu'est-ce que tu crois ? Tu veux diriger la société et tu ne fais qu'ajouter du désordre !

Elle se lève et s'éloigne, mettant fin à notre dialogue. Je soupire. Un raisonnement de ma mère me revient : « Le problème quand on veut aider les autres, c'est que le plus souvent ils appellent au secours, mais qu'ils ne veulent surtout pas qu'on les aide vraiment. Pourquoi ? Parce qu'ils se sont identifiés à cette situation et qu'ils se définissent en tant que héros affrontant l'adversité. Si tu enlèves cette adversité, ils ne sont plus les héros de leur propre légende. Réfléchis avant de vouloir aider les autres, et pose-toi la question : est-ce qu'ils pourront te le pardonner ? »

Maman avait tout compris. Et d'ailleurs, elle le mettait en pratique puisqu'elle n'aidait strictement personne. Moi-même, je me souviens dans ma prime enfance d'avoir toujours su que je ne pourrais pas compter sur mes parents : mon père parce qu'il était parti après avoir engrossé ma mère, et ma mère parce qu'elle était tout simplement égoïste. Et je me suis construite grâce à cela. Maintenant, sous la mauvaise influence des humains, je commence à devenir empathique. Je perçois la douleur des autres, elle m'intéresse, elle me dérange, et les aider devient une sorte de défi.

Cependant je découvre les limites du système.

Pas facile d'aider son prochain.

Alors, seule dans un coin de l'étage des Français, oubliant la musique et les gens qui dansent, je mange un cuissot de rat en rêvassant.

Comme disait le roi Salomon dans la Bible : « Vanité, tout est vanité. »

Et alors que je repense à la Bible me revient en tête le projet de Bible des chats dans l'esprit de la Genèse. Cela pourrait démarrer comme ça :

« Au commencement... »

Au même instant, j'entends une voix au loin qui hurle :

— BASTET !

C'est le professeur Roman Wells.

Il va me demander quelque chose mais j'ai compris la leçon : chacun sa merde.

Il me cherche.

Il va encore me parler de son futur enfant. Il va probablement me dire d'insister auprès de Nathalie. Mais j'ai ma dignité, j'ai fait le maximum, je ne peux plus rien.

Je le vois s'agiter et je me dis que je devrais peut-être le prendre comme scribe.

— BASTET ! Où est Bastet ? Où est Bastet ?

Finalement, il est plus gentil que Nathalie. Peut-être que lui ne me dira pas que je dois d'abord apprendre à écrire. Oui, je pourrais le prendre comme scribe.

« Au commencement était… »

Il me voit. Je ne me donne même pas la peine de miauler.

— VITE, VIENS, BASTET ! SUIS-MOI !

— Quoi encore ? Si c'est pour Nathalie, j'ai déjà essayé et cela n'a pas donné grand-chose.

— Paul !

Paul ?

Je galope dans les escaliers derrière Roman. Il rejoint le 5e étage.

— Il ne veut parler qu'à toi, confirme Sylvain qui semble tout excité devant son écran.

— Que s'est-il passé ?

— En fait, après l'évasion de Paul, je pouvais le suivre grâce à la balise incluse dans son Troisième Œil. Et donc j'ai toujours laissé un drone tournoyer dans cette zone. La balise de Paul émettait depuis le socle de la statue de la Liberté. Et puis ce matin, j'ai reçu un message écrit qui a été traduit comme : « Je veux parler à Bastet. » C'est pourquoi j'ai dit à Roman d'aller te chercher.

Je m'installe dans un fauteuil.

Sylvain branche un haut-parleur pour que les personnes autour de nous puissent entendre la conversation.

— Bonjour, Paul. Vous vouliez me parler ?

— Bastet, j'ai du nouveau pour vous. Il faut d'abord que je vous explique ce qui s'est passé. Quand je suis rentré auprès des miens, j'ai été suspecté d'être un espion à votre solde. Ils voulaient me tuer. Mais j'ai pris Tamerlan à témoin, je l'ai convaincu qu'avoir un second rat avec un Troisième Œil était d'un grand intérêt pour la communauté des rats. Ensuite, je leur ai dit que je pouvais devenir un agent double. C'est-à-dire que j'allais faire semblant d'être avec vous, mais qu'en fait je jouerais double jeu. Et là, je leur ai dit que je pouvais prendre contact avec vous et vous donner de fausses informations qui vous feraient paniquer et vous rendre. Il y a eu un échange entre Alcapone et Tamerlan sur mon cas. Tamerlan était particulièrement content de ma particularité, il a dit que j'étais précieux car désormais si lui meurt, il y aura un autre rat capable de se connecter à Internet.

Bon sang. Paul a réussi.

— Et qu'avez-vous répondu ?

— Qu'ils pouvaient compter sur moi. Je leur ai raconté tout ce que j'avais vu à l'intérieur de votre tour. J'ai signalé le nombre d'humains qui s'y trouvaient mais aussi le nombre de chats et de chiens.

Roman partage mon enthousiasme, mais pas Nathalie ni les autres, qui restent méfiants.

— Oui… Et donc la fausse information que vous devez nous donner pour nous faire paniquer et nous pousser à nous rendre, c'est quoi ?

— Ils vont mettre des explosifs dans vos sous-sols.

Un long silence suit.

— Et c'est vrai ?

— En partie. En fait, après l'échec des incendies, celui au papier et celui à l'essence, Tamerlan cherchait quelque chose de plus efficace et il se souvenait de la formule de la poudre à canon qu'il avait vue sur Internet quand celui-ci fonctionnait encore : charbon + soufre + salpêtre.

Autour de moi, il y a maintenant une vingtaine d'humains dont Hillary Clinton, le général Grant, Nathalie, et quelques représentants des tribus.

Je demande :

— Ils vont faire exploser notre tour ?

— En effet, répond Paul.

— Mais vous disiez que c'était ça, la « fausse information » qu'ils voulaient que vous nous transmettiez pour nous affoler, n'est-ce pas ?

— Exactement.

— Donc c'est faux ? dis-je avec espoir.

— Eh bien… La vérité est qu'ils ont trouvé le charbon et le soufre et qu'ils commencent à les stocker en grande quantité. Mais il leur manque le salpêtre.

Je ne sais pas si je dois me réjouir de cette information.

— Donc… nous n'avons rien à craindre ?

— Pour l'instant en effet, ils ne peuvent pas faire exploser votre tour. Mais ils cherchent le salpêtre.

— Et donc nous, avec cette « fausse information », nous devrions paniquer. Cela consiste en quoi ?

— Partir. Mais dès que vous aurez franchi le seuil, ils vous tueront.

— Merci de nous avoir avertis, Paul. Mais si je comprends bien, pour que votre couverture reste valable, il faut que nous fassions semblant de partir, c'est ça ?

— C'est ça.

Je coupe le contact micro.

Je regarde Roman et Sylvain qui eux aussi ont compris la situation.

— Il leur fait croire qu'il est un agent double, dit le premier.

— Rien ne nous garantit qu'il n'est pas un agent « triple », objecte le second.

— Paul nous manipule, il est avec eux. C'est un rat, intervient Angelo.

— Ton fils a raison, on ne peut pas faire confiance à un rat, renchérit Esméralda.

— On peut offrir la connaissance, mais on ne peut pas savoir comment ils l'utilisent, rappelle Nathalie.

— Moi je crois qu'avoir accès à la connaissance rend… meilleur, dis-je.

— Meilleur pour qui ? Pour eux ou pour nous ? demande Roman.

— C'est nous qui lui avons fait ce cadeau, il doit nous en être reconnaissant.

Et au moment où je prononce ces mots, je me souviens que ce monde n'est fait que d'ingratitude et qu'en général ceux qui rendent service sont mal récompensés.

— Allô ? Vous êtes toujours là ? questionne Paul.

— Oui, excusez-nous. Donc Tamerlan vous a accepté et même félicité pour votre… mutation. Maintenant que vous nous avez signalé que vous leur aviez communiqué ce que vous aviez appris sur l'intérieur de la tour pour gagner leur confiance… hum… pouvez-vous nous dire comment ça se passe à l'intérieur du socle de la statue de la Liberté ?

— Ils veulent vous tuer. Ils ne pensent qu'à ça.

— Mais vous nous avez dit que pour l'instant, tant qu'ils n'ont pas trouvé de salpêtre, ils ne peuvent rien faire.

— En fait, votre sort repose sur la mémoire de Tamerlan. Il nous a dit qu'il avait lu où l'on pouvait trouver du salpêtre lorsqu'il avait eu accès à Internet, mais qu'il ne se souvenait plus exactement de l'information.

— Bref, nous dépendons d'un souvenir qui arrivera à ressurgir ou pas de la mémoire d'un rat…

Dans la salle des ordinateurs, nous nous regardons tous, ne sachant pas trop s'il faut se féliciter ou s'inquiéter de cette information.

Je reprends la conversation.

— Paul, pouvons-nous vous confier une mission ?

— Je vous écoute.

Je hasarde :

— Pourriez-vous tuer Tamerlan ?

— Pas facile. Il se méfie quand même de moi, répond l'espion rat.

Je sens qu'il faut trouver une idée.

Esprit de Pythagore, éclaire-moi. Qu'aurais-tu fait à ma place ? Comment utiliser cet espion infiltré chez l'ennemi ?

Je suggère :

— Et si vous montiez les deux rois l'un contre l'autre ? Vous pourriez tenter ça, Paul ?

Le rat réfléchit quelques secondes.

— Oui, ça, je peux essayer de le faire. Pour l'instant, ils s'entendent plutôt bien, unis contre vous, mais ce sont quand même deux chefs très orgueilleux.

— Nous comptons sur vous, Paul. Non seulement notre avenir, mais l'avenir de tous est entre vos pattes et vos talents d'espion.

Le contact est coupé.

— Paul nous manipule ! déclare le général Grant, qui a suivi notre échange. Après tout, il n'a aucune raison de nous aider. Par contre, il nous a dit lui-même qu'en nous affolant il nous poussait à tenter une sortie. À cause de lui, nous allons peut-être nous mettre en réel danger pour échapper à une fausse menace.

— Il a signalé qu'ils avaient le soufre et le charbon, mais qu'il leur manquait le salpêtre, rappelle Roman.

Les autres humains parlent entre eux.

— Il a dit qu'il était avec nous.

— Il joue triple jeu.

— Il ment.

— C'est un rat.

Je sens que tout va se compliquer très vite.

— On ne peut pas prendre de risque, dit Hillary Clinton. Il faut évacuer la tour avant qu'ils n'aient le salpêtre. Nous allons profiter de la nuit pour nous enfuir. S'ils nous détectent, nous nous défendrons avec les armes du général Grant.

Je miaule :

— C'est exactement ce qu'ils veulent qu'on fasse, Paul l'a dit !

Le militaire hoche la tête.

— La présidente Clinton a raison. Nous aurons des pertes, mais c'est plus raisonnable que d'attendre que la base de la tour explose et que tout l'immeuble s'effondre sans même que nous puissions combattre. J'ai encore des mitrailleuses, des lance-flammes. Les Indiens ont des arcs. Nous pouvons tuer suffisamment de rats pour permettre à certains d'évacuer la tour. Je crois qu'on peut sauver raisonnablement…

Il s'arrête comme s'il faisait une estimation.

— … disons… vingt pour cent de notre communauté.

— Donc quatre-vingts pour cent de pertes ! s'étonne Roman Wells. C'est quand même beaucoup.

— C'est mieux que cent pour cent, rappelle le militaire.

— Non, il ne faut pas évacuer la tour, dis-je. Il faut faire semblant mais ne pas le faire vraiment… En tout cas, pas pour l'instant.

— Alors on fait quoi ? demande Hillary Clinton, de plus en plus inquiète.

— On fait confiance à Paul, dis-je.

Mais les humains ne tiennent pas compte de ma recommandation. Ils parlent de plus en plus vite, de plus en plus fort, et pour finir ils décident de faire ce qui est le plus inutile et le plus inefficace : une réunion de l'assemblée des cent deux tribus pour débattre démocratiquement.

Dix minutes plus tard, dans la salle d'assemblée, la tension est à son comble. Comme à leur habitude, les humains n'ont qu'une réponse face aux mauvaises nouvelles, c'est de s'engueuler entre eux au lieu de s'unir pour trouver des solutions grâce à leur imagination.

Je fais signe à Nathalie pour qu'elle me prenne sur son épaule. Elle hésite car elle semble encore m'en vouloir (d'avoir tenté de sauver son couple !) mais elle consent finalement à me laisser venir sur elle.

— Je crois que je commence à être fatiguée, lui dis-je. C'est peut-être l'âge.

— Tu n'es pas responsable de tout ce qui arrive au monde. En tout cas, actuellement, nous ne pouvons qu'attendre et prier.

— Je compte sur Paul.

— Tu attends beaucoup d'un rat.

— Ce n'est pas n'importe quel rat, c'est un rat que j'ai instruit personnellement.

— Ça reste un rat, répond l'humaine.

J'observe l'assemblée de ces cent deux représentants de tribu, qui se détestent entre eux et l'expriment clairement.

— Excuse-moi pour tout à l'heure, Bastet. Je ne pense pas ce que j'ai dit. Je sais que tu veux bien faire. Tu es comme une enfant qui veut réconcilier ses parents. Tu sais, avant, quand j'étais jeune, je croyais qu'en vieillissant on comprenait de plus en plus de choses. C'est faux. Avec le temps, je commence à me désintéresser de tout. J'accepte le monde tel qu'il est, je ne veux plus le changer.

— Eh bien, je ne partage pas votre fatalisme, Nathalie. Je crois que n'importe quelle personne qui décide de changer le monde peut y parvenir.

J'ai envie d'ajouter qu'elle devrait se donner la peine de se réconcilier avec Roman et d'accepter son enfant, mais c'est trop facile alors je renonce.

— Tu as le droit de te détendre après tout ce que tu as accompli, Bastet.

Elle va chercher un peu de champagne laissé par le général Grant et en verse dans un bol.

— À la fatalité ! dit-elle.

Je réponds :

— Aux gens qui essaient seuls de changer le monde !

— Aux prophètes !

— À Paul, notre espion, qui je l'espère ne va pas nous trahir !

Nous buvons alors qu'au loin j'entends les cris des humains qui commencent à se disputer sur la bonne décision à prendre.

Pauvres humains.

Cette situation est tellement ridicule que cela me donne presque envie de rire.

38. ÉPIDÉMIE DE RIRE EN TANZANIE.

Le 30 janvier 1962, une épidémie de crises de fou rire se déclencha dans un pensionnat de filles du

village de Kashasha en Tanzanie. Le fou rire toucha trois élèves avant de se propager aux 159 pensionnaires de l'établissement. Pendant seize jours, elles furent saisies d'irrépressibles esclaffades qu'elles n'arrivaient pas à contenir. Les enseignants, pour leur part, n'étaient pas atteints mais ils reconnurent que ni eux ni les élèves ne pouvaient plus travailler dans ces conditions.

Le ministère de la Santé de Tanzanie prit l'affaire au sérieux et désigna cette épidémie de rire d'un mot swahili : *omuneepo.*

Le phénomène se révéla contagieux, il frappa d'autres communautés scolaires des environs. En mars, 217 personnes, plus seulement des adolescents, mais aussi des adultes, furent atteints par l'*omuneepo.* En mai, une nouvelle vague touchant deux écoles obligea les autorités à les fermer. Puis en juin, ce fut au tour de quatorze écoles d'être contaminées par l'épidémie de crises de fou rire. Elles furent fermées également.

L'épidémie d'*omuneepo* dura plusieurs mois, pendant lesquels les gens éclataient de rire et n'arrivaient plus à se contrôler. Plus d'un millier de personnes eurent ainsi des crises de fou rire à répétition qui les empêchaient de se concentrer sur la moindre tâche.

Plusieurs scientifiques anglais et américains vinrent étudier le phénomène, notamment le professeur de sociologie Peter McGraw, et ils ne trouvèrent aucune explication définitive à cette épidémie de fou rire touchant autant de personnes

simultanément, mais pointèrent cependant le stress intense de la scolarisation comme cause probable.

Encyclopédie du Savoir Relatif et Absolu.
Volume XIV.

39. INFILTRÉ.

— J'ai une bonne et une mauvaise nouvelle. Par laquelle voulez-vous commencer ? dit Paul.

Grâce à un petit programme bricolé par Roman, la parole du rat est traduite en langage chat et en langage humain. Elle est ensuite directement diffusée dans les haut-parleurs de la salle d'assemblée où nous sommes tous réunis.

Cette fois-ci, j'ai droit à un siège spécial qu'on m'a installé pour que je sois à hauteur d'homme.

Je suis filmée et mon image est retransmise sur les écrans de la télévision interne de la Freedom Tower. Tous les humains et les chats de la tour me regardent et m'écoutent. Je parle en articulant bien pour être comprise.

— Avant tout, je vous remercie, Paul, de reprendre contact avec nous. Je vous laisse choisir par laquelle de ces deux nouvelles vous voulez commencer.

— Alors la bonne. Ça s'est passé hier soir. Tamerlan et Alcapone se sont disputés. À mon sujet. Tamerlan pense qu'on peut me faire confiance et Alcapone pense que non. Ensuite, ils ont beaucoup parlé de vous… Bastet. Alcapone a demandé pourquoi dans la nuit de l'attaque des chats, alors que lui se battait contre une chatte, Tamerlan n'était pas intervenu pour l'aider et s'était contenté de vous observer, vous, Bastet. Le Français a répondu que vous n'étiez pas n'importe qui et qu'il avait tout de suite repéré que vous n'aviez pas l'ESRAE autour du cou. Alors il ne voulait pas vous tuer sans savoir où l'ESRAE se trouvait. Alcapone a dit qu'il aurait pu mourir. Et ils ont continué à parler de vous, Bastet.

J'aime quand l'ennemi me donne de l'importance.

— Depuis qu'il vous a vue dans la nuit, Tamerlan pense que vous êtes une sorte de chatte surdouée, bien plus intelligente que tous les humains de la Freedom Tower réunis.

Je l'aime bien, ce Paul. Il a une tournure d'esprit que je trouve résolument « moderne ».

Je jette un rapide coup d'œil à Hillary Clinton pour lui faire comprendre que nous avons un engagement écrit et que si j'aboutis à un résultat je tiens à ce qu'elle respecte sa promesse.

Elle inspire et effectue un infime mouvement de menton qui pourrait signifier : « Vous serez la 103e représentante de l'assemblée. »

Je répète, pour être sûre que tout le monde ait bien entendu :

— Donc les deux rois des rats se sont disputés à propos de la confiance qu'on peut vous accorder et de la peur que je leur inspire. Que s'est-il passé ensuite ?

— Tamerlan a souligné l'importance de l'ESRAE. Il a dit que si l'on faisait sauter la tour trop tôt, il serait difficile de retrouver ce précieux objet dans les décombres. Alcapone s'est énervé, il a rappelé à

Tamerlan qu'il n'était qu'un étranger, uniquement toléré pour ses connaissances techniques, et qu'il lui devait soumission et obéissance. Tamerlan a répondu que l'accès au savoir humain serait profitable à tous les rats et qu'il ne fallait pas mélanger fierté personnelle et intérêt général. Alcapone l'a accusé d'être complice des chats. C'est à cet instant que j'ai eu l'impression que le moment était venu pour moi d'intervenir et de réaliser la mission que vous m'aviez confiée, Bastet.

De nouveau, il laisse un temps pour laisser s'installer le suspense.

— J'ai tout d'abord dit que je vous connaissais personnellement, et j'ai ajouté que vous étiez une chatte redoutable et qu'il fallait avoir très peur de vous.

Bien.

— J'ai rappelé que vous aviez effectué une attaque commando de nuit, mais que vous étiez tellement perverse et cruelle qu'on pouvait s'attendre à d'autres surprises.

Ou veut-il en venir ?

— Puis j'ai dit que je comprenais que Tamerlan n'ait pas réagi car une personne comme Bastet devait être faite prisonnière et non tuée. Ne serait-ce que parce qu'elle est la seule à savoir où est l'ESRAE. Et j'ai expliqué que j'avais eu accès à cette bibliothèque de connaissances infinies et que cette expérience avait été pour moi une grande émotion. Dès lors, je me suis gagné la sympathie de Tamerlan mais l'hostilité d'Alcapone. Il a remis en cause mon statut d'espion double et a envisagé la possibilité que je sois un espion triple à votre service.

Logique.

— J'ai dit que, du fait de notre avantage numérique, nous les rats, nous ne pouvions pas perdre. Que la seule question à se poser n'était pas celle de mon statut ni de celui d'une chatte, mais plutôt de savoir si après la victoire nous aurions un gouvernement à deux rois ou à un seul.

J'adore ce rat. Un esprit subtil dans un corps de rongeur.

— Alcapone s'est contenté de répondre : « Je suis et je serai toujours l'unique roi. Tamerlan, tu n'es que mon invité et mon vassal. » Tamerlan a dit que le fait qu'il ait amené le feu et bientôt les explosifs lui semblait un argument suffisant pour ne pas être considéré comme un simple vassal. Et il a conclu en disant que si quelqu'un devait gouverner après la victoire, c'était précisément celui qui avait permis cette victoire et qui possédait les connaissances nécessaires à l'établissement d'un projet ambitieux pour tous les rats du futur.

Je demande, impatiente :

— Alors ?

— Alcapone a dit qu'il en avait assez de l'arrogance de cet étranger.

Cette fois-ci, toute l'assistance humaine et chat écoute avec attention. Paul semble prendre un malin plaisir à ménager des pauses pour entretenir le suspense.

— Les deux rois n'étaient plus du tout en phase. Il y a eu des frictions entre les nombreux barons américains menés par moi-même et les quelques barons français qui ne voulaient pas se laisser impressionner. Alcapone a dit que les rats américains étaient plus grands, plus forts, plus intelligents que les Français et que leurs femelles étaient plus belles et sentaient meilleur. Tamerlan a répondu : « Pour l'intelligence, je n'en suis pas sûr. » Alcapone lui a demandé de répéter. Il a dit : « Vous les Américains, vous n'êtes pas plus forts, vous êtes seulement plus gros. » Alors la tension est montée d'un cran parmi les barons qui étaient autour de nous. Les barons français et américains étaient déjà prêts à batailler. C'est Alcapone qui a tranché. Il a proposé à Tamerlan : « Viens te battre en duel et on va voir qui est le plus fort de nous deux. »

Il laisse un temps.

— Ils se sont battus. Tous les barons ont fait cercle autour d'eux pour suivre ce duel des rois.

— Et… ?

Il abuse du pouvoir du conteur. Il prend plaisir à nous frustrer, je le sens.

— Alcapone a foncé de toute sa masse sur Tamerlan, mais ce dernier a fait un rapide pas de côté, l'a contourné et l'a frappé par-derrière. Alors Tamerlan a placé sa gueule en travers et a mordu dans sa jugulaire. Alcapone n'arrivait même pas à l'atteindre avec ses griffes. Il lui donnait des coups de fouet avec son épaisse queue mais ça n'a pas fait lâcher son assaillant. Tamerlan a augmenté la pression de ses mâchoires et puis le sang a giclé dru. Alcapone est tombé à genoux et s'est effondré. Il s'est ensuite vidé de son sang. Les barons français puis américains se sont approchés pour laper.

Merveilleuse nouvelle !

— Alcapone est mort ! Tu en es sûr ?

— Peu probable qu'il se remette de ses blessures dans la mesure où Tamerlan a procédé au rituel de passation de pouvoir de roi à roi. C'est-à-dire qu'il lui a ouvert le crâne et qu'il a mangé son cerveau pour signifier que désormais il avait absorbé l'intelligence de son prédécesseur.

Cela pourrait être aussi simple ?

— Tamerlan s'est déclaré non plus roi des rats mais empereur. Il a réclamé que tous les barons lui prêtent allégeance. Et nous avons tous cédé. Nous nous sommes prosternés, avons montré notre arrière-train, et il nous a uriné dessus. Puis il a annoncé que son projet était de profiter de sa connexion Internet pour fédérer non pas seulement les rats du continent américain mais ceux du monde entier. Il a exigé d'être reconnu EMPEREUR DE TOUS LES RATS DU MONDE.

La nouvelle de la mort de l'un de nos deux pires ennemis devrait me réjouir, mais j'ai l'impression que quelque chose cloche.

Et si, en voulant bien faire, je n'avais que renforcé et centralisé le pouvoir de nos adversaires ?

Nous n'avons plus qu'un seul chef ennemi mais j'ai payé assez cher pour le savoir : c'est le pire.

Je laisse passer un temps puis je pose la question qui me taraude :

— Et donc ça, c'était la bonne nouvelle. Quelle est la mauvaise ?

— Tamerlan, à peine élu, s'est souvenu du moyen de trouver du salpêtre. Il suffit selon lui de ramasser des excréments de chauves-souris. Et par chance, les nombreux tunnels du métro de New York sont remplis de chauves-souris. Il a demandé à tous les rats présents de racler le plafond des tunnels du métro où vivent ces chauves-souris. Il a dit que les proportions étaient de 30 % de charbon, 30 % de soufre et 40 % de salpêtre. Dès qu'il aura la quantité suffisante, il compte l'introduire dans vos sous-sols pour faire exploser les fondations de la Freedom Tower.

— Mais je croyais qu'il avait peur de ne pas trouver la clef USB de l'ESRAE dans les décombres ?

— Il a changé d'avis. Il a dit aussi se souvenir que la clef était antichoc et qu'on finirait donc forcément par la retrouver dans les gravats après l'explosion. Donc, la mauvaise nouvelle, c'est qu'*a priori*, vous allez… mourir.

J'ai soudain comme une démangeaison dans mon Troisième Œil. Je reçois peut-être trop d'informations dans mon cerveau, cela commence à créer du surmenage. Il faudrait peut-être que je me déconnecte.

Qu'est-ce qu'il a dit déjà ?

40. LES IMPLANTS CÉRÉBRAUX DU PROFESSEUR DELGADO.

Le professeur José Delgado était un neurophysiologiste espagnol passionné par le fonctionnement du cerveau. Après avoir étudié en Espagne et aux États-Unis, dans le département de physiologie de l'université de Yale, il mit au point en 1950 un protocole pour stimuler différentes régions du cerveau à

partir d'électrodes (l'ESB, pour Electrical Stimulation of Brain). Il parvint à lire les signaux émis, mais il réussit aussi, grâce à d'infimes pulsations électriques, à déclencher des émotions ou des hallucinations.
En 1952, il améliora son appareil et créa le Stimoceiver, qui lui permit de se libérer des fils électriques pour avoir un contrôle à distance radiocommandé.
Avec ce Stimoceiver branché sur le cerveau, il parvint à contrôler un singe au point de lui faire bouger les yeux, de le faire éternuer, bâiller, grogner, de modifier son battement cardiaque et même de le faire dormir à distance.
Delgado testa son appareil sur un chat et le fit se lécher tout en dormant, ou lui fit lever une patte choisie. Il pouvait modifier la dilatation de la pupille de l'œil d'un chat comme un diaphragme d'objectif d'appareil photo. Il testa le même appareil sur une jeune femme de trente ans, arrivant à lui faire plier un doigt contre sa volonté, mais aussi à la faire rire, pleurer, visualiser des images colorées et même à lui provoquer une émotion amoureuse au point que celle-ci lui fit une déclaration d'amour durant l'expérience (et elle redevint distante dès que son cerveau n'était plus stimulé).
En 1963, José Delgado implanta ses électrodes dans le cerveau d'un taureau. Il se plaça dans une arène à Cordoue et, lorsque l'animal le chargea, il le stoppa net en lui envoyant un stimulus électrique grâce à un transmetteur radio. Les cornes s'arrêtèrent à quelques dizaines de centimètres à peine de son corps.

Cependant, le succès de cette expérience attira une certaine méfiance sur les travaux de ce neurologue, qu'on soupçonna de préparer une humanité d'esclaves décérébrés contrôlables à distance. En 1980, le nombre de ses détracteurs l'accusant de « dérive orwellienne » était suffisamment élevé pour qu'on lui coupe toute subvention et José Delgado dut arrêter ses étranges expériences sur les cerveaux connectés.

Encyclopédie du Savoir Relatif et Absolu.
Volume XIV.

41. ÇA SE COMPLIQUE.

Ma mère disait : « Ce qu'il y a de pénible avec la mort, c'est que l'on ne peut plus agir, or souvent on trouve les bonnes idées et on comprend tout quelques secondes avant de trépasser. »

Ma mère est morte assez âgée, elle avait vingt ans (ce qui pour les humains correspond à quatre-vingt-dix ans). Un accident stupide. Elle a sauté d'un toit et a mal calculé son élan. Elle n'a pas réussi à atteindre le toit d'en face. Elle a chuté dans la rue, et elle aurait pu s'en tirer s'il n'y avait eu une voiture qui passait précisément à cet endroit à ce moment-là.

Je ne sais pas si, quelques fractions de seconde avant que son crâne ne soit réduit en bouillie, elle a pensé : « Ça y est, j'ai enfin compris le sens de la vie. »

Je ne sais pas comment vous-même vous envisagez les dernières secondes avant que votre corps ne se transforme en un tas de viande, mais moi, depuis sa mort, j'estime que je dois être prête à chaque instant à tout perdre.

Et là, plus que jamais, je sens la fin proche.

Tamerlan étant déterminé et efficace, il va tout faire pour réduire en poussière notre tour sanctuaire, dernier refuge de la résistance à l'invasion des rats.

Et je dois avouer que ce qui arrivera après ne m'intéresse pas, dans la mesure où je ne serai plus là pour le voir.

Sauf si…

Sauf s'il reste une trace écrite.

Une Bible des chats, ou ma propre autobiographie ?

Plus j'y réfléchis, plus je trouve ma véritable histoire plus intéressante qu'un texte imaginaire avec de fausses légendes inspirées ou copiées de la cosmogonie d'une autre espèce.

Rien n'est plus touchant que le réel.

Même si je suis consciente que mon histoire peut sembler plus incroyable qu'une légende.

La journée passe de manière bizarre.

Je n'ai pas faim.

Je croise mon fils qui se drogue de plus en plus.

Je retrouve au 69e étage Nathalie et Roman qui, après avoir essayé de se parler, se sont déchirés avec des reproches suivis d'une bonne engueulade qui les a une nouvelle fois menés à une séparation.

Je me dis que le fait qu'elle soit enceinte bouleverse probablement ses hormones et met son humeur en vrac.

Je monte sur le toit de l'immeuble et, là, je vois Esméralda qui, tout comme moi la veille, observe New York depuis ce point de vue panoramique privilégié.

— À quoi tu penses ?

— À Bukowski, dit-elle.

— Tu sais que son nom était celui d'un poète humain alcoolique et autodestructeur ?

— Il était parfois maladroit mais il me faisait rire. Il me manque.

— Et moi, Pythagore me manque. Nous sommes toutes les deux « veuves », comme on dit chez les hommes.

— Et maintenant, nous attendons notre heure, dit la chatte noire aux yeux jaunes avec philosophie.

— Il faut bien mourir un jour.

— Je trouve que nous avons eu des vies formidables, dans la mesure où, au moins, il s'est passé des choses peu ordinaires, et je tenais à t'en remercier, Bastet. Sans toi, je serais peut-être restée dans le bois de Boulogne à manger des corbeaux.

— Non, c'est moi qui te remercie, Esméralda. J'ai été injuste envers toi. Tu m'as vraiment sauvé la vie et je ne voulais pas le reconnaître, de peur que tu me voles la vedette. Maintenant, au crépuscule de mon existence, je m'aperçois que je ressentais une jalousie aussi stupide que celle de ma maîtresse Nathalie avec Roman. On a peur de perdre ce qu'on croit nous appartenir. Mais rien ne nous appartient.

— C'était juste la peur de vieillir et de ne plus être désirée.

— Non, c'est la croyance qu'on possède des choses ou des gens. Et dès qu'on a cette croyance, on a peur de les perdre et on devient malheureux. J'en arrive à ne pas être sûre que ce corps m'appartient. Et ma mort ne serait dans ce cas que le moment de rendre ce vêtement de fourrure et de sang qui m'a été prêté à ma naissance.

Elle secoue la tête, ce mouvement se transforme en vibration, puis elle s'ébroue.

Il est midi, le soleil brille et Manhattan étincelle de toutes ses tours de verre.

— Combien de temps avons-nous encore devant nous avant que Tamerlan ait suffisamment d'excréments de chauve-souris pour mettre en œuvre ses sinistres projets ?

— Je le connais, il va vouloir aller vite.

— Pourvu que les chauves-souris soient constipées…, soupire Esméralda.

Je sens une irrépressible pression qui vient de mon nez et de ma gorge. Je ne peux me retenir d'éclater de rire en entendant cette phrase, ce qui me fait tousser et éternuer, signe chez moi d'une grande esclaffade.

Esméralda me regarde, étonnée, puis, m'imitant, se met à rire.

Un rire de chat.

Nous rions de la blague, puis nous rions de nous voir rire ensemble comme des humains.

Je regarde Esméralda et je ressens une énorme envie de l'aimer.

Elle doit ressentir la même chose. Peut-être une simple empathie entre femelles qui ont perdu leur mâle de référence.

Nous nous fixons, puis nos deux visages se rapprochent imperceptiblement. Ce que j'éprouve est nouveau. Comme une attirance pour son esprit au-delà de nos sexes similaires et de nos corps.

L'approche entre nos deux truffes est très lente, mais impossible à retenir.

Je ferme les yeux, dans l'attente du contact.

C'est à ce moment que retentit la sirène d'alerte.

J'ouvre les yeux.

Mais déjà Esméralda galope pour rejoindre la salle du 104e étage, où nous allons savoir ce qu'il se passe.

Nous attendons et enfin le couinement de Paul retentit, traduit en langage humain, dans les haut-parleurs.

— Tamerlan a réussi à recueillir suffisamment de salpêtre pour commencer à en bourrer vos sous-sols. Il compte détruire votre tour cette nuit pendant que vous dormirez.

De façon étonnante, surgit dans ma tête l'image du tarot que j'avais vue dans l'ESRAE : la Maison Dieu. On y voyait une tour frappée par la foudre dont le sommet était brisé et tous les habitants en train de tomber.

— Nous ne nous laisserons pas faire. Nous allons les attaquer et les bloquer comme la fois où ils ont essayé de répandre de l'essence, dit le général Grant.

— Vous ne pourrez pas les arrêter. Nos porteurs de poudre explosive sont accompagnés de milliers de guerriers pour protéger leur acheminement. Tamerlan a tiré la leçon de l'échec des bidons d'essence.

— Et vous, Paul, de là où vous êtes, pouvez-vous agir pour l'en empêcher ?

— Depuis qu'il s'est fait nommer empereur, il n'est entouré que de barons français. Il n'a plus confiance dans les barons américains et il est devenu extrêmement méfiant à mon égard. Il a une garde rapprochée, il ne mange aucun aliment qui ne soit d'abord testé par ses goûteurs français, il a fait renforcer tous les systèmes de défense du palais situé dans le socle. Parallèlement, il a envoyé des équipes recruter des soldats en dehors de New York. Il veut constituer ce qu'il nomme « la plus grande horde de rats du monde et de tous les temps ». Il la nomme « la horde de la fin du monde ». En fait, c'est la fin de *votre* monde. Vous êtes la dernière poche de résistance. C'est pour ça qu'il compte aller très vite et agir de façon spectaculaire, de manière à marquer les esprits et à faire oublier toutes les défaites précédentes.

Puis il se tait.

Je reprends la parole :

— D'accord, c'est la mauvaise nouvelle. Et comme bonne nouvelle, il y a quoi, cette fois ?

— Hum… Pour l'instant, rien. Désolé. Je dois aussi vous avouer qu'il m'est de plus en plus difficile de communiquer avec vous. J'ai peur que quelqu'un me voie et fasse le lien avec le drone qui stationne au-dessus de la statue de la Liberté et qu'on distingue par temps clair. Pour l'instant, la seule chose qui me protège, c'est qu'ils sont tous accaparés par l'opération de l'explosion de votre tour. D'ailleurs, je préfère abréger cette conversation.

Et il raccroche.

Un long silence suit.

Puis l'assemblée des cent deux se réunit et, une fois encore, je comprends qu'ils se disputent pour trouver un responsable à incriminer.

Car c'est ça, leur système. Lorsque les humains ont peur, ils trouvent un coupable parmi eux et, là, ils concentrent sur cet individu toute l'agressivité qu'ils ne peuvent exprimer contre le malheur.

Et lorsqu'ils sont très énervés, ils le tuent.

C'est une façon d'avoir l'impression de ne pas subir mais d'agir, même si c'est contre l'un des leurs.

C'est le principe du bouc émissaire. Quelqu'un doit payer.

De mon côté, je suis plutôt dans le questionnement. Ma préoccupation, c'est comment nous sortir de là, et je me fiche du fautif.

À cet instant, en l'occurrence, toute l'agressivité est concentrée contre Hillary Clinton. Du peu que je perçois, on lui reproche d'avoir fait confiance à un chat (moi en l'occurrence). Le responsable de la communauté latino demande sa démission immédiate et de nouvelles élections. La présidente veut s'exprimer pour défendre ses choix, mais d'autres représentants des cent deux tribus l'invectivent. Certains proposent d'élire le général Grant car ils estiment que seul un militaire est à même de gérer une crise aussi grave. Lui dit qu'il se tient à la disposition de la communauté et que, pour sa part, il a une solution radicale : la bombe atomique.

Mais lorsqu'on lui demande comment il compte s'y prendre concrètement, il dit qu'il n'y a pas encore réfléchi, mais qu'il trouvera si on lui laisse un peu de temps. Le représentant de la communauté chinoise lui rappelle que, précisément, on n'a pas de temps.

Et puis Cheval Fougueux monte sur l'estrade et rappelle que ce sont les Indiens qui ont évité l'incendie, grâce à leurs flèches. Leur action positive mérite d'être récompensée par la désignation de leur chef comme président.

Mais les religieux de tous bords évoquent l'idée que les rats sont la punition du ciel pour leurs péchés et qu'il serait temps de désigner un prêtre pour se réconcilier avec Dieu. Ils proposent des prières.

Je comprends mieux en voyant leurs débats comment l'Effondrement de leur civilisation s'est déroulé.

Ils ne s'aiment pas.

Ils se définissent par leurs différences plutôt que par leurs similarités.

Je fais signe à Nathalie et lui chuchote :

— J'ai peut-être une solution, emmenez-moi sur l'estrade.

Je grimpe sur son épaule et ma servante tente de se frayer un passage dans la foule effervescente.

Ma servante doit bousculer les autres mais finalement elle parvient à me placer sur le pupitre.

Elle se penche vers le micro.

— Je crois que Bastet a une idée. On pourrait peut-être l'écouter.

— On a vu où nous ont menés ses idées, à votre chatte ! répond un prêtre en faisant un signe comme pour repousser un démon.

— Oui ! Sa mission d'assassinat des rois, son dispositif d'espionnage ! ironise un autre.

Pour une fois, cette remarque entraîne un intérêt des représentants.

D'autres insultes pleuvent de toutes parts.

Au moins, j'aurai servi à quelque chose. Ils sont en train de se réconcilier sur cette idée : ils me détestent tous.

Nathalie cependant ne se laisse pas déborder.

— Au point où nous en sommes, nous ne perdons rien à l'écouter… Et après, nous procéderons au vote d'un ou d'une autre présidente, dit-elle, pragmatique.

— Non, après tout ce qu'elle a fait comme bêtises, on ne veut plus l'écouter, dit Hillary Clinton, qui voit soudain une occasion de retrouver un peu de popularité sur mon dos.

C'est alors que le général Grant intervient :

— Écoutons cette chatte. Nous n'avons pas peur des idées, nous n'avons peur que des mauvaises idées. À nous de juger ensuite la valeur de sa proposition.

C'est ça, la vie : on est abandonné par ceux qu'on considérait comme ses alliés et on reçoit le soutien de gens qu'on croyait être ses ennemis.

— Taisez-vous maintenant ! ordonne-t-il de sa voix grave qui en impose.

Et comme la salle ne se calme toujours pas, il sort son pistolet et tire trois coups de feu en direction du plafond.

Enfin j'obtiens leur attention.

Je me passe la patte sur l'oreille pour bien organiser mes idées.

— Humaines, humains, chattes, chats. Nous devons affronter ensemble une nouvelle menace : les explosifs. Je pense que la destruction complète de cet immeuble peut arriver d'un instant à l'autre. La solution de la bombe nucléaire sera trop tardive et je ne crois pas que ce soit l'élection d'un nouveau président ou d'une nouvelle présidente qui changera l'imminence de la menace.

Cette fois, ils m'écoutent vraiment.

— Alors tu proposes quoi, chatte ? demande le représentant de la tribu des punks, qui a une crête qui ressemble à celle de feu mon ami le cacatoès Champollion.

Chatte ? Quel drôle de nom pour s'adresser à moi. Il a prononcé ce mot comme une insulte. Ça leur écorcherait la bouche à tous de me dire « Majesté » ?

Mais ce n'est pas le moment de me montrer pointilleuse sur le protocole.

— Je propose d'utiliser l'arme la plus efficace, qui est aussi précisément celle pour laquelle j'ai un talent.

— Laquelle ?

— … La communication.

— La communication entre qui et qui ? lance Hillary Clinton.

— Entre moi et Tamerlan.

Après un premier temps de silence monte une rumeur moqueuse.

Imperturbable, je reprends :

— Je lui ai déjà parlé dans le passé. Nous avons pu directement communiquer grâce à nos Troisièmes Yeux respectifs. Nous étions reliés par un câble USB et nous dialoguions directement d'esprit à esprit.

— Et alors, vous allez lui dire quoi, à ce rat ? poursuit Hillary, narquoise.

— J'improviserai, mais je ferai tout pour que nous ne mourions pas, et ça me semble déjà pas mal. Si l'un d'entre vous a une meilleure idée, bien entendu, je suis prête à renoncer à la mienne.

C'est cela, gouverner le monde : ne pas vivre dans la peur, réfléchir à des solutions pratiques, avoir le courage de risquer sa vie pour débloquer des situations que tous croient insolubles.

— Ya-t-il d'autres propositions ? Je vous rappelle qu'au moment où je vous parle, des milliers de rats sont en train d'amasser de la poudre à canon dans les sous-sols de cette tour.

— Dès que tu vas approcher, ils vont te tuer, dit Cheval Fougueux.

— C'est là où je vois l'utilité d'utiliser notre espion Paul. C'est lui qui va organiser la rencontre entre moi et Tamerlan.

— Et qu'est-ce qui l'empêchera de te tuer ? dit Esméralda, qui semble soudain préoccupée par ma survie.

— Rien. Mais si je ne fais rien, on mourra tous.

J'ai l'impression que le général Grant veut de nouveau prendre la parole alors, avant qu'il ait pu prononcer le moindre mot, je tranche :

— Nous n'avons plus le temps de tergiverser. Faites-moi confiance et si jamais j'échoue, de toute façon, je ne reviendrai pas.

Il y a un instant de flottement pendant lequel je les observe tous, chacun leur tour, en les fixant dans les yeux : le général Grant, Hillary Clinton, Roman, Nathalie, Sylvain, Edith, Jessica, Cheval Fougueux, Esméralda, Angelo.

— Je tiens à vous signaler que j'ai demandé à Hillary Clinton une faveur : celle de devenir représentante de la 103e tribu, celle des chats. Elle me l'a promis, mais comme beaucoup de politiciens, elle a tendance à céder surtout quand ça l'arrange, mais une fois qu'elle est élue, elle oublie ses engagements. Donc je vous prends à témoin, si vous votez pour que je parle en votre nom et que je négocie, je dois avoir le statut officiel de représentante de la communauté humano-chat de la Freedom Tower.

Un brouhaha se répand dans l'assistance. J'entends des quolibets, des moqueries, et même des insultes.

Hillary sourit, consciente que les cyniques se sont d'autant plus rangés de son côté. Je regarde un à un les représentants des tribus.

Eux aussi, ils considèrent que même si je leur sauve la vie je ne mérite pas le titre d'égale. Quels imbéciles. Ils placent leur fierté d'espèce avant leur instinct de survie.

C'est alors que Nathalie saisit le micro.

— Mais vous êtes débiles ou quoi ? ! Il n'y a plus le choix, c'est Bastet ou rien !

C'est ce que je pense aussi…

— Moi, je suis enceinte, j'attends un enfant, clame-t-elle, et je veux qu'il naisse dans un monde viable. Alors il faut déjà que je survive à cette nuit menaçante. L'ironie, on peut se la permettre dans les débats politiques qui n'ont pas d'importance, mais là, nous jouons tous non seulement nos vies, mais l'avenir de toute l'humanité. Il faut agir tout de suite ou on ne le pourra plus jamais.

Un long silence suit.

— Bastet a l'amabilité de vous demander d'approuver par un vote sa mission, qui, reconnaissons-le, s'annonce très périlleuse. Et vous, vous faites la fine bouche ? Mais pour qui vous prenez-vous ? Vous seriez capables, vous, d'aller au milieu des rats pour discuter avec leur chef ? Que celui qui ne veut pas d'elle comme négociatrice aille négocier à sa place !

Les regards se baissent.

— Alors, qui veut aller sur Liberty Island discuter avec Tamerlan ? Qui ?

Personne n'ose bouger.

— Très bien, dans ce cas je considère que le vote d'approbation qui lie la mission spéciale de Bastet à son accession au statut officiel de représentante de la tribu des chats, qui comprend quand même huit mille individus dans cette tour, soit plus que la plupart des cent deux tribus, n'est qu'une formalité. Allons-y, procédons rapidement.

J'adore cette humaine. Je crois que si j'étais humaine, je souhaiterais être elle, enfin telle qu'elle est devenue à mon contact. Quelle évolution, quel courage, quelle détermination.

Esméralda me fait un clin d'œil à la manière des humains. Et elle me chuchote en langage miaulé :

— Tu as bien apprivoisé ta servante, dis donc.

— Allez-y, votons ! Qui est contre l'unique solution que nous avons actuellement : envoyer Bastet négocier avec l'ennemi, sachant que cette action est conditionnée par le fait qu'on accorde à cette même Bastet un statut de représentante de la 103e tribu ?

Une seule main se lève, c'est celle d'Hillary Clinton.

— Très bien, dit Nathalie, à cent une voix contre une, je considère la mission « négociation avec Tamerlan » validée et, par là même, Bastet accède au statut de représentante de la 103e tribu de cette noble assemblée. Elle pourra désormais parler au nom des siens et voter avec une valeur de vote similaire à celle de tous les membres ici présents.

J'ai gagné.

Nathalie est la première à applaudir, suivie de Roman, d'Edith, de Sylvain et de Jessica. Après un temps qui me semble très long, tous les membres de l'assemblée, plus le public présent, m'applaudissent enfin, moi, mes idées, mon courage.

Bon, ce n'est pas l'enthousiasme que j'espérais mais je suis quand même la première chatte à avoir un statut politique effectif même si c'est dans une situation de crise.

Nathalie m'attrape et me soulève à bout de bras très haut.

J'AI GAGNÉ.

Alors, enfin, quelques personnes parmi les gens présents se lèvent pour me faire une *standing ovation*. Et puis on commence à entendre des miaulements.

Ceux de mon espèce comprennent les enjeux et l'importance spéciale que j'ai acquise. Ce n'est pas trop tôt. J'avais l'impression que les chats américains me traitaient comme une chatte normale, voire une chatte étrangère.

Les applaudissements se poursuivent, mais déjà je me concentre sur le prochain objectif : négocier avec l'empereur Tamerlan.

Dans les minutes qui suivent, Sylvain envoie un drone sur Liberty Island et reprend contact avec Paul.

Ce dernier est mis au courant de ma proposition, il la répercute à Tamerlan et il nous annonce que l'empereur des rats est prêt à me recevoir mais moi seule, dans le socle de la statue. Donc chez lui, sans possibilité de fuir.

J'accepte.

La séance est close et je me retrouve avec Nathalie, Roman, Esméralda, Angelo et Kimberley dans la salle informatique.

— Bravo, maman. C'est un super plan et lorsque tu seras près de lui tu pourras le tuer !

— Tu veux quelques conseils ? me demande Roman.

— De votre part, oui.

— Reste calme quoi qu'il arrive. Une fois qu'il a parlé, compte deux secondes avant de lui répondre.

— Quoi d'autre ?

— Respire amplement. Ta respiration t'aidera à maîtriser tes émotions, complète Nathalie.

— Veux-tu que je vienne avec toi ? me propose Esméralda.

Non, la dernière fois, nous nous sommes gênées.

— Tamerlan a exigé que je sois seule, mais merci pour ton offre.

— Et s'il t'arrive malheur ? demande Nathalie, pragmatique.

— Je veux que mon fils Angelo ait un Troisième Œil et qu'on lui confie l'ESRAE. Ainsi il pourra perpétuer mon projet d'apparition d'une civilisation féline. Quant à toi, Esméralda, je te demanderai d'aider mon fils à réussir. Car par moments, il est un peu… impulsif. Il faut le canaliser. Et puis, tu devras lui expliquer que la violence est un argument qu'on ne doit utiliser que quand on a testé tous les autres et qu'ils n'ont pas fonctionné.

— Tu peux compter sur moi, Bastet.

— Bien, allez, assez perdu de temps, il faut déjà que j'arrive à empêcher le pire d'arriver cette nuit.

Et c'est ainsi qu'une heure plus tard, je me retrouve à voler de nouveau sur mon drone en direction du camp ennemi.

Alors que le vent rabat ma fourrure blanche tachetée de noir en arrière, je suis impressionnée par mon propre courage.

Je vais le voir une nouvelle fois. Ne pas le sous-estimer, même si c'est un rat, c'est un rat très intelligent. Donc ne pas réagir sous le coup de l'émotion, ne pas se sentir concernée personnellement, mais uniquement répondre à chaque phrase de manière réfléchie.

Mon engin volant glisse au-dessus des flots qui séparent Manhattan de Liberty Island. Enfin je distingue pour la première fois de près en plein jour le monument de 93 mètres avec son piédestal en granit rose et sa statue en cuivre vert.

Depuis le temps que je veux que tout le monde me considère comme une reine, je vais devoir montrer dans les minutes qui viennent que j'en suis une.

Je jette un dernier coup d'œil derrière moi et j'aperçois Manhattan avec la Freedom Tower qui dépasse largement de toutes les autres tours.

Si j'échoue, tous mourront, y compris mon fils, y compris Nathalie. Même l'ESRAE sera introuvable dans les ruines d'un tel bâtiment. Ce sera la fin de tout. Ce sera le règne des rats, sans même le souvenir des connaissances humaines.

Pour me donner du courage, je profite d'un petit plus qu'a installé Sylvain à ma demande : la musique. Mon récepteur diffuse maintenant la *Toccata et Fugue en ré mineur* de Bach.

C'est ainsi que je vole au-dessus de l'eau sur mon drone la tête remplie de cette musique puissante qui me donne de l'énergie.

Ce sont peut-être mes dernières secondes de vie. Quelle chance j'ai d'avoir cet implant dans ma tête. Je suis vraiment unique et exceptionnelle.

Je suis formidable.

Je m'aime.

Reste la question : serai-je à la hauteur de cette confrontation historique ?

42. LA RENCONTRE DU CAMP DU DRAP D'OR.

En 1520, le roi français François Ier et le roi anglais Henri VIII, les deux plus importants monarques de l'époque, décidèrent de faire la paix et de lancer un plan d'agrégation économique et militaire de tous les pays européens. Cette idée venait de Thomas Wolsey, le principal conseiller d'Henri VIII, et c'était en quelque sorte le premier projet de création d'une communauté européenne politique. En vue de réaliser cette alliance, François Ier proposa une rencontre dans un campement situé à Balinghem, près de Calais, dans le nord de la

France. Après deux ans de négociations, les deux rivaux étaient enfin arrivés à un accord. François Ier avait vingt-cinq ans et Henri VIII vingt-huit.
Le nom de « camp du Drap d'or » fut donné à l'événement à cause du faste inouï déployé par les deux monarques. Les tentes de bois étaient recouvertes d'étoffes brodées de fils d'or. Chaque roi avait amené trois mille personnes qu'il fallait divertir : il y eut de la musique, des danses, des feux d'artifice, des joutes, des banquets. Anglais et Français avaient fait venir leurs meilleurs artisans, artistes, cuisiniers pour impressionner la partie adverse.
On parla accords commerciaux et militaires. Le Dauphin de France, âgé de trois ans, fut fiancé à Marie Tudor, quatre ans. Cependant, alors que les négociations avançaient, il y eut un dîner où les deux rois, ayant beaucoup bu, commencèrent à se provoquer l'un l'autre. François Ier signala que les artistes français étaient les meilleurs, que les Françaises étaient les plus belles et que les soldats français étaient plus forts dans les joutes qui se déroulaient durant l'événement. Henri VIII défia alors son rival dans un combat. Les deux rois se battirent à mains nues devant leurs cours attablées autour d'eux. François Ier gagna et Henri VIII réclama une revanche, mais ses nobles lui déconseillèrent de se battre de nouveau. Henri VIII, frustré et vexé, décida de partir plus tôt. Les accords de paix et d'entente économique ne furent pas signés, le contrat de mariage fut annulé.
Henri VIII s'allia au pire ennemi de François Ier, l'empereur romain germanique Charles Quint. En

1525, l'alliance des Anglais et de l'Empire contre la France aboutit à la bataille de Pavie, où le roi français vaincu sera fait prisonnier. Pourtant, au camp du Drap d'or, si les deux rois n'en étaient pas venus à se battre, non seulement cette guerre aurait peut-être pu être évitée, mais l'Europe aurait pu commencer à naître, comme l'avait tant espéré Thomas Wolsey.

Encyclopédie du Savoir Relatif et Absolu. Volume XIV.

42. DUEL D'ESPRITS.

Je suis entourée de rats, des barons au poil roux ou gris qui me fixent sans aménité. Leur odeur est épouvantable mais j'essaie de ne pas en tenir compte.

Nous sommes sur l'esplanade au pied de la statue de la Liberté. Au centre se trouve une estrade avec le rat blanc aux yeux rouges.

Ne pas avoir peur. Respirer amplement.

J'atterris et remarque un détail qui me crispe : en guise de décoration pour notre rencontre, Tamerlan a fait crucifier… des chats.

J'avance vers l'estrade.

Ne pas se laisser déstabiliser. Respirer.

Je prends une grande inspiration et distingue, derrière la puanteur des rats vivants, celle des corps en décomposition des malchanceux chats crucifiés.

Je ne dois pas les regarder.

Puis je monte sur l'estrade où se trouve mon pire ennemi.

Il a déjà le cerveau branché à un câble USB blanc qu'il me tend de ses petites mains aux quatre doigts similaires à ceux des humains.

Avec mes griffes, j'enlève la boule qui me sert de Bluetooth et branche le câble blanc. Puis je ferme les yeux pour percevoir sa pensée le plus nettement possible.

— Content de te retrouver, Bastet.

Bon, il me tutoie.

Je m'adapte.

— Contente de « te » retrouver, Tamerlan.

Nous nous jaugeons. Chacun agitant sa truffe pour saisir des informations olfactives sur l'autre.

Je regrette d'avoir fumé de l'herbe à chat, il se peut que cela ait détruit certains neurones qui m'auraient été utiles à cet instant précis.

Plus jamais je ne prendrai une substance qui agit sur ma cervelle.

Ou alors seulement du champagne pour fêter les réussites.

— Tu as souhaité cette rencontre. Qu'as-tu à me proposer, Bastet ?

— Je viens pour négocier notre reddition, Tamerlan. En échange de notre droit de fuir, je suis prête à te donner ce que, je crois, tu désires le plus : l'Encyclopédie du Savoir Relatif et Absolu Étendue.

Il fait un signe de la tête.

— Je vois que tu ne la portes plus au cou. Qu'est-ce qui m'empêche un, de te tuer, deux, de tuer tous les gens de la Freedom Tower et, trois, de récupérer ensuite dans les décombres l'ESRAE, qui est, si je me souviens bien, dans un étui résistant au feu et aux explosifs ?

— Ce qui t'empêche de le faire, c'est que j'ai donné l'ordre, si je ne rentrais pas ou si je n'avais pas ton accord, de détruire l'ESRAE. Et même si la clef a une coque de protection très résistante, Roman, qui est informaticien, m'a garanti qu'il savait comment la démonter pour la détruire. Alors ce sera définitivement perdu pour nous, pour vous et en fait pour nous tous.

— Tu bluffes.

— Es-tu prêt à prendre le risque ?

Cette fois-ci, je sens que mon adversaire est réceptif à mes arguments.

— C'est donc ta proposition, Bastet ? Tu veux échanger le savoir contre la survie ?

— Tous les savoirs contre quelques vies. Je pense que c'est un échange avantageux pour toi et puis je ne crois pas que ma mort t'apportera autre chose que le plaisir assez primitif de voir un adversaire anéanti. C'est passager et un peu dérisoire comme satisfaction, tu en conviendras.

Autour de nous, les rats, méfiants, ne comprennent rien à cette situation étrange : leur grand chef discute avec l'ennemi.

Pour eux, je suis un chat, donc forcément un être à éliminer.

— Tu vois, Tamerlan, je reconnais ta réussite et ma défaite. J'ai réfléchi. Vous deviez forcément gagner pour prendre la succession des hommes, vous et pas nous, et tu sais pourquoi ?

— Je t'écoute.

— Parce que vous les rats êtes… omnivores.

Il semble trouver l'argument pertinent. Alors je poursuis.

— Nous les chats, nous sommes carnivores, nos sources d'alimentation sont donc limitées, nous devons trouver des souris, des oiseaux, des poissons à manger. Par contre, vous… vous pouvez survivre en mangeant des fruits, des légumes, des céréales, et même des aliments aussi bizarres que du polystyrène ou de la mousse de coussin. Je le sais, je vous ai vus par le passé en manger et ne pas en être affectés.

— Les cochons aussi sont omnivores.

— Oui, mais ils n'ont pas votre volonté de dominer le monde. Ce sont des animaux tranquilles, ils ne veulent que vivre en paix et en bonne intelligence avec leurs voisins. Ils n'ont pas la mentalité de conquérants qui vous caractérise.

La flatterie, ça marche toujours.

— Je ne voulais pas l'accepter au début, mais désormais il faudrait être aveugle pour ne pas le comprendre. C'est le sens de l'évolution. Et toi, Tamerlan, tu es une sorte de surdoué dans cette espèce déjà elle-même surdouée. Car tu as reçu un petit coup de pouce artificiel des humains.

Il m'écoute avec attention. Il faut continuer.

— La terre appartiendra aux rats et, nous les chats, nous demandons juste le droit de demeurer loin des cités, dans les coins les plus arides, les plus froids, les moins giboyeux. Nous allons vivre comme des animaux sauvages. Nous fuirons votre présence. Et vous, vous profiterez grâce à l'ESRAE de la science et de la culture des humains. Ainsi vous pourrez mieux mettre à profit les grandes villes qu'ils ont construites en bénéficiant peut-être de leurs machines, de leur électricité, de leur électronique, de leur art.

Je ne pense pas qu'il soit intéressé par l'humour et l'amour…

Le rat blanc aux yeux rouges réfléchit puis déclare :

— Tu oublies une chose, Bastet : j'ai une revanche à prendre sur les humains qui m'ont fait souffrir alors que j'étais un simple rat de laboratoire. Je veux bien laisser les chats s'enfuir, mais pas les humains. Quand je me noyais dans le bac des expériences, je me suis fait à moi-même la promesse d'éradiquer entièrement de la planète ces parasites nuisibles qui ont fait déjà tellement de dégâts et causé tant de souffrances autour d'eux.

Je devine qu'il faut abonder dans son sens, cependant je ne veux pas lâcher trop facilement.

Je dis :

— Peut-être pourrais-tu leur pardonner ?

— Tu ne comprends pas, Bastet. Il n'y a pas que ma rancune personnelle. Il y a autre chose : en me connectant à Internet, j'ai pu voir le résultat de l'action des humains sur la planète. Au moment où est survenu l'Effondrement, ils avaient fabriqué et consommé un nombre si hallucinant d'objets inutiles, ils s'étaient empiffrés de nourriture à un point si abominable, ils avaient tant gaspillé, ils étaient si nombreux à utiliser les avions, les bateaux et les voitures pour rien, que cela avait créé un nuage permanent de pollution qui avait provoqué l'augmentation des températures. Les glaces des pôles fondaient, les forêts brûlaient, les espèces sauvages disparaissaient. Ils avaient mis en esclavage ce qu'ils nommaient les « espèces domestiquées » : vaches, moutons, poules, cochons, etc., pour les manger comme s'il s'agissait de matières premières. Nous les rats, nous servions pour les expériences dans leurs laboratoires, mais aussi pour les vivisections dans leurs lycées où des enfants maladroits nous massacraient avec des scalpels après nous avoir vaguement anesthésiés.

Bon, ça, c'est vrai, j'ai toujours trouvé que c'était limite.

— Mais vous aussi, les chiens et les chats, vous étiez leurs victimes. Souviens-toi qu'ils opéraient systématiquement les sexes des mâles et des femelles pour ne pas être importunés par vos désirs naturels de reproduction. Ils vous enfermaient dans des appartements où vous étiez en prison, juste parce que votre présence les amusait.

Il n'a pas complètement tort. Je me souviens des poignées de porte qui décidaient de la zone où je pouvais circuler dans l'appartement. Et après j'étais bloquée ! Je n'ai jamais compris comment Nathalie osait me faire cet affront.

— Et ils prétendaient faire ça au nom de l'amour qu'ils portent à leurs chers animaux de compagnie.

Encore un point de marqué.

— Crois-moi, Bastet, quel que soit le bout par lequel tu prennes le « problème humain », tu ne trouveras rien qui légitime leur survie. Ils sont réellement une espèce parasite nuisible pour toutes les autres formes de vie de cette planète.

Je croirais entendre le procureur des porcs lors du procès qu'ils leur ont intenté.

Je réponds :

— Nous avons tous des « petits griefs » envers eux, mais dois-je te rappeler que c'est aussi grâce à eux que nous existons ? Crois-tu que tu serais né si les humains n'avaient pas souhaité effectuer sur toi ces fameuses expériences ? Moi-même, un jour, ma propre mère m'a dit que j'étais née et que j'avais survécu parce que des humains en avaient décidé ainsi. Même les porcs ont fini par comprendre qu'ils naissaient certes pour servir de viande, mais qu'ils ne naissaient que par la volonté des hommes.

— J'aurais préféré naître libre dans une nature sans humains et c'est ce que je veux offrir non seulement aux prochaines générations de rats, mais à tous les autres animaux, y compris les chats, avec lesquels, je dois le reconnaître, je peux finir par m'entendre à condition qu'ils acceptent notre suprématie.

— Je me souviens que tu avais déjà proposé une telle soumission au chat sphynx du château d'eau. Et je me rappelle que ça ne lui a pas vraiment porté chance…

— Le sphynx n'avait pas ton charisme. Le fait qu'il t'ait trahie me l'avait rendu suspect. S'il pouvait trahir un de ses propres congénères, c'est qu'il pouvait trahir n'importe qui, *a fortiori* un rat. Je le range dans la catégorie des instables. Tu peux comprendre ça, Bastet, toi qui as probablement dû gérer des subalternes fragiles.

Certes.

— Même si nous nous sommes affrontés, Bastet, tu dois savoir que je te porte en haute estime. Je te considère comme un adversaire à ma hauteur. C'est d'ailleurs pour cette raison que j'ai accepté cette entrevue.

— Merci, je dois t'avouer que j'en pense tout autant de toi, Tamerlan.

Je le regarde plus attentivement. Il a ces yeux rouges qui, je dois l'avouer, m'effraient. Il y a aussi sa longue et fine queue rose qui me dégoûte.

Je me rappelle quand il la faisait cingler comme un fouet sur mon visage pour m'aveugler.

Je le relance :

— Donc tu acceptes mon offre ?

— Je pourrais l'accepter pour les chats mais pas pour les humains. Je les déteste trop pour les laisser partir.

Zut ! Ce n'est pas gagné.

— Ils ne méritent pas tant de haine, dis-je

— Si.

— Pourquoi ?

— C'est à toi, Bastet, que je pose la question : qu'est-ce qui chez les humains devrait nous inspirer la moindre admiration ?

Il faut biaiser.

— Je n'ai peut-être pas vécu assez longtemps avec eux pour te répondre, c'est aussi pourquoi je souhaite rester en leur compagnie.

— Ils doivent disparaître comme les dinosaures. Toi et moi, nous pouvons nous entendre, mais pas avec eux. Tu vois, tu n'as pas pu répondre à ma question.

Qu'est-ce qui chez les humains peut être considéré comme vraiment admirable ?

Plusieurs réponses se présentent à mon esprit, mais je sens qu'elles ne sont pas satisfaisantes, et il va facilement me contredire. Je cherche à changer de sujet pour l'attaquer, lui, en tant qu'individu.

— Un empereur se doit de maîtriser ses émotions. La rancune est facile, contrairement au pardon, qui est un sentiment exigeant.

— Pardonner ? C'est pour les faibles et pour les lâches. Donc, pour ce qui est de l'éventualité de leur pardonner et de les laisser fuir, ma réponse reste négative.

Je ne peux m'empêcher de regarder autour de moi les chats crucifiés qu'il a installés pour me faire peur et je me demande si moi-même je pourrais lui pardonner cela.

Et la réponse m'arrive, claire et nette : non. Mais ce n'est pas parce que je suis incapable de pardonner que je ne dois pas faire la promotion de cette attitude.

— Ma mère disait qu'une vraie négociation se fait toujours difficilement. Si c'est trop simple, c'est qu'il y a un camp qui dupe l'autre.

— Ta mère était sage. Je n'ai pas eu le bonheur de connaître la mienne car, comme tu le sais, je suis né en laboratoire. Mais je t'écoute, que proposes-tu de plus ?

— Mon véhicule : un drone contrôlé par clef USB avec système Bluetooth. Ainsi, tu pourras voler comme moi je l'ai fait pour te rejoindre aujourd'hui. Je te le donne si tu épargnes non pas tous les humains, mais seulement ceux de la Freedom Tower. Tu pourras tuer tous les autres si ça te chante.

Il réfléchit un instant puis lâche :

— Combien y a-t-il d'humains dans ta tour ?

— Quarante mille, plus huit mille chats et cinq mille chiens.

— Et vous irez où ?

— Je ne sais pas encore. Loin d'ici. Ainsi tu pourras mettre en place et fortifier ton empire. Manhattan sera ta capitale. Tu pourras t'installer dans la plus haute tour, la Freedom Tower, plutôt que de la détruire. De là, tu auras accès aux ordinateurs et tu pourras fédérer les autres peuples de rats des autres pays. Et ainsi ton pouvoir sera incontestable.

— Et ensuite ?

— Ensuite, je n'aurai plus le choix, ni les humains non plus, nous deviendrons des peuples vassaux qui ne feront qu'œuvrer pour ta gloire. Les humains te fourniront leurs technologies.

Tamerlan réfléchit puis déclare :

— J'ai une épreuve à te proposer. Si tu réussis, je poursuivrai cette conversation avec une plus grande envie de te satisfaire et je pourrais commencer à envisager d'épargner tes humains.

Il a repris la maîtrise de la négociation.

— Et si j'échoue ?

— Tu mourras et je me débrouillerai pour bâtir un empire sans les technologies des humains. Tant pis : je renoncerai à l'ESRAE. Après tout, la connaissance du feu et de la poudre à canon devrait me suffire pour imposer mon hégémonie.

J'essaie de reprendre l'initiative.

— Plutôt qu'une épreuve, ne pourrait-on pas faire un jeu ? Une partie d'échecs par exemple ? J'ai appris à jouer durant la traversée de l'Atlantique, si tu veux, nous pourrions nous affronter ainsi.

Il secoue la tête.

— Malheureusement, je ne sais pas jouer aux échecs.

— Tu veux que je t'apprenne ?

— Non.

— Tu veux encore te battre ?

— Non, je te bats trop facilement, tu es trop lente.

Je me rappelle qu'en effet il avait de super réflexes et que je n'avais été sauvée que par l'arrivée du perroquet Champollion qui l'avait emporté dans le ciel.

— De toute façon, je n'ai pas parlé d'un jeu mais d'une épreuve. Je t'ai raconté mon enfance, tu t'en souviens. Eh bien, pour que nous discutions d'égal à égal, je veux que tu subisses la même expérience que celle que j'ai subie. Si tu survis, je te considérerai comme une partenaire de négociation acceptable.

Je fouille dans ma mémoire et me rappelle en effet son terrible récit. Durant sa jeunesse de rat de laboratoire, il a été soumis à une expérience horrible qui consistait à être plongé dans l'eau d'un bocal transparent dont il ne pouvait escalader les parois. Juste avant qu'il ne renonce, on le sauvait. Tout du moins, on le retirait de l'eau quelques minutes pour voir si le fait d'avoir été épargné *in extremis* lui conférait une plus grande capacité à se battre pour survivre lorsqu'on le replaçait une nouvelle fois dans l'eau. C'était une étude de scientifiques humains sur le pouvoir de l'optimisme. D'après mes souvenirs, Tamerlan avait ainsi battu un record et en tant que gagnant avait eu la vie sauve.

— J'accepte, dis-je, résignée.

Le rat blanc aux yeux rouges siffle et quatre rats transportent à bout de pattes un grand bocal de verre déjà rempli d'eau. Un cinquième apporte un objet que je ne reconnais pas tout de suite, mais qui s'avère être un chronomètre.

Je n'aurais pas dû venir. Si je cours vite, je peux peut-être remonter sur le drone.

Je jette un œil à mon vaisseau volant, mais il est déjà entouré de rats.

— Voilà l'épreuve. Si tu tiens suffisamment longtemps, je pourrai envisager de répondre favorablement à tes propositions.

Je cherche encore une possibilité de m'échapper. Je n'en vois aucune. Le spectacle des chats crucifiés ne participe pas à ma décontraction.

J'argumente :

— C'est-à-dire que je suis allergique à l'eau. Tu sais, nous les chats, nous avons des poils longs qui nous alourdissent et nous empêchent de nager.

— J'ai déjà vu des chats qui nagent.

— Alors disons que moi, *personnellement*, je suis phobique de l'eau. Lorsque ma maîtresse voulait me laver sous la douche je la griffais.

— Les rats américains m'ont signalé que tu avais sauté du bateau pour te battre avec des rats qui nageaient dans la mer.

— Oh, on a beaucoup exagéré cet épisode. Je ne l'ai pas fait exprès, je suis tombée par hasard. Et encore, heureusement qu'une amie m'a sauvé la vie, sinon je mourais noyée.

— Il paraît qu'ensuite tu es remontée sur le bateau et que, toute mouillée, tu as encore combattu.

Bon, c'est le problème des légendes positives, elles peuvent se révéler malgré tout contre-productives.

— Temps à tenir : vingt et une minutes. C'était mon premier record, annonce-t-il fièrement. Ça ne devrait pas être difficile pour toi. Après tout, tu as des poumons plus volumineux que les miens.

Il se débranche et déjà des barons me poussent pour que j'aille rejoindre une sorte de plongeoir fait d'une planche de bois.

Je reconnais le rat qui appuie sur le bouton du chronomètre : c'est Paul. Le temps commence à tourner et affiche : 00 minute 10 secondes.

Un rat me pousse au bout du plongeoir et je tombe dans le bocal.

Et ensuite, je suis mouillée et j'attends.

Tamerlan m'observe pour voir comment je réagis à « son » supplice.

Bon, comme vous vous en souvenez, je déteste l'eau et ce n'est que lorsque j'ai été forcée de fuir, poursuivie par un groupe de chats traîtres et hostiles, que j'ai sauté dans une rivière. Là, passé ma première appréhension, je m'étais aperçue que non seulement je ne coulais pas mais qu'en agitant les pattes je pouvais nager.

J'avais donc appris à ne plus me débattre, mais à harmoniser mes mouvements pour tenir.

Cependant je ne peux pas tenir indéfiniment. Et je ne me rends pas compte de ce que peuvent représenter vingt et une minutes. Les premières sensations sont très désagréables.

Surmonter la panique. Respirer amplement.

Je ferme les yeux.

Respirer de plus en plus lentement.

J'oublie là où je me trouve.

Ralentir les battements de mon cœur.

Je dois pouvoir faire fonctionner mon organisme en mode ralenti.

Ça y est, j'y arrive. Penser à quelque chose de positif.

Pythagore m'avait dit quoi, déjà ? Ah oui, ça me revient :

« Quoi qu'il t'arrive, c'est pour ton bien. Cet espace-temps est la dimension que ton esprit a choisie pour s'incarner. Tes amours et tes amis te permettent de connaître ta capacité à aimer. Tes ennemis et les obstacles qui se dressent sur ton chemin te servent à vérifier ta capacité de résistance et de combat. Tes problèmes te permettent de mieux te connaître. »

Je ne sais pas si Tamerlan et le supplice de la noyade que je subis me servent à quelque chose. J'ai un sérieux doute.

Pythagore avait la phobie des hauteurs et il est tombé.

Moi, j'ai la phobie de l'eau et je suis en train de me noyer. Finalement, je ne suis pas sûre que les épreuves nous permettent de mieux nous connaître, elles nous permettent de savoir qu'il ne fallait pas y aller quand c'est déjà trop tard…

Alors, qui d'autre peut aider mon esprit confronté à cette terrible épreuve ?

Maman.

Elle est morte elle aussi, mais elle m'a donné un enseignement. Que m'avait-elle dit déjà ?

« Ton esprit n'est pas prisonnier de ton corps. Ton esprit peut simplement, s'il le souhaite, sortir de cette prison de chair pour voler comme un oiseau qui quitte une cage. Il n'a alors plus de limites. »

Si je veux pouvoir surmonter cette épreuve, il faut que je m'oublie. Je ne suis pas que Bastet. Je ne suis pas qu'une chatte. Je ne suis pas qu'un être vivant avec un cœur, un cerveau, des intestins et des poumons.

Je suis aussi un pur esprit qui peut transcender la matière.

Je me visualise comme une enveloppe translucide, similaire à moi-même, sortant par le haut de mon crâne, et je me vois de l'extérieur. Je suis une chatte à plat ventre sur de l'eau dans un bocal transparent avec à côté un petit rat blanc aux yeux rouges qui m'observe. Et là, je vois Paul avec son chronomètre et je me demande qui il est.

Agent double ou triple ?

Mon esprit plane au-dessus de la scène.

Bastet risque de mourir. Il faut que je l'aide.

De l'extérieur, je dois lui envoyer une onde bénéfique la poussant à ralentir encore son métabolisme.

Sa respiration peut être plus lente.

Ses battements cardiaques peuvent être encore plus espacés.

Et si cette chatte se retournait ? Bon sang, comment n'y ai-je pas pensé plus tôt ? Si « elle » se met sur le dos et fait la planche, elle aura une meilleure portance.

Je reviens un instant dans le corps de Bastet pour lui suggérer de basculer et, en effet, lorsqu'elle est sur le dos les pattes écartées, la tête tournée vers le ciel, il me semble plus facile de ralentir sa respiration et son cœur.

Je vois Tamerlan qui observe la chatte dans le bocal.

Peut-être que mon esprit peut percevoir son esprit autrement par l'extérieur.

Je m'approche et je le perçois.

Je comprends qu'il puise sa force dans ses douleurs passées.

Il y a en lui tellement de rage contre les humains. Il y a en lui une telle volonté de détruire tout ce qui n'est pas comme lui.

Pourtant je sens aussi qu'il n'a rien contre moi, il respectera sa parole si je réussis.

Il faut que je gagne.

Je vois le chronomètre qui annonce 17 minutes 37 secondes.

Je reviens vers mon corps et me regarde de l'extérieur.

Deux choses me freinent dans ma maîtrise :

1) La peur de mourir. Je n'ai pas encore écrit mes Mémoires.

2) La rancune. J'en veux personnellement à Tamerlan. Il a tué tant de chats !

C'est pour cela que ma respiration reste nerveuse et que mon cœur ne ralentit pas davantage.

Je dois arriver à dépasser ces entraves.

Je ne dois pas avoir peur de mourir.

Je dois cesser d'éprouver de l'animosité envers Tamerlan. Il croit que ce qu'il fait est bien. Peut-être que si j'étais un rat je serais comme lui.

Il faudrait presque que j'arrive à… l'aimer.

Non, il ne faut pas exagérer, c'est la limite de mon esprit, mais déjà arrêter de le détester.

Enfin ma respiration ralentit.

18 minutes 45 secondes.

Voilà, atteindre un état d'indifférence par rapport à Bastet et à Tamerlan que je vois en bas.

Je dois pouvoir trouver un authentique « lâcher prise ».

Gagner ou perdre n'a aucune importance.

Ma respiration et mon cœur ralentissent encore.

Je suis un morceau de bois qui flotte. Je peux tenir très longtemps.

20 minutes 5 secondes.

Bon sang, ça y est, je vais réussir. Je suis plus que Bastet, je suis beaucoup plus.

J'observe mon ancien corps de chatte qui flotte et dans lequel je ne suis plus.

Ne pas penser à moi.

Je ne suis pas dans ce corps. Je suis au-dessus. Je suis…

Mais d'un coup, mon esprit revient dans mon corps, je prends conscience que je suis épuisée d'être dans l'eau et je me retourne.

Je sens tout mon corps qui m'envoie des signaux de crampes et de crispation.

J'ai mal.

Je me débats et j'éclabousse. Plus je me débats, plus je fatigue et moins j'arrive à respirer. Je suffoque.

20 minutes 25 secondes.

Je dois tenir.

Je vois Paul près du chronomètre.

20 minutes 43 secondes.

Toute cette eau autour de moi commence à devenir insupportable.

Je suffoque. Ma respiration accélère et mon cœur bat si fort que cela me brûle dans la cage thoracique.

20 minutes 50 secondes.

Mes poumons sont en flammes. Je ne peux plus réfléchir.

TENIR !!! TENIR !!!

20 minutes 58 secondes.

Et…

21 minutes 00 seconde !

Je lâche un miaulement, un cri de rage.

Qu'ils me sortent de là !

Enfin des rats viennent me dégager et ce n'est que lorsque je suis enfin au sec hors du bocal que je laisse entrer cette pensée :

J'ai réussi l'épreuve !

Je m'ébroue et respire de plus en plus profondément. Tout mon corps est encore parcouru de spasmes.

Mais le sentiment d'avoir réussi m'envoie des endorphines de plaisir supérieures à l'adrénaline de douleur qui se dilue très vite dans mon sang.

Je me calme.

J'AI GAGNÉ !

Je reprends progressivement le contrôle de mon corps jusqu'à ses extrémités et notamment celle de ma queue.

Je ne quitte pas des yeux Tamerlan.

Je me lèche. Enfin, quand je m'estime présentable, c'est moi qui me branche sur la prise USB et qui lui tends la sienne.

Nous nous reconnectons.

— Je ne pensais pas que tu étais aussi forte, reconnaît-il.

Moi non plus.

— Donc nous pouvons partir ?

— Oui.

— Avec les humains.

— Oui.

Il m'admire. Il n'en revient pas que j'aie réussi.

— Mais j'ai parlé d'épreuve ouvrant la négociation. J'accepte de faire un effort pour épargner « tes » humains, mais en échange, je veux en plus de l'ESRAE et du drone un émetteur-récepteur Bluetooth pour se brancher sur l'ESRAE sans fil.

— Très bien, comme ça nous pourrons aussi discuter tous les deux sans fil si c'est nécessaire. Et tu pourras également piloter le drone. Mais je dois t'avertir, il faut un code de démarrage pour qu'il fonctionne. C'est une sorte de clef de sécurité.

— Donc, pour résumer, je veux, premièrement la clef USB de l'ESRAE, qui contient tous leurs livres, leurs films, leurs musiques et leurs photos. Deuxièmement, la minisphère Troisième Œil en version Bluetooth qui permet de communiquer sans fil. Troisièmement, la promesse des humains de ne jamais revenir ou tenter de me nuire ou de nuire aux rats en général.

Bon, on avance.

— Bien sûr, si tu nous laisses partir, je m'engage à ne plus rien faire contre toi.

— Tu sais pourquoi je ne te tue pas, Bastet ? dit Tamerlan. Tu es la seule à pouvoir comprendre ma souffrance.

Il me regarde et prend une grande inspiration.

— J'aimerais que plus tard tu écrives ce qui nous est arrivé, afin que le monde sache comment j'ai réussi à installer la Ratité. Tu deviendras alors mon unique historienne non rat et tu pourras diffuser ces informations aux autres espèces, n'est-ce pas ?

— J'accepte, si tu me laisses partir et si tu respectes ta parole de laisser partir avec moi tous les occupants de la tour, alors je pourrai témoigner de ta valeur. Et je m'engage à ne jamais chercher à te nuire.

Je le sens hésitant. Il a un tic nerveux à l'oreille gauche.

Je le sens lui aussi en train de vivre ce que je déteste le plus : le doute.

Plus que jamais, je sens que des secondes qui vont suivre dépendra l'avenir du monde. Et cet avenir ne changera que si j'ai su être suffisamment convaincante.

44. HISTOIRE D'ESTHER.

Esther est l'une des premières femmes à avoir eu une action politique déterminante. Son histoire se déroula en l'an 480 avant notre ère, alors que les Perses avaient envahi tout le Moyen-Orient de l'Égypte à la Turquie jusqu'en Inde.

Le roi des Perses, Xerxès Ier, n'étant pas satisfait de sa première épouse, la reine Vashti, la fit pendre et chercha une nouvelle épouse. Or un certain Mardochée, qui avait sauvé le roi d'un complot, lui présenta sa cousine : Esther.

Xerxès Ier en tomba aussitôt amoureux et l'épousa. Esther dissimula son identité juive. Elle était en effet issue de la tribu de Benjamin, l'une des deux tribus survivantes qui constituaient le royaume de Juda avant qu'il ne soit lui aussi envahi et que son aristocratie soit exilée de force en Perse.
Haman était un ministre qui montait dans les faveurs du roi. Il devint Premier ministre. Outré que Mardochée, qu'il savait juif, refuse de s'incliner devant lui, Haman fit publier, au nom du souverain, un décret d'extermination de tous les Juifs vivant dans les cent vingt-sept provinces de l'Empire.
Esther décida alors d'agir. Elle invita à dîner le ministre Haman, en présence du roi Xerxès. Au cours du repas, elle révéla que Mardochée, l'homme qui avait sauvé le roi d'un complot, était juif et qu'elle-même l'était aussi.
Elle informa le roi que Haman avait pris la décision de lancer l'extermination de tous les Juifs du royaume. Comme l'ordre était déjà parti, Xerxès autorisa les Juifs à se défendre. Il y eut deux journées de bataille et des milliers de morts.
Quand cette période de troubles fut terminée, les Juifs purent vivre en paix, le ministre Haman fut pendu ainsi que ses dix fils.
Esther réussit ainsi à sauver son peuple. Cet événement relaté dans l'Ancien Testament est à l'origine de la fête juive de Pourim, qui est par ailleurs un des premiers carnavals.

Encyclopédie du Savoir Relatif et Absolu.
Volume XIV.

45. EXODE.

Je marche en posant mes pattes directement sur l'asphalte.

Devant moi, une grande avenue de New York complètement dégagée.

Derrière moi :

Quarante mille humains.

Huit mille chats.

Cinq mille chiens.

Mon peuple qui me suit.

Et de chaque côté de l'avenue, deux haies de centaines de milliers de rats à l'odeur très forte.

Ma mère aurait adoré voir ça.

Les rongeurs nous observent avec hargne mais ils arrivent à se retenir de nous bondir dessus.

Seuls les claquements impatients de l'extrémité de leur queue rose trahissent leur frustration de ne pas nous attaquer.

Ils obéissent à leur empereur.

Je repère des gris parmi les marron, qui sont à n'en pas douter des rats français parmi les américains.

Pour éviter de me fatiguer, je grimpe sur l'épaule de ma servante Nathalie.

Je lui ordonne :

— Avancez tout droit.

Il faut toujours donner des ordres clairs aux humains sinon ils commencent à tergiverser.

Mon fils Angelo, toujours prêt à imiter sa mère, vient se positionner sur l'épaule de Roman Wells. Esméralda trotte non loin de là.

Depuis l'entrée de la Freedom Tower, nous remontons West Street jusqu'au nord de Manhattan.

Les rats autour de nous sont vraiment très nombreux.

Plus que jamais, je peux mesurer que nous n'avions aucune chance contre un tel adversaire, qui en plus bénéficie d'un chef aussi intelligent.

Nous n'avons pas gagné mais nous avons perdu avec panache. Et puis surtout, nous sommes encore vivants. Et tant qu'on est vivant, on peut agir.

La migration de notre communauté de chats et d'humains jusqu'au nord de l'île de Manhattan, vers ce qu'ils nomment « Henry Hudson Bridge », nous prend plusieurs heures.

Au-delà de ce pont, comme convenu, il n'y a plus de rats. Craignant, malgré tout, que certains soient cachés derrière les bâtiments, j'attends que toute notre cohorte ait traversé pour passer à la phase suivante de mon plan.

Une fois que tout « mon peuple » a franchi le Henry Hudson Bridge, je monte sur le drone. Je mets la sangle, j'appuie avec la griffe pour composer sur le clavier alphanumérique le code « 103 683 » et mon véhicule volant s'élève.

Je me dirige vers le sud, et vole au-dessus de l'eau.

Je rejoins Freedom Island.

Un cercle de barons gris entoure l'estrade où se trouve l'empereur.

J'atterris, j'enlève la sangle et je me mets face à lui.

Je lui tends alors une petite boule terminée par une fiche électronique.

C'est la clef USB Bluetooth.

Il l'enfonce dans son Troisième Œil et nous arrivons enfin à dialoguer sans câble.

— Bien, il n'y a plus qu'à procéder à la dernière formalité de notre accord, dit-il en guise de bonjour.

Je tends alors mon cou vers le rat, dont les mains adroites arrivent à défaire l'attache de mon collier où est suspendue la clef-mémoire contenant un zettaoctet, soit un milliard de milliards d'octets, de connaissances humaines.

Voir l'ESRAE dans ces mains après tout ce que j'ai vécu me fait forcément quelque chose, et, au fond de moi, je sais que j'ai opté pour le moins mauvais choix.

Le rongeur semble excité de manipuler l'objet. Alors, comme s'il s'agissait d'un signe de pouvoir, il met « mon » collier autour de « son » cou.

— Voilà comme promis l'ESRAE, dis-je. Pour la débloquer tu devras utiliser un code.

— Lequel ?

— « Wells 103 683 ». Tout en caractères minuscules.

Il ferme les yeux et annonce :

— En effet, ça fonctionne parfaitement. C'est bon. Tu as respecté ta parole. J'aurais été déçu que tu m'aies donné une clef vide.

— Et que vas-tu faire maintenant ?

— Grâce à l'ESRAE, je vais me cultiver et comprendre encore mieux le monde tel qu'il est. Alors, et alors seulement, j'organiserai mon règne afin que progressivement tous les êtres de cette planète vivent dans « ma » paix.

— Et pour nous les chats, les chiens et les humains ?

— Les espèces non rat en général seront considérées comme des « minorités tolérées ». Elles seront soumises, cela s'entend, et devront me payer un impôt spécial pour être épargnées.

— Tiens, je me souviens d'avoir lu dans l'ESRAE la biographie de ton homonyme, Tamerlan, et j'ai vu qu'il y avait un nom pour ces minorités exceptionnellement admises au sein de l'empire qu'il avait créé. On les appelait des *dhimmis*. Les *dhimmis* avaient un statut de citoyens de deuxième catégorie. Ils devaient payer un impôt plus élevé que les autres. Ils n'avaient pas accès à l'éducation ni aux métiers bien rémunérés. Les tuer n'était pas un crime.

— *Dhimmis* ? Merci pour l'information. C'est en effet à un statut de ce genre que je pense pour les peuples de non rat.

Il a dit cela comme une évidence.

— Et nous sommes d'accord que tu épargnes « mes » humains ?

— Ceux qui fuient avec vous vers le nord ? Tant qu'ils ne tentent rien pour ralentir mon ascension, ils seront, dans un premier temps, eux aussi tolérés en tant que *dhimmis*.

— Et dans un deuxième temps ?

— Depuis hier, j'y ai réfléchi. Pour rappeler notre mérite à avoir surpassé l'ancienne espèce régnante, qui était à une certaine époque toute-puissante, je créerai une « réserve naturelle d'humains », peut-être ici en Amérique. Ainsi, les prochaines générations de rats pourront les voir vivants. Et je joindrai un commentaire pour expliquer qui ils sont afin que tous se rappellent que jadis c'étaient les rats qui étaient traités comme des sous-espèces (encore plus maltraitées que des *dhimmis)* par ces mêmes humains. Mais je suis conscient comme toi que, quel que soit le mal que nous ferons aux humains, nous ne pourrons jamais être aussi cruels qu'ils l'ont été envers nous.

Il n'arrive pas à pardonner aux hommes.

Il n'y arrivera jamais.

C'est sa faiblesse : la haine.

Moi, je sais presque pardonner, c'est pour cette raison que, si j'arrive à l'évincer un jour, je serai une meilleure reine que lui.

Tamerlan remue l'extrémité de son museau comme s'il reniflait l'air ambiant.

— Maintenant, viens voir, Bastet, j'ai encore quelque chose à te montrer.

Il pointe du doigt le sommet de la statue.

— Oui, je connais, c'est la statue de la Liberté.

— « C'était » la statue de la Liberté.

À ce moment, il se dresse sur ses pattes arrière, comme je l'ai vu faire à Versailles. Il lâche un sifflement aigu et alors se produit une chose incroyable.

Une explosion a lieu dans la tête de la statue, arrachant le visage féminin.

Il ne reste qu'un trou béant et fumant là où il y avait deux yeux, un nez et une bouche qui ressemblait à celle de Nathalie.

— Vous détruisez leurs statues ?

— Non, je remplace le visage de l'ancienne espèce régnante par un nouveau.

Il me guide ensuite jusqu'à une zone où se trouvent des rats qui s'affairent autour d'une masse recouverte d'une toile blanche. Quand nous arrivons, ils tirent le drap et dévoilent une sculpture taillée dans un bloc de résine.

Ils ont sculpté avec leurs incisives un masque qui a le visage de Tamerlan !

De nouveau le petit rat blanc siffle et des rats bruns placés au sommet de la statue lancent des cordes.

Ils accrochent le masque de rat et le hissent.

Les rats surgis du trou béant de l'ancien visage de la statue manipulent le masque pour qu'il s'ajuste parfaitement.

Puis Tamerlan lance un troisième sifflement et apparaît une lueur de flammes dans les sphères transparentes des yeux rouges du masque.

C'est à présent un Tamerlan géant à corps humain et aux yeux incandescents.

— J'ai demandé qu'ils entretiennent des feux au niveau des yeux du masque creux pour que celui-ci ait toujours un regard avec un éclat qui fasse penser à mon propre regard.

Bon, je dois reconnaître qu'il est fort. Et je dois même reconnaître que cela risque d'être beau la nuit, une statue de la Liberté avec un visage de rat aux yeux rougeoyants.

Je lui demande, sentant monter en moi des pensées hostiles qu'il pourrait percevoir :

— Je peux partir rejoindre mon peuple ?

— Il faut aussi, comme tu me l'as promis, que tu me laisses ce drone et que tu m'expliques comment le piloter.

Je lui apprends les rudiments d'utilisation du véhicule volant et lui signale qu'il doit taper sur le clavier alphanumérique le même code « 103 683 », que cela déverrouillera le moteur électrique.

— Et pour le recharger ?

— Ce sont ces panneaux solaires à l'arrière. Il suffit qu'il y ait de la lumière et tu pourras voler. La nuit, tu n'as qu'une autonomie d'une demi-heure.

Il se déconnecte puis opère comme je le lui ai indiqué, il peut alors faire décoller son drone.

Il commence à voleter autour de sa statue.

Je lui ai peut-être fait un trop beau cadeau.

Il tournoie dans le ciel devant son peuple impressionné puis revient atterrir près de moi.

— Ça peut soulever quel poids ?

— 4 kilos. Je pense qu'un rat français pèse 250 grammes en moyenne. Tu pourras donc en transporter une vingtaine. Et pour les américains, vu qu'ils sont plus gros, une dizaine…

— Je préfère voyager seul, dit-il. Mais je reconnais que c'est assez grisant comme effet. Merci.

— Et, hum… Comment je rentre, moi ?

— Tu sais nager, il me semble, Bastet, tu as tenu vingt et une minutes dans l'eau. La traversée du bras de mer entre Liberty Island et Manhattan ne devrait pas te poser de problème.

Alors ça ! Pas question ! Je suis une reine, je ne nage pas pour me déplacer. Il faut trouver une idée.

— Il y a des courants. Je suis ton historienne auprès des peuples non rat, ce serait dommage que je me noie bêtement. Les non rats ignoreraient les circonstances de ton avènement.

Il me renifle. Je crains un instant que maintenant qu'il a ce qu'il désire il ne me tue sur un coup de tête, mais, non, il me propose de monter sur le drone et il me laisse accrocher la sangle de manière à nous maintenir tous les deux en équilibre.

Nous volons ensemble au-dessus de l'eau devant les rats ébahis. À un moment, je suis un peu déséquilibrée et il fait pencher l'engin pour que je reste stable.

Il tient à moi.

Comme disait ma mère : « On tient aux gens qui connaissent votre histoire en détail car on considère qu'ils peuvent vous rendre immortel en la racontant à d'autres. »

Puis nous rejoignons l'avant de la procession d'humains, de chats et de chiens qui continue d'avancer lentement vers le nord.

Nous atterrissons bien en avant du groupe. J'imagine qu'étant loin de ses troupes, il ne veut pas prendre le risque d'être attaqué par les humains et les chats.

Je me dégage de la sangle.

— Je ne souhaite que la paix, dit l'empereur des rats comme s'il voulait se justifier de toutes les atrocités que je l'ai vu commettre.

Je réponds :

— Moi aussi. C'est juste le sens que nous donnons à ce mot qui doit être légèrement différent.

Il hoche la tête.

— Si tu parles de moi plus tard, en tout cas, je veux que tu le saches, en dehors des humains, je n'ai rien contre les autres espèces. Tu me crois ?

— Oui.

— Toi et moi, Bastet, nous sommes pareils, nous sommes des chefs. Et être chef, c'est avoir une vision d'un futur idéal.

Je complète :

— La seule différence, c'est que nous ne voyons pas le même futur idéal.

— L'avenir nous dira lequel de nous deux est le plus adapté à l'évolution. Je pense que nous ne nous reverrons plus jamais, mais sache, chère Bastet, que j'ai pris beaucoup de plaisir à discuter et à négocier avec toi. Tu es une chatte charmante et probablement, si j'étais un chat mâle, je te désirerais.

Ai-je bien entendu ? Il est en train de me draguer ?

Il me trouve « désirable » ?

Ça fait toujours plaisir à entendre.

Même venant de son pire ennemi.

Cependant, je ne peux pas lui en dire autant en retour.

Un petit rat blanc aux yeux rouges... Non, ça ne peut pas être « sexy ».

— Que le plus évolué d'entre nous gagne, dis-je en guise d'adieu.

Il me gratifie d'un petit signe amical de la main.

Pour ma part, je lui fais un geste que m'a appris Nathalie. C'est comme une salutation mais on laisse se dégager le doigt central. Il signifie : « Va te faire voir. »

Car, moi, je ne m'estime pas encore vaincue. Il me faut juste le temps de mettre en œuvre ma revanche.

Tamerlan décolle sur son drone pour retourner dans le sud de New York. Je marche pour rejoindre la tête de la procession.

— Qu'est-ce que vous vous êtes dit ? me demande Esméralda, la première que je retrouve.

Je rigole :

— Tamerlan m'a dit qu'il me désirait. Je lui ai répondu qu'il n'était pas mon genre.

J'attends ensuite Nathalie et monte sur son épaule.

Je demande à ma servante :

— On va où, maintenant ?

— Au nord.

— Et plus précisément ? C'est quoi, le point d'arrivée qui a été envisagé ?

— Ah oui, tu n'as pas pu assister à cette réunion qui a eu lieu durant ta conversation avec Tamerlan, mais nous avons trouvé un objectif à atteindre qui pourrait être intéressant.

— Lequel ?

— Boston.

— Pourquoi ?

— Jessica a pris contact avec l'usine Boston Dynamics, qui est elle-même issue de la prestigieuse université MIT. Souviens-toi, ils avaient répondu à notre appel sur Internet. Ce n'est pas n'importe quelle usine. C'est un établissement qui a mis au point les robots les plus perfectionnés. Ils nous attendent.

J'observe la banlieue nord de New York. Les bâtiments sont de plus en plus bas. On n'a plus cette impression d'être écrasé par les tours.

— Le voyage va être long ?

— Boston est à trois cent cinquante kilomètres de New York. Si nous avançons en moyenne à cinq kilomètres heure et en marchant sept heures par jour environ, nous parcourrons trente-cinq kilomètres par jour. Nous y serons donc dans dix jours.

Je regarde derrière moi l'immense procession que forment les habitants de la Freedom Tower en pleine migration. Je demande à Nathalie :

— Quel avenir pour nous désormais ?

— Vivons l'instant, répond-elle. Nous sommes vivants et je vis un grand amour.

— Avec Roman ? Ça y est, vous êtes réconciliés ?

— Non, avec Cheval Fougueux. Pendant que tu négociais, nous avons commencé à flirter.

Pour une fois, elle va vite. Bravo.

— Je lui ai dit pour l'enfant. Et Cheval Fougueux est prêt à l'adopter comme s'il était le père. Je vais donc le garder et rester avec Cheval Fougueux.

Plutôt que de se réconcilier avec Roman, elle a fait ce choix étrange. L'Amérindien vient justement la rejoindre et lui prend la main.

— C'est le fameux amour avec des sentiments dont je te parlais, dit-elle. Tu ne peux pas comprendre.

— L'« amour avec des sentiments », c'est éjecter le vrai père de l'enfant parce qu'on a peur qu'il vous quitte et s'engager avec quelqu'un qu'on ne connaît que depuis quelques jours ?

— Tu es devenue cynique parce que tu souffres à cause de la perte de Pythagore, me rétorque Nathalie.

Je descends de l'épaule de ma servante et cherche mon fils. Je le vois qui marche seul.

— Tu n'es plus avec Kimberley ?

— Hum ! C'est plutôt elle qui n'est plus avec moi. J'ai dû faire quelque chose qui ne lui a pas plu. Je ne sais même pas quoi.

Il me montre en effet la chatte américaine qui trottine un peu plus loin avec un autre mâle.

— Maman, tu sais, pour moi, le couple, c'est juste pour la sexualité. Ce qui me passionne vraiment, c'est la guerre. J'espère que, malgré la paix que tu as négociée, on va continuer à tuer des rats.

Je n'ai pas envie de discuter avec lui non plus.

Nathalie a raison, Pythagore me manque.

À quoi ça sert de réussir si on se retrouve seule entourée de gens qui ne vous comprennent pas ?

Je monte sur l'épaule de Roman qui marche avec un grand sac à dos que je présume rempli d'appareils électroniques.

Je lui demande :

— Puis-je avoir « ce que tu sais » ?

Roman fouille ses poches.

— Tu aimes ça, hein ?

— Je considère que ça me « complète ».

Il finit par trouver ce qu'il cherche et exhibe un collier avec une clef USB au bout.

— L'original que tu as donné à Tamerlan a un virus. Il est programmé pour détruire tous les fichiers dans trente jours. D'ici là, nous serons loin. Et comme convenu, voici une copie sur une autre clef. Elle est en tout point identique.

Il me passe le collier avec le pendentif autour de la tête.

— Ce sera donc toujours moi qui aurai l'unique version contenant le milliard de milliards d'octets de films, de vidéos, de photos, de textes et de musiques.

— Prends-en bien soin, dit Roman Wells.

Je caresse mon collier.

Je suis la gardienne du savoir.

Je me sentais toute nue sans la somme des connaissances des hommes à mon cou.

46. LA CRYPTE DE LA MÉMOIRE.

En 1936, le docteur Thornwell Jacobs, président de l'université Oglethorpe à Atlanta, aux États-Unis, songea qu'on ignorait beaucoup de choses des civilisations passées disparues car elles n'avaient pas pensé à laisser une trace solide et claire.
Jacobs était notamment troublé par les tombeaux égyptiens de la vallée des Rois, dont on ignorait la signification exacte.
Il voulut donc laisser des éléments indestructibles de notre civilisation pour les historiens du futur.
Il créa une crypte dans le caisson d'une ancienne piscine pour garder la mémoire de notre monde.
Il s'agissait d'une pièce étanche de six mètres sur trois, équipée d'une porte en acier inoxydable d'une épaisseur susceptible de résister à toute tentative d'intrusion.
Elle fut baptisée « Crypte de la civilisation ».
Pendant trois ans, il remplit cette crypte d'objets de la vie quotidienne, de livres, de disques, de photographies, de textes conservés sur microfilms.
En mai 1940, la Crypte de la civilisation fut scellée.
Sur la porte, une inscription demande aux gens qui viennent de ne pas y entrer avant l'an 8113.

Encyclopédie du Savoir Relatif et Absolu.
Volume XIV.

ACTE III

La tour de Babel

47. SUR LA ROUTE DU NORD.

Les corbeaux tournoient dans le ciel au-dessus de nous.

Ces maudits oiseaux espèrent notre mort.

Cela fait maintenant quarante jours que nous marchons et il n'y a toujours pas d'usine Boston Dynamics en vue.

Nous sommes épuisés.

L'évaluation de Nathalie était optimiste, elle n'a pas tenu compte de toutes les données, à commencer par la pluie. Le mauvais temps nous ralentit, nous pataugeons dans la gadoue et nous avons froid.

Ensuite, il y a les bandes de rats qui ne sont pas encore sous le contrôle de Tamerlan et ne sont donc pas au courant de notre accord de paix.

La nuit, quand il ne pleut pas, les rats nous attaquent, c'est une source d'angoisse. Cependant, à quarante mille humains, huit mille chats et cinq mille chiens, nous formons une troupe suffisamment pugnace pour résister à ces agresseurs. Le fait que nous ayons gardé quelques lance-flammes et mitrailleuses contribue à notre tranquillité nocturne.

Nous n'avons pour l'instant à regretter qu'une centaine de pertes. Compte tenu de notre nombre, c'est un chiffre acceptable.

Enfin, la troisième donnée que Nathalie n'avait pas prise en considération, c'est cette mauvaise habitude des humains de tout remettre en question tout le temps.

Je ne supporte plus leurs politiciens.

Ils débattent de tout, puis se disputent et finissent par se fâcher pour des broutilles. Ils en viennent même à se battre entre eux, comme ça, pour des petits désaccords sur la distribution de nourriture ou l'emplacement des bivouacs.

Malgré tout, nous avançons.

Direction l'usine Boston Dynamics.

Nous marchons sur les autoroutes jonchées de carcasses de voitures et de corps humains en état de décomposition plus ou moins avancée. Les rats, les corbeaux et les mouches participent à hâter leur transformation en squelettes propres.

Déjà les plantes envahissent tout ce que la civilisation humaine avait mis tant de temps à construire.

L'asphalte est crevé par des acacias, les ronces recouvrent les voitures, des fougères émergent des bâtiments en ruine. Des touffes d'herbe jaillissent des fissures du béton.

Ainsi finissent les œuvres des hommes, dévorées par les charognards, recouvertes par les feuilles, les toiles d'araignée et la poussière.

Parfois, des groupes de chiens ou de chats faméliques s'enhardissent à sortir de leurs tanières pour nous mendier quelque pitance. Nous les nourrissons avec ce que nous possédons et nous les intégrons à notre troupe.

Pour renouveler nos propres sources d'alimentation, nous mangeons les rats vaincus, mais aussi des lapins et des hérissons. Je ne sais pas si vous avez déjà mangé des hérissons, mais cela demande beaucoup de dextérité.

Nous marchons.

Les coussinets de mes pattes sont devenus plus épais et ils chauffent.

Un jour, nous voyons apparaître une file de plusieurs centaines de bisons. Roman Wells m'a dit que c'était une espèce qui avait jadis été décimée et avait pratiquement disparu. Il semble qu'ils se sont remis à proliférer après l'Effondrement.

À moins qu'ils ne se soient cachés en attendant le bon moment pour sortir.

Les humains de notre groupe les chassent avec leurs fusils ou leurs arcs. Ils en abattent suffisamment pour nourrir toute notre troupe.

Cela me gêne un peu de manger des morceaux de ces gros animaux maintenant que je sais que c'est une espèce qui a failli disparaître et qui a connu une récente résurrection, mais je dois reconnaître que cette viande a bon goût et, à voir la taille des troupeaux, ils ont l'air suffisamment nombreux pour se reconstituer.

Nous poursuivons toujours notre route vers le nord.

Je repère des chauves-souris qui tournoient au-dessus de nous. Je me méfie de ces chiroptères. En France, l'empereur des rats était devenu l'ami des pigeons, ici ce sont les chauves-souris qui semblent être ses alliés volants privilégiés.

Elles lui ont permis de se procurer du salpêtre pour sa poudre à canon et maintenant elles viennent peut-être nous espionner.

Pigeons et chauves-souris, pour moi, ces deux espèces ne sont que des « rats volants ».

Nous marchons toujours.

Après la pluie, c'est le vent de face qui nous ralentit. Chaque pas devient difficile. De nouveau, j'entends les humains qui se disputent pour ne pas être en première ligne à subir le souffle du ciel.

Après tout ce que j'ai vécu, ce n'est pas un courant d'air qui me fait peur.

J'avance contre les bourrasques qui aplatissent ma fourrure en arrière. Je rabats mes oreilles pour ne pas offrir de prise.

Tout en marchant je repense à mes chers disparus.

Tout d'abord mes cinq enfants noyés par Thomas ; puis la voisine de Montmartre, Sophie, la servante de Pythagore, tuée par ce même Thomas. Je repense aussi à Wolfgang, le chat du président, et à Hannibal, le lion du cirque du bois de Boulogne, tous deux crucifiés par Tamerlan.

Je repense au sphynx qui avait tenté de devenir l'allié des rats. Et puis, je me remémore la bataille sur le *Dernier espoir* où j'ai perdu mon ami chien, Napoléon, et mon ami porc, Badinter.

Ensuite m'arrive l'image de Pythagore, mon amant, mort en tombant du haut de la tyrolienne qui allait nous faire toucher l'Amérique. Celle de Champollion, qui a trop cru dans sa capacité de négociation. Et enfin de Bukowski, le malheureux fiancé d'Esméralda.

Je ne crois pas que je leur aie porté chance.

J'ai tout fait pour les aider ou les sauver, mais c'était à chaque fois au-dessus de mes forces.

Je repense aussi à ceux qui ont survécu : Angelo, le fils que j'aimais le moins, Esméralda, la chatte noire qui me narguait.

Comme on dit chez les humains, « les meilleurs partent en premier ».

Mes proches parmi eux sont Nathalie, Roman, Edith, Jessica, Sylvain, Hillary Clinton et maintenant Cheval Fougueux.

Est-ce que je vais pouvoir rebâtir un monde civilisé avec ceux-là ?

Ah ! Et j'oubliais le général Grant, l'homme qui croyait qu'avec des tanks on pouvait vaincre les rats et qui prône désormais le recours à la bombe atomique.

Je crois au moins qu'il a compris qu'il ne faut pas sous-estimer l'adversaire.

Je monte sur l'épaule gauche de ma servante.

— Comment voyez-vous le futur, Nathalie ?

— Je pense que nous devons trouver une terre promise et nous y barricader. Ensuite, j'ai confiance en Jessica. Avec le matériel électronique de pointe que nous trouverons chez Boston Dynamics, nous pourrons recréer une sorte d'université d'Orsay encore plus sécurisée. Nous serons alors dans une petite enclave qui résistera aux attaques des rats.

— Mais combien de temps ? Alcapone, on le sait maintenant, a mis au point des fermes de procréation pour produire des soldats à l'infini. Ils les utilisaient comme des kamikazes rien que pour fatiguer l'adversaire. À présent, Tamerlan profite du système que son prédécesseur avait installé. Qui pourra l'empêcher de faire des ponts de cadavres pour passer les défenses qui protégeront notre petite enclave ?

— Bastet, tu crois que Tamerlan va nous attaquer à Boston ?

J'aime quand elle me pose des questions politiques. Cela signifie qu'elle a compris que maintenant j'étais une chatte instruite, potentiellement prophète, que je comprenais tout. J'espère ne pas la décevoir.

— Il le fera quand il aura établi sa « paix rat ». Il détruira toute résistance par principe. C'est le problème des systèmes totalitaires, ils ont besoin d'expansion extérieure permanente pour mobiliser leurs troupes. Et une fois qu'ils ont vaincu tous leurs adversaires, ils se mettent à exercer une pression interne.

— Tu as l'air de bien connaître cette question. Où as-tu appris ça ?

— Dans l'ESRAE. Et je pourrais citer comme exemple le dictateur Mao Tsé-Toung avec sa révolution culturelle.

— D'accord, mais ne nous faisons pas d'illusions, tempère-t-elle. Contre des millions de rats, aucune technologie actuelle, fût-elle de pointe, ne peut faire le poids.

— Je n'aime pas l'idée de subir les attaques de l'adversaire en essayant seulement de se défendre. Je pense qu'il faudrait reprendre l'initiative.

— Comment ?

Je lui fais remarquer :

— N'est-ce pas vous qui m'avez dit que l'imagination pouvait résoudre tous les problèmes ?

— Là, nous affrontons un adversaire difficile à contenir.

Je réfléchis tout en me laissant porter.

Ma mère disait : « Nous n'avons que les épreuves que nous sommes capables de surmonter. » J'ai l'impression qu'il y a une solution toute proche, à portée d'esprit. Il faut que je me remémore tout ce qu'il s'est passé et que je réfléchisse. J'ai le sentiment de passer à côté de quelque chose qui, pourtant, pourrait être la solution. Quelque chose qui, comme disent les humains, « est si proche que cela crève les yeux ».

Mais je ne le vois pas.

Alors, sur cette longue route vers le nord, une fois de plus, je reviens sur chaque détail de ma propre vie. Les batailles, les victoires, les défaites, les voyages, les conversations avec Tamerlan…

Il y a quelque chose que je n'ai pas compris et qui pourrait tout débloquer. Quelque chose de simple, de non technologique. Quelque chose à la portée de mon esprit, mais que je ne vois pas parce que je me pose mal la question.

Il se met encore à pleuvoir.

La planète ne nous aime plus.

En tout cas, moi, je ne l'aime pas quand elle me fait ça.

Je n'aime pas la pluie.
Je n'aime pas le vent.
Je n'aime pas les rats.
Je n'aime pas ne pas trouver de solution.

Et je sais que si je n'arrive pas à trouver la grande idée, alors nous les chats et eux les humains, nous disparaîtrons lentement mais sûrement.

48. QUE SE PASSERAIT-IL SI L'HOMME DISPARAISSAIT ?

Que se passerait-il si l'humanité disparaissait soudainement ?
Au bout de dix jours : les animaux d'élevage, n'étant plus nourris, mourraient.
Après un mois : le système de refroidissement des centrales nucléaires ne fonctionnant plus, le cœur des réacteurs chaufferait jusqu'à exploser, ce qui entraînerait des Tchernobyl en chaîne. Les radiations tueraient les espèces les plus fragiles.
Après six mois : les satellites sortiraient de leur orbite et commenceraient à chuter.
Au bout d'un an : dans les zones tempérées, les plantes recouvriraient les constructions humaines, routes, immeubles, maisons, champs, jardins. Les forêts se remettraient à pousser et le CO_2 serait absorbé plus rapidement. Au bout de cinq ans : la température baisserait et les hivers redeviendraient plus froids. Les espèces chassées, comme les sangliers, les renards, les lapins, les cerfs, les loups, les ours, se remettraient à proliférer en

Europe. Dans le reste des écosystèmes, la biodiversité reprendrait ses droits.
Au bout de trente ans : tous les immeubles en béton finiraient par s'écrouler. Les ruines deviendraient des niches pour les animaux. Dans les océans, les barrières de corail se reconstitueraient. Les poissons, dont certaines espèces ont été affectées par la surpêche, pourraient de nouveau se reproduire. Notamment les thons, les requins, les dauphins, les baleines. Les méduses par contre deviendraient moins nombreuses.
Au bout de deux cents ans : l'air serait entièrement exempt de tout le CO_2 produit par l'homme. Les barrages céderaient, permettant aux rivières et aux fleuves de retrouver leur lit naturel.
Au bout de trois cents ans : les constructions métalliques, comme les ponts suspendus ou la tour Eiffel, s'effondreraient du fait de la corrosion par la rouille.
Au bout de cinq cents ans : toutes les forêts retrouveraient leur faune d'il y a dix mille ans.
Vingt-cinq mille ans plus tard : les déchets nucléaires commenceraient à devenir inactifs.
Cinquante millions d'années plus tard : les monuments en pierre auraient tous disparu depuis très longtemps, cependant resteraient encore les objets en plastique.
Cent millions d'années plus tard : même les objets en plastique disparaîtraient et il n'y aurait plus aucune trace du passage des hommes sur terre.

Encyclopédie du Savoir Relatif et Absolu.
Volume XIV.

49. LA TERRE PROMISE.

Cela fait maintenant quarante-trois jours que nous avons quitté la Freedom Tower de Manhattan.

Nous sommes épuisés mais nous poursuivons notre marche vers le nord. Autour de nous, le décor n'est que ruines et vestiges de l'ancienne civilisation humaine.

L'Amérique dévastée ressemble à la France dévastée.

J'avais consulté l'ESRAE avant d'arriver sur ce continent et j'avais regardé un documentaire intitulé *The Walking Dead*. Les images que j'avais vues ressemblent beaucoup à ce que je découvre maintenant dans la réalité.

Quoique, si je me souviens bien, ce n'était peut-être pas un documentaire mais seulement une fiction... Mais, ici, la menace, ce ne sont pas des mort-vivants imaginaires mais des rats réels.

Enfin, par un bel après-midi ensoleillé, nous repérons de loin l'usine Boston Dynamics.

Tout du moins nous distinguons d'abord leur ligne de défense extérieure. Cette fois, il s'agit de cent robots-chats argentés aux yeux bleus luminescents. Ils sont assis, immobiles comme s'ils attendaient un signal pour agir.

Au moment où nous apparaissons, les cent se lèvent et viennent vers nous comme s'ils voulaient nous renifler.

Je les observe.

Tout leur corps est en métal étincelant. Les articulations sont à peine visibles. J'avise qu'ils ont au centre du front, là où j'ai mon Troisième Œil, une caméra. Et de leur bouche armée de dents pointues dépasse ce qui me semble être le canon d'une arme à feu.

Leurs moustaches vibrisses sont de fines tiges métalliques. Leurs oreilles pivotent sur leur axe. Je note qu'ils arrivent aussi à déployer et à rentrer leurs griffes d'acier.

Ces robots-chats nous examinent et je crains un moment qu'ils ne nous attaquent.

Mais ils se placent à l'avant de notre colonne et nous guident.

Je suis très impressionnée par leur démarche souple, quasi féline. Leur queue dandine comme celle de chats organiques.

Ils nous conduisent vers une muraille.

Là où jadis il y avait de la brique, du ciment ou du béton, ces humains ont dressé des murs de verre lisses et transparents. Aux angles se trouvent des tourelles d'où dépassent des mitrailleuses. De chacune part un faisceau laser.

Non ! Pas ça ! Pas le point rouge qui m'attire !

Je sens la panique monter en moi. Le point laser me fascine et me donne envie de tout abandonner pour jouer avec, mais Esméralda me chuchote :

— Je sais à quoi tu penses, j'y pense aussi, mais tu dois être capable de te contrôler.

Pour me motiver, elle me montre des cadavres de rats qui s'amoncellent un peu partout. Au même moment, quelques chats de notre groupe, moins maîtres d'eux-mêmes, foncent vers les ronds rouges.

Aussitôt les mitrailleuses crépitent.

L'addiction au point rouge lumineux fait encore quelques victimes innocentes.

Je regarde Esméralda.

Comment savait-elle ?

Les tirs s'arrêtent. Je constate que seuls les chats les plus petits ont été visés. Je me dis qu'il doit y avoir une programmation pour identifier les animaux similaires aux rats.

D'un coup, tous les faisceaux laser rouges s'éteignent.

Je repense à la fable des *Trois Petits Cochons* : après la maison de paille et la maison de bois, ils se sont réfugiés dans la maison de brique. Nous aussi, nous avons trouvé des endroits de plus en plus solides pour résister aux grands méchants rats : la maison aux murs de barbelés électriques de l'université d'Orsay, le béton de la Financial Tower, le béton à ultra hautes performances de la Freedom Tower, et maintenant cette usine-citadelle avec ses murailles de verre, protégée par des robots-chats et des tourelles équipées de mitrailleuses à tir automatique.

On progresse.

La porte d'entrée est la seule zone opaque, elle est recouverte d'une surface miroir et son sommet est truffé de caméras. À notre approche, les deux battants s'écartent pour nous laisser le passage.

C'est le général Grant suivi d'Hillary Clinton qui entre le premier. Nathalie, Roman et moi suivons juste derrière.

Une fois que notre troupe a franchi la muraille, nous découvrons l'usine proprement dite. En fait d'usine, l'enceinte de verre qui protège le lieu enserre un terrain aussi grand qu'une ville humaine. Il y a des parcs, des champs, des jardins, des espaces forestiers, mais aussi de grands bâtiments de moins de cinq étages de couleur jaune.

Les robots-chats nous guident vers le plus grand des bâtiments. Nous franchissons un premier sas de verre, puis un second et nous débouchons à l'intérieur d'un immeuble ultramoderne, surchauffé.

Face à nous, un groupe d'humains chauves, à lunettes, en chemise hawaïenne à fleurs. Ils ont l'air très âgés. Je leur donnerais autour de quatre-vingts ans. Hillary Clinton et le général Grant engagent la conversation.

J'écoute grâce au micro de Nathalie qui est restée à côté d'eux.

— Nous avons été chassés de New York par les rats, dit la présidente.

— Nous avons besoin d'abris pour notre communauté, pouvez-vous nous héberger ? demande le militaire.

Le vieil homme qui est le plus en avant se présente.

— Je me nomme Marc Raibert, dit-il. Je suis le fondateur et le président de Boston Dynamics. Nous sommes ici une communauté de deux mille humains et d'à peu près cinq cents chats et deux cents chiens. Jessica Nelson m'a averti de votre arrivée et nous avons pris toutes les dispositions pour vous accueillir.

Il nous emmène vers une clairière où sont déjà plantées de grandes tentes collectives blanches.

— Voilà, c'est pour vous. Vous pouvez vous installer à vingt personnes par tente. À l'intérieur, il y a non seulement des lits, mais aussi des rangements, des salles de bains, des toilettes.

Nathalie et Cheval Fougueux s'installent dans une tente aussi spacieuse qu'une petite maison, où se trouvent aussi Hillary Clinton et le général Grant. Je les rejoins avec Angelo ainsi qu'Esméralda.

Roman, Sylvain, Jessica et Edith s'installent dans une autre tente proche. Une fois que nous avons tous pris nos places, Marc Raibert vient nous chercher.

— Chère présidente, je peux vous faire une petite visite privée si vous voulez, propose-t-il.

Hillary et Grant ne se font pas prier. Nathalie profite de l'aubaine pour se joindre à eux, elle aussi. Je m'installe sur l'épaule de ma servante pour ne rien rater.

Marc Raibert nous fait traverser la clairière de tentes.

— Comment tenez-vous face aux rats ? l'interroge la présidente.

Il claque des doigts et l'un des robots-chats saute et se tient en équilibre sur son épaule comme j'aime moi-même me tenir sur l'épaule de Nathalie.

— Grâce aux robots. Nous travaillions jadis pour l'armée, puis pour l'industrie, pour lesquelles nous avions fabriqué des Spots, des robots-chiens équipés d'intelligence artificielle qui pouvaient pratiquement tout faire comme des canidés. Après l'Effondrement, l'armée nous a commandé des Spots de nouvelle génération, plus perfectionnés. Nous avons alors produit des robots-chats que nous avons baptisés Katz.

Il désigne celui qui est sur son épaule.

— Voici notre version la plus perfectionnée, le Katz 007. Ses canines peuvent injecter du poison ou un anesthésiant. Selon les modèles, les Katz 007 ont dans leur gueule un canon de fusil, une mitraillette, un lance-flammes ou un lance-grenades. Ils sont équipés au niveau des yeux de caméras à vision infrarouge. Leurs moustaches sont des antennes radars. Ils ont des capteurs d'odeurs dans la truffe et des micros dans les oreilles. Un système d'intelligence artificielle leur permet de se débrouiller seuls. Ils sont rapides et très agressifs. Ils arrivent à faire des ravages chez les rats, le seul problème, c'est que nous n'en avons pas assez.

— Combien ?

— Seulement trois mille. Avec ces trois mille Katz, plus les tourelles à tir automatique, nous arrivons à nous défendre de toutes les attaques de hordes de rats, mais nous ne pouvons pas quitter l'enceinte de cette usine.

— Pourquoi n'en fabriquez-vous pas plus ?

— Nous manquons de matières premières et, pour l'instant, nous ne sommes pas capables de lancer une mission permettant de rapporter les métaux et les plastiques nécessaires à leur fabrication industrielle.

Marc Raibert ajoute en désignant des terrains cultivés :

— Ici, nous nous sommes organisés pour survivre avec un relatif confort dont nous pourrons vous faire bénéficier. En fait, nous ne manquons de rien. Nous avons nos propres cultures de légumes, de céréales, de fruits.

— Et au point de vue défense ? questionne Grant.

— Nous avons des armes. Nous avons notre propre satellite qui nous permet d'observer n'importe quel territoire. Nous avons aussi des drones. Mais il y a d'autres petites choses qui pourraient vous intéresser. Suivez-moi.

Il nous guide vers une usine dédiée non pas aux technologies de pointe mais à l'alimentation.

— Ici nous faisons notre fromage. Nous avons détourné certaines machines pour cet usage. Dans ces cuves, nous élevons notre vin. Et là, grâce à ces pressoirs, nous obtenons notre huile d'olive. Et voici la boulangerie.

Les trois humains goûtent un verre de vin et quelques petites tartines à l'huile d'olive et au fromage que leur propose Marc Raibert et semblent au comble du bonheur.

Nous passons dans d'autres salles.

— Nous avons modifié toutes nos infrastructures pour nous adapter à l'Effondrement. Là nous produisons aussi notre propre savon.

Il semble particulièrement fier de ses installations.

— Avec le pain, le fromage, le vin, l'huile d'olive et le savon, nous restons civilisés. Ça n'a l'air de rien, mais être propres et nourris d'aliments délicieux nous permet de garder notre dignité et notre fierté d'êtres humains. Ce que je vais vous montrer maintenant va vous réjouir aussi, je crois…

Il désigne un grand appareil.

— C'est un hachoir ? demande Hillary.

— Oui, il transforme la viande de rat en viande hachée pour hamburger !

Nathalie ressent des émotions que je perçois à distance.

— Et cette machine-ci ajoute en plus un arôme artificiel goût « bœuf grillé au barbecue ».

C'est surtout cette révélation qui paraît ravir les humains présents.

Puis Marc Raibert nous guide vers un salon décoré de robots. Il fait un signe à un homme qui lui ressemble. Ce dernier apporte une petite caisse d'où il sort des hamburgers enveloppés dans du papier journal.

— Voici déjà de quoi vous restaurer pour vous souhaiter la bienvenue, dit-il en les leur tendant.

Les humains les saisissent en tremblant. Ils hument puis goûtent leur sandwich avec délectation.

Quant à moi, je les imite. Je fais un effort pour manger cet aliment dans lequel il y a de la viande bien cuite, du pain grillé, du fromage fondu, une rondelle de tomate, du ketchup, des oignons frits et des morceaux de cornichon.

Si la condition pour devenir maîtres du monde est d'être omnivore, autant que je sois la première à opérer cette transformation.

Grâce aux hamburgers, pour commencer.

D'ailleurs, j'apprécie de plus en plus la viande cuite.

Cela fait peut-être partie de mon processus d'humanisation.

Puis Raibert nous emmène jusqu'à un laboratoire ultramoderne avec des écrans et des robots de différentes sortes qui doivent rappeler leur évolution.

Ils ont même des robots bipèdes qui ressemblent à des humains !

Du peu que j'en vois, ils sont en effet arrivés à perfectionner les premiers modèles pour obtenir des spécimens plus légers.

Au-delà des grandes baies vitrées latérales, je distingue des cultures et des vergers et des panneaux solaires.

L'Effondrement aura obligé les hommes à devenir écologistes.

La cloche sonne et humains et chats sont invités à venir dîner dans l'immense cantine de l'usine. C'est un moment de plaisir pour toute notre troupe épuisée et affamée, qui peut enfin se restaurer avec des aliments bien meilleurs que tous ceux consommés récemment. Le vin, le pain et la viande cuite leur procurent des frissons de plaisir. Certains rient, d'autres chantonnent.

Après l'effort, le réconfort.

Je reste cependant méfiante. J'observe le lieu, je renifle, j'écoute.

Quel est ici le problème caché ?

J'agite mes moustaches vibrisses.

Angelo me rejoint.

— J'adore ces chats de métal, murmure-t-il. Ils doivent faire des ravages chez les rats.

J'interroge ma servante :

— Vous en pensez quoi, de ces Bostoniens ?

— Que nous sommes enfin dans un endroit sécurisé et que ça tombe bien car j'en avais assez de marcher, répond Nathalie, toujours aussi pragmatique.

— Alors on va faire quoi ? Rester ici à attendre que le monde entier bascule sous l'emprise de Tamerlan en espérant qu'il ne s'intéresse pas à cette petite enclave de haute technologie ?

— Que proposes-tu de mieux, Bastet, toi qui as toujours des idées ?

Je sens une pointe d'aigreur dans sa question.

J'essaie de trouver comment exprimer le plus clairement possible ma pensée.

— Nous devons réfléchir à notre revanche. Il faut préparer une invasion de Manhattan, dis-je.

— Mais tu sais bien que c'est impossible, répond ma servante. Les rats sont trop nombreux et maintenant, grâce à l'ESRAE, ils pourront fabriquer des armes de plus en plus destructrices.

— Précisément, il faut agir pour que ça n'aille pas plus loin. Vous voulez attendre qu'ils mettent au point des canons ?

Soudain, du bruit nous parvient de l'extérieur de la cantine. Nous sortons et nous dirigeons en direction des sons. Au centre du regroupement de tentes, les humains ont allumé un grand feu. Certains jouent de la guitare et beaucoup dansent.

Je ne comprendrai jamais les humains. Ils font la fête alors que le monde est en train de s'effondrer. J'ai lu dans l'ESRAE que lorsque le *Titanic* sombrait, l'orchestre de huit musiciens du paquebot jouait une hymne traditionnelle, « Nearer, My God, to Thee », titre qu'on pourrait traduire par « Plus près de toi, mon Dieu ». Je crois que les humains surestiment le pouvoir de réconfort de la musique.

Pour ma part, j'ai plutôt envie de réfléchir à tout ce qui s'est passé et à tout ce qui pourrait advenir.

Chez moi, les solutions viennent quand je dors. Alors je retourne à la tente, seule, tandis que la musique au loin résonne, et je m'endors en demandant à mon esprit de trouver une réponse à cette situation.

Je bascule dans le monde onirique où je me ressource. Là, je vois apparaître ma mère.

— Maman, aide-moi, dis-je. Explique-moi ce que je dois faire.

Elle éclate de rire.

— Pourquoi ris-tu ?

— Parce qu'il n'y a plus rien à faire ! Juste attendre que le monde s'effondre complètement. Bois, fume, chante, danse, ris et abandonne tout espoir.

— J'ai toujours considéré que tu avais les bonnes réponses à tout, mais, là, tu te trompes, maman. Il y a forcément quelque chose à faire pour sauver le monde. Je vais trouver une solution. Je le sais.

Surgit alors dans mon rêve un second personnage. C'est Pythagore.

— Ta mère a raison, cette fois-ci l'ennemi est trop fort. Si douée et motivée que tu sois, tu ne pourras plus en venir à bout.

Je réponds avec force :

— Je n'abandonnerai pas.

Arrive, de la même façon, Hannibal, le lion crucifié par Tamerlan.

— Les rats sont trop nombreux et nous ne sommes qu'une poignée, dit-il. Même avec de la force et du courage, on ne pourra pas lutter.

Puis un à un défilent mes anciens amis qui ont péri face à Tamerlan.

— On ne pourra pas lutter, soupire Wolfgang.

— On est fichus, ironise Bukowski.

— Il ne nous reste plus qu'à survivre loin d'eux le plus longtemps possible, résume ma mère. Et de préférence en s'enivrant et en s'amusant pour ne plus y penser. Il est temps, ma fille, de renoncer à vouloir sauver le monde. Lâche prise. Renonce à tout projet. Profite de chaque seconde de vie avant l'instant où tu viendras nous rejoindre. Nous t'attendons.

— Nous t'attendons, dit Pythagore.

— Nous t'attendons, répètent tous les autres en écho.

50. BOSTON DYNAMICS.

La société Boston Dynamics a été créée en 1992 par Marc Raibert, un chercheur du MIT de Boston.
En 2013, elle a été rachetée par Google, mais comme Boston Dynamics fabriquait des robots à usage militaire, l'entreprise a craint de voir son image associée à celle d'un marchand d'armes et a préféré la revendre à une holding japonaise: SoftBank. Au début, Boston Dynamics s'est fait connaître par ses modèles de robots à forme humaine Petman, puis Atlas.
L'Atlas a une taille humaine, 1,80 mètre, et marche sur ses deux jambes, mais sur un terrain accidenté il peut aussi évoluer à quatre pattes. Ses mains ont cinq doigts dotés du sens du toucher, sa tête porte des caméras et un télémètre laser.

En 2016, Boston Dynamics a présenté un modèle d'Atlas encore plus évolué, avec une énergie autonome, capable de se relever lorsqu'il chute, ce qui jusque-là était impossible.
La firme possède aussi toute une gamme de robots de forme animale : BigDog, un robot à quatre pattes ; RHex, un robot à six pattes. Ce dernier modèle étant étanche, il peut donc évoluer dans les terrains boueux, neigeux ou marécageux.
Enfin, en 2019, Boston Dynamics a mis au point Spot, un robot-chien de un mètre de haut, 32 kilos, avec quatre-vingt-dix minutes d'autonomie, étanche, capable de monter des escaliers et de porter des charges de 14 kilos.

Encyclopédie du Savoir Relatif et Absolu.
Volume XTV.

51. EN CE SANCTUAIRE.

Quand je me réveille, le soleil brille au-dessus de l'usine Boston Dynamics. En me promenant dans le campement, je remarque une certaine agitation.

Beaucoup d'humains sont déjà réunis dans l'immense amphithéâtre qui sert pour les conférences.

C'est la réunion des tribus et ils ont oublié de me convoquer !

Je galope pour les rejoindre en tant que représentante de la 103e tribu, celle des chats. Il était temps, la séance allait commencer.

La salle est blanche avec des fauteuils blancs et un plafond représentant un ciel étoilé.

Les débats sont retransmis sur écran et diffusés dans l'usine et sur Internet auprès des communautés humaines connectées.

Je trouve une place libre devant et m'y installe.

Pour l'occasion, Hillary Clinton a mis une robe bleue et s'est fait une coiffure compliquée aux reflets roses. Elle arbore aussi des bijoux colorés. Peut-être espère-t-elle ainsi impressionner les roboticiens. Nathalie me voit et me rejoint, m'offrant la possibilité de comprendre ce qui se dit.

— Tout d'abord, je tiens à souhaiter la bienvenue à la 104e tribu, celle des Bostoniens, annonce Hillary. Il m'a semblé que c'était le minimum de leur offrir une représentation officielle puisque nous étions chez eux. Par simple formalité, je vous propose un vote, mais je ne vois pas bien comment on pourrait leur refuser une place.

Le vote a lieu et je me contente de lever la patte comme tous les autres.

— Eh bien, c'est l'unanimité et je souhaite la bienvenue au représentant de la tribu des Bostoniens, qui est en l'occurrence Marc Raibert. Voulez-vous, mon cher Marc, prendre la parole ?

Le fondateur de Boston Dynamics se place devant le pupitre. Il porte encore une chemise à fleurs mais si la première était orange celle-ci est plutôt dans les teintes mauves.

— Chers amis new-yorkais, chers représentants issus des autres États, mais aussi : chère Bastet (car on m'a dit qu'il y avait une représentante des chats !).

Je miaule pour bien attirer l'attention.

— Je tiens d'abord à vous souhaiter la bienvenue chez nous. Je sais que vous avez vécu des moments difficiles. Ici, la muraille de verre et les Katz devraient vous assurer tranquillité et sécurité. Reposez-vous, détendez-vous et après nous verrons comment profiter de notre nombre pour tenter des sorties en vue de renouveler nos stocks de matières premières. Ce qui devrait nous permettre de réaliser l'un de mes projets : créer une armée de robots-chats Katz susceptible de vaincre les rats organiques.

Il utilise une télécommande et sur l'écran derrière lui apparaît une carte.

— Ces images proviennent de notre satellite d'observation. Nous pouvons voir la surface de la planète d'où nous le souhaitons. Voilà l'endroit où se trouvent les matériaux qui nous permettraient de fabriquer en série suffisamment de Katz 007 pour monter une armée de robots-chats.

Il désigne les points précis avec un pointeur laser rouge. Je serre les mâchoires pour ne pas courir après cette lueur si attirante.

Je peux tenir. Je peux tenir.

— Ici, le fer. Ici, l'aluminium. Ici, le pétrole. Ici, le cuivre. Je pense qu'il faudrait mettre sur pied des expéditions pour rapporter ces matières. Pour l'instant aucune n'est revenue.

Cheval Fougueux se lève pour poser une question.

— Vous avez un satellite d'observation, avez-vous dit. Est-ce que cet appareil vous permet de dénombrer les rats ? Par exemple, pourriez-vous dire combien ils sont à New York ?

— Selon les estimations de visualisation de surface couplées avec un système de calcul en IA : ils sont trente millions rien que sur l'île de Manhattan.

Un représentant de la communauté chinoise réclame lui aussi la parole.

— Disposez-vous de chiffres pour le reste de la planète ?

— Au niveau mondial, on peut considérer qu'il y a désormais dix rats pour un humain. En conservant ce ratio et en estimant qu'avant la crise il y avait huit milliards d'êtres humains, on peut estimer qu'il y a quatre-vingts milliards de rats.

Je lève la patte et je demande :

— Et combien de chats ?

Ma servante transmet ma question.

— Il y avait, avant l'Effondrement, un chat pour vingt humains.

Donc quatre cents millions de chats.

— Et de chiens ?

— Beaucoup moins, au dernier recensement : un chien pour quarante humains. Donc deux cents millions de chiens.

J'ignorais ces chiffres. Ils donnent une idée des forces numériques en présence.

— Et après l'Effondrement ?

Marc sort son portable et examine l'écran.

— Les humains sont passés de huit milliards à un milliard. Les chats, de quatre cents millions à cinquante millions. Les chiens, de deux cents millions à vingt millions.

— Et les rats ?

— Eh bien, les rats ont assurément profité de l'Effondrement. Selon les estimations, nous arrivons à un quadruplement de leurs effectifs. Donc nous pensons qu'ils sont trois cent vingt milliards. Avec bien entendu une beaucoup plus grande concentration d'individus dans les mégapoles équipées de métro et d'égouts comme Pékin, Shanghai, New York, New Delhi, Moscou, Le Caire, Istanbul, Tokyo, Rio, Paris, Londres.

Hillary Clinton répète, incrédule :

— Trois cent vingt milliards de rats ! Quand bien même nous relancerions la fabrication des robots-chats, vous imaginez combien de temps il faudra pour produire un nombre suffisant de robots qui affronte autant de bestioles ?

Cheval Fougueux demande la parole.

— Je propose qu'on renonce à les combattre.

— Ah oui ? Et que ferions-nous alors ? s'indigne Hillary.

— Nous créerions ici une enclave protégée où nous serions en sécurité et où nous vivrions en paix, en totale autarcie, coupés du reste du monde. Nous avons déjà l'agriculture, des sources de protéines, de l'espace, un écosystème viable.

— Et on abandonnerait le reste du monde aux rats ? ironise la présidente.

— Nous n'avons pas le choix. Il faut rester vivants. Ici, nous serions dans un espace protégé. Nous sommes quarante-deux mille. Cela suffit à former une petite ville autonome protégée, gérée par notre gouvernement, lui-même contrôlé par les représentants des cent quatre tribus.

Le général Grant intervient à son tour :

— Je ne suis pas d'accord. Nous avons un choix. Je propose d'utiliser une arme qui rééquilibrera les forces. L'arme la plus efficace de toutes. La bombe atomique.

Rumeur dans l'assistance.

— Je m'explique. Comme il n'y a plus d'humains à Manhattan et que c'est l'une des plus fortes concentrations d'ennemis (trente millions, nous le savons maintenant), et qu'en plus il y a là-bas un chef qui bénéficie d'une connaissance unique de nos technologies, je pense que c'est là qu'il faut frapper. Fort et de manière ciblée.

— Mais vous l'avez, cette bombe atomique ? questionne Hillary Clinton.

Comme moi, elle a l'air de penser qu'il est facile de parler mais qu'il faut des actes qui suivent derrière. Sinon, ce n'est que du bruit.

Le général Grant prend son temps avant de répondre.

— Il me fallait avoir la confirmation de certaines informations sur lesquelles j'avais encore des doutes, et j'ai pu le faire cette nuit grâce aux ordinateurs de Boston Dynamics. Voici donc la bonne nouvelle que j'ai pour vous : je sais en effet désormais comment concrètement nous pourrions envoyer une bombe atomique sur New York.

Cette fois-ci, tout le monde l'écoute.

— Je vais rapidement vous exposer mon plan : la station Delta-09 est un endroit dans le Dakota du Sud près du village de Wall. Ce site contient des silos équipés de missiles balistiques intercontinentaux

Minuteman III. Ce sont des armes de dernière génération. Leur ogive est équipée d'une bombe thermonucléaire.

Nous sommes tous impressionnés par ces détails. Le général ménage ses effets.

— Officiellement, le site a été désactivé en 1994, avec l'entrée en vigueur de l'accord Start I signé en 1991 par Mikhaïl Gorbatchev et le président George Bush. Le lieu est devenu un musée. Cependant, ce n'est pas « seulement » un musée. Quelque temps avant que je prenne mes fonctions sur le site militaire près de Cuba, un collègue m'a signalé qu'ils avaient gardé un missile potentiellement « actif », au cas où le traité ne serait pas respecté par les Russes. Une sorte de cartouche de sécurité.

— Vous voulez dire que les visiteurs du site y voient un missile à tête nucléaire qui est opérationnel ? s'étonne une représentante de la communauté slave.

— Quel meilleur camouflage, n'est-ce pas ? C'est toute l'ironie de la situation.

— Et comment voulez-vous procéder ? demande Cheval Fougueux dont la tribu vit précisément dans le Dakota.

— J'en ai déjà parlé à Marc Raibert cette nuit. Il a un hélicoptère. Je vais donc partir sur place avec un expert en balistique et en ingénierie pour lancer ce Minuteman III sur New York.

Je demande alors à m'exprimer.

Nathalie me porte sur l'estrade et branche l'appareil pour que tous me comprennent directement.

— Bonjour, pour ceux qui ne me connaissent pas encore, je me nomme Bastet, comme la déesse égyptienne. C'est moi qui ai mené les humains et les chats français jusqu'en Amérique. C'est aussi moi qui suis la seule à avoir eu le privilège de parler avec notre pire ennemi, le fameux Tamerlan qu'a évoqué le général Grant. Je suis une chatte, mais grâce à une clef USB implantée dans mon front comme un Troisième Œil, je peux surfer sur Internet et acquérir des connaissances, notamment sur votre histoire. Je tenais à signaler que je ne suis pas du tout favorable à l'utilisation de la bombe atomique sur New York. Je pense qu'il peut y avoir un moyen moins destructeur de gagner cette bataille. Franchement, je vous pose à tous la question : à quoi cela nous servira-t-il de raser une ville aussi extraordinaire si nous ne pouvons pas y revenir ensuite à cause des radiations ? Ce serait juste du gâchis !

Tous sont étonnés qu'une simple chatte comme moi connaisse le principe de la bombe nucléaire et des radiations mais je ne vais pas perdre mon temps à justifier mes connaissances acquises durant le mois passé à traverser l'Atlantique.

Le général Grant ne semble pas apprécier mon intervention.

— Je crois que du fait de votre statut de « chat », vous ne pouvez pas vraiment appréhender le problème, dit-il. La destruction de New York est un « petit » sacrifice nécessaire pour garantir un monde viable à tous nos enfants.

Il est applaudi par certains membres de l'assemblée. Alors, profitant de ce soutien, il se tourne vers moi et me regarde avec condescendance.

— Cela dit, sachez que je ne suis pas raciste et que je n'ai rien contre les chats. Et sachez aussi, chère Bastet, que je suis au courant de votre particularité et de vos prouesses passées.

Il commence à m'énerver, celui-là.

Je lui rétorque :

— Et moi, je ne suis pas raciste envers les humains, mais je suis au courant de vos échecs passés, général Grant. Une bombe atomique sur Manhattan est une très mauvaise idée, je vous assure.

— Écoutez, Bastet, votre admiration pour la ville de New York est tout à votre honneur mais, là, on parle de guerre totale. Si nous ne la remportons, la suite peut s'avérer catastrophique pour les humains comme pour les chats. Je vous concède que le nucléaire est une mauvaise solution, mais pour l'instant nous n'en avons pas d'autre. Et même le projet de Marc visant à trouver des sources de matières premières pour construire des robots-chats en quantité réclamera beaucoup de temps pour un résultat aléatoire.

Je continue :

— Et après la bombe atomique, il se passera quoi ?

— Les rares rats survivants communiqueront l'information aux autres rats. Alors tous auront peur de notre capacité de destruction. C'est ce qu'on appelle le « pouvoir de dissuasion ». Dès lors, il n'y aura plus besoin d'utiliser le nucléaire, l'ennemi saura ce que nous sommes capables d'accomplir.

— En êtes-vous sûr ? Moi je ne crois pas que cette bombe les effraiera.

Il faut que je retrouve un ton plus assuré. Je perds du terrain.

— Vous ne proposez rien en retour, il me semble, me lance-t-il.

Bon, je n'aurais pas dû m'avancer sans avoir préparé mon argumentaire. Grant a réfléchi à son intervention toute la nuit avec Raibert et moi j'ai l'air de vouloir faire obstruction sans rien proposer de concrètement applicable. Vite, il faut trouver une idée.

Une idée « bastetienne ».

Je sens les regards des représentants qui me fixent avec pitié. Ils pensent que j'ai perdu parce qu'il me manque une proposition pour contrer celle du nucléaire. Je cherche des visages alliés. Je vois dans le public Nathalie avec Angelo sur son épaule, et un peu plus loin Roman avec Esméralda, elle aussi juchée en hauteur.

Gagner encore un peu de temps. Trouver quelque chose.

— Évidemment, j'ai une autre idée.

Je dois me rappeler qui je suis, me rappeler ma différence, me rappeler toutes les idées que j'ai trouvées seule jusqu'ici.

— Je propose de créer une union sacrée de toutes les espèces contre les rats. Pour compenser notre infériorité numérique, nous ajouterons les oiseaux, les batraciens, les insectes.

— Vous voulez gagner avec l'aide des corbeaux, des crapauds et des cafards ?

— Pas seulement : aussi celle des faucons, des aigles, des grenouilles, des salamandres, des scorpions, des araignées, des termites, des guêpes, des abeilles, des fourmis. Déjà dans le passé un faucon m'a sauvé la vie.

— Et comment entendez-vous réaliser un tel miracle ? me demande Hillary Clinton.

— Il faudrait trouver un moyen de communiquer avec eux. Si moi, un simple chat, je peux dialoguer avec vous, cela montre bien que c'est possible. Une fois qu'on aura créé cette alliance, les rats, si nombreux soient-ils, ne pourront pas tenir. Il n'y a qu'à trouver des représentants des autres espèces et leur offrir un Troisième Œil. Je tiens à rappeler que nous ne devons notre survie qu'au fait que j'ai moi-même offert un Troisième Œil à un rat qui a espionné pour nous l'ennemi et a ainsi permis une confrontation avec leur chef. Sans la communication, nous, les habitants de la Freedom Tower, aurions tous été massacrés par les rats ou ensevelis sous les décombres d'une explosion.

Après mon intervention, les gens se remettent à parler tous en même temps. Le niveau sonore monte.

Hillary propose un vote.

— Qui vote pour la proposition de Bastet, représentante de la communauté des chats, proposition qui consiste donc à… si j'ai bien compris… développer la communication avec toutes les autres espèces par… le biais d'un Troisième Œil implanté dans le cerveau d'autres représentants d'autres animaux. Et ainsi à aboutir à la création d'une grande armée d'alliance qui comprendrait aussi des oiseaux, des batraciens et des insectes.

Je vois des regards hésitants.

Ils doivent se demander comment trouver de la place dans un crâne de fourmi pour placer une prise USB…

Huit personnes lèvent la main.

— Bien, dit la présidente. Je compte donc huit voix. Passons à la proposition numéro 2, émanant de Cheval Fougueux, représentant de la communauté amérindienne. Elle consiste, je le rappelle, à renforcer cette ville-usine pour en faire une enclave, un espace sanctuaire.

Cette fois-ci, il y a une trentaine de bras qui se lèvent.

— Je compte trente-trois voix, annonce Hillary Clinton. Bien, et maintenant qui vote pour la troisième proposition, celle du général Grant, représentant de la communauté des militaires : envoyer un missile à tête nucléaire sur New York où se trouvent trente millions de rats et leur chef surdoué.

Une soixantaine de mains se lèvent.

— Soixante-trois voix, dont la mienne qui compte double, compte Hillary. La mission « bombe atomique sur Manhattan » est approuvée par l'assemblée.

Les partisans du militaire se mettent à applaudir, puis la plupart des représentants se joignent à eux, car, il faut bien l'avouer, si dans un premier temps les humains se contredisent pour tout et n'importe quoi, dans un second temps, c'est leur instinct grégaire qui prend le dessus.

Je crois que les humains et tout spécialement les Américains préfèrent les solutions rapides et radicales aux solutions subtiles et forcément plus lentes à mettre en œuvre.

Après la zizanie, ils basculent dans l'enthousiasme en faveur de cette solution brutale.

Roman Wells s'approche de moi.

— Tu pourras dire plus tard que tu as essayé de sauver New York. Nous en sommes témoins.

Nathalie hausse les épaules.

— De toute façon, au point où nous en sommes, je ne crois pas que cela change grand-chose.

Angelo miaule :

— Tu as eu tort, maman, ces rats sont abominables, il ne faut pas les épargner, il faut tous les anéantir.

Je ne me donne même pas la peine de répondre.

Esméralda vient elle aussi vers moi.

— C'est dur d'être traité comme des animaux inférieurs, n'est-ce pas ? De temps en temps, j'en viens à me demander si les humains nous aiment vraiment autant qu'ils le prétendent. Ça va peut-être te surprendre, mais moi je crois en toi. Moi je reconnais en toi une vraie cheffe.

Puis elle ajoute :

— Tu sais, moi aussi j'ai beaucoup souffert de la perte de Pythagore.

— À quelle heure ont-ils dit que partait l'hélicoptère pour la station Delta-09 ?

— Je crois qu'ils veulent aller vite. Probablement dans une heure.

Je réfléchis.

— Et ça vous dirait de me suivre pour une nouvelle mission périlleuse qui peut paraître *a priori* un peu dingue ?

Elle écarquille les yeux mais ne semble pas fermée à cette proposition.

— Je me demande à quoi tu penses. Tu veux faire quoi de « dingue » au juste ?

Je prends une grande inspiration.

— Sauver New York.

Et au moment où je prononce ces mots, je me dis qu'en tant que représentante officielle de la 103e tribu à l'assemblée, j'ai désormais des responsabilités politiques que je compte bien assumer.

52. FONCTION OFFICIELLE POUR UN CHAT.

En Angleterre, un seul animal possède un titre officiel et un budget de fonctionnaire, c'est le chat ayant le titre de *Chief Mouser*, qu'on pourrait traduire par « chef des chasseurs de souris ».

Ce titre a été défini par le roi Henri VIII en 1530, mais la fonction officielle n'existe que depuis le 3 juin 1929 et a été associée à un salaire d'un penny par jour pour la nourriture et l'entretien. En 1932, cette somme est passée à un shilling et six pence par semaine. En 2010, le salaire du chat *Chief Mouser* était de cent livres par an. Le chat désigné en tant que fonctionnaire n'appartient pas au Premier ministre mais à la maison du 10, Downing Street.

En 2019, le *Chief Mouser* nommé Larry s'est fait remarquer par les médias en s'installant sous la limousine du président américain Trump et en refusant d'en bouger, ce qui a empêché la voiture

de démarrer et a perturbé l'agenda de la rencontre avec le Premier ministre anglais. Dès lors, Larry, devenu star, a obtenu un profil sur les réseaux sociaux, où il reçoit le soutien de beaucoup de fans.

Encyclopédie du Savoir Relatif et Absolu.
Volume XIV.

53. MISSION DANS LE DAKOTA.

Je dois admettre que si l'on ne me connaît pas bien on peut penser par moments que je suis bizarre.

Moi-même, parfois, je me regarde dans la glace et je me dis : « Elle n'est pas normale, cette chatte. »

D'un autre côté, il me semble que les gens normaux ne font (par définition) rien d'extraordinaire. Ils se contentent de suivre précisément… les gens bizarres comme moi.

L'hélicoptère a décollé. Moi et Esméralda avons pu nous camoufler derrière les sièges arrière. Je n'ai parlé du projet à personne et surtout pas à mon fils, qui aurait exigé de venir et qui n'aurait causé, tel que je le connais, que des catastrophes.

Je sais, ce n'est pas très gentil de dire ça, mais ce n'est pas parce que je suis sa mère que je dois perdre mon objectivité.

Donc nous volons dans l'hélicoptère en direction du village de Wall.

La distance depuis Boston est de plus de trois mille kilomètres. Vu que cet hélicoptère de dernière génération vole à trois cents kilomètres heure en moyenne, nous mettrons dix heures pour rejoindre notre objectif.

Plus je les connais, plus j'aime être précise avec les grands nombres parce que, quand j'étais « non instruite », je ne comptais que sur mes griffes, jusqu'à huit au maximum, et au-delà, c'était « beaucoup ».

Le voyage me semble long, mais l'enjeu est trop important pour que je renonce et puis je ne voudrais surtout pas avoir l'air de me déballonner devant Esméralda.

Sur les sièges devant nous sont assis le général Grant et son expert en missiles nucléaires. C'est le général qui pilote l'hélicoptère. Ils ont tous les deux des casques sur les oreilles et le bruit des pales de l'engin est si fort que nous pouvons être tranquilles dans notre petite niche.

Je profite du temps du voyage pour me connecter à l'ESRAE. Il faut que je comprenne le plus en détail possible comment marche le silo lanceur du missile nucléaire Minuteman III.

— Qu'est-ce que tu veux faire ? demande Esméralda.

— Je compte bloquer le missile au sol.

— Si le missile ne décolle pas, ils vont le réparer jusqu'à que le mécanisme fonctionne.

— Alors dans ce cas, il faut que le missile décolle, mais n'explose pas.

Je cherche « Minuteman III », puis « Lancement de missile ». Ainsi j'apprends le mode d'emploi.

Cependant, même si je suis intelligente et déterminée, j'ai du mal à saisir comment ça marche vraiment. Je dois m'y reprendre à plusieurs fois pour comprendre qu'il y a : dans la base et le cœur du missile, un système de propulsion ; dans l'ogive, un système de guidage électronique ; et au-dessus, un détonateur.

C'est précisément ce système de mise à feu qui me semble être l'endroit où je dois intervenir.

Je m'aperçois qu'il y a une commande de déclenchement à distance et une commande de déclenchement manuelle directement sur le missile…

J'explique la situation à Esméralda.

— Tu penses que nous devons entrer dans le missile lui-même pour le désactiver ? C'est ma limite de courage, dit-elle. Vas-y seule, je ne te suis plus.

Un instant, je m'imagine accrochée par mes griffes sur le missile alors qu'il monte dans le ciel.

Je ne pense pas que je tiendrais longtemps.

Je continue à consulter la notice de fonctionnement du silo et celle du missile.

Heureusement, mon cerveau adore apprendre et, plus je m'y intéresse, plus je trouve passionnant le système de guidage.

Une fois de plus, je ne peux m'empêcher d'admirer le niveau de subtilité de la technologie humaine.

Ils sont quand même allés très loin dans la maîtrise des outils et des machines ultracomplexes. Et cela, rien que grâce à leur cerveau à cortex surdéveloppé, leurs dix doigts articulés et leurs pouces opposables !

L'hélicoptère continue sa route vers l'ouest à grande vitesse.

Esméralda me fait signe de regarder à l'extérieur par la zone arrière transparente. Je distingue quelque chose de surprenant : une montagne sculptée avec quatre visages d'humains de taille géante. C'est encore plus spectaculaire que la statue de la Liberté.

Si je me souviens bien de ce que j'ai lu dans l'Encyclopédie, il s'agit du mont Rushmore avec les portraits de quatre présidents, chacun de dix-huit mètres de haut.

Après de longues heures de vol, nous arrivons enfin sur l'esplanade face au musée national historique Minuteman. L'hélicoptère atterrit. Les humains enlèvent leurs casques et leurs harnais de sécurité. Ils sortent, nous les suivons discrètement. Le bâtiment en lui-même est très laid. Il ressemble à une grosse boîte à chaussures marron avec un couvercle blanc. Le général Grant et son expert ne perdent pas de temps à se demander si c'est beau ou pas et franchissent l'entrée.

Esméralda me fait un signe pour me montrer quelque chose : des oreilles de rats dépassent des buissons.

— Ils nous surveillent, signale-t-elle.

On voit quatre ou cinq silhouettes, puis quelques centaines.

Ils ne sont pas assez nombreux pour agir. Ils se contentent de nous observer à distance.

Le général Grant et son expert ne les ont pas vus. Ils sont pressés d'accomplir leur mission. Ils s'installent dans le poste de contrôle après avoir forcé la serrure d'une des portes intérieures avec des explosifs. Nous nous faufilons derrière eux. À l'intérieur, il y a encore d'autres portes que les deux hommes parviennent à ouvrir par le même moyen.

Ils s'assoient sur de grands fauteuils en cuir rouge devant des pupitres verts constellés de boutons blancs avec en dessous des inscriptions. Ils allument les machines. Des dizaines de petites lampes colorées rouges et vertes s'éclairent, en même temps qu'on entend un système de ventilation ronfler derrière les grillages. Les deux militaires se mettent au travail.

Pour ma part, je ne m'intéresse qu'à une zone, celle du détonateur de la charge nucléaire. Comme le missile est ancien, je ne peux pas agir par Bluetooth, je dois vraiment aller appuyer sur les boutons pour, à mon tour, programmer l'ogive afin de la désactiver. Mais comment saboter un missile nucléaire alors qu'il y a deux humains qui sont précisément en train de tout faire pour qu'il fonctionne ?

Je ne sais pas si vous vous êtes déjà retrouvé dans ce genre de situation et je ne sais pas comment vous vous y prendriez, mais pour ma part, j'ai le sentiment d'être arrivée à la limite de mes possibilités d'action.

Esméralda, qui doit avoir un talent télépathique, me fait signe de la suivre. Elle va dans la pièce contiguë et renverse délibérément un pot rempli de stylos, lesquels dégringolent bruyamment.

Aussitôt, les deux humains s'arrêtent. Ils se consultent et se lèvent tous pour déceler l'origine de ce bruit. Des rats sont parvenus à entrer et font les frais de notre diversion. Les deux militaires dégainent leurs pistolets et tirent. Il y en a suffisamment pour que cette opération leur prenne du temps. Une aubaine qui me permet de poursuivre ma mission.

Brave Esméralda, on fonctionne encore mieux à deux.

J'arrive près du clavier déserté. J'appuie sur la touche « défilement » et, maintenant que je sais lire, je repère un chapitre où sont évoquées les commandes de mise à feu. Je modifie quelques mots au hasard dans les lignes qui suivent.

Mais déjà les coups de feu cessent. L'effet de diversion est terminé, il faut vite se cacher avant que les humains ne reviennent. Moi et Esméralda sautons au sommet d'une armoire pour suivre de haut les événements.

Grant et son expert reprennent leur travail et ne semblent pas avoir détecté mon intervention.

Lorsqu'ils ont fini, ils procèdent au lancement proprement dit.

Des écrans de contrôle des caméras de surveillance montrent que le couvercle du silo se soulève. Un énorme panache de fumée blanche sort du puits et enfin le missile décolle dans un flamboiement de réacteurs. Il monte dans le ciel, puis disparaît en traversant un nuage.

Le général et son acolyte sont satisfaits.

Sur un écran représentant la carte du monde apparaît la progression de l'engin de mort. Il semble que Minuteman III respecte parfaitement la trajectoire programmée. Le missile volant à sept kilomètres par seconde franchit les trois mille kilomètres de distance entre le Dakota et New York en huit minutes, avant de redescendre sur son objectif.

Sur l'écran, l'objectif est atteint. Le missile est arrivé pile au centre de l'île de Manhattan.

Cependant il n'y a pas d'images de la déflagration.

Comment savoir ce qu'il s'est passé là-bas ?

Se pourrait-il que Tamerlan soit mort à cet instant ?

J'ai en tête des images d'explosions nucléaires que j'avais vues dans les vidéos de l'ESRAE.

Le général Grant essaie d'appeler Boston, mais cela ne fonctionne pas. Résignés, ils stoppent toutes les machines. Les lampes s'éteignent, le système de ventilation se fait silencieux.

Puis ils quittent le poste de contrôle. À l'extérieur, il y a des milliers de rats.

Ils approchent, menaçants, mais n'osent pas encore attaquer.

Il y a peut-être une conscience collective d'espèce et même à des milliers de kilomètres ils ont perçu que beaucoup des leurs venaient de passer de vie à trépas.

Les deux militaires n'en tiennent pas compte et s'installent sur leurs sièges dans l'hélicoptère. Nous n'avons que le temps de nous faufiler pour retrouver nos places à l'arrière de l'engin.

Puis nous décollons.

Il reste maintenant ce suspense : est-ce que la bombe atomique a explosé ?

54. COMMENT ON A FAILLI AVOIR LA TROISIÈME GUERRE MONDIALE.

Le 26 septembre 1983 à minuit, l'alarme se déclenche dans le Serpoukhov 15, un centre d'alerte secret proche de Moscou, qui coordonne les informations de tous les radars de l'Union soviétique. Le lieutenant-colonel Stanislav Petrov voit sur les écrans que cinq missiles intercontinentaux

potentiellement porteurs d'une tête à charge nucléaire sont en train de franchir l'espace aérien russe. Nous sommes en pleine guerre froide et la tension est au maximum entre le président américain Ronald Reagan et son homologue russe Iouri Andropov.

L'Américain a lancé un programme nommé « Guerre des étoiles » chargé de répliquer à toute attaque soviétique. Et Andropov, un dirigeant particulièrement paranoïaque, a mis lui aussi en place un système de bunkers secrets qui surveillent l'espace aérien via un satellite d'observation militaire et permettent une riposte fulgurante en cas d'attaque américaine.

Stanislav Petrov a reçu des ordres précis pour agir dans cette situation. Il doit appuyer sur un simple bouton rouge. Il peut ainsi déclencher une contre-attaque immédiate grâce à laquelle des missiles russes à tête nucléaire partiront pour frapper les villes les plus peuplées des États-Unis.

Quelques jours auparavant, les Soviétiques ont abattu un avion sud-coréen, faisant 269 victimes parmi lesquelles 62 Américains.

On attend donc une réplique.

Et ce soir-là, un message rouge clignote sur l'écran.

Le système informatique d'alerte antimissile Krokus a donc détecté un missile, suivi de quatre autres. Petrov est entouré par une quarantaine d'autres militaires, mais c'est lui qui a le plus haut grade et qui doit prendre la décision finale. Il sait qu'il peut d'un geste déclencher la Troisième Guerre mondiale. Il hésite. Il a quarante-quatre ans et les minutes passent. Il soupèse la situation.

Il se dit que cinq missiles, c'est un nombre trop faible pour une attaque déterminante. Il conclut qu'il doit s'agir d'autre chose qu'un missile. Et il ne fait rien. Tous, dans le Serpoukhov 15, attendent de voir s'il va se passer quelque chose. Mais vingt minutes plus tard, il n'y a toujours pas d'explosion. Tout compte fait, il s'agissait de la réflexion du soleil sur des nuages, qui avait été interprétée comme le dégagement d'énergie des missiles. Quinze ans plus tard, en 1998, l'affaire fut rendue publique. En 2004, Petrov reçut le World Citizenship Award, une récompense décernée à des personnes dont le comportement a été héroïque.

Encyclopédie du Savoir Relatif et Absolu.
Volume XIV.

55. DE LA DIFFICULTÉ DE S'ENTENDRE ET DE SE COMPRENDRE.

Les dix heures du vol retour passent plus vite que celles de l'aller. Avec Esméralda, nous nous replions à l'arrière de l'hélicoptère, où nous nous aventurons à avoir une conversation.

Je m'aperçois que cette chatte est bien plus subtile que ce que j'ai pu penser jusque-là.

Je dois avouer que je la jugeais mal parce que je n'avais pas envie de m'intéresser à elle.

Et plus on juge négativement, plus on se donne l'impression qu'on domine le sujet.

Esméralda a un esprit fin, délicat, respectueux. Elle agit selon un code moral qui lui est propre.

En fait, elle se dévoue aux autres.

Elle s'est dévouée depuis le début pour me rendre service.

Et moi qui la prenais pour une prétentieuse qui voulait me voler ma place de mère, d'amante, voire de reine, je découvre juste… une amie, fiable et suffisamment courageuse pour m'accompagner dans les missions les plus périlleuses.

Je m'en veux un peu de l'avoir mésestimée depuis le départ, et en plus d'avoir été aveugle lorsqu'elle m'aidait. Sans avoir de Troisième Œil, elle sait beaucoup de choses, notamment sur la musique.

C'est certainement dû au fait que sa maîtresse était une chanteuse et pianiste.

L'hélicoptère atterrit enfin.

L'atmosphère est tendue dans l'usine Boston Dynamics. L'amphithéâtre qui sert pour les réunions de l'assemblée des cent quatre tribus est en ébullition.

Je rejoins Nathalie, que j'ai remarquée dans le public.

— Alors ?

— Non.

— Quoi, non ?

— La bombe atomique n'a pas explosé. Nous avons pu ici surveiller New York grâce au satellite d'observation. Le missile s'est planté, la pointe en avant, mais la déflagration n'a pas eu lieu. On ne sait pas pourquoi.

J'ai réussi !

J'ai sauvé New York.

Esméralda me fait un clin d'œil.

Je lui miaule :

— Il n'y a que nous deux qui savons. Je compte sur ta discrétion.

— Même si je voulais te trahir, je te rappelle que je ne parle pas humain et que je n'ai pas de Troisième Œil.

L'ambiance est électrique autour de nous. Les représentants des cent trois tribus se disputent.

— Tu étais où ? Je ne t'ai pas vue depuis hier, Bastet, me questionne Nathalie.

— Je me suis isolée dans un coin du parc pour discuter avec Esméralda. Nous avons décidé de passer du temps ensemble, rien que toutes les deux pour évoquer tous nos griefs. Cela n'a pas été simple mais nous sommes désormais complètement réconciliées. Et je dois reconnaître que c'est moi qui avais tort sur plusieurs points déterminants.

Alors que je prononce cette phrase, le ton monte de plus en plus entre les humains.

Eux, par contre, sont visiblement davantage en voie de division que d'union.

Les cent trois humains représentant des tribus se parlent deux par deux, ou trois par trois, si proches et si agressivement qu'ils se postillonnent au visage.

Ils semblent très contrariés que la bombe n'ait pas explosé.

C'est maintenant le général Grant qui se place devant le pupitre derrière lequel défile en boucle la vidéo prise par satellite du missile finissant sa trajectoire planté comme une fléchette dans Central Park.

— C'est du vieux matériel des années 1970. C'est peut-être un composant électronique qui a rouillé, ou un simple faux contact. Cependant, il ne faut pas perdre espoir : la charge nucléaire peut exploser à un moment ou à un autre, signale-t-il.

À cette déclaration, toute l'assemblée répond par une huée générale.

— CEUX QUI ÉCHOUENT TROUVENT LES EXCUSES ET CEUX QUI RÉUSSISSENT TROUVENT LES MOYENS ! hurle le représentant des hippies.

Les sifflements redoublent et des objets volent vers le militaire.

Hillary Clinton saisit l'occasion de gagner en popularité.

— Désolée, général, vous avez échoué dans votre mission comme vous avez échoué lors de votre débarquement avec vos tanks. Vous êtes un stratège trop approximatif pour nous être utile.

Une gifle part, laissant une marque rouge sur la joue de la présidente.

— Et en plus vous me frappez ! Vous ne respectez ni mon âge ni mon sexe !

Alors, à bout de nerfs, elle lui plante ses ongles dans le visage et lui laboure la peau, griffant ses paupières, son nez, ses lèvres.

Ainsi sont les humains : incapables de maîtriser leurs pulsions primaires.

Le général Grant pousse un cri et, aveuglé, sort son arme et tire dans la direction d'Hillary, mais celle-ci se baisse et la balle touche Marc Raibert en plein ventre.

L'homme regarde sa blessure, ahuri, sans comprendre, puis tombe en avant.

Aussitôt un Katz 007 ouvre sa gueule et libère l'arme située au fond de sa gorge. Il tire sur le général Grant, qui n'a que le temps de se jeter au sol pour éviter de justesse la balle. Un autre militaire dégaine à son tour et tire sur le robot-chat mais il doit s'y reprendre à plusieurs fois avant de le mettre hors d'état de nuire. Déjà d'autres Katz 007 surgissent et ils tirent, non seulement dans la direction du général Grant, mais aussi sur les autres militaires armés qui tentent de le secourir. La situation dégénère très vite. Les robots-chats visent les humains. Tout le monde se jette par terre.

Je demande à Roman qui est couché à côté de moi :

— Que se passe-t-il ?

— Leur intelligence artificielle a dû être programmée pour protéger leur maître. Celui-ci ayant été attaqué, ils se sont mis automatiquement en mode « combat » contre tout ce qui peut être la cause de cette agression.

Les Katz tirent sur toutes les personnes présentes. Quand ils n'utilisent pas leurs armes à feu, ils lancent leurs canines ou leurs griffes coupantes comme des lames de rasoir.

Je me souviens d'avoir lu les trois lois de la robotique d'Asimov.

Loi numéro 1 : un robot ne peut porter atteinte à un être humain ni, restant passif, permettre qu'un être humain soit exposé au danger ;

Loi numéro 2 : un robot doit obéir aux ordres que lui donne un être humain, sauf si de tels ordres entrent en conflit avec la première loi ;

Loi numéro 3 : un robot doit protéger son existence tant que cette protection n'entre pas en conflit avec la première ou la deuxième loi.

Visiblement cela fonctionne dans les romans de science-fiction mais pas dans la réalité…

Les balles sifflent. Il y a des détonations, des cris, des fumées.

Je me planque derrière une colonne de la salle de réunion. J'espère que les Katz ne me repéreront pas. Esméralda me rejoint.

— Pourquoi ils font ça ? me demande-t-elle.

— Ma mère m'a toujours dit que dans la vie, face à un péril, on n'avait que trois attitudes possibles : combattre, ne rien faire, ou fuir. Ne pouvant pas fuir ni combattre les rats, ne voulant pas non plus ne rien faire, eh bien, ils ont besoin de se défouler. Même si c'est sur leurs propres congénères.

À travers la baie vitrée, je constate que, même à l'extérieur de la salle, les humains se battent contre les robots-chats.

Plus que jamais, je me dis que les humains, si intelligents qu'ils soient, ne méritent plus de régner sur cette planète.

Les cris redoublent autour de moi.

L'espèce humaine arrivée au summum de son évolution n'a qu'une motivation : s'autodétruire.

— Je ne m'attendais pas à ce que cette dispute prenne si vite une telle ampleur.

— Et nous, nous faisons quoi ? demande la chatte noire.

— Nous restons planquées et nous attendons que cela se calme, dis-je.

Soudain surgit un Katz.

Je ne sais pas comment l'intelligence artificielle de ce robot-chat a été programmée mais visiblement les Katz ne font pas la différence entre les chats organiques et les humains.

Le robot-chat ouvre la gueule et pivote pour placer le canon de son fusil pile en face moi.

Il me met en joue !

Je ferme les yeux. Il y a une détonation.

Quand je les rouvre, je découvre Esméralda gisant à mes pattes.

Elle a sauté pour intercepter la balle qui m'était destinée.

Le Katz veut continuer de tirer sur moi, mais il n'a plus de munitions et on entend juste le cliquetis du percuteur.

Je bondis aussitôt et tente inutilement de planter mes griffes dans l'acier. Alors, avec toute ma rage, je mords l'un de ses yeux bleus, tire de toutes mes forces et parviens à extraire une ampoule raccordée par un fil électrique à l'intérieur de la cavité métallique qui lui sert d'orbite. Je plonge alors ma patte dans le crâne de métal et arrache d'autres fils dans des gerbes d'étincelles.

Enfin l'animal mécanique s'arrête net et bascule sur le côté.

Je reviens vers Esméralda pour la prendre dans mes pattes.

Je lui ordonne :

— Ne meurs pas !

Je sens l'énergie de vie qui la quitte.

— Ne t'inquiète pas, ça va aller, répond-elle.

Mais du sang coule de la commissure de sa bouche.

— JE T'INTERDIS DE MOURIR !

— Trop tard, Bastet ! C'est toi qui dois régner et sauver le monde. Toi et toi seule. Sache que je t'ai aimée.

Comme Pythagore.

Puis, selon le rituel des chats, elle rampe et cherche à se cacher pour que personne n'assiste à son agonie.

Je ne la suis pas, c'est mieux ainsi. Déjà un autre robot-chat apparaît. Cette fois-ci, comme, de loin, mon fils a vu ma façon d'agir, il fait de même. Il arrache un œil bleu, plante sa patte à l'intérieur du crâne et extirpe les fils.

Je n'arrive plus à réfléchir.

ESMÉRALDA !!!

Pas de doute : je porte malheur à ceux qui m'aiment.

Une grenade lancée par un militaire explose près de moi. La déflagration me défonce les tympans.

Soudain je perds l'audition, remplacée par un sifflement continu. Je n'entends plus le crépitement des armes à feu, je n'entends plus les cris, je n'entends plus les explosions.

J'ai l'image, sans le son.

Alors, moi-même prise d'une pulsion suicidaire, je sors sur l'esplanade face à l'entrée de l'usine au milieu du chaos de fumée, d'éclats et de fureur.

Je renonce à tous mes projets.

J'ai l'impression qu'alors que je marche normalement tout autour de moi bouge au ralenti.

Je repense à mes amis qui sont morts. Pythagore, Champollion et maintenant Esméralda.

J'en ai assez de me battre. Tant pis, je ne serai pas reine. Les rats régneront sur cette planète et ce sera parfait car les hommes ne méritent plus d'y être. Et ce n'est plus aux chats de les défendre.

Étonnamment, le fait que j'avance au milieu des combats qui font rage semble n'intéresser personne. Je continue de marcher comme un spectre au cœur de cette furie. Les balles sifflent près de mes oreilles ou frôlent ma fourrure.

Je n'y fais même plus attention.

Je monte sur le toit de l'usine. De là, je grimpe sur la cheminée et contemple la scène de haut. Comme le sifflement dans mes oreilles s'est arrêté, je me concentre pour me brancher sur l'ESRAE, que j'ai au cou, et, là, je sélectionne le requiem de Mozart.

Le monde autour de moi a repris sa vitesse d'écoulement normale, et cette musique douce, lente et triste, contraste avec le tumulte environnant.

Est-ce que cette zizanie aurait eu lieu si je n'avais pas saboté leur bombe atomique et si elle avait explosé ?

Et en moi-même, la réponse fuse :

Les humains ont une pulsion de mort inscrite au fond de leurs gènes. Et si cette pulsion ne s'exprime pas contre un ennemi extérieur, ils la retournent contre eux-mêmes.

C'est pour cette raison que nous les chats, qui ne sommes pas suicidaires, nous devons leur succéder.

Dès le départ, cette intuition de la nécessité de mon règne était juste. Il faut que je reprenne le flambeau.

Pour Pythagore.

Pour Champollion.

Pour Esméralda.

Pour mes compagnons qui ne sont plus là.

Alors je quitte mon observatoire en haut de la cheminée et je me calfeutre dans un coin sur le toit.

Mais soudain, tous les tirs s'arrêtent. Et il y a un long silence à peine ponctué par des râles d'agonie.

Ils sont fatigués ?

Ils n'ont plus de munitions ?

Ce calme m'intrigue.

Je redescends. Angelo surgit.

— Maman, maman, viens vite ! s'écrie-t-il. Il vient de se passer quelque chose de nouveau.

Cela peut-il encore empirer ?

Désabusée, je suis mon fils.

Je vois Marc Raibert blessé mais soutenu par deux de ses collègues bostoniens. Il a un bandage au niveau de sa blessure et grimace.

Il a dû être soigné et reprendre ses esprits, et il a arrêté les Katz.

Tous les robots-chats sont immobiles. Certains ont encore les pattes en l'air ou la bouche ouverte.

Il y a un instant de flottement où tout à coup, après la bataille, chacun prend conscience de la situation. On éteint les incendies, on secourt les blessés, on évacue les morts. L'usine qui était censée être un sanctuaire est maintenant un vrai capharnaüm où gisent mélangés des corps d'humains et des carcasses de robots plus ou moins désarticulés.

Une tente est transformée en hôpital, une autre en morgue.

Je n'en reviens pas : la situation a dégénéré si vite, sans la moindre attaque de rats.

Un service de soins s'organise, alors que plus personne n'ose commenter les événements qui viennent de se dérouler.

Je cherche ma servante. Je la trouve qui soigne les blessures de Roman dans la tente blanche qui fait office d'hôpital.

Ils sont en train de se réconcilier ?

Les Katz sont tous enfermés dans un hangar et leur batterie a été extraite.

Cette punition a l'air de détendre les humains présents. Mais, désormais, ils ont la hantise de ces robots.

Ce soir-là, Nathalie et Roman dorment côte à côte. Je les laisse tous les deux et m'en vais dormir seule avec Angelo sur le toit.

— Dis, maman, tu crois qu'on pourra survivre à tout ça ?

— Je crois que se poser la question est inutile. Il faut juste garder son sang-froid et réagir au fur et à mesure que les épreuves apparaissent.

Et je pense à Esméralda.

C'était vraiment quelqu'un d'extraordinaire.

Je m'apprête à fermer les yeux en espérant que le sommeil va apaiser toutes les tensions, les miennes et celles qui agitent notre communauté, lorsque résonne la sirène d'alerte.

Oh non, ça ne finira donc jamais !

Je descends du toit et rejoins la salle de réunion. Il fait nuit et je suis épuisée mais la curiosité me tient éveillée. Nathalie est présente elle aussi.

Je l'interroge :

— Que se passe-t-il ? Pourquoi cette alerte, si tard ?

C'est Hillary Clinton qui annonce la nouvelle.

— Mesdames et messieurs, je suis désolée de vous avoir convoqués alors que vous êtes exténués après la terrible journée que nous avons vécue mais il se passe un événement suffisamment inquiétant pour que je n'attende pas demain pour vous en avertir.

Elle laisse passer un temps puis l'air contrit elle déclare :

— Nous avons reçu un message.

Elle prend son smartphone et lit :

« Ici Paul. Tamerlan a pu intercepter vos conversations. Il est au courant de votre décision d'envoyer un missile à tête nucléaire sur Manhattan. Il a vu le missile se planter dans Central Park. Il a entendu les débats qui ont suivi et le général Grant dire qu'il fallait garder espoir car un simple coup de vent pourrait modifier les contacts de la bombe qui pourrait alors exploser. Il sait ce qu'est une bombe atomique. Craignant que cela se produise, Tamerlan a décidé d'abandonner New York avec toute la population des rats. »

Hillary Clinton lâche un soupir, marque une pause puis poursuit :

« Tamerlan sait aussi que vous vous trouvez dans l'usine Boston Dynamics. Il a décidé de monter vers le nord pour vous attaquer afin qu'il n'y ait plus de risque. Il espère aussi récupérer l'ESRAE car la sienne s'est autodétruite. »

Hillary conclut avec une forte émotion mal contenue dans la voix :

— LES RATS VIENNENT ICI !

Tout le monde se met à parler en même temps.

Puis Sylvain grimpe sur l'estrade.

— Grâce au satellite d'observation, nous avons pu voir le déplacement de cette masse de rats.

Il lance les images et l'on voit une sorte de liquide sombre qui coule dans l'avenue principale de Manhattan, telle une lave noire, pour sortir par le nord de la ville.

— Selon les estimations de nos systèmes de calcul d'imagerie, ils seraient bien trente millions de rats.

La nouvelle horde de Tamerlan…

Cheval Fougueux demande :

— Et nous, combien sommes-nous, déjà ?

— Nous étions quarante-deux mille, je pense que nous avons perdu dans l'échauffourée d'aujourd'hui un millier d'humains, donc nous sommes plutôt quarante et un mille sans parler des robots-chats qui ont eux aussi subi beaucoup de pertes.

— Nous ne faisons pas vraiment le poids, note Cheval Fougueux.

— Nous avons mis quarante jours pour arriver, ils devraient donc en mettre autant, dit Hillary Clinton. Cela nous laisse un répit pour imaginer une défense.

Sylvain semble dubitatif et déclare :

— D'après les images satellites, ils ont l'air d'avancer plus vite que nous. Je crois que nous ferions mieux de tabler sur trente jours.

Un long silence suit.

Pour ma part, je n'attends pas que les débats reprennent, je retourne dans la tente et je me mets au chaud sur un lit près d'un radiateur pour me reposer. Toutes ces émotions méritent d'être digérées.

Je profite que le silence soit revenu pour m'endormir.

Et là, je rêve. Le sommeil est ma machine à penser. Mes rêves sont mes fulgurances d'esprit.

Dans mon sommeil, je revois par flashs des instants du passé : l'opération de mon Troisième Œil, ma contemplation de la planète Terre, ma première conversation avec Tamerlan à Rouen. Je revois les batailles que j'ai menées, Tamerlan lançant ses sifflements et les autres qui lui obéissent. Je me rappelle quelques phrases de notre dernière conversation : « Qu'est-ce qui chez les humains devrait nous inspirer la moindre admiration ? », « Ils sont décevants, ils doivent disparaître comme les dinosaures », « Toi et moi, nous pouvons nous entendre, mais pas avec eux ».

Je revois l'expédition dans le Dakota, l'attaque des Katz, la mort d'Esméralda, les disputes entre Hillary et le général Grant, entre Roman et Nathalie.

Je vois tous ces personnages qui font du bruit avec leur bouche et qui ne se comprennent pas. Et parce qu'ils ne se comprennent pas, ils veulent se détruire.

Et puis soudain dans mon rêve, je trouve la solution.

Comment n'y ai-je pas pensé plus tôt ? Depuis le début, j'avais cette solution devant mon esprit et je ne la voyais pas. C'est comme si tout ce qui s'est passé récemment n'était arrivé que pour me répéter cette solution.

Un passage de l'Encyclopédie me revient, un passage qui fait référence à un extrait de la Bible et qui me semble particulièrement adapté à la solution que j'entrevois et dont je commence à élaborer les phases de mise en œuvre. Cette fois-ci, je pense que ma solution peut marcher. En fait, je suis sûre qu'elle va marcher, car j'ai vraiment, une fois de plus, une idée géniale à laquelle personne n'a pensé jusque-là.

56. COMMENT NOUS NOUS MENTONS À NOUS-MÊMES.

Une ménagère de Chicago, Marian Keech, annonça un jour dans un journal local avoir reçu un message des extraterrestres sous forme d'écriture automatique. Les auteurs de ce message disaient vivre sur la planète Clarion et ils avertissaient que le monde serait englouti par une immense inondation à la date précise du 21 décembre 1954. À la suite de cela, un groupe d'adeptes se réunit autour de Marian Keech, qui monta une sorte de secte.

Les membres du groupe étaient tellement convaincus de l'importance du message des extraterrestres qu'ils quittèrent leurs conjoints, distribuèrent leur argent et leurs biens et préparèrent leurs valises pour embarquer à bord des soucoupes volantes. Marian Keech avait en effet prévenu que seuls survivraient à ce déluge ceux qui seraient ce jour-là à ses côtés, prêts à voyager dans le cosmos. Cependant, à la date fatidique du 21 décembre 1954, il ne se passa rien de spécial. À partir de là, normalement, la secte aurait dû se dissoudre et ses membres se disperser mais ce ne fut pas le cas. Marian Keech expliqua le lendemain qu'elle avait

reçu un autre message en écriture automatique en provenance des extraterrestres de la planète Clarion : l'inondation avait été annulée car le petit groupe assis autour d'elle avait répandu tant de lumière d'amour qu'il avait été décidé finalement d'épargner la planète.

À la suite de cette péripétie, deux membres de la secte seulement démissionnèrent, les autres acceptèrent l'explication de Marian Keech et redoublèrent de ferveur à son égard, persuadés que c'étaient eux qui avaient permis de sauver le monde. Ce qui aurait dû être un désastre pour Marian Keech se transforma au contraire en une victoire. Le prosélytisme des membres restants se renforça, et par conséquent le nombre de ses adeptes augmenta.

Le professeur de psychologie Leon Festinger étudia cette aventure en détail dans son livre *L'Échec d'une prophétie* et en déduisit le concept de « dissonance cognitive ». Selon lui, « si beaucoup de gens sont convaincus que leur système de croyance est correct, le fait que la réalité contredise cette croyance ne suffit pas à la remettre en cause ». Bref, quand il y a un décalage entre notre conviction et les faits objectifs, nous nous mentons à nous-mêmes pour ne pas avoir à gérer cette contradiction.

Encyclopédie du Savoir Relatif et Absolu.
Volume XIV.

57. DE LA DIFFICULTÉ DE CONVAINCRE LES IMBÉCILES.

Je mûris mon plan toute la nuit et le lendemain je me connecte à Nathalie, qui se réveille dans les bras de Roman.

— Allez, debout ! Pas de temps à perdre !

— Que se passe-t-il ?

Son visage émerge de la broussaille de sa crinière noire.

Elle se frotte les yeux.

— J'ai trouvé comment nous pourrons nous en sortir, mais tout d'abord il faut réunir les représentants des tribus car je dois leur parler pour exposer ce plan qui va nous sauver.

Nathalie a encore en mémoire quelques-unes de mes suggestions fulgurantes et leurs résultats globalement positifs. Elle n'attend donc pas pour se dégager des bras de son compagnon, se lève, s'étire, s'habille.

Je l'encourage :

— Allez, assez perdu de temps !

C'est le problème avec les serviteurs humains, ils sont souvent un peu égoïstes et par moments ils sont tout simplement fainéants.

Je lui mords les mollets pour la motiver.

Comme tout le monde a peur, ils seront plus faciles à manipuler.

Ainsi, à huit heures du matin, j'ai face à moi les représentants des tribus.

Je me lance en choisissant avec le plus de précision possible chacun de mes mots.

— Humaines, humains, chattes, chats. L'heure est grave : les rats arrivent par dizaines de millions pour nous anéantir. Il faut à tout prix et vite trouver une solution.

J'attends un peu, puis je déclare :

— Si nous continuons à vivre dans la division, bientôt il n'y aura plus personne pour tenter de leur résister, ils arriveront directement sur nos ruines et nos cadavres sans même avoir à nous combattre. J'ai réfléchi. Il faut plus que jamais trouver une dimension de « fraternité » pour agir en communion. Je suis une chatte et je peux ressentir une émotion d'empathie pour vous, alors peut-être pouvez-vous, de même, ressentir une telle émotion pour vos congénères et accessoirement pour nous les chats.

— Assez parlé, me coupe le général Grant, c'est quoi votre plan, Bastet ?

Tout le monde s'impatiente alors je fais bref :

— La communication.

— Quoi, la communication ? me houspille le militaire.

Sans me presser, je poursuis :

— Dans l'Encyclopédie, j'ai trouvé une poésie de l'ancêtre de Roman, Edmond Wells. La voici. Écoutez bien :

« Entre
Ce que je pense
Ce que je veux dire
Ce que je crois dire
Ce que je dis
Ce que vous avez envie d'entendre
Ce que vous croyez entendre
Ce que vous entendez

Ce que vous avez envie de comprendre
Ce que vous croyez comprendre
Ce que vous comprenez
Il y a dix possibilités qu'on ait des difficultés à communiquer.
Mais essayons quand même. »

Je marque une légère pause après ma récitation, puis je commente :

— Comme ces phrases sont en même temps pessimistes et réalistes ! Pourtant elles me semblent porter en germe la solution à notre problème.

Je sens les regards sceptiques qui me fixent mais je continue :

— Plus jeune, je croyais que l'esprit pouvait sortir du crâne pour se connecter à d'autres esprits d'espèces étrangères. Je voulais parler aux souris, aux oiseaux, aux poissons en me connectant directement à leur cerveau. Mais je n'y suis pas parvenue. Plus tard, j'ai réussi à communiquer avec des humains grâce à un implant électronique, mon fameux Troisième Œil avec sa clef USB. Là où la spiritualité avait des limites, la technologie pouvait prendre le relais. Ce progrès a été une révélation. Avec cet appendice électronique, j'ai enfin pu soulever le voile de l'ignorance. Pourtant, je n'ai pas renoncé à mon premier projet : je veux que tous les animaux qui parlent des langues différentes finissent par se comprendre dans une seule et même langue, celle de l'esprit.

— Où voulez-vous en venir, chatte ? Nous n'avons pas de temps à perdre, intervient Hillary Clinton.

— Si la communication est selon moi le parfait remède à tous les maux, à l'inverse l'absence de communication peut être le parfait poison. Depuis le départ, j'avais la solution devant les yeux. Je la connaissais intuitivement. Hier, en vous voyant vous battre, j'ai d'abord été submergée par la déception. Puis j'ai éprouvé le chagrin de la perte de mon amie Esméralda. J'ai ensuite ressenti du désespoir en comprenant que cela ne pourrait jamais s'arranger entre gens d'un niveau de conscience aussi bas. Et enfin est arrivée l'émotion la plus intéressante : la colère. J'étais en colère contre moi-même de ne pas trouver la solution. Je savais que j'étais capable de sauver le monde. Ce n'était qu'un problème d'imagination. Alors j'ai dormi et j'ai rêvé. J'ai rêvé de tout ce qui s'est passé et je me suis rappelé que tous ces problèmes n'étaient que des problèmes de communication.

Les regards se font plus attentifs.

— J'ai eu la confirmation de la justesse de mon intuition dans la Bible. Nathalie m'a dit qu'il fallait que je la lise pour écrire ma propre Bible des chats. Eh bien, je l'avais lue, mais je l'avais oubliée alors je l'ai relue et j'ai trouvé. Être vraiment attentif, voilà ce qui me manquait.

— Arrêtez de nous faire languir, c'est quoi votre plan ? me presse la présidente, qui perd patience.

Je veux ménager mes effets pour être certaine qu'ils m'écoutent et qu'ils comprennent.

— Quel passage ? demande un évangéliste.

— La tour de Babel. Si vous vous souvenez bien, il y avait un groupe d'hommes qui bâtissaient une tour très haute pour toucher le ciel et ainsi voir Dieu au-dessus des nuages.

— Oui, on connaît tout ça, dit un prêtre. Et alors ?

— Alors Dieu, pour les arrêter, a fait en sorte qu'ils ne se comprennent plus en leur attribuant à tous une langue différente. Et comme ils ne se comprenaient plus, ils se sont battus, comme hier soir vous vous êtes battus. Et la tour de Babel s'est effondrée.

— Et ça nous amène où ? insiste le prêtre.

— Là où je veux en venir, c'est à l'idée que nous ne vaincrons pas les rats en les affrontant directement. Ils seront toujours plus forts que nous. Mais si nous les amenons à se tuer entre eux comme je vous ai vus le faire, alors leur empire s'effondrera comme la tour de Babel.

Cette fois-ci, mon discours les intrigue.

Je crois qu'ils commencent à comprendre.

— Comment faire en sorte que les rats ne se comprennent plus entre eux ? demande le général Grant.

— Eh bien, précisément, c'est là où intervient Edith Goldstein. Edith, vous pouvez me rejoindre ?

La biologiste se place à côté de moi.

— Vous m'avez expliqué que vous utilisiez une technique génétique, le CRISPR, pour reprogrammer l'ADN d'une espèce et qu'ensuite il suffisait de la diffuser pour que cette modification d'ADN devienne virale, comme une simple grippe, n'est-ce pas ?

— Oui, en théorie, c'est ça. J'ai mis au point avec la technique CRISPR un virus qui détruisait leur foie. C'était le projet Prometeus. Mais les rats ont muté.

— Parce qu'ils ont identifié les individus touchés. Mais imaginons qu'ils ne puissent même pas s'apercevoir qu'ils sont affectés.

— Que veux-tu dire ? questionne Edith.

— Je crois savoir que l'emplacement du langage dans le cerveau est une zone précise que les neurobiologistes nomment aire de Broca. J'ai lu cela dans l'ESRAE. C'est là que se forment les mots. Cet endroit du cerveau a été découvert en 1861 par le professeur français Paul Broca.

J'adore les impressionner en donnant des références précises que parfois eux-mêmes ignorent...

— Certes, mais...

— Donc, il y a une zone du cerveau spécifique qui nous permet de communiquer par la parole ou le miaulement. Quand nous articulons mal, nous nous comprenons mais nous ne comprenons pas que les autres ne nous comprennent pas, n'est-ce pas ? On pense que ce sont eux qui n'écoutent pas ou entendent mal. Imaginons un virus qui transmette une mutation d'ADN qui agisse sur l'aire de Broca. Dès lors, les individus touchés deviendront incompréhensibles pour leur entourage, mais ils ne comprendront pas pourquoi les autres n'arrivent pas à les écouter ou à les comprendre. Le cerveau est ce qui sert à mesurer l'état général de l'organisme, mais s'il est lui-même touché, il ne le perçoit pas. Ainsi les rats ne détecteront même pas qu'ils sont devenus incompréhensibles et ils ne comprendront pas ce que les autres leur disent. Ils considéreront qu'eux-mêmes vont bien et que ce sont les autres qui ont des problèmes.

— Un virus qui agit sur la communication ? raille le général Grant. Vous voulez arrêter trente millions de rats avec un virus qui les rendrait incompréhensibles les uns aux autres sans même qu'ils s'en rendent compte, c'est bien cela ?

C'est mon détracteur qui a le mieux résumé mon projet.

Je sens certains regards dans l'assistance se modifier.

Et voilà, ils sont en train de mesurer la puissance de mes idées. Je règne par mes visions et mon imagination. Je pense plus vite qu'eux en utilisant leurs propres outils différemment.

Tous m'observent, interloqués.

Même Edith, Roman et Nathalie sont impressionnés.

En fait, moi-même je viens de m'impressionner.

C'est Roman qui se lève en premier et qui applaudit, puis tous le suivent et j'ai droit à une ovation debout. Il y a aussi des miaulements et des aboiements. Tous sont en train de s'apercevoir à cet instant que je suis vraiment extraordinaire.

Depuis le temps que j'attendais cela.

Leur enthousiasme est d'autant plus notable que, juste avant que je ne parle, ils pensaient tous être condamnés à être dévorés par une horde de trente millions de rats furieux parce qu'on a tenté de les anéantir avec une bombe atomique.

Je poursuis :

— Donc voici plus précisément les étapes de mise en place de mon plan. Phase 1 : Edith extrait l'ADN d'un rat. Elle repère le codage qui agit sur l'aire de

Broca. Elle reprogramme afin que cela perturbe son bon fonctionnement. Puis elle utilise ce rat mutant pour qu'il produise des cellules qui toutes portent en elles le nouvel ADN induisant le dysfonctionnement de l'aire de Broca. Phase 2 : Edith se sert d'un virus de type grippe qui fonctionne sur les rats et ce virus transmet l'ADN mutant à d'autres rats. Il faudra faire des essais jusqu'à ce que cela fonctionne. Mais nous avons trente jours. Si ça marche, chaque rat se comprendra lui-même, mais sera incapable de comprendre les autres.

— Des rats qui se comprennent eux-mêmes mais ne comprennent pas les autres..., répète Nathalie.

— Mais comment diffuser cette grippe à la horde qui vient nous attaquer ? demande Roman.

Je reprends la parole :

— Voici la phase 3. Cette fois-ci, nous allons mettre Marc Raibert à contribution. Vous nous avez dit que vos Katz avaient une résistance d'à peu près une heure et que, ensuite, les rats en se groupant et en les attaquant simultanément arrivaient à les vaincre ?

— En effet.

— Une demi-heure devrait suffire. Il en reste combien ?

— Après les échauffourées d'hier nous avons perdu cinq cents d'entre eux. Donc il en reste autour de deux mille cinq cents.

— Ça devrait aller. Donc les deux mille cinq cents robots-chats vont se disperser au milieu des troupes adverses et tenir le plus longtemps possible afin de diffuser le virus Babel. L'inoculation de cet ADN se fera grâce aux dents des Katz, qui en mordant injecteront, comme avec des seringues, le virus sous la peau des rats afin de les infecter.

— Ça sera suffisant ?

— Peut-être pas au début. C'est pourquoi j'ai prévu une phase 4. Il faudra renforcer toutes les défenses en attendant que le virus Babel agisse. Alors seulement nous ferons intervenir en phase 5 le général Grant. Il devra mener une offensive classique avec nos troupes actuelles. Cependant il affrontera des rats affaiblis qui ne se comprendront plus et n'arriveront plus à coordonner leurs attaques.

Je les sens impressionnés.

C'est l'« Effet Moi » : l'imagination, la puissance et la douceur.

Je conclus :

— Chers amis humains, chers amis chats, je crois qu'il n'y a pas de temps à perdre, il faut désormais tous nous mettre à la tâche.

58. LES CISEAUX DU RUBAN D'ADN « CRISPR ».

En 2012 a eu lieu une véritable révolution dans la biologie. La Française Emmanuelle Charpentier et l'Américaine Jennifer Doudna ont mis au point le système CRISPR-Cas9, qui permet de modifier les séquences d'ADN comme dans un traitement de texte en faisant du copier/coller ou du rechercher/remplacer.

L'ADN, c'est le ruban qui se trouve dans le cœur de nos cellules et qui programme toutes nos caractéristiques génétiques, donc tout ce que nous sommes. Le nom de la technique CRISPR est l'acronyme de « Clustered Regularly Interspaced Short Palindromic Repeats ». Ce qu'on pourrait traduire par : « courtes répétitions palindromiques groupées et régulièrement espacées ». Le Cas9 est une enzyme spécialisée dans la découpe génétique, des sortes de ciseaux qui peuvent trancher ce ruban d'ADN à deux endroits.

Emmanuelle Charpentier a suggéré qu'on pourrait, en réécrivant l'ADN avec le CRISPR-Cas9, éliminer certaines maladies génétiques humaines (notamment le diabète, le cancer, l'Alzheimer), ou même modifier les vaches pour qu'elles naissent sans cornes (qui risquent de les faire se blesser si elles se battent), ou encore faire muter les moustiques pour qu'ils ne transportent plus le paludisme.

À la suite de la publication de ces travaux, la scientifique a reçu de très nombreux et très prestigieux prix.

Cette technique est si puissante et ouvre tant d'horizons d'utilisations possibles que les divers comités d'éthique ont aussitôt tiré la sonnette d'alarme et rappelé les risques d'un mauvais usage de ce traitement de texte du génome. Ils ont évoqué la tentation que le CRISPR serve à des fins moins morales, notamment l'eugénisme (créer des bébés sans défauts). Ils ont souligné les conséquences néfastes sur l'écosystème (on ne sait pas si le fait de changer l'ADN de cellules vivantes ne risque

pas de troubler d'autres êtres qui les consomment ou vivent avec elles).

Un moratoire a été réclamé par ces mêmes Emmanuelle Charpentier et Jennifer Doudna pour qu'on attende avant de commencer à appliquer n'importe comment le CRISPR-Cas9. Malgré cela, le Chinois He Jiankui, de l'université de Shenzhen, a en 2018 brisé le tabou lancé par les deux femmes scientifiques. Il a utilisé ces ciseaux d'ADN sur deux embryons humains de jumelles pour les rendre résistantes au virus du sida (leur père était séropositif). Les deux bébés sont nés mais l'expérience a provoqué un tollé de la communauté scientifique. Les autorités ont suspendu ses travaux. He Jiankui a été ensuite condamné par un tribunal chinois.

Encyclopédie du Savoir Relatif et Absolu.
Volume XIV.

59. TRENTE MILLIONS D'ENNEMIS.

La sirène d'alerte résonne.

L'horizon se couvre d'une multitude de silhouettes hostiles.

Les trente millions de rats de la horde de Tamerlan…

Nous sommes presque prêts. Il nous aurait fallu encore une petite semaine de préparatifs, mais bon.

Trente-cinq jours ont passé depuis mon discours et tout le monde dans l'usine a travaillé avec ardeur sur mon projet « Opération Babel ».

Nous avons pu tester efficacement l'épidémie artificielle sur une dizaine de rats.

Puis les roboticiens de Marc Raibert ont modifié les Katz 007 pour que leurs canines puissent injecter le virus.

Maintenant on va savoir.

L'odeur de cette multitude de rongeurs parvient à mes narines, soufflée par le vent.

Cela pique.

C'est poivré.

Une désagréable palpitation me secoue le corps.

Nous montons sur la grande terrasse du toit du bâtiment principal de Boston Dynamics. Là, derrière un mur de sacs de sable et de mitrailleuses, nous avons installé des jumelles sur pied ainsi que des écrans vidéo.

Les représentants des tribus ont été autorisés à rester sur le côté, les autres humains se contentent de suivre l'affrontement depuis des écrans placés plus en arrière.

Les caméras des drones filment et nous retransmettent la scène sous différents angles.

Marc Raibert, encore convalescent, est dans un fauteuil roulant. Le général Grant a mis son uniforme avec sa casquette et ses lunettes de soleil. Nathalie a trouvé une tenue militaire de camouflage verte qui lui va plutôt bien. Roman a lui aussi enfilé un uniforme de soldat.

La horde de Tamerlan avance inexorablement. Je grimpe sur l'épaule de Nathalie, mon promontoire préféré.

Tous me regardent.

Je miaule :

— Pas encore.

Les millions de rats qui approchent forment une nappe brune qui assombrit la colline.

— Attendez, dis-je.

Je sens que mes compagnons d'aventure sont fébriles, pressés d'agir, mais je sais que plus les assaillants seront proches, plus ma stratégie sera efficace.

Puis je donne le signal :

— Maintenant !

Marc Raibert appuie sur une touche de son smartphone. La porte d'entrée en miroir s'ouvre et une meute de deux mille cinq cents de ses Katz 007 galope vers les trente millions de rats.

Les robots-chats ont leurs yeux bleus allumés en position pleins phares. Leurs oreilles sont rabattues en arrière pour augmenter leur aérodynamisme.

À présent, on ne peut plus faire marche arrière.

De loin, nous voyons les robots-chats franchir notre défense, foncer et arriver sur la première ligne de rats. Là, comme nous les avons programmés, les Katz commencent à mordre pour injecter le virus Babel. Ils ne tuent pas, ils se contentent de planter les dents dans leur cible puis passent aussitôt à un autre rat.

Les combats sont rapides. Les robots-chats ne peuvent pas faire face à autant d'adversaires. En quelques minutes à peine, les deux mille cinq cents Katz sont mis hors service.

Pourvu qu'ils aient eu le temps d'inoculer le virus à un nombre suffisant d'individus.

Je me souviens d'avoir lu dans l'Encyclopédie que la première guerre bactériologique fut celle du siège de Caffa, comptoir génois en Crimée, par l'armée mongole en 1346. Les Mongols avaient catapulté des cadavres infectés de la peste au-dessus des murs de la ville. Et ce furent ensuite les bateaux génois qui répandirent la peste noire en Europe, qui allait tuer la moitié de la population.

La connaissance de l'histoire des humains m'inspire.

Après une pause liée à la gestion de l'attaque des robots-chats, la horde poursuit son avancée, imposante, effrayante, unie.

Ils sont si nombreux.

Ils s'arrêtent devant le premier fossé.

Durant ces jours de préparation, nous avons pu, parallèlement à mon plan Babel, établir quelques lignes de défense.

Ainsi il y a un fossé rempli d'essence, et juste après nous avons disposé des barbelés électriques.

Un gros rat marron s'avance tout seul, il porte un petit sac dans sa gueule.

Il franchit le fossé en nageant dans l'essence, puis il s'approche de la zone des barbelés et dépose son sac.

Grâce aux caméras vidéo, nous pouvons zoomer et nous voyons qu'il s'agit d'un sac de tissu blanc et rouge.

— Attention, c'est peut-être de la poudre à canon ! dis-je.

Mais on ne distingue pas de mèche enflammée.

Alors, sur mon ordre, un des derniers Katz encore opérationnels sort par une chatière blindée, passe par une zone de chatières automatiques que nous avons construites dans le mur de barbelés, saisit le petit sac puis prend le chemin inverse pour nous le rapporter.

Le général Grant s'approche du petit sac et l'ouvre pour examiner son contenu.

Il a un mouvement de recul.

Je m'approche par curiosité.

Dans le sac, il y a une tête de rat que je reconnais tout de suite car elle est pourvue d'un Troisième Œil sur son front.

Paul !

Ainsi il aura fini décapité, comme son illustre homonyme humain.

— Ils cherchent à nous déstabiliser, commente le général Grant.

Je remarque avec regret :

— En tout cas, nous n'aurons plus d'informations sur ce qu'ils font.

Il faut leur montrer qu'ils ne nous font pas peur.

Alors je me mets à miauler très fort et les huit mille chats miaulent avec moi, puis ce sont les cinq mille chiens qui aboient, puis les quarante et un mille humains qui poussent un cri sur la même note.

Comme en réponse, les trente millions de rats se mettent à siffler. Grâce à leur nombre, le sifflement strident emplit tout l'espace sonore.

Je distingue sur les écrans un point au-dessus de leurs lignes. Je demande à Roman qu'il zoome et je « le » vois.

Tamerlan installé sur « mon » drone en lévitation est en train de diriger ses troupes.

Suit un instant de silence qui dure longtemps et puis tout à coup Tamerlan se dresse, lance un cri aigu et sa horde fonce au galop vers nous.

Cette fois-ci, nous y sommes.

Dès que les rats approchent du fossé d'essence et au moment où déjà quelques-uns l'ont franchi, je crie :

— Maintenant !

Alors Marc Raibert appuie sur une touche de son smartphone qui déclenche un détonateur. Notre fossé d'essence se transforme en mur de feu.

Toute la première ligne de rats se met à brûler.

Tamerlan le savait et pourtant il n'a pas hésité.

Et je comprends pourquoi. En fait, ils sont si nombreux qu'ils parviennent à étouffer les flammes rien qu'avec leurs corps.

Déjà, une deuxième ligne attaque et franchit le mur de feu.

Bon, le feu, ça ne suffit pas…

Ils arrivent sur les barbelés et, là, ils se coincent dans les pointes métalliques.

Je miaule une nouvelle fois :

— Maintenant !

L'électricité est envoyée, foudroyant tous ceux qui sont engagés. Ceux qui essayent d'approcher reçoivent des chocs suffisamment violents pour les repousser.

Selon mon plan, il faut qu'ils renoncent à charger.

Tout se joue à ce moment car le petit souci de la grippe mutante est qu'elle met du temps à agir. Et puis elle ne peut s'avérer efficace que s'ils tentent de se parler entre eux.

Voilà pourquoi j'ai tablé sur une guerre de siège qui dure. Un assaut frontal submergerait d'un coup nos troupes.

Nous suivons sur les écrans l'évolution de la situation.

Pourvu que ça tienne.

Les rats, après une offensive large, changent de stratégie. Pour leur troisième vague d'assaut contre les barbelés électrifiés, ils concentrent leur action sur un endroit précis du mur de barbelés.

Ils meurent mais cela semble faire partie de leur plan.

Ils cherchent encore à créer un pont de cadavres.

Heureusement, les décharges sont suffisamment fortes pour en tuer beaucoup et en repousser encore plus.

Cela tient un moment mais je me doute que notre défense ne peut résister indéfiniment.

Comme je l'avais craint, la zone de barbelés commence à être saturée de cadavres, au point de ne plus être aussi efficace.

La pression sur le point précis s'accentue.

Si les rats réussissent à forcer le passage, nous serons exposés.

Ils se mettent à pousser sur les barbelés.

De nouveau, je me surprends à prier.

Univers, aide-moi. Si tu préfères que les rats régnent sur ce monde, laisse-les avancer, mais sinon, apporte-moi ton soutien. Et ne traîne pas.

Mais l'univers est encore plus lent à agir que mes serviteurs humains. Je dois réitérer plusieurs fois ma prière avant qu'enfin un éclair illumine le ciel.

Eh ben, c'est pas trop tôt. Merci quand même.

Une pluie se déverse et augmente la conductivité électrique.

Les rats, qui devaient déjà être épuisés par leur marche forcée depuis Manhattan, sont de moins en moins pugnaces. Ils parviennent malgré tout à faire un pont de cadavres praticable et une colonne d'entre eux franchit le mur de barbelés pour arriver jusqu'à la muraille de protection en verre. Là, les mitrailleuses à tir automatique et les lance-flammes se mettent en action et fauchent les rongeurs les plus proches.

Mais le flot des assaillants continue de couler vers notre citadelle comme une lave brune.

Les rats atteignent le mur transparent. Ils tentent de grimper sur le verre mais leurs griffes patinent. Ils ne trouvent aucune prise. Et la pluie rend la surface glissante.

Mais ils ne renoncent pas.

Grâce à une montagne de corps, les premiers combattants se hissent en haut de la muraille.

Des humains brandissant des faux coupent ceux qui se présentent là. Quelques milliers parviennent malgré tout à passer. D'autres humains viennent les aider, armés de fusils, de mitraillettes, voire de couteaux. Ils doivent se battre, parfois au corps à corps. Des chats et des chiens sont là en soutien. Nous déplorons nos premiers morts.

Et la masse de rats afflue toujours comme si toutes nos défenses n'avaient jamais existé.

À cet instant, la pluie se transforme en gros grêlons bien durs de la taille de prunes.

Nous rentrons nos drones et ne pouvons plus suivre le déroulement de l'action.

Les rats n'arrivent plus à lancer leurs renforts pour soutenir ceux qui sont le long de la muraille de verre.

Progressivement, le nombre de ceux qui ont réussi à franchir la muraille transparente se réduit. Et la grêle est toujours aussi dévastatrice.

Nous nous nous réfugions dans la salle de réunion pendant que les assiégeurs subissent la mitraille du ciel.

Depuis l'intérieur du bâtiment, nous entendons la grêle qui frappe les vitres, mais nous sommes là en sécurité. Il n'y a plus le moindre rat aux alentours du mur d'enceinte.

Ils ont dû trouver un abri pour se préparer à l'offensive de demain.

Je profite de ce répit pour dormir dans un coin, je sais que demain j'aurai besoin de toutes mes forces.

60. LA BATAILLE DE FORT ALAMO.

À Fort Alamo, une troupe de quelques centaines de combattants affronta une armée de plusieurs milliers de soldats.
En 1836, le Texas faisait partie du Mexique. Cependant, de plus en plus de colons nord-américains étaient venus s'y installer, accompagnés de leurs esclaves noirs.
Sur l'initiative de l'un d'eux, Sam Houston, ces colons, se jugeant suffisamment nombreux, décidèrent de se déclarer autonomes du gouvernement mexicain (qui voulait notamment abolir l'esclavage – c'était avant la guerre de Sécession de 1861).
Le dirigeant mexicain de l'époque était le général Antonio López de Santa Anna, qui se définissait lui-même comme le « Napoléon du Nouveau

Monde ». Il décida de réunir une armée de cinq mille soldats pour mater les rebelles indépendantistes nord-américains.

Deux colons, James Bowie et William Travis, entreprirent alors de fortifier une ancienne mission près de San Antonio, nommée Fort Alamo, pour lui barrer le chemin. Avec l'aide d'un trappeur célèbre, Davy Crockett, ils montèrent une petite armée de cent quatre-vingt-sept soldats et organisèrent une défense pour résister aux Mexicains dans cette forteresse.

Le siège commença le 24 février 1836 et dura treize jours.

Les deux premiers assauts furent repoussés.

Au troisième assaut, les Mexicains parvinrent à escalader le mur d'enceinte, forçant les Texans à se replier dans un bâtiment à l'intérieur du fort.

Au matin du 6 mars, les Mexicains réussirent à pénétrer dans ce bâtiment lors d'une attaque de nuit, mais l'alerte fut donnée et les colons se battirent jusqu'au dernier. Tous périrent.

Cependant leur sacrifice permit de ralentir l'offensive de Santa Anna.

Lorsque, après la bataille de Fort Alamo, l'armée mexicaine reprit sa route vers le nord, il était déjà trop tard. Durant le siège, le 2 mars 1836, le Texas avait proclamé son indépendance et désigné Sam Houston comme président.

Santa Anna continua d'avancer avec son armée, mais quelques jours plus tard, neuf cents Texans sous les ordres de Sam Houston attaquèrent à San Jacinto par surprise son armée, au cri de : « Vengeance

pour El Alamo ! » Ils tuèrent six cents Mexicains et en firent prisonniers six cents autres. Le général de Santa Anna s'enfuit et reconnut l'indépendance du Texas.

Encyclopédie du Savoir Relatif et Absolu.
Volume XIV.

61. ARMAGEDDON : LA BATAILLE DES BATAILLES.

Le jour se lève et les millions de rats sont toujours là.

Nos drones passent au-dessus d'eux, ils ont l'air un tout petit peu moins nombreux mais semblent avoir profité de la nuit pour reprendre des forces.

Ils sont increvables.

Ce matin, en revanche il n'y a plus de pluie, ni de grêle.

Les micros des appareils enregistrent quelques éternuements et toussotements de rats, mais je ne sais pas si c'est à cause de « mon » virus Babel ou simplement de la pluie et du froid.

Et puis on entend un sifflement et de nouveau une vague de rats part à l'attaque.

Comme hier, grâce à leur nombre, la charge parvient à traverser les premières défenses, ensuite les plus en avant sont fauchés par les mitrailleuses automatiques. Là encore, certains arrivent malgré tout à passer et se ruent sur la muraille de verre.

Par transparence, nous voyons les rats tenter de faire des montagnes de corps pour arriver au sommet.

Ils paraissent moins vaillants et ceux qui accèdent en haut se font plus facilement stopper par les faucheurs.

Certains passent malgré tout et les humains font feu de toutes leurs armes. C'est efficace, cependant les ennemis tués sont à peine tombés qu'ils sont aussitôt remplacés.

Les combats font rage.

Nathalie a pris un fusil-mitrailleur qu'elle manie plutôt adroitement. Roman à côté tire au pistolet. Hillary Clinton a un bazooka, et vise de loin la colonne de rats qui affluent, tandis que Marc Raibert dans son fauteuil roulant lui fournit des munitions. Le général Grant utilise un lance-flammes qu'il manie sans lâcher sa pipe au coin des lèvres et en lançant des jurons.

Même les chats et les chiens sont de la partie.

Angelo est évidemment en première ligne.

Bon, il va falloir que j'y aille aussi. Je ne peux pas me tenir à l'écart.

Ce qu'il y a de pénible avec la guerre, c'est qu'au-delà du problème moral (je n'aime pas arrêter l'énergie de vie des autres, quels qu'ils soient), il y a un problème musculaire.

Tuer, c'est fatigant.

Nous utilisons nos griffes, nos dents, notre rage.

Mais ils sont si nombreux. À peine en ai-je tué un qu'il en surgit dix autres pour le remplacer.

Je m'approche de mon fils pour le protéger, mais il n'a pas l'air d'en avoir besoin. Il a trouvé un rythme régulier. Un coup de la patte droite, un coup de la patte gauche, une morsure, et au suivant.

Moi, je gère au cas par cas.

Ce qui m'agace, c'est que ma fourrure est toute poisseuse à cause du sang des rats et moi, vous me connaissez, j'ai la hantise des taches et de la saleté.

Je ne sais pas comment vous faites, vous, pour faire la guerre, mais moi je crois que le mieux reste encore de ne pas trop s'investir émotionnellement.

Ni peur ni colère. Il n'y a rien de personnel dans chacun de mes gestes, juste une nécessité d'agir pour survivre.

Je ne vois néanmoins pas bien comment cela pourrait s'arranger.

Je me bats sans grand espoir et puis, soudain, il se passe quelque chose de nouveau.

Deux rats se battent entre eux.

Bon sang, voilà les premiers rongeurs qui combattent d'autres rongeurs. Est-ce possible que Babel commence à fonctionner ?

Au début, il n'y en a que quelques-uns, mais bientôt, leur nombre augmente.

Du coup, la pression sur notre ligne de défense se relâche.

De plus en plus de rats se disputent entre eux.

Et ceux qui m'attaquent sont parfois interceptés par d'autres rats qui viennent me défendre.

La guerre de la muraille devient un chaos où humains et chats affrontent les rats alors que ceux-ci frappent dans le même temps leurs propres congénères.

Je quitte le champ de bataille et monte sur le toit pour voir la scène de haut.

Je me souviens d'avoir lu dans l'ESRAE qu'en 1515, durant la fameuse bataille de Marignan, les Français et les Suisses, dans la nuit et la neige, n'avaient pas réussi à s'identifier mutuellement. Des Français tuèrent des Français et des Suisses firent de même avec leurs compatriotes. Par erreur. Par manque de visibilité. Par manque de communication.

Le lendemain matin, les Vénitiens sont arrivés. Ils ont prêté main-forte aux Français et leur ont ainsi offert la victoire.

Le fait de m'être intéressée aux batailles humaines et de les avoir stockées dans ma mémoire s'avère précieux.

J'observe le tumulte qui m'entoure comme une fresque. Cela me fait penser à certains détails d'un merveilleux tableau de Jérôme Bosch intitulé *L'Enfer.*

Je suis en Enfer. Les rats sont les diables.

Étrangement, dans toute cette violence, ces cris, ce sang, je veux me déconnecter par la musique. Je profite d'avoir toujours mon ESRAE en collier pour sélectionner un morceau de la Callas.

L'« Ave Maria » de Gounod.

Ainsi est le monde dans lequel je vis. Un monde de tumulte et de diversité. Chacun est différent, chacun vit dans la peur et la tentation de détruire les autres.

Tous ces êtres féroces autour de moi m'inspirent plus que jamais une grande soif de paix, de douceur, d'amitié.

Comme l'Enfer donne envie de connaître le Paradis.

Comme l'Obscurité donne envie de Lumière.

Et puis je perçois au loin quelque chose qui vole et qui m'intrigue.

Tamerlan sur son drone est attaqué par ses propres rats, qui sautent pour essayer de l'atteindre.

Ses barons veulent le faire descendre.

Alors je quitte mon promontoire et, à toute vitesse, je rejoins Roman.

— Vous pouvez me préparer un drone à piloter ?

— Je n'en ai pas sous la main, il faudrait que j'en bricole un avec le matériel de chez Boston Dynamics, mais le moment n'est pas vraiment idéal pour…

— C'est probablement la clef de la bataille. Je peux vaincre Tamerlan si vous me fournissez un de ces engins volants.

Je sens qu'il ne veut pas abandonner Nathalie. Mais il sait que par moments j'ai des intuitions qui se révèlent payantes, alors il accepte de m'aider et rejoint l'atelier. Il sélectionne ce qui va lui être nécessaire pour satisfaire ma demande.

Il bricole avec fébrilité.

— Ne pensez pas à ce qui se passe dehors, concentrez-vous sur la nouvelle mission que je vous ai confiée.

Dehors, les bruits, un mélange de cris et de détonations, ne font que s'amplifier. Roman réussit à faire abstraction du tumulte tout proche. Il manipule plusieurs objets et utilise un ordinateur pour programmer une plaque électronique.

— C'est prêt, annonce enfin mon serviteur.

Il m'harnache sur le drone, allume le moteur. Les hélices du trèfle à quatre feuilles commencent à vrombir.

Maintenant, Tamerlan, nous sommes à armes égales.

Je prends une grande inspiration et branche mon esprit sur les commandes. J'active les gouvernails de direction et je décolle.

La pluie a cessé et je peux voler sans difficulté. Je distingue au loin le drone blanc que j'ai offert à l'empereur des rats. Je fonce vers lui. Il me voit et, au lieu de chercher la confrontation, il s'enfuit.

Il a peur de moi !

Il se dirige vers le sud. Je le poursuis. Mon drone est un peu plus puissant que le sien mais son poids plus léger lui donne un avantage. Je ne parviens pas à le rattraper. Nous volons donc l'un derrière l'autre vers le sud, laissant loin derrière nous le champ de bataille.

Cette fois-ci, je t'aurai. Et ensuite je prendrai le pouvoir pour instaurer un monde de paix et de sagesse.

62. L'EMPEREUR MARC AURÈLE

Marc Aurèle est l'unique cas d'empereur philosophe.

Né en 121 après Jésus-Christ à Rome, il accéda au pouvoir suprême à quarante ans et se montra bon politicien, fin stratège, mais aussi écrivain et homme de sagesse. Sous son règne, l'Empire romain connut son apogée, s'étirant du nord de l'Angleterre au sud de l'Égypte, et de l'Espagne à l'actuel Iran.

À peine arrivé au pouvoir, il dut combattre une invasion de Parthes par le front ouest. Il en revint

victorieux, mais dut gérer une épidémie de peste à Rome, puis une inondation du Tibre et un tremblement de terre en Turquie.

Puis ce furent les Germains qui tentèrent d'envahir l'Empire romain par le nord. Il combattit pendant cinq ans pour les contenir. Il passa l'essentiel de sa vie à faire la guerre pour protéger l'Empire.

On lui doit des formules célèbres :

– « Que la force me soit donnée de supporter ce qui ne peut être changé et le courage de changer ce qui peut l'être, mais aussi la sagesse de distinguer l'un de l'autre » ;

– « Voilà la morale parfaite : vivre chaque jour comme si c'était le dernier » ;

– « La meilleure façon de se venger d'un ennemi est de ne pas lui ressembler » ;

– « L'homme ordinaire est exigeant envers les autres, l'homme d'exception est exigeant envers lui-même » ;

– « Tu peux, à l'heure que tu veux, te retirer en toi-même. Nulle retraite n'est plus tranquille ni moins troublée pour l'homme que celle qu'il trouve en son âme ».

L'empereur Marc Aurèle fut très apprécié par son peuple, cependant il eut une faiblesse : sa femme, Faustine. Restée seule à Rome pendant que son mari faisait la guerre aux frontières, elle fréquenta beaucoup les gladiateurs. Elle eut un fils, Commode, qui, selon l'historien Dion Cassius, fit empoisonner son père durant la campagne de Germanie. Commode, qu'il avait désigné comme héritier, fut

l'un des pires empereurs romains, adorant le luxe, la débauche et les combats de gladiateurs.

Encyclopédie du Savoir Relatif et Absolu. Volume XIV.

63. SYMPHONIE POUR DRONE, GRIFFES ET DENTS.

Ce que je déteste dans les courses-poursuites, c'est quand elles s'éternisent.

Là, en l'occurrence, celle-ci dure vraiment trop longtemps à mon goût. Comme l'énergie des drones vient du soleil et qu'il fait beau, les deux engins volants ne ralentissent pas. En pointe, je sens que le mien arrive jusqu'à deux cents kilomètres heure, pourtant Tamerlan reste en tête.

Je t'ai épargné une fois, mais pas deux.

Donc je n'abandonne pas.

Les minutes passent. Dix minutes. Trente minutes. Une heure. Et il continue de voler vers le sud.

Ce n'est pas possible. Il ne va quand même pas à New York ?

À cette vitesse, nous franchissons les trois cent quarante kilomètres entre Boston et New York en près de deux heures. Et comme je le craignais, nous voyons bientôt se profiler les gratte-ciel de Manhattan.

Il veut me ramener là-bas. Mais pourquoi ?

Avec son drone, il vole en rase-mottes dans les grandes avenues désertes de toute vie.

Il vole de plus en plus bas.

Et puis il atterrit sur une pelouse au centre de la ville.

Nous sommes à Central Park.

Il y a là le missile à moitié planté dans la pelouse dont ne dépassent que les ailerons arrière.

C'est donc ça qu'il voulait : nous sommes à côté d'une bombe atomique qui peut exploser d'un instant à l'autre.

Même si c'est moi qui l'ai désamorcée, je reste consciente qu'un faux contact peut déclencher l'engin.

Tamerlan se dresse sur ses pattes arrière.

J'atterris près de lui.

Il monte au sommet du missile en s'aidant de ses griffes pour escalader le tube. Je le rejoins.

Nous n'allons quand même pas combattre juchés sur un missile nucléaire prêt à exploser ?

Il ne faut pas que je tienne compte de cet élément. Je ne dois penser qu'à ajuster mes coups et à prévoir les siens.

Nous voici désormais seuls, lui et moi. J'ai le souvenir du duel précédent, où j'avais été vaincue par sa rapidité.

Saurai-je cette fois-ci être plus performante ?

Le rat fait tournoyer sa queue.

Je gonfle ma fourrure pour avoir l'air plus grosse et plus grande, je rabats mes oreilles pour ne pas offrir de prise à ses dents ou à son fouet.

Il montre ses incisives.

Je dégaine mes griffes.

Et je m'avance lentement.

Il souffle et siffle.

Je souffle aussi.

Il faut que je sois vraiment attentive au moindre de ses gestes.

Je m'approche. Le fait qu'il m'ait fuie quand je le poursuivais en drone me laisse espérer qu'il a peur de moi.

Il est peut-être fatigué.

Il a peut-être été blessé par l'un de ses barons touchés par le virus de Babel.

— Tamerlan ! dis-je. C'est fini pour toi.

Il ne me répond pas.

Je sais qu'il m'a entendue grâce à la connexion Bluetooth de son Troisième Œil par laquelle nous nous parlons directement d'esprit à esprit.

— Tamerlan ! Rends-toi !

Toujours pas de réponse.

Je dois arriver à le battre, j'essaie de me brancher sur son esprit pour anticiper ses coups. Cela doit être possible de savoir où il va frapper avant qu'il ne le fasse.

Il me semble percevoir en lui beaucoup de colère et de confusion. Ce constat me rassure sur mes chances de vaincre.

J'avance.

Je peux l'avoir.

Hop, je lance ma patte, griffes déployées, mais je le frôle sans le toucher.

J'enchaîne aussitôt avec un coup de griffes de l'autre patte, mais qui n'a guère plus de résultat. Je tente encore une action, mais ce maudit rat esquive facilement.

Il me gratifie en retour d'un grand coup de fouet avec sa queue, pile sur la truffe, que j'ai très sensible.

Je suis sonnée.

Avec sa fine queue rose, il me flagelle les yeux, les oreilles, et s'acharne sur ma truffe jusqu'à ce que la douleur me fasse chuter du cylindre du missile.

Une fois que je suis au sol, il saute en bas à son tour et poursuit son offensive. Mes coups de patte frappent dans le vide, je n'arrive même pas à l'effleurer.

C'est comme s'il avait toujours une fraction de seconde d'avance sur moi.

C'est exactement comme la première fois où je l'ai combattu, il est vraiment plus fort, plus rapide, plus précis, intouchable.

La fatigue du voyage et des hostilités récentes ne semble même pas l'avoir affecté.

Pourquoi a-t-il fui s'il se savait le plus fort ?

Je comprends soudain.

Avant de me tuer, il voulait me montrer le missile à moitié enfoncé comme preuve que je n'avais pas respecté ma parole.

Je bondis sur mon drone et repars pour tenter de sauver ma peau.

Cette fois-ci, c'est lui qui me poursuit.

Je ne comprends pas bien ce qu'il se passe.

Je zigzague entre les immeubles de Manhattan, mais chaque fois que je veux aller à gauche ou à droite il me bloque.

Je ne peux aller que vers le sud.

Au loin, la statue de la Liberté, son repaire.

C'est là où il veut m'emmener.

Une fois là-bas, il accélère et me percute violemment. Je tombe au pied du socle. Mon drone est hors service. Le sien par contre est intact.

En fait, il m'a entraînée ici parce qu'il voulait me tuer à cet endroit précis. Sous la statue géante à son effigie.

Il s'avance vers moi. Enfin il consent à me parler.

— Pourquoi défends-tu les humains ? Tu ne m'as toujours pas donné de raison, Bastet.

Je lui réponds :

— J'ai trouvé ce qu'ils ont d'admirable.

— C'est quoi ?

— L'ignorance.

— Quoi ?

— Les humains sont les seuls animaux à avoir pris conscience de leur propre ignorance et ils ont essayé de la combler. C'est ça, leur force. Toutes les autres espèces considèrent qu'elles savent déjà tout ce qui leur est nécessaire pour vivre. Pas eux. Cette découverte est leur cadeau aux autres espèces : nous ne nous suffisons pas à nous-mêmes et nous devons compenser cette lacune en apprenant.

Il est déconcerté par mon argument alors je profite de cet avantage.

— J'ai compris que j'étais ignorante en accédant à la connaissance par le Troisième Œil. Voilà pourquoi je les admire et leur suis reconnaissante. Si les humains n'existaient pas, je me serais satisfaite de ma vie de chatte sans avoir la moindre envie d'apprendre quoi que ce soit.

— Tu n'es pas comme eux, Bastet.

— Personne n'est parfait.

— Bastet ! J'avais tant compté sur toi. J'avais sincèrement espéré que tu deviennes mon historienne, ma biographe. Je suis tellement déçu.

Il s'avance encore.

— Bastet, tu n'as pas respecté ta parole, tu m'as trahi. Alors, puisque tu aimes tant les humains, tu vas mourir pour eux.

Il bondit et de nouveau nous luttons corps à corps. Dans un geste vif, j'essaie de lui frapper le museau, mais je n'arrive qu'à lui balafrer la joue. Il se dégage et parvient à m'agripper par-derrière comme il l'avait déjà fait la première fois. Il plante par le côté ses incisives dans la zone la plus vulnérable de mon cou. Je n'ai pas pu parer le coup. Il appuie lentement sur ma carotide et un peu de mon sang commence à couler.

Il fait exprès d'aller lentement pour savourer sa victoire. C'est fini. Je vais mourir. C'est dommage, en fait j'aurais préféré vivre longtemps. Je me serais bien vue en chatte très âgée qui aurait accumulé beaucoup d'expériences variées. Mais là, c'est plié, il va falloir que je me contente de mon passé car je ne vieillirai pas.

Résignée, je ferme les yeux. Je commence à voir défiler ma vie en accéléré.

Et c'est alors que la pression se relâche d'un coup.

J'ouvre les yeux pour comprendre ce qui me sauve.

Je n'en reviens pas.

64. L'ÂGE DES CHATS.

Le chat vieillit très vite en début et en fin de vie, mais reste stable entre les deux.
À six mois, un chat a les mêmes capacités qu'un humain de dix-huit ans. C'est l'âge de sa majorité, en quelque sorte.
À deux ans, il a les facultés d'un jeune homme de vingt-quatre ans. Il est au plein de sa forme.
À dix ans, il est comme un senior de soixante-dix ans. Là commence sa vieillesse.
À vingt ans, c'est un centenaire.
Les chats vivent en moyenne treize ans. Les chats de race sont plus sujets aux maladies, les chats errants ont davantage d'accidents.
Ce sont les chats d'appartement sans pedigree et castrés qui ont la meilleure espérance de vie.
Le chat qui a vécu le plus longtemps selon le livre *Guinness des records* est une chatte américaine, baptisée Creme Puff, qui est née à Austin au Texas le 3 août 1967 et morte dans cette même ville le 6 août 2005.
Elle a donc vécu trente-huit ans et trois jours.

Encyclopédie du Savoir Relatif et Absolu.
Volume XIV.

65. LUI.

SUIS-JE DANS UN RÊVE ?
Bon sang, comment est-ce possible ?

Ma mère disait que la différence entre le rêve et la réalité, c'est que la réalité a plus d'imagination que les rêves.

Je reste à le fixer, n'en croyant pas mes yeux.

LUI ? VIVANT !

Je suis tellement abasourdie que je ne réagis pas lorsque Tamerlan, qui a dû être éjecté d'un coup de patte, et n'étant pas en état d'affronter deux adversaires en même temps, préfère remonter sur son drone.

Il renonce. Il est vaincu.

J'hésite un instant à le poursuivre.

Dans ces nouvelles circonstances, j'ai évidemment l'avantage mais je n'ai plus envie d'en profiter.

Le rat albinos aux yeux rouges tarde à faire décoller son engin.

Je peux l'avoir.

Mais une autre information occupe mon cerveau et prend tellement de place que tout mon corps est tétanisé.

De nouveau, ce choix entre l'amour et la peur.

Dans l'Encyclopédie, j'ai lu la phrase suivante : « Le guerrier est celui qui se préoccupe plus de ses ennemis que de ses amis. »

Je ne suis pas tant que ça une guerrière.

Le dilemme se présentant à moi sous plusieurs angles, je choisis de tourner la tête à gauche, pour m'occuper de celui qui vient de me sauver plutôt que de celui que je veux détruire. J'entends un bruit d'hélices sur ma droite. Et je sais que mon pire ennemi a réussi à lancer son moteur. Son engin monte vite et le vrombissement s'éloigne.

Je regarde devant moi, incrédule.

Je bafouille :

— TOI ?

— Il faut le rattraper ! dit Pythagore. Vas-y, monte sur ton drone, envole-toi et pourchasse-le.

Je m'en fiche, de Tamerlan. Il n'y a que toi qui m'intéresses. J'en ai marre de faire la guerre.

PYTHAGORE.

« MON » PYTHAGORE, VIVANT !!!

— IL NE FAUT PAS LE LAISSER PARTIR. Poursuis-le !

— Non.

— Alors dis-moi vite comment fonctionne cet engin et j'y vais, moi.

— Mon drone n'est plus en état de voler et Tamerlan est déjà loin.

— Alors tout est fichu et il faudra encore le combattre ! Il va s'en tirer alors que nous étions enfin sur le point de l'avoir.

Je tourne finalement la tête et vois en effet le petit rat blanc juché sur l'engin volant que je lui ai offert ici même et qui file à grande vitesse vers l'ouest.

Passé la surprise, j'ai envie de comprendre l'intervention de Pythagore.

J'ai du mal à m'exprimer.

Je répète, comme pour m'en convaincre :

— TOI ! TOI ! TOI VIVANT !

Enfin, il consent à ne plus regarder Tamerlan qui n'est plus qu'un petit point au loin et il me fixe :

— Bastet, miaule-t-il.

— Pythagore !

Je prends le siamois entre mes pattes comme j'ai vu Nathalie et Roman le faire avec leurs bras.

Je le presse fort et longtemps contre mon cœur.

Pythagore ! Merci à l'univers pour ce cadeau.

Je prends un peu de recul pour mieux l'observer. Ce masque de poils noirs autour des yeux bleus, sa fourrure argentée, ses oreilles, et son léger strabisme typique des siamois. Il est vraiment beau.

— Pythagore… Comment est-ce que tu as pu… ?

Sous le coup de l'émotion, je ne parviens pas à terminer ma phrase.

Il s'amuse :

— Je ne t'avais pas dit que les chats avaient neuf vies ?

Il secoue les oreilles. Il me guide vers le socle et nous nous installons sur la pierre tiédie par le soleil. De là, nous voyons New York entièrement déserté où les seuls êtres vivants semblent être les oiseaux.

— Quand nous étions sur la tyrolienne, je suis tombé dans l'eau. La mer a amorti ma chute. J'ai nagé pour rejoindre la berge et je me suis camouflé dans une grue du port. Je savais que les rats finiraient par me repérer. Alors, tout en restant caché dans un recoin de la grue, je me suis posé la question : quel est l'endroit où les rats ne penseraient pas à me chercher ?

— Tu es remonté dans un immeuble abandonné ?

— Non, je savais que les rats furètent en permanence dans tous les buildings. Je me suis rappelé une phrase de l'Encyclopédie : « C'est au cœur du danger qu'on est le plus en sécurité. » Alors, en profitant de la pluie et de la nuit, je me suis installé dans la statue de la Liberté.

— Mais c'était leur quartier général !

— J'ai trouvé un endroit particulier.

— La tête ?

— Exactement !

— Mais c'est haut et tu as le vertige !

— Sauf si c'est fixé au sol.

— Comment tu te nourrissais ?

— Je mangeais les pigeons et les moineaux qui venaient s'y aventurer pour pondre. Je me suis aussi régalé de leurs œufs. Depuis que les fenêtres de la couronne ont été défoncées, la tête est en effet devenue un repaire de volatiles divers.

— Mais j'ai vu les rats monter pour faire exploser le visage humain de la statue et placer le faciès de Tamerlan.

— Quand ils sont venus, j'ai grimpé encore plus haut et je me suis installé dans la flamme de la torche au bout du bras tendu.

— Bon sang ! Tu étais là-haut quand moi j'étais en bas en train d'observer les rats qui ajustaient le masque de Tamerlan.

— Je t'ai aperçue. Mais je ne pouvais évidemment pas me signaler.

— Et ensuite ?

— Le lendemain, je vous ai vus partir en procession vers le nord et j'ai voulu vous rejoindre, mais il y avait trop de rats sur le chemin. J'aurais été massacré avant d'approcher de votre colonne. Alors j'ai attendu. Et puis un jour, depuis mon promontoire j'ai vu le missile arriver et se planter dans Central Park.

Ensuite, tous les rats ont quitté la ville en empruntant le même chemin que vous.

J'explique :

— Ils avaient peur que le missile explose.

— J'ai hésité à les suivre. Et puis je me suis dit que contre autant de rats, vous n'auriez aucune chance alors j'ai décidé de vivre seul sur Liberty Island et d'attendre. J'étais enfin protégé des rats par leur peur que la bombe explose. Je pensais vivre seul ici pour le restant de mes jours jusqu'au moment où vos deux drones sont arrivés. Je vous ai vus vous battre. Alors je suis sorti de ma cachette et j'ai agi.

— Tu m'as sauvé la vie.

Nous nous touchons la truffe, et il m'embrasse avec la langue à la manière des humains. Je trouve toujours que c'est répugnant mais, peut-être du fait de mon humanisation, après un moment, je me laisse faire et finis par y trouver un certain plaisir pervers. Tous les deux seuls sous la statue de la Liberté, nous nous embrassons longuement.

Puis nous nous reprenons.

— Tamerlan s'est donc échappé et il va pouvoir recréer une armée de rats, déplore Pythagore.

Je lui réponds :

— Non, il ne pourra pas faire ça, car il ignore le mal qui le frappe.

— De quoi parles-tu, Bastet ?

— De l'arme secrète que j'ai mise au point.

Il fronce les sourcils.

— Que s'est-il passé là-bas dans le nord ?

— La bataille dure peut-être encore mais nous avons trouvé une arme nouvelle : un virus qui transmet une mutation de l'ADN. Désormais, les rats touchés ne se comprennent pas et donc, comme ils n'arrivent plus à harmoniser leurs actions, ils ne peuvent plus faire la guerre efficacement.

— Et Tamerlan s'est fait avoir par ce stratagème ?

— Il n'a pas compris que je viens de mettre au point une nouvelle espèce de rats. Les individus ne savent plus vivre en société et sont condamnés à vivre seuls avec le sentiment que les autres ne peuvent pas les comprendre.

— En fait, tu viens d'inventer la guerre psychologique…

— Je viens d'enlever aux rats ce qui faisait leur force : leur cohésion à toute épreuve.

Je lis pour la première fois un sentiment de pure admiration dans le regard de mon mâle préféré.

Depuis le temps que j'attendais ce moment.

Il me prenait pour une prétentieuse et il me découvre enfin… telle que je suis : une reine visionnaire.

— Je… t'aime, dit-il.

— Oui, je sais, moi aussi je m'aime.

Il secoue la tête.

— Tu me l'as déjà faite, cette blague.

— C'est parce que je suis en train de découvrir l'humour répétitif. Il paraît que quand on fait une blague une fois, c'est drôle ; deux fois, ce n'est plus drôle ; mais dix fois, ça redevient de nouveau drôle, précisément à cause de cet effet répétitif.

— Tu m'énerves, dit-il avec affection. Tu veux toujours avoir le dernier mot. Tu veux toujours faire croire que tout ce qui réussit est de ton fait. Tu veux toujours tout ramener à ta gloire.

— Je sais, moi aussi je m'énerve moi-même parfois.

— Tu es mégalomane.

— Égoïste, égocentrique, prétentieuse, diva... Je sais, Esméralda me l'avait dit aussi. Même mon fils me trouve insupportable.

Nous nous touchons l'extrémité de nos truffes avec une tendre complicité.

— Comment vont-ils ?

— Esméralda est morte pour me sauver la vie. Mon fils s'adonne à sa passion préférée : tuer.

Il hoche la tête, ne voulant pas en dire davantage sur ces deux personnages.

Je miaule :

— Ça te dirait qu'on se détende un peu, juste toi et moi, ici ?

— Avec pas loin un missile nucléaire qui peut exploser d'une seconde à l'autre ? Présenté comme ça, c'est en effet très tentant.

Je ramasse la boule de l'émetteur-récepteur Bluetooth de Tamerlan et la lui tends.

Au moins, ce geste raté durant le combat m'aura permis de récupérer cet objet.

Pythagore prend la boule et se l'enfonce dans la fente USB de son Troisième Œil.

Puis il vient vers moi et me serre de nouveau fortement contre lui.

Nous voici avec nos deux cerveaux connectés.

Je perçois mon cœur comme une lumière qui bat selon un rythme de plus en plus rapide.

Nos pulsations cardiaques se synchronisent.

Je visualise mon esprit comme un nuage sphérique, cotonneux et argenté, flottant au centre de mon crâne.

Donc, ça, c'est moi.

Je sens que Pythagore se visualise lui aussi comme un nuage gris argenté.

Et donc, ça, c'est lui.

Les deux petits nuages se rejoignent pour former un grand nuage gris argenté.

Voici la fusion complète de moi avec l'extérieur.

La « communication absolue » ?

Nos cœurs ralentissent alors que ce nuage s'élargit, s'étale, devient un disque. Plus il s'étend, plus nos consciences unies ressentent l'espace qui nous entoure.

Nos deux esprits forment un large napperon vaporeux, si fin qu'il forme comme une membrane réceptive.

Nous détectons les ondes qui viennent de loin et convergent jusqu'à nous. Des millions d'êtres vivants de toutes tailles, de toutes formes frémissent, respirent, pensent, parlent dans leur langage propre, et nous font vibrer.

Nos cœurs continuent de puiser à l'unisson de la lumière et celle-ci éclaire le nuage par intermittence.

Nous avons la même pensée au même moment.

Nous n'avons pas de limites physiques.

Notre corps n'est que l'enveloppe temporaire de notre esprit.

Mais nos esprits n'ont pas de limites et peuvent fusionner.

Nous pouvons nous diluer l'un dans l'autre pour nous sublimer.

C'est ça, le vrai amour : s'oublier complètement soi-même et devenir tout d'abord l'autre, ensuite élargir le nuage pour devenir plusieurs autres, puis tous les autres.

Et même aller encore plus loin : nous connecter à tous nos congénères, puis à tous les animaux qui nous entourent, à tout ce qui vit.

Nous connecter à l'esprit de la biosphère de notre planète.

Puis nous connecter à l'esprit de l'univers dans son ensemble.

Et ainsi accéder à l'immortalité, car on n'est plus prisonniers d'aucune enveloppe.

On est affranchis du temps et de l'espace.

On devient l'univers et toutes ses composantes.

Dès lors, l'ancien « moi » limité au corps de Bastet n'est qu'une infime expression limitée de cette énergie.

Une infime expression de cette splendeur infinie.

66. LA DÉESSE ÉGYPTIENNE BASTET.

Dans la mythologie égyptienne, Bastet était une déesse très spéciale.

Fille du dieu du soleil Rê, elle était représentée comme une chatte ou comme une humaine à tête de chatte. À l'origine, elle était une déesse guerrière dont les colères faisaient trembler les hommes. Mais elle subit une transformation qui la rendit pacifique, douce, aimant la musique, la danse. Elle était la déesse de la fécondité des femmes et la protectrice des accouchements. On la

priait aussi pour qu'elle protège des épidémies de peste.
Sur la plupart des bas-reliefs qui évoquent son existence, elle est vêtue d'une robe longue ornée d'un pectoral semi-circulaire représentant une tête de lionne. Elle porte un panier à son bras gauche et un instrument de musique, plus précisément un sistre, à son bras droit. Son culte commença trois mille ans avant notre ère mais connut son apogée vers l'an 950 avant J.-C. Hérodote rappelle que tous les ans, au moment de la montée des eaux du Nil, plus de sept cent mille personnes affluaient pour fêter la déesse dans le temple de Bubastis (« bast » comme Bastet) qui lui était consacré. C'était l'occasion de danses, de musiques, de beuveries et d'orgies au milieu des chats, vivants ou momifiés.
Bastet avait aussi des temples dédiés à Memphis, à Thèbes, à Héliopolis, à Léontopolis. Toutes les femmes qui voulaient avoir des enfants portaient sur elles des amulettes contenant une représentation de Bastet ou une prière pour elle.

Encyclopédie du Savoir Relatif et Absolu.
Volume XIV.

67. APRÈS LA TEMPÊTE.

Un mois a passé.
Les rats n'ont plus réapparu et nous n'avons plus de nouvelles de Tamerlan. La ville de New York a été réinvestie par la communauté des humains et des

chats survivants de la bataille de Boston Dynamics. Les rues ont été nettoyées. Le missile Minuteman a été arraché du sol de Central Park puis démonté et envoyé en pièces détachées dans une décharge éloignée.

Tout le monde est réuni dans l'ancien bâtiment de l'ONU. C'est aujourd'hui un grand jour car nous allons élire la nouvelle présidente ou le nouveau président de l'assemblée.

Parmi les candidats, il y a :

1. Hillary Clinton, qui souhaite être réélue pour un second mandat. Elle se présente en tant que représentante de la tribu des féministes. Elle propose dans son programme de redonner le pouvoir aux femmes car celles-ci sont, selon elle, les meilleures garantes de la paix. Elle met en avant le fait que c'est sous son mandat que les rats ont été éjectés de New York.

2. Le général Grant se présente pour la tribu des militaires. Il estime qu'il faut d'abord assurer l'ordre et la sécurité. Il entend privilégier la recherche d'armements pour qu'il n'y ait plus jamais d'invasion de rats ou de n'importe quelle autre sorte d'envahisseurs étrangers. Il rappelle que les rats peuvent revenir et qu'il est nécessaire de disposer d'une armée puissante pour faire la guerre ou pour les contrer comme il a su le faire à Boston. Il s'attribue d'ailleurs la victoire.

3. Marc Raibert se présente pour la tribu des roboticiens. Il souhaite qu'on investisse dans une armée de robots et qu'on profite à 100 % d'Internet restauré pour reconnecter toutes les communautés humaines du monde. Selon lui, on a maintenant trouvé un accès aux matières premières et plus rien

ne peut empêcher la production à grande échelle de robots Katz qui feront le travail de protection à la place des êtres vivants. Il a d'ailleurs un projet d'élaboration de Katz 008, encore plus performants, qui ne réclame qu'un investissement réduit en recherche et en matières premières.

4. Cheval Fougueux se présente pour les Amérindiens, il milite pour l'arrêt du développement et la décroissance du nombre d'humains et de la consommation. Il propose de créer une fédération de tribus éparpillées sur le territoire qui communiqueraient en permanence par Internet (ou par nuages de fumée si Internet retombe en panne).

5. Edith Goldstein se présente pour la tribu des biologistes. Elle est favorable à l'amélioration de l'espèce humaine grâce à sa technique CRISPR pour la rendre plus adaptée au monde moderne. Elle pense que le modèle *Homo sapiens* a fait son temps et que l'Effondrement est le signe qu'il faut évoluer vers un nouvel humain.

6. Roman Wells se présente pour les astronautes. Il pense qu'il faut quitter la planète Terre. Il pense que, dans un premier temps, il faudrait créer une colonie sur la Lune. Là, on déposerait dans des ordinateurs le savoir des humains, loin de tout danger. Ensuite, à partir de l'établissement lunaire, on lancerait une expédition sur Mars. Puis de Mars à Jupiter. Et ainsi de suite jusqu'à quitter le système solaire pour trouver une planète tempérée dans une autre galaxie.

7. Un pasteur évangéliste mormon, le père Joachim, souhaite un retour aux valeurs anciennes. Il pense que les rats sont la punition de Dieu parce

que l'homme s'est dévoyé dans le péché, notamment l'alcool, la drogue, le sexe, l'argent. Il prône le renoncement aux nouvelles technologies et aux valeurs matérielles pour développer une vie plus spirituelle, tournée vers l'agriculture et la prière.

Je me rends compte, d'ailleurs, que ces sept programmes sont en quelque sorte déjà inscrits dans l'ESRAE comme les sept directions possibles pour l'avenir de l'humanité telles que les voyait déjà en son temps Edmond Wells. Il appelait parfois ces projets autrement, mais il avait repéré les capitalistes, les religieux, les féministes, les technologistes, les biologistes, les décroissants, les fuyards.

Ainsi, ce serait les sept futurs imaginés par les humains ? Prise d'une inspiration soudaine, et une fois que tous les candidats ont présenté leur programme, je demande à Nathalie qu'elle me porte sur son épaule jusqu'à la tribune.

Cette fois-ci, je n'ai guère de difficulté à obtenir l'attention et l'écoute.

Tous savent ce que j'ai accompli.

Et là, je fais mon discours.

— Humaines, humains, chattes, chats. Je vais ajouter ma candidature en tant que représentante non seulement des chats et plus largement des non-humains mais aussi en tant que défenseuse de la planète. Comme vous le savez tous, si nous sommes ici réunis, c'est essentiellement grâce à une seule personne. Moi. C'est moi qui ai négocié l'exode et donc la survie des quarante mille derniers New-Yorkais, c'est moi qui ai eu l'idée de mettre à contribution Edith Goldstein pour le projet Babel, c'est moi enfin qui ai combattu et mis en fuite notre principal ennemi, l'empereur des rats, Tamerlan.

Je laisse un silence.

J'espérais qu'ils applaudiraient au souvenir de mes exploits, mais vu que les applaudissements ne viennent pas, un peu déçue, je lâche un soupir désabusé et je poursuis quand même.

— Ce que je vous propose, c'est non plus de penser en tribu, ni en humanité, ni en espèce, mais de penser plus largement en « biosphère de la planète Terre ». Ainsi je m'engage, si vous votez pour moi, à défendre non pas une espèce mais toutes les espèces. Et ainsi à créer une harmonie qui empêchera qu'un groupe veuille en dominer un autre. Tous, nous serons dans cette nouvelle connexion universelle. Tous, nous aurons intégré que lorsque nous faisons du mal à une forme de vie, celle-ci, d'une manière ou d'une autre, finira par se venger. J'ai lu beaucoup de choses dans l'Encyclopédie et j'ai fini par comprendre les liens entre toutes les formes de vie. Quand nous élevons les poulets en batterie, le virus de la grippe aviaire trouve des conditions propices pour se développer et touche l'homme ; quand nous maltraitons les bœufs avec l'élevage intensif, ils produisent la maladie du prion ; quand nous tuons les chauves-souris, les pangolins ou les serpents sur les marchés chinois, ce commerce engendre le coronavirus. Quand notre agriculture se réduit à différentes monocultures, les produits utilisés entraînent des invasions de nuages de sauterelles ; quand la pêche devient intensive, les méduses prolifèrent. Quand nous détruisons les forêts, nous augmentons le gaz carbonique dans l'atmosphère et nous déréglons la météo. Quand nous aspirons le pétrole, il y a des tremblements de terre. Tout est lié. Chaque acte a une conséquence. Si nous ne changeons pas notre manière de vivre ensemble, de toute façon d'autres animaux après les rats tenteront de nous envahir. Ce seront peut-être les blattes, ce seront peut-être les pigeons, ou même dans le domaine végétal les ailantes, ces plantes invasives dont l'action prédatrice a un impact sur toutes les autres plantes.

Les représentants s'agitent et se mettent à parler entre eux. Ils ne savent visiblement même pas ce que sont les ailantes.

Quelqu'un lève la main.

— Que proposez-vous concrètement, Bastet ?

— Je propose d'abord de renouveler les représentants de cette assemblée. J'étais la première politicienne non humaine, une pionnière, et je propose, si vous m'élisez présidente, de faire entrer peu à peu d'autres espèces, un peu à la manière dont on verse l'huile pour monter la mayonnaise (cette image parlera à ceux qui aiment cuisiner). D'abord des représentants des chiens, puis des oiseaux, des poissons, des insectes. Ensuite, progressivement, nous construirons quelque chose de plus représentatif et de plus juste pour tous les êtres vivants. Il faudra peut-être même accepter un représentant des végétaux, si Roman arrive à leur donner un équipement électronique par lequel ils puissent s'exprimer.

Rires dans la salle.

Ils croient que je blague.

Je poursuis :

— Mais les humains, étant l'espèce la plus puissante, resteraient malgré tout au début majoritaires, car ce sont pour l'instant eux qui ont la plus grande capacité d'action sur le milieu. Si vous votez pour moi, je m'engage en tant que chatte à assurer la sécurité de tous les humains de la planète.

De nouveau, des murmures.

Puis quelqu'un lève la main.

— Quand vous parlez de faire entrer peu à peu des représentants de toutes les espèces animales, est-ce que vous pensez aussi… aux rats ?

C'est la question piège que je redoutais.

Je prends une grande inspiration.

— Peut-être, mais pas tout de suite. Nous ne prendrons évidemment que les espèces qui respectent les autres espèces et qui renoncent à la violence comme moyen de dominer. Si certains rats « intelligents » acceptent notre Constitution terrienne alors, oui, pourquoi pas. Nous leur donnerons un siège, mais au même titre que les lapins, les taupes, les écureuils, les hérissons ou les chauves-souris. Je pense que l'harmonie globale planétaire ne doit souffrir aucune exception, et c'est pourquoi nous ne rejetterons aucune espèce au prétexte qu'elle serait « antipathique » selon les critères humains. Il y aura donc aussi des représentants des moustiques, des mouches, des punaises, des requins, des hyènes, des corbeaux.

La salle s'agite encore un peu. J'attends que le silence revienne puis je reprends :

— Il n'y a pas d'animaux « méchants », il n'y a que des animaux qui acceptent ou non l'harmonie de l'écosystème global planétaire.

Le représentant des hippies pose une question :

— Donc, à moyen terme, vous voulez qu'on renonce aussi à « manger » les autres espèces ? Vous prônez le véganisme ?

— Je ne sais pas ce que vous sous-entendez par ce terme, mais si c'est de ne plus prendre la peau des vaches pour en faire des chaussures, de ne plus mettre les porcs dans des enclos fermés ni nourrir de force les oies pour en faire du foie gras, oui, je suis plutôt partisane d'une autre manière de se nourrir. Et sachez que cela me coûte d'autant plus que mon espèce est censée être strictement Carnivore. Cependant je compte sur Edith Goldstein et les biologistes pour inventer des sources de protéines qui ne soient plus issues de… ce qu'il faut bien appeler des… cadavres.

Nouvelle rumeur hostile. Je vais peut-être échouer en me heurtant à la gourmandise naturelle des humains.

Je sens qu'ils ne sont pas prêts à renoncer à leur hamburger pour l'harmonie générale.

Il faut que je trouve une formule qui résume ma pensée.

— Si vous votez pour moi comme présidente de cette assemblée, je ferai tout pour que vous, que nous, que nos enfants vivent dans un monde enfin apaisé, où il n'y aura plus besoin de faire la guerre, car on communiquera enfin tous de manière fluide. Je prendrai les mesures nécessaires pour que tous les êtres vivants soient en phase avec leur planète.

J'ai l'impression que, cette fois, il y a une vibration positive. Des humains hochent la tête. Certains me sourient.

Je crois qu'ils ont enfin compris.

Je me permets alors de préciser :

— Et puis, au cas où vous voteriez pour moi, je voudrais aussi qu'on enlève l'ignoble masque de Tamerlan qui sert de face à la statue de la Liberté pour le remplacer par le visage de la chatte Esméralda qui finalement a montré son courage et son sens du sacrifice. Oui, je ne veux pas mon visage, mais le sien.

Je crois que je lui dois bien ça.

— Eh bien, maintenant que tout le monde s'est exprimé, on va pouvoir procéder au vote, déclare Hillary Clinton. Et tout d'abord, je crois qu'on peut commencer précisément par Bastet. Qui vote pour le programme proposé par la représentante de la tribu chat…

Alors parmi les cent trois autres représentants, je vois deux mains se lever.

Je recueille donc trois voix, car j'ai voté pour moi-même, bien entendu.

Ensuite les autres candidats obtiennent respectivement : quatre voix pour Hillary Clinton ; cinq pour Edith Goldstein ; sept pour Cheval Fougueux ; huit pour Roman Wells ; quatorze pour Marc Raibert ; dix-huit pour le père Joachim ; et enfin quarante-cinq pour le général Grant.

— C'est donc le général Grant qui sera notre nouveau président. Nous pouvons tous l'applaudir, déclare l'ancienne présidente en ravalant sa fierté.

Moi-même j'ai du mal à m'en remettre. De l'oreille, Pythagore me fait un petit signe de soutien.

Il se doutait du résultat, mais il ne voulait pas m'arrêter.

Et pourtant, j'avais l'impression que mon programme était une évidence de bon sens.

Les humains recommenceront donc les mêmes erreurs jusqu'à ce qu'enfin ils finissent par comprendre qu'en reproduisant les mêmes processus, on obtient les mêmes effets.

Ils n'ont pas écouté mon programme.

Ils m'ont jugée sur mon apparence, ou plutôt sur mon appartenance ethnique.

En fait, ils se fichent de tous les programmes, ils votent uniquement pour la symbolique de la personne.

Un militaire évoque la sécurité.

Je suis quand même vraiment déçue. En fait, j'étais réellement persuadée que j'allais être élue.

Je les connais, ils vont maintenant réécrire l'histoire en mettant en valeur le général Grant. Ce sera lui qui aura réussi à chasser les rats de Manhattan et à établir un nouveau gouvernement chargé d'inventer le monde futur. On lui attribuera la victoire de la bataille de Boston. Et moi... Eh bien, petit à petit on oubliera tout ce que j'ai fait.

Plus que jamais je comprends la pertinence de la proposition de Nathalie : tant que je n'aurai pas livré ma version écrite de ce qui s'est passé, tout ce que j'ai accompli ne comptera pour rien, toutes mes idées seront perdues, la pensée des chats ne sera considérée que comme celle d'un animal inférieur tentant de singer celle des humains.

Même mon souvenir sera progressivement effacé.

Je saute sur l'épaule de Nathalie et lui murmure à l'oreille :

— Vous m'avez convaincue. J'ai échoué sur la communication orale donc il faut que je tente la communication écrite. Je dois absolument raconter mon histoire, afin que les générations futures sachent. Soyez ma scribe.

68. LE DIEU ÉGYPTIEN THOT.

Pour les Égyptiens de l'Antiquité, le premier scribe était le dieu Thot. C'est lui qui avait inventé le langage et ensuite créé le monde par le verbe. Il était représenté par un homme à tête d'oiseau, un ibis au plumage noir.
Tant que les mots n'étaient pas prononcés, les êtres, les animaux ou les monuments n'existaient pas vraiment. Thot, satisfait de ce premier progrès, inventa ensuite l'écriture.
Il devint le dieu de tous les autres scribes qui lui ont succédé. Il était aussi le gardien de la connaissance et du savoir. Dans la mythologie égyptienne, lorsque Horus perdit son œil pendant son combat contre son frère Seth, ce fut Thot qui le retrouva. Cet œil, l'œil d'Horus, représente la victoire de l'ordre sur le chaos. Et cet ordre ne peut exister que s'il est ensuite retranscrit par un scribe dans un texte.

Encyclopédie du Savoir Relatif et Absolu.
Volume XIV.

69. ÉPILOGUE.

Et donc, voilà, chers chatons, et peut-être chers humains (au cas où il y en ait qui lisent aussi un jour ce texte, qui sait…), mon histoire depuis le moment où j'étais une banale chatte d'appartement jusqu'au moment où j'ai sauvé l'humanité et failli devenir présidente de l'assemblée non seulement des tribus de New York mais de tous les Terriens.

Que dire de plus ?

D'accord, j'ai échoué dans mon projet de gouverner le monde mais un jour je réussirai, car le temps joue forcément en faveur de ceux qui pensent comme moi.

Nous serons tous amenés, ou forcés, à communiquer. Nous serons obligés de nous estimer tous autant que nous sommes, quelle que soit notre espèce de naissance.

D'ailleurs, je crois que vous aussi, vous pouvez sortir de votre petite vie pour devenir comme moi quelqu'un qui a de nobles ambitions.

Il suffit d'avoir confiance en soi.

Il suffit de percevoir l'univers qui résonne à l'intérieur même de notre esprit (même si vous n'avez peut-être pas comme moi la chance d'avoir un nom de déesse égyptienne qui soit déjà une indication du chemin à suivre).

Aujourd'hui, je sais parfaitement lire, mais je ne sais toujours pas écrire. Cet apprentissage me semble trop long et trop fastidieux. Parmi mes défauts, vous le savez, il y a l'impatience.

— Vous avez tout bien noté, Nathalie ?

— Oui, Bastet, j'ai enregistré ton récit miaulé sur mon smartphone et je vais le transcrire en texte humain pour que tout le monde puisse le lire.

— Merci, servante.

Bon, comme vous l'avez vu, j'ai décomposé le récit de ma vie en trois époques pour faire trois ouvrages distincts.

Le premier, *Demain les chats*, évoque mon passé, ma rencontre avec Pythagore, celui qui m'a instruite sur l'histoire et la science, et la création, grâce à moi, de la première communauté de chats et d'humains solidaires sur l'île aux Cygnes.

Le deuxième, *Sa Majesté des chats*, raconte comment ensuite nous avons constitué une communauté plus grande dans l'île de la Cité et comment j'ai eu moi-même mon propre Troisième Œil et pu ainsi accéder à toutes les connaissances des humains et communiquer avec eux.

Le troisième, *La Planète des chats*, révèle comment nous avons survécu après notre traversée de l'Atlantique, comment après quelques « péripéties » nous avons finalement vaincu Tamerlan.

Plus je réfléchis et plus je me dis qu'après ces Mémoires qui parlent du passé, je dois imaginer l'avenir.

— Une vraie reine se doit d'être aussi prophète, comme vous me l'avez appris, Nathalie.

— J'en suis toujours convaincue, me répond-elle.

Donc, si on ne veut pas que Tamerlan revienne, je pense qu'il va nous falloir instruire tout le monde, y compris les rats.

Peut-être comme je l'ai fait avec Paul : convertir des rats pour qu'ils changent de mentalité et instruisent d'autres rats.

Le besoin de savoir est un virus contagieux. Quand on comprend l'intérêt de l'instruction et qu'on la voit chez les autres, on a envie d'en bénéficier soi-même.

J'imagine donc ce « futur chat » que je vais progressivement mettre en œuvre.

Après mon accession au pouvoir, après la diffusion auprès de tous les chats de tous les éléments de la connaissance humaine, il y aura une révolution technique. Il nous faudra inventer des voitures chat, des avions chat, des fusées chat.

Et pour ce qui est de la vie de tous les jours : des restaurants chat, des cinémas chat, des ordinateurs chat.

Peut-être passerons-nous d'un mode de marche quadrupède à la bipédie. Peut-être mettrons-nous des chaussures.

Peut-être nous habillerons-nous avec des vêtements.

Peut-être essayerons-nous d'élargir notre palette de consommation alimentaire. Je pense qu'on peut nous aussi devenir omnivores. Et si nous n'y arrivons pas, je demanderai à Edith Goldstein de faire une petite modification de notre ADN avec ses ciseaux CRISPR pour obtenir ce résultat.

J'envisage aussi de répandre l'opération chirurgicale permettant d'avoir un Troisième Œil. Tout d'abord à mon fils, puis à quelques-uns de « mes » amis chats, puis à tous les chats.

Ainsi nous serons tous connectés.

Ensuite, je régnerai et je préparerai la Terre à vivre enfin dans une vraie harmonie.

Et alors ce sera pour chacun d'entre nous, et pour les générations futures, ce que j'ai toujours souhaité et qu'on pourrait résumer en un mot : la Félicité.

FIN

REMERCIEMENTS

À Amélie Andrieux, Vanessa Bitton, Jonathan Werber, Vivianne Perret, Sylvain Timsit, Jeremy Guerineau, Gilles Malençon, Vincent Baguian, Patrick Baud, Franck Ferrand, Sébastien Tesquet, Mélanie Lajoinie, Laetitia Barlerin (spécialiste du langage animal), Jean-Yves Gauchet (inventeur de la ronronthérapie).

À mon éditrice Caroline Ripoll et toutes les équipes des éditions Albin Michel qui me soutiennent et m'accompagnent à chaque roman.

Et bien sûr à mes éditeurs : Richard Ducousset, Francis Esménard, Gilles Haeri.

Musiques écoutées durant l'écriture de ce roman

Jean-Sébastien Bach, *Concerto pour clavier et orchestre*, n° 1 en *ré* mineur, et *Toccata et Fugue* en *ré* mineur.
Led Zeppelin, « Stairway to Heaven » et « Kashmir ».
Wolfgang Amadeus Mozart, *Requiem*.
Charles Gounod, « Ave Maria ».
AC/DC, « Thunderstruck ».
Woodkid, « Iron » et « Vulcano » issu de l'album *Golden Age*.
Bande originale du film *Orange mécanique* : Walter Carlos, Rossini, Beethoven.
Antonio Vivaldi, *Les Quatre Saisons*.
La Callas, « Casta diva », dans *Norma* de Vincenzo Bellini.
Peter Gabriel, « Birdy's Flight », issu de l'album *Birdy*.
Bande originale du film *Interstellar*, composée par Hans Zimmer.

Bernard Werber au Livre de Poche

(sélection de titres)

L'Arbre des possibles n° 30199

Vingt petites histoires sous forme de contes, de légendes, de minipolars. Bernard Werber nous offre avec *L'Arbre des possibles* des récits fantastiques où les dieux vont à l'école pour apprendre à bien gouverner leurs troupeaux d'humains, où les objets sont soudainement remplacés par leurs noms, où les gens ont l'esprit limité pour ne compter que jusqu'à vingt, où l'on part en vacances au XVIIe siècle après s'être fait vacciner contre la peste. Les hypothèses scientifiques les plus extraordinaires sur la conscience des végétaux, les probabilités de futurs de l'humanité ou les voyages spatiaux côtoient les théories philosophiques les plus amusantes.

L'Empire des anges n° 15207

Que pensent les anges de nous ? Que peuvent-ils faire pour nous aider ? Qu'attendent-ils de l'humanité en général ? Lorsque Michael Pinson (stupidement tué dans un accident d'avion) a passé avec succès l'épreuve de la « pesée des âmes », il a accédé au royaume des anges. Mais passé le premier émerveillement, il découvre l'ampleur de la tâche. Le voilà chargé de trois mortels, qu'il devra désormais guider et aider tout au long de leur vie. Ses moyens d'action : les rêves, les signes, les médiums, les intuitions, les chats. Cependant, il est obligé de respecter le libre arbitre des hommes. Il s'aperçoit que ceux-ci essaient de réduire leur malheur au lieu de construire leur bonheur. Que faire pour leur montrer la voie ? Et puis comment s'occuper intelligemment au Paradis, un endroit bien sympathique mais sans cinéma, sans musique, sans restaurant ?

Les Fourmis

1. *Les Fourmis* n° 9615

Le temps que vous lisiez ces lignes, sept cents millions de fourmis seront nées sur la planète. Sept cents millions d'individus dans une communauté estimée à un milliard de milliards, et qui a ses villes, sa hiérarchie, ses colonies, son langage, sa production industrielle, ses esclaves, ses mercenaires… Ses armes aussi. Terriblement destructrices. Lorsqu'il entre dans la cave de la maison léguée par un vieil oncle entomologiste, Jonathan Wells est loin de se douter qu'il va à leur rencontre. À sa suite, nous allons découvrir le monde fabuleusement riche, monstrueux et fascinant de ces « infra-terrestres », au fil d'un thriller unique en son genre, où le suspense et l'horreur reposent à chaque page sur les données scientifiques les plus rigoureuses. Voici pour la première fois un roman dont les héros sont des… fourmis.

2. *Le Jour des fourmis* n° 13724

Sommes-nous des dieux ? Sommes-nous des monstres ? Pour le savoir, une fourmi va partir à la découverte de notre monde et connaître mille aventures dans notre civilisation de géants. Parallèlement, un groupe de scientifiques humains va, au fil d'un thriller hallucinant, comprendre la richesse et la magie de la civilisation des fourmis, si proche et pourtant si peu connue. On est comme aspiré par ce roman qui se lit d'une traite. Sans s'en apercevoir, pris par le suspense et la poésie, on reçoit toute sorte d'informations étonnantes et pourtant vraies. *Le Jour des fourmis*, traduit en 22 langues, couronné du Grand Prix des lectrices de *Elle*, a été mis au programme de certaines classes de français, de philosophie et même de… mathématiques. Bien au-delà du thème des fourmis, il s'agit là d'un vrai livre initiatique qui nous oblige à réfléchir sur notre place dans l'univers.

3. *La Révolution des fourmis* n° 14445

Que peuvent nous envier les fourmis ? L'humour, l'amour, l'art. Que peuvent leur envier les hommes ? L'harmonie avec la nature, l'absence de peur, la communication absolue. Après des millénaires d'ignorance, les deux civilisations les plus évoluées de la planète vont-elles enfin pouvoir se rencontrer et se comprendre ? Sans se connaître, Julie Pinson, une étudiante rebelle, et 103e, une fourmi exploratrice, vont essayer de faire la révolution dans leur monde respectif pour le faire évoluer. *Les Fourmis* était le livre du contact. *Le Jour des fourmis* le livre de la confrontation. *La Révolution des fourmis* est le livre de la compréhension. Mais au-delà du thème des fourmis, c'est une révolution d'humains, une révolution non violente, une révolution faite de petites touches discrètes et d'idées nouvelles que nous propose Bernard Werber.

Le Livre secret des fourmis n° 15576

Nous vivons dans un monde merveilleux et nous ne le savons pas. Nous côtoyons tous les jours des univers parallèles fabuleux – parfois inquiétants – et nous refusons de les voir. Le plus parfait, le plus fascinant, le plus souterrain de tous, c'est le royaume des fourmis. Dans sa trilogie des *Fourmis*, Bernard Werber a dévoilé une partie de cette incroyable civilisation de l'infiniment petit, inspiratrice de l'*Encyclopédie du savoir relatif et absolu*, une œuvre unique où se mêlent physique et métaphysique, technologie et magie, mathématiques et mystique, épopées modernes et rites anciens. Découvrez, enfin reconstituée dans son intégralité originelle, l'encyclopédie qui révèle le secret de la pierre philosophale et celui du pain, les projets des tyrans les plus vils et les plus belles utopies, les rencontres des civilisations humaines et animales, le sens caché des fugues de Bach et la naissance de l'esclavage chez les rats. Illustré par Guillaume Aretos, peintre et graphiste aux techniques héritées de la Renaissance, *Le Livre secret des fourmis* est un véritable grimoire moderne, la clé de toutes les techniques du XIXe siècle.

Nos amis les humains n° 30351

Les humains sont-ils intelligents ? Sont-ils dangereux ? Sont-ils comestibles ? Sont-ils digestes ? Peut-on en faire l'élevage ? Peut-on les apprivoiser ? Peut-on discuter avec eux comme avec des égaux ? Telles sont les questions que peuvent se poser les extraterrestres à notre égard. Pour en avoir le cœur net, ils kidnappent deux Terriens, un mâle et une femelle, Raoul et Samantha. Ils les installent, pour les étudier tranquillement, dans une cage à humains. Une « humainière ». Ils espèrent ainsi assister à une reproduction en captivité. Le problème, c'est que Raoul est un scientifique misanthrope et Samantha une dompteuse de tigres romantique. Pas simple dans ce cas pour nos deux cobayes de se comprendre et, *a fortiori*, de s'aimer. Une fois de plus, Bernard Werber nous propose de prendre du recul, d'avoir une perspective différente pour comprendre l'humanité « autrement ».

Nous, les dieux

1. *Nous, les dieux* n° 30582

Quelque part, loin, très loin se trouve une île que ses habitants appellent Aeden. Là, perchée sur un haut plateau, une ville : Olympie. Dans son cœur, une étrange institution, l'école des Dieux, et ses professeurs : les douze dieux de la mythologie grecque, chargés d'enseigner l'art de gérer les foules d'humains pour leur donner l'envie de survivre, de bâtir des cités, de faire la guerre, d'inventer des religions ou d'élever le niveau de leur conscience. La nouvelle promotion ? Cent quarante-quatre élèves dieux qui vont devoir s'affronter à travers leurs peuples, leurs prophètes, chacun avec son style de divinité. Mais la vie sur Aeden n'est pas le paradis. Un élève essaie de tuer ses congénères, un autre est tombé fou amoureux du plus séduisant des professeurs, Aphrodite, déesse de l'amour, et tous se demandent quelle est cette lumière là-haut sur la montagne qui semble les surveiller…

2. *Le Souffle des dieux* n° 30812

Et vous, à la place de Dieu, comment referiez-vous l'Histoire ?

3. *Le Mystère des dieux* n° 31314

Après avoir rencontré Zeus au sommet de la montagne d'Aeden, Michael Pinson retrouve sa classe d'élèves dieux pour la partie finale. Ayant échoué à cet examen, il commet l'irréparable : tuer un autre élève dieu. Condamné, il va connaître les affres d'une vie mortelle avec les perspectives qu'offre le savoir divin. Cependant, sur la Terre 18, il rencontre le grand amour et s'aperçoit que, même mortel, on peut changer les choses. Mais il ne pourra pas aller jusqu'au bout de cette expérience nouvelle car une mission de la plus haute importance lui est confiée : participer à la grande odyssée vers le sommet de la deuxième montagne, jusqu'au Créateur, pour connaître enfin le Grand Secret de l'Univers.

Nouvelle encyclopédie du savoir relatif et absolu n° 32324

Comment créer un Univers ? Réussir une mayonnaise ? Comment rêvent les Dauphins ? D'où viennent les Légendes ? Les signes du Zodiaque ? Quel lien entre Spiritualité et Astrophysique ? Tarots et Alchimie ? Que représente réellement la forme des Chiffres que nous utilisons ? Que sont le Paradoxe de la Reine Rouge ? la civilisation d'Harappa ? les Mystères d'Éleusis ? Qui étaient réellement Archimède, Néron, Conan Doyle, Pythagore, la papesse Jeanne ?... Pour les fans de Bernard Werber et du professeur Edmond Wells, une version très enrichie de son *Encyclopédie* qui répond à toutes les questions étranges que vous ne vous êtes peut-être jamais posées !

Le Papillon des étoiles n° 31025

Le plus beau des rêves : bâtir ailleurs une nouvelle humanité qui ne fasse plus les mêmes erreurs. Le plus beau des projets :

construire un vaisseau spatial de 32 km de long propulsé par la lumière et capable de faire voyager cette humanité pendant plus de 1 000 ans dans les étoiles. La plus folle des ambitions : réunir des pionniers idéalistes qui arrivent enfin à vivre ensemble en harmonie. Et au final la plus grande des surprises…

Paradis sur mesure n° 31845

Futurs possibles, passés probables... *Imaginez.* Un monde uniquement peuplé de femmes, où les hommes ne sont plus qu'une légende… *Imaginez.* Un monde où il est interdit de se souvenir du passé, où les gens n'ont qu'un seul intérêt : le cinéma… *Imaginez* un humoriste qui partirait à la recherche du lieu où naissent les blagues anonymes… *17 histoires* sous forme de contes, légendes ou fables. *17 histoires* fantastiques pour frémir, rêver ou sourire.

Les Thanatonautes n° 13922

L'homme a tout exploré : le monde de l'espace, le monde sous-marin, le monde souterrain ; pourtant il lui manque la connaissance d'un monde : le continent des morts. Voilà la prochaine frontière. Michael Pinson et son ami Raoul Razorbak, deux jeunes chercheurs sans complexes, veulent relever ce défi et, utilisant les techniques de médecine mais aussi d'astronautique les plus modernes, partent à la découverte du paradis. Leur dénomination ? Les thanatonautes. Du grec *Thanatos* (divinité de la mort) et *nautès* (navigateur). Leur guide ? Le Livre des morts tibétain, le Livre des morts égyptien mais aussi les grandes mythologies et les textes sacrés de pratiquement toutes les religions qui semblent depuis toujours avoir su ce qu'étaient le dernier voyage et le

« véritable » paradis. Peu à peu les thanatonautes dressent la carte géographique de ce monde inconnu et en découvrent les décors immenses et mirifiques. Le mot terra incognita recule en même temps que, jour après jour, on apprend ce qui nous arrive après avoir lâché notre dernier soupir.

L'Ultime Secret n° 15398

Qu'est-ce qui nous motive ? « C'est au cœur de notre cerveau qu'il faut chercher la source de tous nos comportements », estime Samuel Fincher, un brillant neurologue cannois. Le problème, c'est que Samuel Fincher meurt d'extase amoureuse dans les bras d'une top-model danoise, le soir même de sa victoire au championnat du monde d'échecs. Samuel Fincher avait-il trouvé au fin fond de nos crânes un secret qui devait rester caché ? Peut-on mourir de plaisir ? Deux journalistes scientifiques parisiens, Lucrèce Nemrod et Isidore Katzenberg, veulent en savoir plus sur cet étrange décès. C'est donc sur la Côte d'Azur qu'ils vont mener l'enquête, de la morgue de Cannes à un étrange asile psychiatrique où les fous sont utilisés pour leurs talents particuliers. Ils vont aller de surprise en surprise jusqu'à l'extraordinaire dénouement basé sur une découverte scientifique peu connue mais réelle. C'est cette fois sur les mécanismes de l'esprit et la compréhension du fonctionnement de notre cerveau que nous invite à réfléchir ce nouveau roman de Bernard Werber, mêlant suspense, humour, science et aventures.

Du même auteur
aux Éditions Albin Michel :

DEMAIN LES CHATS, 2018
SA MAJESTÉ DES CHATS, 2019.

Cycle des Fourmis :

LES FOURMIS, 1991
LE JOUR DES FOURMIS, 1992
LA RÉVOLUTION DES FOURMIS, 1996

Cycle des Aventuriers de la science :

LE PÈRE DE NOS PÈRES, 1998
L'ULTIME SECRET, 2001
LE RIRE DU CYCLOPE, 2010

PENTALOGIE DU CIEL :

Cycle des Anges :

LES THANATONAUTES, 1994
L'EMPIRE DES ANGES, 2000

Cycle des Dieux :

NOUS, LES DIEUX, 2004
LE SOUFFLE DES DIEUX, 2005
LE MYSTÈRE DES DIEUX, 2007

Cycle Troisième Humanité :

TROISIÈME HUMANITÉ, 2012
LES MICRO-HUMAINS, 2013
LA VOIX DE LA TERRE, 2014

Nouvelles :

L'ARBRE DES POSSIBLES, 2002
PARADIS SUR MESURE, 2008

Autres livres :

LE LIVRE DU VOYAGE, 1997
NOS AMIS LES HUMAINS (THÉÂTRE), 2003
LE PAPILLON DES ÉTOILES, 2006
NOUVELLE ENCYCLOPÉDIE DU SAVOIR
RELATIF ET ABSOLU, 2008
LE MIROIR DE CASSANDRE, 2009
LE SIXIÈME SOMMEIL, 2015
DEPUIS L'AU-DELÀ, 2017
LA BOÎTE DE PANDORE, 2018
LA PROPHÉTIE DES ABEILLES, 2021

Sites Internet : www.bernardwerber.com
www. esraonline.com
www.arbredespossibles.com
Facebook : bernard werber officiel

Le Livre de Poche s'engage pour l'environnement en réduisant l'empreinte carbone de ses livres. Celle de cet exemplaire est de :
350 g éq. CO_2
Rendez-vous sur www.livredepoche-durable.fr

PAPIER À BASE DE FIBRES CERTIFIÉES

Composition réalisée par Belle Page

Achevé d'imprimer en France par
CPI BRODARD & TAUPIN (72200 La Flèche)
en août 2021
N° d'impression : 3044448
Dépôt légal 1re publication : septembre 2021
LIBRAIRIE GÉNÉRALE FRANÇAISE
21, rue du Montparnasse – 75298 Paris Cedex 06

65/9293/2